TRACY BUCHANAN

Die Winterfrauen

Buch

Ambers Leben an der Küste Englands ist eintönig – bis an einem eiskalten Wintertag eine junge Frau vor Ambers kleinem Geschenkeladen auftaucht. Sie weiß nicht, wer sie ist und was mit ihr geschehen ist, doch Amber verspürt eine Verbindung zu der Namenlosen und beschließt, ihr zu helfen. 1989: Die Dokumentarfilmerin Gwyneth ist unabhängig und furchtlos, ihr Beruf hat sie an die entferntesten Ecken der Welt geführt. Doch als sie in den verschneiten Highlands fast ums Leben kommt, lässt sie sich von den McCluskys helfen. Gwyneth ist fasziniert von der Familie, vor allem von Dylan, dem rätselhaften und charismatischen Sohn. Aber die McCluskys verbergen ein Geheimnis, dass die Verbindung zwischen Gwyneth und Dylan gefährdet – und Gwyneths Leben für immer verändern wird.

Die Autorin

Tracy Buchanan lebt als Schriftstellerin in England. Wenn sie nicht gerade schreibt, liebt sie es, durch Wälder zu streifen, einsame Strände zu erkunden und mit ihrem Mann, ihrer Tochter und ihrem Hund Brontë auf Städtetrips zu gehen.

Besuchen Sie uns auch auf www.instagram.com/blanvalet.verlag und www.facebook.com/blanvalet.

TRACY BUCHANAN

Die Winterfrauen

Roman

Aus dem Englischen von
Hanne Hammer

blanvalet

Die Originalausgabe erschien unter dem Titel
»The Family Secret« bei Avon, London.

Sollte diese Publikation Links auf Webseiten Dritter enthalten,
so übernehmen wir für deren Inhalte keine Haftung, da wir uns diese
nicht zu eigen machen, sondern lediglich auf deren Stand
zum Zeitpunkt der Erstveröffentlichung verweisen.

Penguin Random House Verlagsgruppe FSC® N001967

www.blanvalet.de

Gewidmet meinen wundervollen Tanten:
Jenny, Judy, Laura, Val und Wendy

Prolog

Sie tastet nach dem gebrochenen Eis um sich herum und versucht, sich aus dem eisigen Wasser zu ziehen. Doch ihre Finger sind wie gefrorenes Holz, und das Eis zerbröselt ihr unter den Fingern, sobald sie danach greift.

Verzweifelt sieht sie sich um. Sie weiß, wie das enden kann, sie hat es oft genug gehört: »Geh das Risiko gar nicht erst ein, über den See zu laufen, das ist es nicht wert.« Aber wie hätte sie sonst entkommen sollen?

Sie strampelt im Wasser, doch ihre Beine sind schon ganz schwach geworden. Bereits nach wenigen Sekunden in den eisigen Tiefen beginnt ihr Körper aufzugeben. Irgendwie schafft sie es, sich umzudrehen und das Ufer nach Hilfe abzusuchen. Und Gott sei Dank, da ist jemand!

»Hilfe!«, schreit sie. »Ich schaff es nicht hier raus!«

Er kommt auf sie zu, und Erleichterung durchflutet sie. Doch dann bleibt er stehen.

»Es ist ernst!«, schreit sie, während ihr eisiges Wasser in den Mund läuft.

Aber er starrt sie nur weiter an. Was soll das? Sie späht zu der Lodge, die hinter ihm am Ufer des Sees liegt. Goldene Lichter schimmern in den Fenstern, durch eins leuchtet ein riesiger Weihnachtsbaum. Bestimmt kann sie doch noch jemand sehen?

Gerade als sie das denkt, tauchen zwei Gesichter in einem der Fenster auf.

Sie winkt hektisch. »Hilfe!«, schreit sie, die Stimme klingt gar nicht mehr wie ihre Stimme. »Hilfe!«

Doch auch diese beiden stehen nur da und rühren sich nicht.

Können sie sie überhaupt sehen? Ja doch, sie hat viele Male selbst an diesem Fenster gestanden. Von dort hat man den besten Blick auf den See.

Warum kommen sie nicht herausgerannt, um ihr zu helfen? Und warum hilft ihr der Mann am Ufer nicht?

Vielleicht wollen sie ihr nicht helfen. Das würde sie nicht wundern nach all dem, was sie heute erfahren hat.

Nein, er würde nicht zulassen, dass ich sterbe. Das würde er nicht tun, egal was zwischen uns passiert ist.

Natürlich gibt es noch eine andere Möglichkeit: Sie könnte sich die Gestalten am Fenster nur einbilden. Halluzinieren. Heißt das, sie stirbt? Als sie das denkt, wird ihre Sicht unscharf.

Ist sie schon schneeblind?

Beide Vorstellungen sind fürchterlich. Sie versucht, ihn noch einmal zu beschwören. »Es tut mir leid, ich ... ich werde nichts sagen«, sagt sie mit brechender Stimme. »Bitte ...« Sie streckt ihm eine zitternde Hand entgegen. Er runzelt leicht die Stirn und zögert. Doch dann verschränkt er die Arme.

Eine entsetzliche Furcht steigt in ihr auf und macht sie stark. Obwohl ihr die Glieder immer schwerer werden und trotz des seltsamen Schmerzes, der bis ins Innerste ihres Körpers dringt, zwingt sie sich, sich noch einmal aus dem Wasser hochzustoßen. Sie dreht sich herum. Ihr langes Haar schimmert in dem eisigen Nass, zitternde Finger tasten über das Eis nach einem dickeren Stück, auf das sie sich hochziehen könnte.

Aber da ist nichts – das Eis ist zu dünn. Also versucht sie, es mit den Händen zu zertrümmern. *Wenn sie sich einen Weg durch das Eis kämpfen kann, erreicht sie vielleicht das Ufer.*

Doch der Schmerz ist unerträglich, und ihre Hände fühlen sich an, als wären sie aus Stein.

Und dann bricht das Eis.

Hoffnung steigt in ihr auf. Vielleicht wird das übrige Eis auch brechen und sie kann hindurchschwimmen! Sie will sich abstoßen, doch sie kann die Beine nicht mehr bewegen.

Sie kneift die Augen zu. *Bitte lass mich jetzt nicht im Stich*, fleht sie ihren Körper an. *Bitte, bitte.*

Doch sie sieht nur Eis auf Eis getürmt, fühlt nur das eisige Wasser, das sie hinunterzieht.

Sie hätte wissen müssen, dass es so enden würde – genau an dem Ort, an dem alles begonnen hat. Als sie vor all den Jahren über den zugefrorenen See zu der Lodge hinübergeschaut hat, in deren Fenstern die Weihnachtslichter funkelten, hat sie irgendwie gewusst, dass sie für immer mit diesem Ort verbunden sein würde. Ihr war nur nicht klar gewesen, dass das durch ihren Tod geschehen würde.

Und ihr war nicht klar gewesen, dass er einfach zusehen würde.

Sie schließt die Augen und stellt sich vor, wie Stiefel herbeirennen, wie er keucht, wie seine Hände nach ihr greifen und sie herausziehen. Sie stellt sich vor, unter vereisten Wimpern hochzublicken und sein rußschwarzes Haar zu sehen, seine sorgenvollen Blicke. Und dann die Sicherheit am Ufer des Sees, in seinen Armen.

Aber er sieht weiter nur zu.

Schnee fällt um sie herum, und sie erinnert sich an ein früheres Mal, wo es so geschneit hat. Sie hört Kinderlachen, sieht rote Wangen und eisiges Lächeln. Ihre Erinnerungen holen sie ein, rufen nach ihr, ziehen sie in eine bodenlose Vergangenheit. Sie öffnet die Arme weit für sie, während ihr Kopf im eiskalten Wasser versinkt ...

1

Amber

Winterton Chine
12. Dezember 2009

Der Winter in The Chine, wie die Einheimischen den Ort nennen, kann brutal sein. Eisige Winde fegen von Osten über den Ärmelkanal, fallen tosend in das Tal ein, das in die Landschaft gemeißelt ist, während die Bäume darüber steif von Eis sind. Trotzdem vereist der Strand fast nie, bis auf die zwei strengsten Winter seit Beginn der Aufzeichnungen: den Winter 1962 und den, in dem das Mädchen zum ersten Mal in das Leben von Amber Caulfield tritt.

An diesem Morgen erwägt sie, zusammengerollt unter der Decke liegen zu bleiben, statt das zu tun, was sie an sechs von sieben Tagen in der Woche tut: zum Strand hinunterzugehen und ihren Souvenirladen aufzumachen.

»Nein«, sagt sie streng zu sich selbst, während sie nach einem Handtuch greift und Richtung Dusche geht. »Ich brauche die Einnahmen, und die Wände müssen auch noch gestrichen werden.« Der Winter in Winterton Chine ist nicht nur wegen des Ostwinds hart, im Winter bleiben auch die Touristen weg, die den größten Teil von Ambers Kundschaft ausmachen. Sie hofft jedoch, dass sie mit einem frischen Anstrich und ein paar weiteren Renovierungsarbeiten den Laden für den kurzen Ansturm während des alljährlichen Weihnachtsmarkts attraktiv machen kann, der in gut einer Woche beginnt.

Sie duscht, zieht eine dicke Leggins und einen langen schwarzen Pullover an und dreht ihr rotes Haar im Nacken zu einem Knoten zusammen. Als sie, noch mit dem Zuknöpfen ihres langen schwarzen Mantels beschäftigt, hinaustritt, trifft die Kälte sie wie ein Vorschlaghammer. Sie reibt an den Stümpfen ihrer linken Hand, die von der Erinnerung an einen anderen kalten Winter schmerzen, und geht Richtung Strand. Von ihrer Wohnung aus sind es nur fünf Minuten die gewundene Straße hinunter, die das Zentrum von The Chine bildet. Beim Gehen winkt sie den vertrauten Gesichtern zu, die ihr begegnen: ein paar Mütter, die ihre Kinder in die Schule bringen, Jim vom Zeitschriftenladen, ein Busfahrer, der die Leute für einen weiteren Arbeitstag zum Bahnhof bringt und im Vorüberfahren grüßend die Hand hebt.

Der Strand, ein schmaler Streifen Sand, beginnt am Ende der Straße. Oberhalb liegt ein Wald. Eine lange, gerade Promenade führt am Strand entlang, der bei Hundebesitzern sehr beliebt ist. An der Promenade stehen dreißig pastellfarbene Strandhütten, von denen drei Ambers Souvenirladen beherbergen. Sie betrachtet die kleinen Eiszapfen, die an den Dächern der Hütten hängen, und schüttelt den Kopf. Keine Chance, dass sich heute jemand an den Strand wagt. Nächste Woche wird sich das ändern, hat sie beschlossen, vor allem wenn die Leute die neuen Farben sehen, in denen sie den Laden streichen wird. Mit leicht erzwungenem Enthusiasmus geht sie auf die Hütten zu.

Der Laden liegt genau in der Mitte der Strandhütten, eine rosa Hütte, eine babyblaue und eine grüne. Na ja, sie war einmal grün, jetzt ist eine Hälfte knallrot. Amber hat sich für eine kühnere Farbwahl entschieden, um mehr Leute anzulocken. Die anderen Hütten sind in den nächsten Tagen an der Reihe, die rosafarbene wird leuchtend gelb, die babyblaue smaragdgrün werden. Ein Zaun aus weißen Holzpalisaden umschließt die Hütten und macht deutlich, dass alle drei zusammengehören. Sie hat sich noch nicht entschieden, ob sie den auch streichen soll. Über der mittleren Hütte hängt ein Schild: *Geschenke Caulfield, gegründet 1955.*

Ambers Großvater hat das Geschäft eröffnet und es an seine Töchter vererbt, an Ambers Mutter und Tante. Die beiden haben sich allerdings vor acht Jahren aus dem Geschäft zurückgezogen. Sie waren der Auffassung, dass Amber jetzt an der Reihe sei. Der Laden befriedigt ihren Wunsch nach einer kreativen Aufgabe. Für den Dezember hat sie ein weihnachtliches Ambiente geschaffen, mit Hirschmotiven und Schneeszenen, mit Tannenzweigen und Lichtern in Form von Eiszapfen und den Werken ortsansässiger Künstler in den Regalen. An trockenen Tagen stellt Amber weitere Werke auf der Veranda aus, auf vier Kisten, die sie in den Farben der Hütten gestrichen hat. Sie erregen die Aufmerksamkeit der Leute am Strand und in dem nahen Café und locken in den Sommermonaten viele Touristen an, die ein Andenken mit nach Hause nehmen wollen.

Aber im Winter ist es ruhig. So ruhig, dass Ambers Mutter vorgeschlagen hat, sie solle nur noch in den Sommermonaten öffnen und sich für den Winter irgendwo einen Job suchen. Doch Amber mag den friedlichen Strand, das Gefühl des beißenden Windes im Gesicht. Es erinnert sie daran, dass sie da ist, dass sie trotz allem, was ihr als Kind zugestoßen ist, überlebt hat.

Sie reibt noch einmal ihre kaputte Hand, bevor sie die Schlösser an den drei Klappläden aufschließt und sie mit der gesunden Hand aufstößt. Sie beugt sich hinunter und schaltet die Lichterketten an, die an der Decke jeder Hütte befestigt sind, dann stellt sie draußen eine Tafel auf, die *Wundervolle Winter-Schnäppchen* ankündigt.

Sie zieht ihren Stuhl heraus, setzt sich darauf und schließt die Augen, um einen Moment der Ruhe zu genießen, bevor sie mit dem Streichen beginnt.

»Hab ich dich erwischt, wie du bei der Arbeit schläfst!«, ertönt eine vertraute Stimme. Sie dreht sich um und sieht ihre Mutter Rita und ihre Tante Viv den Strand hinunterkommen, eingepackt in ihre Wintermäntel. Das rote Haar, das ihrem so ähnlich ist, weht im Wind. Sie haben einander untergehakt und tragen beide hohe, pelzgefütterte Stiefel, Wollmäntel, die bis zu den Waden reichen, und bunte Schals, die ellenlang erscheinen. Sie behaupten, altersmäßig sechs Jahre auseinander zu sein, doch Amber fragt sich manchmal, ob sie nicht insgeheim Zwillinge sind.

»Ihr habt mich eigentlich nicht erwischt, denn ich hab ja gar nicht versucht, meine Pause zu verheimlichen«, sagt Amber weiterhin mit geschlossenen Augen, um den beiden ihren Standpunkt klarzumachen.

»Hier, das wird dich wachmachen«, sagt ihre Mutter und reicht ihr einen Plastikbecher mit dampfendem heißem Kaffee. »Mit etwas Lebkuchengewürz, um dir die Frage zu ersparen.«

Amber lächelt, als sie den Kaffee entgegennimmt. »Danke. Wird mir heute das Vergnügen zuteil, dass ihr beide mir Gesellschaft leistet?«, fragt sie, als sie daran nippt und den leichten Lebkuchengeschmack genießt, den sie zu dieser Jahreszeit in ihrem Kaffee so liebt.

»Hör dir ihren Sarkasmus an, Rita«, sagt ihre Tante Viv und schüttelt den Kopf. »Du solltest dein Kind wirklich besser im Griff haben.« Das spitzbübische Funkeln in ihren blauen Augen verrät, dass sie es scherzhaft meint.

»Kind«, sagt Amber und schüttelt den Kopf. »In fünf Jahren werde ich vierzig.«

Rita zuckt zusammen. »Erinner mich bloß nicht daran. Besser du gibst keine Party; Len, der die Straße runter wohnt, hält mich immer noch für fünfzig.«

Viv lacht. »Für fünfzig? Mit den Falten!«

»Falten sind die neuen Grübchen, weißt du das nicht?«, meint Rita affektiert. Sie lachen.

»Aber mal ernsthaft«, sagt Amber, »wollt ihr wie letzte Woche hier herumhängen und die Kunden vergraulen?«

Die beiden älteren Frauen sehen sich entsetzt an. »Wir? Die Kunden vergraulen? Wir haben den Laden dreißig Jahre lang betrieben.«

Amber muss einfach lächeln. In Wahrheit liebt sie die Gesellschaft ihrer Mutter und ihrer Tante. Der Tag vergeht mit ihnen schneller, wenn nicht viel los ist. Und während manche Kunden die beiden exzentrischen Rothaarigen, die vor dem Laden lachen und Witze reißen, ein bisschen beängstigend finden, finden die meisten sie reizend. Oft verkaufen sie sogar selbst etwas, wenn auch zum halben Preis, ohne sich erst mit Amber abzusprechen.

»So, so«, sagt Viv und sieht sich um, »welche Kunden sollten wir denn vergraulen?«

Amber verdreht die Augen, während sie in den hinteren Teil der Hütte geht, um die rote Farbe zu holen.

»Du solltest mit dem Laden auf eBay gehen«, fährt Viv fort.

»Oder auf Etsy! Das ist das Neueste, weißt du?«, stimmt Rita ein.

»Ich habe dir schon Millionen Mal gesagt, dass ich *nicht* online gehen werde«, sagt Amber, während sie mit der gesunden Hand vorsichtig den Deckel von der Farbe zieht. »Die Leute müssen die Sachen anfassen, sie *riechen*. Das gehört alles zum Kauferlebnis dazu.«

Viv greift nach einem kleinen, mit Muscheln besetzten Spiegel und schnüffelt daran. »Für mich riecht der nach verrotteten Krabben.«

»Von dem Farbgeruch mal ganz abgesehen«, fügt Rita hinzu und rümpft die Nase. »Ich weiß nicht, warum du nicht bei den Pastelltönen bleibst.«

Amber stemmt die Hand in die Hüfte und mustert ihre Tante von oben bis unten. »Na klar. Danke für die Unterstützung.«

Viv lacht und nimmt ihre Nichte in den Arm. »Komm, du weißt doch, dass wir nur Witze machen.«

»Wann macht ihr mal keine Witze?« Amber schüttelt missbilligend den Kopf. Es stört sie eigentlich nicht. Die

Neckereien, die Witze und der Sarkasmus gehören zu der Freundschaft der drei Frauen. Manchmal machen die beiden sie wahnsinnig. Doch Amber weiß nicht, wo sie ohne ihre dauernde Anwesenheit heute wäre. Die beiden sind alles an Familie, was sie, die in Winterton Chine geboren und aufgewachsen ist, je gekannt hat. Ihr Vater, ein Lastwagenfahrer, ist ein paar Monate nach ihrer Geburt abgehauen.

»Er hat sich so schon immer beklagt, dass er sich mit zwei verrückten Rotschöpfen herumschlagen muss«, sagte ihre Mutter immer. »Und dann kamst du, noch ein Rotschopf, und hast dir nächtelang die Seele aus dem Leib geschrien.« Einige hätten das als Ablehnung ausgelegt. Doch nach allem, was Amber von ihrer Mutter, ihrer Tante und der Hälfte der Leute in der Stadt über ihren heftig trinkenden, gerne ausfällig werdenden Vater gehört hat, nimmt sie es als Kompliment. Jahrelang hat sie mit ihrer Mutter allein in einem kleinen Reihenhaus im Ort gewohnt, ihre Tante mit ihrem Mann ein paar Häuser weiter. Doch dann hat Viv sich scheiden lassen, und jetzt sind sie nur noch zu dritt – »die drei Rothaarigen«, wie die Einheimischen sie nennen.

»Es wird wirklich kalt«, sagt Rita und faltet eine dicke Fleecedecke auseinander, um sie über ihre und Vivs Beine zu legen, während sie draußen auf der Veranda sitzen. »In den Nachrichten haben sie gesagt, dass wir vielleicht Schnee bekommen.«

Amber zwirbelt an ihrem Pullover herum. »Hoffentlich nicht.« Sie sieht auf ihre linke Hand mit den Fingerstummeln hinunter. Kalte Tage wie dieser erinnern sie stets ganz besonders an den Verlust ihrer Finger. Sie greift nach einem Handschuh und zieht ihn an, während ihre Mutter und ihre Tante sich ansehen. Sie befürchtet, dass der Anblick ihrer fingerlosen Hand Kunden abschrecken könnte. Obwohl ihre Mutter und ihre Tante ihr immer sagen, dass sie sich das nur einbildet, sieht sie, wie die Augen mancher Kunden zu ihrer rechten Hand wandern, die flüchtigen, bestürzten Blicke. Da trägt sie lieber Handschuhe, wann immer sie kann.

Sie seufzt und greift nach dem Pinsel, während ihre Mutter und ihre Tante schweigend dasitzen.

»Oh! Es geht los, der erste Kunde des Tages«, durchbricht ihre Tante das Schweigen.

Amber folgt ihrem Blick zu einer Frau, die den Strand hinunterkommt. Eigentlich ist es eher ein schmächtiges Mädchen mit schulterlangen blonden Haaren in der Farbe von Graubirken und mit blauen Strähnen. Amber beschattet ihre Augen vor der grellen Wintersonne und betrachtet das Wollkleid und die zerrissene Strumpfhose. »Sie hat gar keinen Mantel an.«

»Und keine Schuhe«, fügt Viv überrascht hinzu. »Mein Gott, sie wird sich den Tod holen.«

Das Mädchen stolpert leicht, dann bleibt sie stehen und sieht verwirrt an sich hinunter.

»Sieht aus, als wäre sie betrunken«, sagt Rita.

»Nein, irgendwas stimmt nicht mit ihr.« Amber zieht die Decke von den Knien ihrer Mutter und ihrer Tante, tritt von der Veranda und läuft zu dem Mädchen.

2

Amber

Winterton Chine
12. Dezember 2009

Das Mädchen ist hingefallen. Amber kniet sich neben sie und legt ihr die Decke um die schmalen Schultern. Das Mädchen ist eiskalt und zittert unkontrolliert, ihre langen farblosen Wimpern glitzern vor Frost. Amber zieht sie instinktiv an sich, um dem zarten Körper etwas von ihrer Wärme abzugeben.

»Was um alles in der Welt machst du hier ohne Mantel?«, fragt sie, während Viv und Rita angelaufen kommen.

Das Mädchen sagt nichts und sieht Amber nur mit großen, verwirrten Augen an.

»Sieh sie dir an, sie friert«, bemerkt Viv, als sie bei ihr sind.

Ambers Mutter sieht mit gerunzelter Stirn zu dem Mädchen hinunter. »Bist du von hier, Liebes?«

Das Mädchen blinzelt, ihre Wimpern kleben von dem Eis aneinander. »Ich ... ich weiß nicht«, antwortet sie. Die drei sehen sich an.

»Sie kommt mir bekannt vor«, murmelt Viv. »Wie heißt du, Schätzchen?«

»Wie lange warst du da draußen?«, fragt Rita.

»Wo sind denn deine Schuhe?«, fügt Viv hinzu.

»Das sind viel zu viele Fragen!«, sagt Amber. Sie hilft dem Mädchen aufzustehen. »Komm, gehen wir ins Warme, du musst wieder auftauen.«

Alle drei helfen dem Mädchen zur Strandhütte, und Amber nutzt die Gelegenheit, ihr schönes Gesicht zu betrachten. Ihre Augen stehen unter dem fedrigen blonden Pony weit auseinander, und sie hat eine Stupsnase. Sie trägt einen Ring in der Nase, und ihre Augenbraue schmückt ein Edelstein. Beide sind schön und blau wie die Strähnen in ihrem Haar. Sie sieht aus, als könnte sie durchaus noch im Teenageralter sein. Es ist nicht ausgeschlossen, dass Ambers Tante recht hat – vielleicht hat das Mädchen gestern Abend wirklich zu viel getrunken und ist in einer der Strandhütten gelandet? Das kommt manchmal vor. Doch wenn Amber sich das Mädchen genauer ansieht, kommt sie ihr nicht wie der Typ vor, der so etwas tut. Sie ist nicht wie Amber in diesem Alter, mit wilden Haaren und noch wilderem Gemüt.

Sie gehen in die mittlere Hütte, und Amber hilft dem Mädchen auf einen Stuhl. Sie stellt die elektrische Heizung höher, und im selben Moment keucht Rita auf. Amber folgt ihrem Blick und sieht, dass das Haar hinter dem rechten Ohr des Mädchens blutig ist.

»Ruf einen Krankenwagen«, sagt Amber schnell, zieht ihren Handschuh aus, holt eine Damenbinde aus der Tasche und drückt sie auf die Wunde. Das Mädchen zuckt zusammen und versucht, die Binde wegzuschieben.

»Nein, meine Liebe«, sagt Amber und schiebt sanft ihre Hand weg. »Du hast dich verletzt.«

Ambers Mutter wirft einen Blick auf die blutdurchtränkte Binde, dann wendet sie sich ab, die Hand vor dem Mund, während Viv ihr Handy herausholt und einen Krankenwagen ruft. Als sie der Person am anderen Ende erklärt, um was für eine Verletzung es sich bei der jungen Frau handelt, weiten sich deren Augen vor Furcht. Amber legt ihr tröstend die Hand auf den Arm, und das Mädchen sieht auf Ambers Hand hinunter, registriert die fehlenden Finger und die knotigen Stümpfe. Sie fährt mit einem kalten Finger über die Stümpfe, und Amber zieht ihre Hand schnell weg.

»Sehen wir zu, dass du etwas Warmes bekommst, während wir warten, ja?«, sagt Rita und reißt sich zusammen. »Tee? Heiße Schokolade?«

»Kaffee?«, fügt Viv hinzu, als sie aufgelegt hat.

»Ich denke, besser nicht, Viv«, sagt Amber. »Am besten geben wir ihr gar nichts zu essen oder zu trinken, bevor jemand sie sich richtig angesehen hat.«

»Wirklich? Erinnerst du dich, wie du nach dieser Party gefallen bist und dir den Kopf aufgeschlagen hast, stockbesoffen, wie du warst?«

Amber ignoriert ihre Tante, räumt ein paar Lichterketten von einem kleinen Tisch und setzt sich darauf. »Wie heißt du denn, Liebes?«

Das Mädchen schweigt eine Weile. Dann schüttelt sie den Kopf, während sich ihre Augen mit Tränen füllen. »Ich weiß es nicht. Warum weiß ich nicht, wie ich heiße?«

»Das ist okay«, sagt Amber beruhigend. »Das ist der Schock von dem Sturz. Ich kann mich erinnern, dass ich auch etwas verwirrt war, als mir das mal passiert ist.«

Ihre Tante und ihre Mutter unterdrücken ein Lächeln.

»Meine Mum und meine Tante waren zu sehr damit beschäftigt zu lachen, um überhaupt zu merken, dass ich mich verletzt hatte«, fügt Amber hinzu und sieht sie finster an. »Erinnerst du dich an irgendetwas? Zum Beispiel, wie du hierhergekommen bist?«

Das Mädchen sieht zum Meer hin und zuckt leicht zusammen. Dann schüttelt sie schnell den Kopf.

»Vorsichtig!«, sagt Amber, als die Binde sich durch die Bewegung leicht verschiebt und ihr das Blut auf die Finger tropft.

»Entschuldigung«, sagt das Mädchen, jetzt ruhiger. »Ich ... ich erinnere mich an nichts, wirklich nicht.« Panik zuckt in ihren Augen auf. »Warum erinnere ich mich an nichts, warum kann ich nicht ...«

»Mach dir keine Gedanken, meine Liebe«, sagt Ambers Mutter und legt dem Mädchen einen Arm um die Schulter. »Es wird langsam zurückkommen.«

Das durchdringende Geräusch von Sirenen nähert sich.

»Sie haben gesagt, dass sie sich beeilen«, sagt Viv. Sie marschiert nach draußen und winkt dem Krankenwagen, der die Hauptstraße hinuntergefahren kommt. Ein Paar geht mit seinem Hund spazieren und guckt. In dieser Gegend hört man nicht oft Sirenen. Bis auf ein paar Raubüberfälle in der letzten Zeit passieren nicht viele Verbrechen in der Stadt.

Ein paar Minuten später erscheinen zwei Sanitäter im Eingang der Hütte, ein Mann und eine Frau.

»Wie es aussieht, bist du schon wieder aufgewärmt«, sagt die Frau, entfernt sanft die Binde von der Wunde des Mäd-

chens und untersucht sie. »Ja, das muss genäht werden.«
Die Sanitäterin sieht Amber an. »Das erklärt auch die Ver-
wirrung. Das kommt bei Kopfverletzungen häufiger vor.
Sie kennen sie nicht?«

Amber schüttelt zusammen mit ihrer Mutter und ihrer
Tante den Kopf.

»Das arme Ding erinnert sich an nichts«, fügt Rita hinzu.

Der Sanitäter zieht eine große Rettungsdecke aus seiner Tasche und legt sie dem Mädchen um die Schultern.
»Wieso bist du ohne Schuhe und Mantel am Strand ent-
langspaziert?«, fragt er dabei.

»Ich weiß es nicht«, flüstert das Mädchen. »Ich weiß es
wirklich nicht.«

Die Sanitäterin zieht sich ein Paar Latexhandschuhe
an und bläst sich in die Hände. »Ich will nur kurz deinen Bauch abtasten, okay? Und deine Temperatur messen.
Wahrscheinlich ist es ohnehin am besten, wenn wir dir das
nasse Kleid ausziehen.«

Das Mädchen guckt erschrocken.

»Hier, haltet die Decke hoch«, sagt Amber zu ihrer
Mutter und ihrer Tante und zeigt auf eine Decke, die zum
Verkauf ausliegt. Sie tun, was sie sagt, und halten die Decke
als Sichtschutz hoch. Amber hilft dem Mädchen schnell,
das Kleid auszuziehen, dann wickelt sie die erste Decke fest
um sie und die Rettungsdecke obendrüber.

»Danke«, sagt das Mädchen und sieht aus dem Dunkel
zu ihr hoch.

Ambers Herz krampft sich zusammen. »Keine Ursache.«

Die Sanitäterin legt ihre Finger auf den Bauch des Mädchens, dann auf ihren Hals und sieht dabei auf die Uhr.

»Du hast möglicherweise auch eine leichte Unterkühlung. Zusammen mit der Kopfverletzung ist es das Beste, wir bringen dich rasch ins Krankenhaus.«

Wieder sieht das Mädchen erschrocken aus.

»Alles wird gut«, sagt Amber und greift nach ihrer Hand.

»Kommst du mit?«, fragt das Mädchen leise.

»Natürlich«, sagt Amber, als die Sanitäter dem Mädchen aufhelfen.

»Mach dir keine Gedanken, wir kümmern uns um die Hütte«, ruft ihre Mutter Amber hinterher, als sie gehen.

»Gott steh mir bei«, murmelt Amber vor sich hin. »Ich will nicht, dass mein ganzer Bestand bei eBay gelistet und die rote Farbe weg ist, wenn ich zurückkomme«, ruft sie über die Schulter.

Das Mädchen lächelt vor sich hin, während die Sanitäter lachen.

Als Amber mit dem Mädchen die Hütte verlässt, merkt sie, wie die kleine kalte Hand des Mädchens in ihre kriecht. Es überrascht Amber, dass ihr Tränen in die Augen steigen.

Steh deinen Mann, Rotschopf.

Das Krankenhaus ist anders, als Amber es in Erinnerung hat. Sie hat in den letzten Jahren ihr Bestes getan, es zu meiden, und selbst einen gebrochenen Zeh zu Hause versorgt. Sie sieht sich um und hofft, keinen der Gründe zu sehen, aus denen sie es meidet.

»Wir kriegen dich schon wieder hin«, sagt die Sanitäterin, als sie das Mädchen auf einer Liege in eine Kabine schiebt. Ein Arzt kommt herbei, und Amber ist erleichtert, dass es eine Ärztin und nicht die Person ist, der sie aus dem Weg gehen will.

»Machen Sie sich keine Sorgen, wir kümmern uns um Ihre Tochter«, sagt die lächelnde Ärztin zu Amber, während sie sich Handschuhe anzieht.

Amber merkt, wie sie rot wird. »Sie ist nicht meine Tochter. Ich habe sie nur am Strand gefunden.«

Die Ärztin nickt. »Entschuldigung, mein Fehler.«

Amber schaut auf das Mädchen hinunter, und einen Moment stellt sie sich vor, dass sie ihre Tochter *wäre*, dass sie immer noch da wäre, noch leben würde. Sie stellt sich sogar den Anruf vor.

»Wir haben deine Katy am Strand aufgegriffen, wie sie dort herumgeirrt ist, Amber«, würde einer der Hundebesitzer bei einem frühmorgendlichen Anruf sagen. »Tut mir leid, meine Liebe, wir denken, sie hat möglicherweise ein bisschen zu tief ins Glas geschaut.«

Sie würde wütend auf ihre Tochter sein, sie aber auch verstehen. War sie als Teenager nicht auch am frühen Morgen betrunken am Strand entlanggelaufen? Sie würde ihr Hausarrest geben, vielleicht eine Woche lang. Sie nach Hause bringen und ins Bett packen, ihr eine Weile ihre Ruhe lassen. Dann würden sie sich unterhalten müssen. Amber würde die Geschichten aufbauschen, wie sie selbst betrunken gewesen ist, ihr von ihrer alten Freundin Louise erzählen, die so betrunken war, dass sie beim nächtlichen Schwimmen beinahe ertrunken wäre, und von einem anderen Mädchen, das mit vierzehn schwanger geworden war. Ihre Tochter würde die Augen verdrehen. »Mein Gott, Mum, es war nur ein einziges Mal.« Und dann würden sie lachen und Pizza bestellen und vielleicht einen Film gucken.

»Ist alles in Ordnung?«, hört Amber eine leise Stimme. »Du weinst.«

Sie sieht zu dem Mädchen hinunter, dem Mädchen, das nicht ihre Tochter ist. Schnell wischt Amber sich die Tränen ab. »Mir geht es gut«, sagt sie ein wenig schärfer als beabsichtigt. Sie tritt ein paar Schritte zurück. »Du passt auf dich auf, okay? Du bist jetzt in guten Händen.«

»Du gehst?«, fragt das Mädchen und setzt sich mühsam auf. »Bitte bleib.«

Amber schüttelt den Kopf und ballt ihre gesunde Hand zur Faust, um sich stark zu machen. »Ich kann nicht. Ich habe den Laden, weißt du? Den ich außerdem vor dem Weihnachtsmarkt-Ansturm noch streichen muss«, fügt sie hinzu, während sie die Ärztin ansieht und mit den Schultern zuckt. »Du brauchst mich nicht, guck mal, die ganzen Leute hier sind alle für dich da!« Ihre Stimme bricht, als sie das sagt. Dann verlässt sie die Kabine und versucht, nicht an den verlorenen Blick des Mädchens zu denken.

Als sie die Station gerade verlassen will, ruft eine vertraute Stimme: »Amber?«

»Großartig«, murmelt Amber vor sich hin. Sie atmet tief durch, dann dreht sie sich um und sieht den Mann an, von dem sie gehofft hat, sie würde ihm nicht begegnen: ihren Exmann Jasper. Er sieht derangiert aus wie immer, der weiße Arztkittel und die dunkle Hose, die seine schlanke Gestalt umhüllen, sind zerknittert. Sein blondes Haar steht in alle Richtungen ab, und er hat Ringe unter den Augen.

»Hallo«, sagt sie und zwingt sich zu einem Lächeln.

Er hält kurz inne, sucht nach Worten. Schmerz flackert in seinen Augen auf, und Amber muss die Schuldgefühle unterdrücken, die sie empfindet. »Du siehst gut aus«, bringt er heraus.

»Und du siehst erschöpft aus.«

Er lacht und reibt sich das leicht stoppelige Kinn. »Das passiert schon mal nach Vierzehn-Stunden-Schichten. Was führt dich hierher?«

»Ich habe ein Mädchen am Strand gefunden. Mit einer Kopfverletzung.«

Er bekommt dieses ernste Doktorgesicht, das ihr einmal so vertraut gewesen ist. »Verstehe. Ist sie im Suff hingefallen?«

»Vielleicht«, sagt Amber und wirft einen Blick zu der Kabine hin, in der das Mädchen liegt. »Aber irgendetwas sagt mir, dass es nicht so ist. Ich kann mich nicht erinnern, dass ich sie hier schon mal gesehen hätte. Sie erinnert sich an nichts.«

»Das passiert bei Kopfverletzungen … und bei einem Kater.« Er sieht zu dem kleinen Laden am Eingang des Krankenhauses hin. »Wolltest du ihr etwas holen?«

Amber schüttelt den Kopf. »Nein, ich will gerade gehen. Ich überlasse sie den Experten.«

»Aber wenn sie niemanden kennt …«, beginnt er unsicher, dann verstummt er.

»Ich kann den Laden nicht einfach sich selbst überlassen, Jasper. Ich habe nur noch eine Woche, um ihn für den Weihnachtsmarkt zu rüsten.« Ambers Stimme klingt schroffer als beabsichtigt. »Es geht ihr gut hier. Vermutlich treffen ihre Eltern jeden Moment ein.«

Jasper sieht sie weiter an, und allein sein Blick sagt ihr, was er denkt. Sie kennt ihn gut, sie kann jede Macke und jeden Gesichtsausdruck deuten, und sie ist sich sicher, dass es ihm genauso geht. Sie sind schließlich sieben Jahre zusammen gewesen.

Obwohl sich das vor zehn Jahren geändert hat. Es hat sich so vieles geändert.

Er seufzt. »Okay, dann sehe ich mal nach ihr. Ich mache gerade eine Fortbildung in Neurologie, ich denke sogar darüber nach, noch einen Facharzt zu machen.«

»Du hörst in der Notaufnahme auf?«

»Mal sehen. Kann ich dich informieren, wenn ihre Eltern eintreffen? *Falls* sie eintreffen«, fügt er hinzu. »Immer noch dieselbe Nummer?« Seine Stimme klingt jetzt geschäftsmäßig.

Amber nickt. »Du kennst mich, ich werde sie nie ändern.«

Er lächelt leicht. »Ja, das stimmt.« Wieder dieser gequälte Blick. Er studiert Ambers Gesicht. »Geht's dir gut?«

»Ja, alles klar.«

»Und Rita und Viv?«

»Der übliche Wahnsinn.«

Er lacht. »Ja. Ich vermisse es, sie in der Stadt zu sehen.«

Vor fünf Jahren ist er aus Winterton Chine weg ins nächste Dorf gezogen. Als er Amber eine SMS geschickt hat, um es ihr zu sagen, hat sie eine Mischung aus Erleichterung und Bedauern empfunden. Keine peinlichen Begegnungen in der Stadt mehr. Aber auch keine Chance, ihn zu sehen, ohne dem Krankenhaus einen Besuch abzustatten, was keiner gerne tut.

»Okay, ich geh dann mal besser«, sagt Amber. »Ich will Mum und Viv nicht zu lange mit dem Laden allein lassen.« Sie hebt die Hand, winkt lahm und geht, wobei sie sich seiner Blicke bewusst ist, die ihr folgen.

Als Amber zurück bei den Strandhütten ist, tanzen ihre Mutter und ihre Tante gerade auf dem vereisten Strand einen Foxtrott, während ein Hundebesitzer amüsiert zuguckt. Als Amber sich nähert, hören sie auf.

»Du bist schon zurück?«, fragt ihre Mutter, leicht außer Atem.

»Warum nicht?«, antwortet Amber, geht in den Laden und wirft ihren schwarzen Mantel in die Ecke. »Habt ihr irgendwas verkauft?«

»Eine Decke!« Viv lächelt stolz.

»Was ist mit dem Mädchen? Sie wird sich einsam fühlen«, sagt Rita und ignoriert die Frage ihrer Tochter.

»Nein, wird sie nicht«, antwortet Amber und wirft einen Blick auf den Durchschlag der Quittung, die ihre Tante für die Decke gekritzelt hat. »Du hast sie zehn Pfund billiger verkauft?«, ruft sie ungläubig und schwenkt die Quittung.

»Fünfzig Pfund sind Wucher!«, antwortet Viv. »Bei Etsy bekommst du sie für dreißig.«

»Das ist der normale Preis, Viv«, sagt Amber und verschränkt die Arme vor der Brust. »Mein Gott, ich versuche, mich hier über Wasser zu halten.«

»Schluss mit der verdammten Decke!«, ruft Rita den beiden zu. »Was ist mit dem Mädchen? Sie wird sich im Krankenhaus einsam fühlen.«

Amber schüttelt die restlichen Decken auf, dann greift sie nach dem Pinsel und geht nach draußen. Die beiden Frauen folgen ihr. »Sie ist im Krankenhaus, umgeben von Ärzten und Krankenschwestern.«

»Du hättest bei ihr bleiben sollen«, sagt Rita, und Viv nickt zustimmend.

Amber dreht sich zu ihnen um. »Warum? Ich kenne sie nicht einmal.«

»Der Mann, der dir damals geholfen hat, hat dich auch nicht gekannt«, antwortet ihre Mutter. »Und er schickt uns noch heute jedes Jahr eine Weihnachtskarte und erkundigt sich nach dir, nach dreißig Jahren!«

Amber drückt die Farbdose unbeholfen mit der kaputten Hand gegen die Hüfte, sodass sie den Deckel mit der gesunden Hand öffnen kann. Dann stellt sie die Dose ab und taucht den Pinsel hinein.

»Ich brauche eure Hilfe heute nicht mehr«, sagt sie, ohne die beiden Frauen anzusehen. »Wenn ihr wollt, könnt ihr ja auf Tee und Kuchen ins Earl's gehen«, fügt sie abschätzig hinzu. Das Earl's ist die Teestube in der Stadt. »Die fragen sich bestimmt schon, wo ihr seid. Wer soll denn sonst den Dorfklatsch weitergeben?«

Sie sieht ihre verletzten Mienen und beißt sich auf die Zunge. Sie ist zu weit gegangen.

»Ist das deine Art, uns zu sagen, dass wir verschwinden sollen?«, fragt Viv.

»Ich muss mich auf das Streichen konzentrieren. Ich bin schon spät dran«, sagt Amber versöhnlicher und schwingt den Pinsel über das Holz. »Ich muss mich konzentrieren, und das ist unmöglich, wenn ihr beiden in der Nähe seid«, fügt sie hinzu und dreht sich um, um sie in dem Versuch, die Spannung zu lockern, kurz anzulächeln.

Ihre Mutter mustert prüfend ihr Gesicht, dann nickt sie still vor sich hin. »Natürlich, Liebes.« Sie gibt Amber einen schnellen Kuss auf die Wange. »Solange es dir gutgeht«, sagt sie und sieht ihrer Tochter in die Augen, während Viv die Stirn runzelt.

Mein Gott, sie kennen sie so gut.

»Gut. Mir geht es sogar sehr gut«, lügt Amber, während sie die rote Farbe aggressiv auf der Holzwand verteilt.

»Dann sehen wir uns später, Schätzchen«, sagt Viv und streicht ihr übers Gesicht. Dann gehen die beiden Schwestern Arm in Arm den Weg entlang, der vom Strand wegführt.

Als sie außer Sichtweite sind, hört Amber auf zu streichen, lässt sich auf ihren Stuhl fallen und sieht auf den weiten, leeren Strand hinaus. Die Kieselsteine sind mit Eis bedeckt, das Meer liegt ruhig unter einem grauen Himmel. Es soll noch mehr Schnee geben, hat ihre Mutter gesagt. Er ist noch nicht da, doch Amber hat plötzlich das Gefühl zu ersticken, begraben zu werden unter den Erinnerungen und dem Frost, der an ihren Fingern beißt.

Sie stellt sich vor, wie ihre Mutter und ihre Tante sich unterhalten:

»Wenn die kleine Katy noch leben würde, wäre sie jetzt ein Teenager wie das Mädchen vom Strand«, sagt ihre Mutter.

»Ja, das habe ich auch gedacht«, antwortet ihre Tante.

»Zehn Jahre. Kannst du dir vorstellen, dass es zehn Jahre her ist, dass wir das kleine Mädchen verloren haben?«

Amber stützt den Kopf in die Hände und schließt die Augen. Sie gestattet sich die Erinnerung, wie warm sich Katy in ihren Armen angefühlt hat. Wie das Lachen klang, in das ihr kleiner Körper in einem Moment des Glücks ausbrechen konnte. Wenn es so kalt ist wie heute, sehnt sie sich nach diesen erstickend heißen Sommernächten in dem Monat, in dem Katy zur Welt gekommen ist. Amber hatte Katy im Kinderzimmer gestillt und durch die riesigen Fenster aufs Meer hinausgeblickt. Jasper war hin und wieder vorbeigekommen, wenn er auf die Toilette ging, und hatte sie liebevoll angelächelt.

Plötzlich kracht eine heftige Welle ans Ufer und spritzt über den vereisten Strand. Der Sommer in Ambers Gedanken wird durch das Geräusch heftigen Regens ersetzt, wie er an jenem furchtbaren Abend gegen die Fensterscheiben geschlagen hat. Sie spürt wieder die sengend heiße Haut ihrer Tochter, sitzt neben ihrem schmalen Bett und beobachtet, wie ihr Atem immer schwerer geht.

»Es ist nur ein kleiner Virus«, hatte Jasper gesagt, als er hereingekommen war und Amber den Arm um die Schultern gelegt hatte. »Im Moment haben wir in der Notaufnahme viele solcher Fälle, und bisher haben sich alle innerhalb von ein oder zwei Tagen erholt. Sie muss erst mal das Schlimmste überstehen. Schlaf ein bisschen. Ich bleibe bei ihr.«

»Nein«, hatte Amber gesagt und den Kopf geschüttelt. »Ich kann nicht schlafen. Mit ihrem Atem scheint etwas nicht zu stimmen. Hör mal!«

»Weil ihre Nase verstopft ist! Wir können uns nicht jedes Mal, wenn sie krank ist, so aufführen, Schatz. Das wird noch oft vorkommen, vor allem, wenn sie erst mal in die Schule geht.«

Aber es sollte kein weiteres Mal geben und auch keine Schule. Eine Stunde später hatte Katy einen Ausschlag bekommen, und Jasper war nicht mehr so entspannt gewesen, sondern entsetzt mit seiner kleinen Tochter auf dem Arm durch den Regen gerannt, um sie ins Krankenhaus zu bringen. Da hatte Amber es gewusst. Sie hatte gewusst, wie ernst es war, wie sie das von Anfang an gewusst hätte, wenn sie da gewesen wäre, als Katy vom Kindergarten krank nach Hause geschickt worden war. Doch sie war bei einem teuren Arzt gewesen, den Jasper ihr empfohlen hatte, um über eine Fingerprothese zu sprechen. Er hatte ihr Gejammer sattgehabt, wie lange sie brauche, um Dinge aufzuarbeiten, die sie im Laden verkaufen wollte. Doch wenn sie nicht diesen verdammten Termin gehabt hätte, wenn sie von Anfang an gesehen hätte, wie schlecht es Katy ging, hätte ihr Mutterinstinkt vielleicht dafür gesorgt, dass sie früher ins Krankenhaus gekommen wäre.

Am nächsten Morgen war die kleine Katy, ihr Ein und Alles, tot – und mit ihr war auch Ambers und Jaspers Ehe gestorben.

Amber ballt ihre gesunde Hand zur Faust, als sie merkt, wie ihr die Tränen über die Wangen laufen. Katy würde helle Haare haben wie das Mädchen vom Strand, vielleicht mit einem Rotstich wie Amber, ihre Mutter und ihre Tante. »Erdbeerblond« hatte ihre Mutter das Haar genannt, als sie Katy zum ersten Mal gesehen hatte. »Meine kleine Erdbeere«, hatte sie geflüstert und ihre neugeborene Enkelin auf die weiche Wange geküsst. Für Rita war es besonders schlimm gewesen. Amber hatte es an ihrer Stimme gehört, als sie sie mitten in der Nacht vom Krankenhaus aus angerufen hatte. Nur wenige Wochen vor ihrem fünften Geburtstag, im gleichen Alter wie Katy, hatte Amber durch eine Erfrierung ihre Finger verloren. Die Erinnerungen mussten auf Rita eingestürmt sein. Amber hatte sich gewünscht, sie wäre an jenem Tag gestorben, dann hätte sie den Schmerz nicht ertragen müssen, so viele Jahre später ihr Ein und Alles zu verlieren. Es war egoistisch gewesen, aber wahr. Es war unerträglich gewesen.

Das war es immer noch.

Amber sieht den Strand hinunter. Sie hasst es, allein zu sein, wenn diese Gedanken kommen.

»Komm schon«, flüstert sie und zwingt sich hinauszugehen. »Die Hütte streicht sich nicht von allein.«

In den nächsten Stunden versucht sie, sich auf das Streichen zu konzentrieren, doch sie muss auch feststellen, dass kein Kunde kommt. Bis auf die Decke hat sie diese Woche nicht ein Stück verkauft, und selbst die geht auf das Konto ihrer Mutter und ihrer Tante. Was macht sie nur falsch? Sie hat sich auf die Verkaufsschlager konzentriert, vor allem auf die Objekte, die sie restauriert hat: die kleinen Stühle, die sie in Wohltätigkeitsläden kauft und aus denen sie Tische macht. Die antiken gerahmten Spiegel, die sie säubert und auf Vordermann bringt. Das alles ist trendy: Used Look in Pastell. Warum sind die Verkaufszahlen dann in diesem Winter derart gesunken?

In ihrem tiefsten Inneren kennt sie den Grund: Sie kann einfach nicht schnell genug arbeiten. Mit zwei gesunden

Händen wäre es vielleicht anders. Sie grübelt viel über das Was-Wäre-Wenn. Eine sichere Methode, um sich abzulenken. Schon in jungen Jahren hat sie ein Talent gehabt, Dinge aufzuarbeiten. Sie hat ihre Finger nur wenige Monate, nachdem sie in die Schule gekommen war, verloren. Ihre Mutter hat immer wieder davon gesprochen, dass ihre Lehrer gestaunt hatten, wie begabt Amber vor ihrem Unfall gewesen war; schon mit vier hat sie die Gabe besessen, aus Pappkartons und Plastikflaschen etwas Schönes zu basteln. Sie hat einmal gehört, wie Viv zu einer Freundin sagte: »Amber hätte Großes vollbringen können, hätte sie nicht ihre Finger verloren.«

Frustriert blickt Amber auf die Stümpfe an ihrer Hand. Ein dummer Moment, in dem sie in den Schnee hinausgelaufen war, obwohl man es ihr verboten hatte, hatte den Lauf ihres Lebens verändert.

Daran kann sie jetzt nichts mehr ändern.

Vielleicht sollte sie wirklich darüber nachdenken, die Öffnungszeiten einzuschränken und sich einen Job in der Stadt zu suchen. Sie holt tief Luft. Will sie das wirklich? Ihre Hypothek ist nicht hoch, die Wohnung, in der sie wohnt, ist klein. Sie hat kaum Ausgaben. Es ist nicht nötig. Und davon abgesehen, was zum Teufel kann sie mit ihrer nutzlosen Hand schon tun? Es kommt ihr so vor, als brauchte sie dreimal so lange, um die alltäglichen Dinge zu erledigen – einschließlich des Streichens.

»Verflixt!«, ruft sie frustriert und wirft den Pinsel auf den Boden. Rote Farbe spritzt auf die Kieselsteine. Mit dem kleinen Kessel, den sie in der Hütte hat, macht sie sich eine heiße Schokolade und tritt auf den Sand hinaus. Sie bläst auf den Kakao, damit er abkühlt, und versucht, gleichzeitig ihre Sorgen wegzublasen.

Sie schaut in Richtung Krankenhaus und stellt sich ihre kleine Katy dort vor, allein, verängstigt und verwirrt. Amber und Jasper sind bis zum Schluss bei ihr gewesen, haben ihre Hand gehalten, ihr Tröstliches zugeflüstert und versucht, die vielen Drähte, die aus ihrem kleinen Körper ragten, zu ignorieren. Zumindest das Eine hatte Amber: Das Wissen, dass ihre Tochter das nicht alleine hatte durchstehen müssen.

Doch dieses arme Mädchen lag im Krankenhaus, ohne zu wissen, wer sie war und woher sie kam.

»Verdammt. Ich muss einfach zu ihr.«

Schnell bringt sie die Farbe hinein, schließt die Hütte ab und eilt in Richtung Stadt.

3

Amber

Winterton Chine
12. Dezember 2009

Als Amber die Straße entlang in Richtung Stadt marschiert, ist der Himmel so düster, dass die Ladenbesitzer die Weihnachtslichter angemacht haben. Sie funkeln rot, blau und grün in den Fenstern, und Weihnachtsmusik tönt aus den Läden. Leute gehen vorbei, viele lächeln Amber zum Gruß an.

Bald wird der Marktplatz voller Weihnachtsstände sein. Einige werden Erzeugnisse verkaufen, die Amber ihnen besorgt und gegen das Versprechen ausgehändigt hat, ihr Kunden an den Strand hinunterzuschicken.

Das Krankenhaus kommt in Sicht. Amber geht hinein.

»Heute Morgen ist ein Mädchen eingeliefert worden«, sagt sie, als sie an die Empfangstheke kommt, »das man am Strand gefunden hat.«

Eine mürrisch aussehende Frau mit einem weihnachtlichen Hütchen mustert Amber von oben bis unten. »Ja. Und wie kann ich Ihnen helfen?«

»Ich habe sie gefunden. Ich würde sie gerne sehen, wenn das möglich ist?«

Die Frau sieht Amber mit zusammengekniffenen Augen an. »Und woher soll *ich* das wissen?«

Amber verdreht verzweifelt die Augen. »Ist das Ihr Ernst?« Sie wirft einen Blick in Richtung Notaufnahme. »Hat Dr. Fiore Dienst?«

Die Augen der Frau flackern verwirrt. »Ja.«

»Können Sie ihm bitte sagen, dass Amber hier ist? Er kann für mich bürgen.«

Die Frau greift nach dem Telefon, während sie Amber mit zusammengekniffenen Augen misstrauisch mustert. Während sie Jasper anpiepst, lehnt sich Amber gegen die Theke und betrachtet die humpelnden Patienten und die missmutig aussehenden Kinder. Der Winter bringt eisbedingte Stürze und reichlich Viren mit sich. Zu dieser Jahreszeit hat Jasper immer am meisten zu tun gehabt. Sie erinnert sich gut an die Nächte, in denen sie sich allein vors Feuer gekuschelt hat, und an die Freude, wenn er nach Hause kam, an die heißen Bäder, die sie geteilt haben, während sie ihm den Tag abgeschrubbt hat.

Einen Moment später taucht er auf, er kommt den Gang hinunter, die Krawatte mit Stechpalmen und Efeu darauf ins Hemd gesteckt. »Ist alles okay, Amber?«, fragt er.

»Diese Frau lässt mich nicht zu dem Mädchen«, erklärt Amber.

Jasper lächelt die Frau an der Rezeption an. »Das ist in Ordnung, Kathleen. Amber hat sie gefunden. Ich bringe sie auf die Station.«

»Tut mir leid, Dr. Fiore«, sagt die Frau und wird rot.

Jasper schüttelt den Kopf. »Das ist schon in Ordnung, Sie haben nur Ihre Arbeit gemacht.«

Die Frau strahlt.

»Wie es aussieht, kannst du immer noch gut mit Frauen«, sagt Amber, als Jasper sie zu den Aufzügen führt.

Jasper wirft ihr einen Blick zu. Sie haben immer darüber gewitzelt, wie das Personal für ihn geschwärmt hat. Dass Jasper es gar nicht zu bemerken schien, hatte das Ganze nur noch lustiger gemacht. Doch für Amber war es offensichtlich gewesen, vor allem, wenn sie zu einem Treffen der Belegschaft mitgekommen war und gesehen hatte, wie die jungen Mädchen und einige der jungen Männer rot geworden waren, wenn Jasper mit ihnen sprach. Sie hatte das Gefühl gehabt, sie könnte nicht mithalten – nicht mit ihrer deformierten Hand. Das war immer ihr Problem gewesen. Sie ging zwar schon davon aus, dass sie mit ihren Kurven und ihren rosigen, sommersprossigen Wangen attraktiv war; sie wusste es von der Art, wie die Männer sie anmachten. Aber sie war sich ihrer Hand immer sehr bewusst. Sie machte sie unsicher. Jasper sagte, dass sie sich das nur einbilde, doch er sah die Dinge nicht mit ihren Augen, den sich schnell verändernden Gesichtsausdruck von Leuten, die sie neu kennenlernte, das plötzliche So-tun, als hätten sie es nicht bemerkt. Als sie ihm das gesagt hatte, hatte er erwidert, dass sie es *natürlich* bemerkt hätten, doch es mache sie nicht weniger attraktiv.

»Ich habe vorhin nach ihr gesehen«, sagt Jasper jetzt, als sie den Aufzug betreten. Amber ist sich plötzlich seiner Nähe bewusst. Der schwache Geruch des Duschgels, das er immer benutzt hat, lässt Erinnerungen aufsteigen: Seine Lippen in ihrem Nacken, das Gefühl, als er ihr den Ehering angesteckt und sie dabei angelächelt hat, der Anblick, wie er ihre neugeborene Tochter in den Armen gehalten und jeden Teil ihres kleinen Gesichts ganz genau betrachtet hat.

Als Jasper sie ansieht, weiß sie, dass er das Gleiche denkt. All diese Erinnerungen, die guten und die schlechten.

»Geht's ihr gut?«, fragt Amber steif. »Dem Mädchen?«

Er nickt. »Sie haben ein CT gemacht. Sie hat sich den Temporallappen verletzt«, fügt er hinzu und zeigt auf die Stelle hinter seinem Ohr. »Das erklärt auch den Gedächtnisverlust.«

»Ist er von Dauer?«

Er schüttelt den Kopf. »Hoffentlich nicht. Obwohl man das bei diesen Verletzungen nur sehr schwer vorhersagen kann. Sie war sehr verzweifelt, als ich bei ihr war. Es muss ihr Angst machen, allein in einer Stadt zu sein, die sie nicht kennt, und im Krankenhaus zu liegen.« Er wirft Amber einen Blick zu.

»Oh, sieh mich nicht so an, Jasper«, sagt sie. »Für dich mit deinem festen Arztgehalt ist es kein Problem, hin und wieder einen Tag freizumachen. Du wirst weiter bezahlt. Ich dagegen verliere jede Stunde, die ich nicht im Laden bin, Geld, gar nicht zu reden von der kostbaren Zeit, um mit dem Streichen fertig zu werden.«

Er schaut sie weiter an, und sie blickt trotzig zurück. Er scheint etwas sagen zu wollen, doch dann schüttelt er den Kopf und reibt sich die Stirn. »Ich bin zu müde, um mit dir zu streiten, Amber.«

»Mir war nicht klar, dass wir streiten.«

Er lächelt. »Das war immer mein Satz.«

Amber kann nicht anders als auch zu lächeln. Jasper

war immer so gelassen, dass er nicht einmal wahrgenommen hat, wenn Amber sauer auf ihn war. »Dir ist schon klar, dass wir uns gerade streiten, ja?«, hat sie immer zu ihm gesagt.

Die Türen gehen mit einem *Pling* auf, und sie treten hinaus. Jasper bringt sie zur Kinderstation, und sie zögert. Die Erinnerung an diese Station bringt sie an ihre Grenzen. *Für Jasper muss es noch schlimmer sein,* denkt sie. Er kann dem Ort, an dem er seine Tochter zum letzten Mal gesehen hat, nicht entkommen.

»Wir sind uns nicht sicher, wie alt sie ist«, erklärt er mitfühlend. »Deshalb haben wir es für das Beste gehalten, sie auf die Kinderstation zu legen, nur für den Fall, dass sie unter sechzehn ist.«

»Ich glaube, sie ist älter als sechzehn«, sagt Amber und schiebt ihre Angst zur Seite, die Kinderstation nach all diesen Jahren wieder zu betreten.

»Wie ich gesagt habe, wir sind uns nicht sicher. Und auf der Kinderstation ist es auf jeden Fall netter.«

Sie gehen auf die Station, Jasper lässt sie mit seiner Karte hinein. Eine Krankenschwester blickt auf, als sie sich nähern.

»Hallo, Jasper, da bist du ja wieder. Du kannst dich wohl nicht von dieser Station fernhalten, was?«, meint sie flirtend. Dann sieht sie Amber. Die Krankenschwester nimmt Haltung an. »Kann ich helfen, Doktor?«

Amber sieht von der Krankenschwester zu Jasper und wieder zurück. Hat sie sich das nur eingebildet oder war da etwas zwischen den beiden? Sie spürt, wie sich die Eifersucht wie eine Schlange in ihrem Magen zusammenrollt.

Das ist wirklich albern. Es ist schließlich zehn Jahre her. Jasper muss seitdem diverse Beziehungen gehabt haben.

Jasper hustet, er sieht leicht verwirrt aus. »Wir wollten nach dem Mädchen sehen, das man am Strand gefunden hat. Amber hat sie gefunden«, fügt er schnell hinzu und versucht, die Spannung aufzulösen. »Sie möchte sie gerne besuchen.«

Die Krankenschwester nickt. »Gut, okay, dann kommt mit.«

Zum Glück sieht die Station anders aus als vor zehn Jahren. Neue Bilder an den Wänden. Neue Betten. Neue Vorhänge vor den Kabinen. Amber sagt sich, dass es nicht dieselbe Station ist, auf der sie ihre sterbende Tochter im Arm gehalten hat. Es hilft auch, dass alles weihnachtlich geschmückt ist und das Personal nach Weihnachten aussieht: Leggins mit Lebkuchenmuster, Lametta ins Haar geflochten.

Die Krankenschwester führt sie zu einer Kabine am Ende der Station. Ein blauer Vorhang mit Fischen schirmt sie vor den Blicken ab. Sie zieht den Vorhang zur Seite und lächelt hinein. »Du hast Besuch, Liebes.«

Amber tritt zusammen mit Jasper ein. Sie hat ein schlechtes Gewissen, weil sie nichts mitgebracht hat, Weintrauben oder eine Zeitschrift. Das Mädchen sitzt im Bett und lächelt schwach. Sie sieht erschöpft aus, noch blasser als vorhin. Um den Kopf hat sie einen dicken Verband, und ihre dünnen Arme gucken aus einem hellgrünen Kittel.

»Du bist wieder da«, sagt sie, als Amber an ihr Bett tritt.

Amber beißt sich auf die Lippe. Sie hätte gar nicht erst gehen sollen. »Natürlich. Ich musste nur sichergehen, dass der Laden richtig abgeschlossen ist, das ist alles. Wie geht es dir?«

Das Mädchen kratzt sich an seinem Verband. »Ich bin verwirrt.«

»Ich nehme an, Dr. Rashad hat dir etwas zu deiner Verletzung gesagt?«, fragt Jasper und sieht auf das Klemmbrett am Ende des Betts.

Das Mädchen nickt. Amber setzt sich neben das Bett, Jasper setzt sich auf die andere Seite. Dabei erinnert sie sich kurz an die Nacht vor zehn Jahren, in der jeder von ihnen auf genau dieser Station auf einer Seite von Katys Bett gesessen hat, jeder eine kleine Hand in seiner.

Ihre Blicke begegnen sich, und sie sieht, dass er das Gleiche denkt.

Dann schaut er wieder das Mädchen an. »Und, sind irgendwelche Erinnerungen zurückgekommen?«

Das Mädchen nickt. »Kleinigkeiten. Die Erinnerung an einen Mann mit einem Bart, einem schwarzen Bart. An Vorhänge mit Rotkehlchen darauf.« Sie knüllt frustriert ihre Decke zusammen. »Aber das ist es auch schon. Das ist alles, woran ich mich erinnere.«

»Das ist mehr als heute Morgen«, sagt Amber sanft. »Das ist gut.«

»Aber nicht gut genug«, erwidert das Mädchen und dreht sich weg, um aus dem Fenster aufs Meer hinauszusehen.

»Das wird schon noch«, meint Jasper. »War die Polizei schon da?«

»Sie kommen morgen – sie wollen mir noch etwas Zeit geben, mich zu erinnern«, antwortet das Mädchen. Sie greift sich wieder an ihren Verband. »Meinen Sie, die glauben, dass mich jemand absichtlich verletzt hat? Kommt die Polizei deshalb?«

Amber neigt den Kopf. »Wieso glaubst du das?«

»Es besteht kein Grund, das anzunehmen«, sagt Jasper leise. »In deiner Wunde hat man laut dem Bericht Schmutz gefunden, es besteht also durchaus die Möglichkeit, dass du einfach nur gefallen bist.«

»Der Schmutz könnte auch hineingekommen sein, wenn jemand mich verletzt hätte und ich dann gefallen wäre«, sagt das Mädchen.

Amber beugt sich vor. »Erinnerst du dich an etwas?«

Die Augen des Mädchens flackern, dann sieht sie weg und zuckt die Schultern. »Ich weiß es nicht«, murmelt sie.

Jaspers Pager piept. Er sieht ihn an und seufzt. »Ich muss los«, sagt er und steht auf. »Aber bei Amber bist du in guten Händen. Halt mich auf dem Laufenden, ja?«, wendet er sich an Amber.

Sie nickt, und als er geht, wendet sie sich wieder dem Mädchen zu. »Brauchst du irgendetwas? Etwas zu trinken?«, fragt sie und greift nach der leeren Plastiktasse auf dem Nachttisch, wobei ihr ein kleines schwarzes Notizbuch aus Leder auffällt.

Das Mädchen folgt ihrem Blick. »Das haben sie in meiner Tasche gefunden. Es hilft aber nicht gerade weiter. Da stehen nur eine Menge Notizen zu irgendwelchen Tieren drin.«

»Darf ich mal sehen?«, fragt Amber.

Das Mädchen zuckt die Schultern. »Sicher.«

Amber greift nach dem Notizbuch und löst den Lederriemen, der die Seiten zusammenhält. Sie blättert darin herum. Die Seiten sind voller Kritzeleien in einer unordentlichen Schrift und kleinen Bleistiftskizzen von Tieren, von Pinguinen bis zu Eisbären und Robben, alle mit kleinen Notizen darunter. Auf manchen Seiten steht oben ein Datum. Das Mädchen dürfte da noch nicht auf der Welt gewesen sein, demnach kann es nicht ihr Notizbuch sein.

Amber blättert zurück zu der ersten Seite und liest.

Alpenschneehühner sind Meister darin, sich an ihre Umgebung anzupassen. Ihre Federn werden im Winter weiß und dienen im Schnee als Tarnung …

4

Gwyneth

Audhild Loch
24. Dezember 1989

Alpenschneehühner sind Meister darin, sich an ihre Umgebung anzupassen. Ihre Federn werden im Winter weiß und dienen im Schnee als Tarnung.

Ich landete Heiligabend zufällig an dem zugefrorenen Loch, als ich mich auf dem Rückweg von sechs Monaten Filmarbeiten auf den Orkney-Inseln verfahren hatte. Ich hatte mir ein Auto gemietet, nachdem ich im eiskalten Scrabster am nördlichsten Ende von Schottland von der Fähre gegangen war. Der Rest der Filmcrew flog zurück nach London, doch ich hatte mich entschieden, mit dem Auto zu fahren. »Kein Problem«, hatte meine Produzentin Julia erklärt und mir eine abgenutzte Landkarte überreicht.

»*Kein Problem*«, fauchte ich jetzt, als ich wieder mal auf einer Straße zurücksetzte, die im Nichts endete. »Na klar.«

Eigentlich hätte es mich nicht überraschen sollen. Schließlich hatte Julia es einmal sogar geschafft, sich bei einer Dokumentation über Kaiserpinguine mit einem ganzen Team auf der Antarktischen Halbinsel zu verirren. Und jetzt hatte ich mich genauso verirrt wie sie damals, nur dass ich alleine war, während ich mitten in den Highlands ziellos irgendeine verschlammte Landstraße entlangfuhr und Julia verfluchte.

Dann erspähte ich am eisigen Horizont den Schimmer eines Sees, umstanden von mit Reif überzogenen Tannen, und einen Berg im Hintergrund. Ich fuhr langsamer und schaute genauer hin. Am See stand eine Lodge, warme Lichter funkelten in den Fenstern. Ich warf einen Blick auf die Karte, die ich wütend zusammengeknüllt auf den Beifahrersitz geworfen hatte. Vielleicht hatte Julia doch recht gehabt und das war die Stelle, wo das Hotel hätte sein sollen? Ich bog in eine Auffahrt, die zum See führte, und folgte dem Weg einige Minuten. Als ich näher kam, fluchte ich. Ein Tor mit einem Schild *Privatbesitz* ging über die gesamte Breite des Wegs.

»Also doch kein Hotel«, seufzte ich. Ich hielt trotzdem an und stieg aus, um mir die Beine zu vertreten und die Möglichkeiten zu überdenken, die ich hatte. Ich könnte im Auto schlafen, was ich weiß Gott oft genug getan hatte, doch dazu war es viel zu kalt. Ich könnte auch die Nacht durchfahren. Zumindest wäre dann der Motor an und ich hätte es warm – doch es war nicht gesagt, dass auf den Motor Verlass war, so oft wie ich den Schlüssel hatte drehen müssen, bevor er angesprungen war.

In Wahrheit war es nicht sehr verlockend, in der verschneiten Landschaft liegen zu bleiben, so schön sie auch war.

Als ich das dachte, fiel mein Blick auf etwas Weißes, Flaumiges, das über dem See steil in den grauen Himmel aufstieg. Die weichen weißen Flügel verschmolzen fast mit der winterlichen Wolkendecke.

Ein Alpenschneehuhn!

Schnell zog ich meine weiße Mütze und meine wollgefütterten Handschuhe an, ging zum Kofferraum und holte meine Kamera. Noch während ich sie mir über die Schulter warf, rannte ich Richtung See, bevor es zu spät und der wunderschöne Vogel verschwunden war. Die Sonne ging langsam unter, und schon bald könnte der Himmel sich rot und rosa verfärben und im vereisten See spiegeln.

Zum Filmen absolut *perfekt*.

Die Aufregung ließ mein Herz schneller schlagen. Ich schwang mich vorsichtig über das Tor, damit meine schwere Kamera nicht hinfiel. Bis zu dem Loch waren es gut zehn Minuten; ich zog den Reißverschluss meines weißen Daunenmantels hoch, der ideal war, um mit der verschneiten Landschaft zu verschmelzen, wie der Vogel, den ich jagte, und lief die Straße hinunter. Dabei suchte ich weiter den Himmel nach Alpenschneehühnern ab, denn das eine, das ich gesehen hatte, war längst verschwunden.

Verdammt.

Aber ich wusste, dass da noch mehr sein würden. Sie kamen nur selten aus den Bergen herunter, es musste ihnen richtig kalt sein, dass sie am Waldrand ein bisschen Wärme gesucht hatten. Ich hatte noch nie eins der Tiere aus der Nähe gesehen, doch es faszinierte mich seit Langem, wie ihr Federkleid sich im Winter an die verschneite Umgebung anpasste und ganz weiß wurde.

Ich kam an den Loch, legte meine Kamera auf den harten, vereisten Boden, stemmte die Hände in die Hüften und betrachtete das Bild, das sich mir bot. Es war still und ruhig, abgesehen von dem Nebel, der aus meinem Mund kam, und dem Geräusch meines Atems. Genau wie ich angenommen hatte, färbte sich der Himmel langsam rosa, was im Kontrast mit den blendend weißen Bergen und den schneebedeckten Bäumen atemberaubend aussah. Das Haus am Rand des Lochs war mit seinen dicken Holzwänden und den weihnachtlichen Lichtern, die in den riesigen Fenstern leuchteten, das Einzige, was hier nicht weiß war.

Der Gedanke an Weihnachten machte mich kurz traurig. Inzwischen war Heiligabend aber nur noch ein Tag für mich, der sich nicht von den anderen unterschied. Der Rest der Mannschaft, mit der ich unterwegs gewesen war, konnte es kaum erwarten, mit dem Filmen fertig zu werden und nach Hause zu ihren Familien zu kommen, doch ich hätte liebend gern weiter gefilmt. Diese Zeit des Jahres bedeutete mir nichts mehr.

Ich nahm die Kamera und näherte mich einem weiteren Tor, das den Weg zum Loch versperrte. Das *Zutritt verboten*-Schild knarrte im kräftigen, bitterkalten Wind. Was würden die Besitzer der Lodge wohl davon halten, dass ich am Heiligen Abend auf ihrem Land Hausfriedensbruch beging? Gewöhnlich schaffte ich es, mich aus solchen Situationen herauszureden … doch das hier ging möglicherweise einen Schritt zu weit.

Als ich das dachte, erhaschte ich wieder einen Blick von Weiß gegen Weiß.

Ein weiteres Alpenschneehuhn! Oder vielleicht auch dasselbe, das mich ärgern wollte.

Schnell hob ich die Kamera auf die Schulter und filmte den Vogel, wie er über den Loch flog. Einen Moment schwebte er auf der Stelle, er schien zu mir herüberzuschauen, und mir ging das Herz auf. Ich musste mich immer noch jeden Tag kneifen, um mich zu versichern, dass ich wirklich diese Arbeit hatte, von der ich seit meinen Teenagertagen geträumt hatte. Seit ich mit fünfzehn mein Elternhaus hatte verlassen und im Hotel meiner Tante in London hatte arbeiten müssen. So viel Schreckliches verband sich mit dieser Zeit: wie sehr ich meine Eltern vermisst hatte! Unser einziger Kontakt bestand aus angestrengten wöchentlichen Briefen. Meine Tante hatte mich richtig hart arbeiten lassen, sie hatte sich gefreut, eine zusätzliche Arbeitskraft zu haben, ohne sie bezahlen zu müssen. »Du musst dir Unterkunft und Verpflegung verdienen, Gwyneth«, hatte sie gesagt. »Du kannst froh sein, dass ich dich aufgenommen habe, wenn man bedenkt, was du getan hast.« Ganz zu schweigen von den männlichen Gästen, von denen einige meinen Hintern betatscht oder anzügliche Bemerkungen gemacht hatten.

Der einzige Pluspunkt bestand darin, dass das Hotel nahe dem Hauptsitz des British Film Institute lag und oft von Dokumentarfilmern gebucht wurde, die während der Veranstaltungen bei uns wohnten. Ich floh vor meinem traurigen Leben, indem ich ihren Gesprächen lauschte, während ich ihnen Tee zum Frühstück servierte oder Bier und Wein am späteren Abend. Sie unterhielten sich über die unterschiedlichsten Dinge, immer gab es eine entsetzliche Geschichte, der ich lauschen konnte. Doch es waren die Geschichten der Tierfotografen, die mich am meisten faszinierten. Ich hatte schon als Kind gern die *Survival*-Dokumentationen der BBC gesehen; die Massenpanik der großen Afrikanischen Elefanten und die sich in die Höhe schwingenden stolzen Raubvögel hatten mich vor Ehrfurcht erschauern lassen. Und jetzt war ich hier im Hotel mit diesen Leuten zusammen, die solche Szenen filmten! Das begeisterte mich.

Als ich nun diesen nur selten gesichteten Vogel beobachtete, der die Farbe des Schnees hatte und vor einem blassrosa Himmel herabstieß, bevor er auf dem zugefrorenen Loch landete, verspürte ich die gleiche Begeisterung. Ich lächelte, als ich mir vorstellte, was mein Mentor Reg Carlisle, der berühmte Tierdokumentarfilmer, wohl sagen würde.

»Bleib ruhig. Beweg dich nicht«, würde er flüstern. Dann würde er mir zuzwinkern. »Ein guter Ort, Gwyneth.«

Ich spürte das Notizbuch aus Leder, das er mir unmittelbar vor seinem Tod geschenkt hatte, in der Tasche. Ich trat einen Schritt vor, dann noch einen, und dann war ich am Loch, wo ich vorsichtig das Eis unter meinen Schneestiefeln prüfte. Es war okay, eindeutig stark genug, um mein Gewicht zu tragen. Ich war groß, aber dünn und wog weniger als sonst nach all den Monaten mit Fertiggerichten.

Ich holte tief Luft und trat auf den Loch hinaus.

Der Vogel erstarrte, spähte zu mir hin, und auch ich erstarrte und war froh, dass die Kamera lief.

Dann drang das Geräusch von berstendem Eis durch die Luft. Der Vogel erhob sich in den Himmel, und ich verfluchte mich. Ich machte einen Schritt zurück, doch es knackte noch einmal. Entsetzt beobachtete ich, wie sich eine gezackte Linie von meinen Füßen fortbewegte.

Ich beugte mich hinunter, stieß meine Kamera mit Schwung über das Eis ans Ufer des Lochs und beobachtete erleichtert, dass sie in Sicherheit war. Doch als ich folgen wollte, brach ich plötzlich ein und stand bis zum Hals in eisigem Wasser.

Ich versuchte, nach dem Eis zu greifen, doch es zerbrach mir unter den Fingern. Das eiskalte Wasser ließ meinen Körper unkontrolliert zittern.

So schnell? Das war doch nicht möglich?

Ich drehte mich um, strampelte mit den Beinen und hievte mich auf eine dickere Eisplatte, doch ich rutschte wieder hinunter. Dieses Mal tauchte ich ganz unter und kam nach Luft und vor Schmerz angesichts der Kälte keuchend wieder nach oben.

Das hast du mal wieder großartig hingekriegt, Gwyneth.

Ich sah zu der Lodge hin. »Hilfe!«, rief ich klagend und mit zitternden Lippen. *Lauter!* »Hilfe!«, schrie ich erneut.

In dem Moment trieb ein Stück Eis, das sich gelöst hatte, auf mich zu und krachte gegen meine Wange. Ich kippte vor Schreck zur Seite und verlor meine Mütze, eiskaltes Wasser wirbelte um meinen entblößten Kopf; der Schmerz war unerträglich. Ich versuchte erneut, nach dem Eis zu greifen, doch es zerbrach, und die einzelnen Teile glitten über meine eiskalten Hände.

Ich schlug verzweifelt mit den Beinen und rang nach Atem, während meine Sicht sich trübte.

Ich merkte, wie meine Kräfte nachließen, mein Atem ging stoßweise. Über mir sah ich wieder das Alpenschneehuhn, es kreiste, und die Winterbrise fuhr in die Federn seiner flaumigen weißen Flügel. Einen verrückten Moment lang hoffte ich, dass meine Kamera das noch aufnahm, aus der Nähe, wie ich es gewollt hatte.

War es das, waren das die letzten Minuten meines Lebens? Von allen lebensbedrohlichen Situationen, in die ich mich während meiner Laufbahn gebracht hatte, musste es ausgerechnet diese sein, die mich das Leben kostete: ein zugefrorener Loch in meinem Heimatland.

Dann dachte ich an meine Eltern. Würden sie um mich trauern? Oder erleichtert sein, dass es mich nicht mehr gab?

Vielleicht würden sie erleichtert sein. Zumindest war ich das plötzlich in diesem Moment: erleichtert, nicht mehr mit der Schuld fertig werden zu müssen, mit der Traurigkeit, mit dem klaffenden Loch, das durch ihre Zurückweisung entstanden war. Es war ein enormer Gegensatz zu dem Kampfgeist, den die Leute von mir gewohnt waren.

Endlich war es Zeit, mit dem Kämpfen aufzuhören.

Doch dann kam Dylan.

5

Gwyneth

Audhild Loch
24. Dezember 1989

Ich hörte ihn, bevor ich ihn sah, das Geräusch seiner schweren Stiefel auf dem Eis und seinen schnellen Atem. Dann roch ich Whisky. Er beugte sich über mich, ich sah nichts als pechschwarze Haare und Wimpern. In seinen Augen stand Panik. Er schlang einen langen Arm um mich, zog mich mit einem Ruck aus dem eiskalten See und bewegte sich vorsichtig rückwärts über das Eis, um mich ans Ufer zu bringen.

Dort versuchte ich, die Arme um mich zu schlingen. Die Kälte war unerträglich. Dylan legte mir seinen dicken Wollmantel um die Schultern, dann zog er mich an sich und rieb meine Arme. »Sind Sie okay?«, fragte er mit einem starken schottischen Akzent. »Sagen Sie, dass Sie okay sind.«

Ich klapperte mit den Zähnen. »Sch...sch...schlechter M...m...m...oment, sich an m...m...mich ranz...z...zumachen«, brachte ich hervor.

Erleichterung breitete sich auf seinem Gesicht aus. »Wenn Männer sich so an Sie ranmachen, dann ist alles in Ordnung. Körperwärme bedeutet Leben«, sagte er mit einem schnellen Lächeln, das gerade weiße Zähne entblößte.

Erschöpft lehnte ich mich an ihn. Er trug einen schwarzen Pullover, dessen raue Wolle an meinen eisigen Wangen kratzte. Ein paar Minuten blieben wir so stehen, bis mein Zittern nachließ. Dann beugte er sich, den einen Arm immer noch um mich geschlungen, zu seinem Rucksack hinüber, zog ihn zu sich heran und holte eine schicke Flasche heraus.

»Whisky ist immer gut«, sagte er, öffnete die Flasche mit den Zähnen und reichte sie mir.

»Noch schottischer geht es wohl nicht?«, meinte ich, trank einen Schluck und freute mich über die Wärme, die sich in meinem Inneren ausbreitete.

Sein Lächeln wurde breiter, und seine braunen Augen funkelten, während sie forschend mein Gesicht betrachteten.

»Sie sind sehr schön«, stellte er sachlich fest.

»Oh Gott.« Ich stieß ihm die Flasche in die Rippen und machte mich leicht schwankend von ihm los. Ich war es gewohnt, dass Männer mich anmachten. Offen gesagt, nervte es mich und lenkte mich von dem ab, was ich tun musste: filmen. Ich schüttelte den Kopf, versuchte, mein Gehirn aus der eisigen Umklammerung zu befreien, und näherte mich halb stolpernd, halb laufend meiner Kamera.

Dylan lachte, als er sich zu seiner vollen Größe von gut 1,90 Meter erhob. »Das war nur eine ästhetische Beobachtung, keine Anmache«, erklärte er. »Nehmen Sie's nicht so tragisch. Sie dürfen ohnehin nicht unfreundlich zu mir sein, schließlich haben Sie unrechtmäßig mein Land betreten.«

»Dann ist das Ihr Haus?«, fragte ich und zeigte auf die Lodge.

»Das Heim meiner Familie, der großartigen und mächtigen McCluskys«, sagte er mit einem Anflug von Sarkasmus.

»Ein imposantes Haus«, sagte ich und überprüfte meine Kamera.

»Und das ist ein eindrucksvolles Teil«, meinte er. »Machen Sie Filme?«

»Tierdokumentationen.«

Er zog beeindruckt die Brauen hoch. »Ein weiblicher David Attenborough.«

»Ich stehe *hinter* der Kamera. Sie wissen schon, das sind die Leute, die die echte Arbeit machen.«

Während ich sprach, merkte ich, wie mir schwindlig wurde. Ich schwankte wieder, und er griff nach meinem Arm. »Wir sollten sehen, dass Sie ins Warme kommen«, sagte er, und jegliche Heiterkeit war aus seinem Gesicht verschwunden, »und sich ordentlich aufwärmen können.«

»Mir geht's gut«, sagte ich und entzog mich seinem Griff. »Ich lasse den Motor an und dreh die Heizung auf.«

»Seien Sie nicht albern. Ich hab ein warmes Haus mit einem prasselnden Feuer, einem Bad und diversen Klamotten dank meiner Schwestern, die übrigens auch da sind – nur für den Fall, dass Sie Bedenken haben, ich könnte ein Axtmörder sein«, lächelte er.

Ich konnte nicht anders, ich musste auch lächeln.

»Gut«, sagte ich. »Solange Ihre Familie mir vergibt, dass ich unbefugt das Land betreten habe?«

»Wenn sie den Grund gehört haben, vergeben sie Ihnen alles. Dieser Heilige Abend wird uns immer als der Heilige Abend in Erinnerung bleiben, an dem die Tierdokumentarfilmerin unbefugt unser Land betreten hat. Glauben Sie mir, sie werden begeistert sein. Was für ein Exemplar wollten Sie übrigens hier filmen, den bärtigen schottischen Mann?«, fragte er und strich sich über seinen dunklen Bart.

Ich schüttelte den Kopf. »Ich habe ein Alpenschneehuhn gefilmt. Genau genommen habe ich mich verfahren und bin zufällig an dem Loch gelandet.«

Sein attraktives Gesicht leuchtete auf. »Das sind wunderschöne Vögel, sie nisten oben in den Bergen. Ich sehe sie oft vom Haus aus.«

Wir sahen zu den Bergen hin, und eine leichte Traurigkeit glitt über sein Gesicht. Dann drehte er sich zu mir und streckte mir die Hand hin. »Ich bin übrigens Dylan.«

»Gwyneth«, antwortete ich, griff nach seiner kalten Hand und versuchte, den Funken zu ignorieren, der zwischen uns übersprang.

***

Während Dylan und ich uns auf den Weg zu der Lodge machten, wurde der Himmel scharlachrot und bot einen starken Kontrast zum Weiß des vereisten Dachs der Lodge und den schneebedeckten Bergen dahinter. Es war wirklich beeindruckend.

»Es ist ungeheuer schön hier«, sagte ich.

»Ja«, antwortete Dylan. Doch ich spürte Unwillen in seiner Stimme. Für ihn war diese Landschaft wahrscheinlich nichts Besonderes.

Als wir zur Lodge kamen, blieb er stehen, trank noch einen Schluck Whisky und sah zu den Fenstern. Ich konnte seinen Gesichtsausdruck nicht richtig deuten. Es war, als würde er sich für eine Schlacht bereit machen. Er drehte sich um und bot mir die Flasche an. Ich trank schnell einen Schluck, bevor ich sie ihm zurückgab.

Von Nahem sah die Lodge noch größer aus. Sie war von einer Veranda umgeben und hatte riesige Fenster, die auf den See hinausgingen. In allen Fenstern des Hauses flackerten Kerzen und verbreiteten ein warmes, freundliches Licht. In einem der Fenster war ein Weihnachtsbaum zu sehen, der bis zu einer gewölbten Decke reichte, und unter dem viele wunderschön verpackte Geschenke lagen. Ein Junge von ungefähr vier Jahren saß neben einer Spielzeugeisenbahn und sah entzückt zu, wie der kleine Zug beim Fahren richtigen Dampf ausstieß. Neben ihm saß gehorsam ein schwarzer Labrador. Ich fragte mich kurz, ob der Junge Dylans Sohn war. Hinter dem Baum standen sich zwei riesige Sofas mit Fellüberwürfen gegenüber, zwischen ihnen ein kunstvoller Couchtisch aus Holz, voll mit Büchern und Spielzeug.

Als ich die Szene in mich aufnahm, fühlte ich mich wieder wie ein Teenager. Nach den Schichten im Hotel war ich manchmal durch die nächtlichen Londoner Straßen gewandert und hatte in die Fenster der großen Stadthäuser in der Nähe geschaut. Besonders in der Weihnachtszeit hatte ich das oft gemacht, mir vorgestellt, wie ich mit meiner Familie dort drinnen saß. Ich hatte daran gedacht, wie es einmal gewesen war, im Schoße der Familie, von der ich geglaubt hatte, sie würde auf ewig hingebungsvoll zu mir stehen. Einmal hatte ich sogar die Definition von »Hingabe« nachgeschlagen: Liebe, Treue oder Begeisterung für eine Person oder Sache. Das fasste gut zusammen, was Elternschaft bedeutete. Liebe, Treue und Begeisterung … egal was passierte. Doch für meine Eltern hatte es eine Grenze gegeben.

Ich merkte, dass Dylan mich mit leicht gerunzelter Stirn beobachtete. Ich zwang mich zu einem Lächeln. »Sehr weihnachtlich«, sagte ich und zeigte auf den großen Baum im Fenster.

»Die McCluskys machen keine halben Sachen«, antwortete er, während wir Richtung Haustür gingen. Er öffnete sie und bedeutete mir, vor ihm einzutreten. Der Kontrast zwischen dem kalten Äußeren des Hauses und seinem warmen Inneren überrumpelte mich: eine einladende Eichenvertäfelung, der Geruch nach Kaminfeuer und Weihnachtsgewürzen, die wundervolle Wärme im Vergleich zu der eisigen weißen Landschaft dort draußen. In der Diele lag ein großer gemusterter Teppich, und eine Holztreppe führte hinauf zu einem Treppenabsatz mit einer Galerie. Hinten in der Diele stand noch ein Weihnachtsbaum, so groß, dass der Stern auf seiner Spitze bis ans Geländer der Galerie reichte. Ein Hirschgeweihleuchter mit glitzernden goldenen Lichtern hing an Ketten von der Decke.

Dylan und ich waren allein in der Diele, doch im Hintergrund hörte ich Stimmen, Lachen, den leisen Klang von Weihnachtsmusik aus Lautsprechern. Ich hörte, wie im oberen Stockwerk Menschen über die Holzdielen gingen. Vielleicht machten sie sich in ihren Zimmern zum Essen fertig.

Jetzt kam ich mir noch mehr wie ein Eindringling vor.

Gebell erklang, und zwei glänzende schwarze Labradore schossen herbei und warfen mich fast um, als sie an mir hochsprangen. »Sitz, sitz!«, rief Dylan und schob sie aus dem Weg. »Dad hat ihnen nie etwas anderes beigebracht, als Wild zu apportieren.«

»Mich stört das nicht«, sagte ich und kraulte sie. »Ich mag Hunde.«

Dylan half mir, meinen nassen Mantel auszuziehen. »Ich bring dich ins Gästezimmer«, sagte er. »Du kannst ein Bad nehmen oder duschen, was immer dir lieber ist. Und ich suche dir ein paar Sachen von meinen Schwestern heraus.«

Ich zögerte. »Bist du sicher, dass das okay ist?«

»Du hattest gerade eine Nahtoderfahrung. Kümmere dich um dich, und ich warne die anderen vor, dass wir einen Eindringling im Haus haben«, fügte er mit einem schwachen Lächeln hinzu, legte unsere nassen Sachen auf die Heizung und führte mich die Treppe hoch. Ich hielt mich am Geländer fest und schaute mich um. Es gab keine Familienfotos an den Wänden, nur Regale mit wunderschönen Holzskulpturen von Bäumen, Tieren und dem Haus.

»Die sind gut«, sagte ich und blieb vor einer Skulptur stehen, die einen Hirsch darstellte, der stolz in der Mitte eines zugefrorenen Lochs stand.

Er griff danach und sah sie lächelnd an. »Natürlich sind sie gut. Sie sind schließlich von mir.«

»Wirklich?«, fragte ich und sah ihn überrascht an. »Verdienst du damit dein Geld?«

Er stellte die Skulptur mit einem dumpfen Aufschlag zurück. »Nein, das ist nur ein Hobby«, antwortete er angespannt. »Ich arbeite im Familienunternehmen.«

»Und was bedeutet das?«, fragte ich, während wir weiter die Treppe hochstiegen.

»Häuser wie dieses zu bauen«, antwortete er und machte eine ausladende Handbewegung.

Ich wollte ihn fragen, ob er das gerne tat oder ob er sein Geld lieber mit Holzskulpturen verdienen würde. Das schloss ich aus seinem Gesichtsausdruck, doch ich bekam keine Gelegenheit dazu, denn in diesem Moment kam eine junge Frau aus einem der Zimmer. Sie war von zartem Wuchs, aber groß wie Dylan und hatte ebenfalls schwarze Haare. Sie war ganz in Schwarz gekleidet: schwarze Leggins und ein langer schwarzer Mohairpullover. Ich konnte nicht sagen, wie alt sie war, sie wirkte wie ein Teenager, vielleicht siebzehn oder achtzehn, doch ihr Blick ließ darauf schließen, dass sie älter war.

Sie blieb abrupt stehen, als sie mich sah, und warf uns einen verblüfften Blick zu.

»Das ist meine kleine Schwester Heather«, sagte Dylan. »Heather, das ist Gwyneth. Sie wäre fast umgekommen, als sie unbefugt unser Land betreten hat, deshalb habe ich gedacht, ich erweise ihr die Liebenswürdigkeit eines warmen Bads und trockener Kleidung.«

»Hast du auf sie geschossen wie auf den letzten Eindringling?«, fragte Heather mit zusammengekniffenen Augen, während sie mich von Kopf bis Fuß musterte.

»Diesmal nicht«, seufzte Dylan.

Ich wusste nicht, ob ich die beiden ernst nehmen sollte. Doch dann lachten sie.

»Das war nur ein Witz.« Heather machte einen Schritt auf mich zu und streckte mir die Hand hin. »Willkommen im Irrenhaus, Gwyneth.«

Ich schüttelte ihr die Hand. Sie fühlte sich sehr klein und sehr kalt an, was mich angesichts der Wärme im Haus überraschte.

»Gwyneth macht Tierdokus«, sagte Dylan. »Du solltest mal ihre Kamera sehen.«

Heather lächelte aufgeregt. »Wow. Wirklich?«

»Ja, deshalb war ich auf dem See.« Ich wollte schnell alles erklären. »Ich wollte einen seltenen Vogel filmen.«

»Das ist super, Mum und Dad wären begeistert, wenn der Loch in einem Dokumentarfilm vorkäme.«

»Heather möchte auch Filme machen«, sagte Dylan und lächelte seine Schwester liebevoll an. »Sie studiert Filmwissenschaft an der Uni in Leeds.«

»Cool«, sagte ich.

Heather nickte begeistert. »Ja, ich möchte mal Regie führen. Weißt du was über Regieführung?«

»Ein bisschen.«

»Super, dann können wir uns beim Essen darüber unterhalten«, erklärte Heather und lief die Treppe hinunter.

»Oh, ich bleibe nicht zum Essen«, rief ich ihr hinterher. »Ich will nur aus den nassen Kleidern, dann bin ich weg.«

»Mit Sicherheit nicht«, sagte eine tiefe Stimme von unten. Ich blickte die Treppe hinunter und sah einen Mann von etwa sechzig Jahren unter der Galerie auftauchen. Er trug einen teuer aussehenden karmesinroten Kaschmirpullover und eine dunkelblaue Cordhose. Ich erkannte Dylans Züge in ihm: die dunklen, verschmitzten Augen, das attraktive Gesicht und die breiten Schultern. Er wirkte sehr wohlhabend. Leute, die Geld hatten, hatten etwas an sich; ich hatte es bei den Gästen im Hotel gesehen, die in der Präsidentensuite logierten. Ein natürliches Selbstvertrauen, das von dem Wissen herrührte, dass die Nullen auf dem Kontoauszug ein gutes und kein schlechtes Zeichen waren.

Dylan beugte sich über das Geländer. »Dad, das ist Gwyneth. Sie macht Tierdokus.«

»Das habe ich schon gehört. Ein willkommener Gast.« Dylans Vater kam die Treppe hoch und streckte mir die Hand hin. »Oscar McClusky.«

Überrascht sah ich in sein lächelndes Gesicht, als ich seine Hand ergriff. »Ich habe unbefugt Ihr Land betreten.«

Oscar lachte. »Wenn Sie denn ein paar gute Aufnahmen von dem wunderschönen Alpenschneehuhn gemacht haben, das ich über den See habe fliegen sehen?«

»Sie haben mich gesehen?«

»Wer, glauben Sie wohl, hat Dylan gesagt, dass er Sie retten und zum Essen mitbringen soll?«

Ich musste lächeln und schüttelte überrascht den Kopf. »Dann war das also alles Teil Ihres Masterplans?«

»Ich war fasziniert«, gab Oscar zu. »Eine junge Frau mit so einer Kamera. Mir war nicht klar, dass das Eis so dünn ist. Wir waren erst gestern eislaufen, stimmt's, Heather?«

Er ging zu seiner Tochter und zog sie an sich. Sie blinzelte mehrmals kurz. Dann lächelte sie zu ihm hoch und nickte. Ich hatte eine kurze Erinnerung, wie mein Vater mich in die Arme nahm. Gleich darauf folgte die Erinnerung, wie wir vor vielen Jahren draußen vor dem Hotel meiner Tante gestanden und es vermieden hatten, einander in die Augen zu sehen, unsicher, wie wir uns voneinander verabschieden sollten.

»Du bleibst also zum Essen?« Heather sah mich erwartungsvoll an.

Ich sah Dylan an, und er zuckte die Schultern. »Das solltest du wirklich. Die nächste Möglichkeit, etwas zu essen zu kriegen, liegt zwei Fahrstunden von hier, weil im Dorf wegen Weihnachten alles zuhat.«

Mein Magen knurrte und versuchte sich durchzusetzen. Ich fror, und ich hatte Hunger. Das Letzte, was ich wollte, war, in mein Auto zurückkehren zu müssen. Außerdem faszinierte mich die Familie. »Danke. Das wäre sehr nett«, sagte ich.

Eine halbe Stunde später ging ich in Heathers Jeans die Treppe hinunter und strich den eisblauen Kaschmirpullover glatt, den sie mir geliehen hatte. Es waren noch die Etiketten daran: 150 Pfund! Ich kaufte die meisten meiner Klamotten in einem billigen Outdoorshop, den ich in East London entdeckt hatte: dicke Fleecepullover und Hosen, die ideal für meine Arbeit waren. Ich besaß ein teures Kleid für die Preisverleihungen und Industrieevents, zu denen ich manchmal eingeladen wurde, und für gelegentliche Dates – wenn ich Zeit hatte und mir nach Gesellschaft zumute war. Teure Pullover wie dieser waren mir fremd.

Ich blieb in der Diele stehen und hörte auf das Lachen hinter einer der Türen. Dann warf ich meine langen blonden Haare so, dass sie mir über eine Schulter fielen und ich präsentabler aussah. Ich stieß die Tür auf und sah einen großen Speiseraum und lauter Leute, die mir von einem langen, mit Essen beladenen Mahagonitisch aus zulächelten. An einer Seite des Raums fiel die Decke schräg ab und wurde von Strahlern ausgeleuchtet, auf der anderen Seite nahm ein dreieckiges Fenster die ganze Wand ein. Es ging auf die überwältigenden, schneebedeckten Berge hinaus.

Dylan stand auf, rückte mir den Stuhl neben sich zurecht, und ich setzte mich. Heather saß auf meiner anderen Seite und Oscar am Kopf des Tisches. Dann waren da noch zwei Männer, die aussahen wie Dylan, zwei Frauen und der Junge, den ich vorhin schon gesehen hatte. Die älteste Frau am Tisch hatte dunkle, zu einem Zopf geflochtene Haare, der ihr auf den Rücken fiel. Sie drehte sich um und musterte mich von oben bis unten, ohne zu lächeln.

Alle hatten einen dunklen Teint, waren groß und amazonenhaft bis auf eine zierliche Frau mit kurzen blonden Haaren.

»Das ist Gwyneth, Mutter«, sagte Dylan, als ich mich neben ihn setzte.

»Der Eindringling«, fügte Oscar mit einem verruchten Lächeln hinzu.

Ich spürte, wie ich rot wurde.

»Das ist schon in Ordnung«, sagte der Mann neben Dylan. »Sie hatten einen guten Grund, wie ich gehört habe. Ich bin übrigens Cole.« Er war glattrasiert und attraktiv, trug einen dunklen Anzug und saß mit geradem Rücken da. Er sah Dylan sehr ähnlich, hatte jedoch die blauen Augen seines Vaters statt der braunen seiner Mutter. »Das ist meine Frau Rhonda«, sagte er und zeigte auf die blonde Frau. »Und da ist unser Sohn Alfie.«

Rhonda lächelte mich an. »Wie ich gehört habe, machen Sie Dokumentarfilme. Faszinierend. Hast du das gehört, Alfie? Die Frau macht Filme über Tiere.«

Der Junge sah von seinen Spielzeugautos auf und betrachtete mich neugierig. »Siehst du manchmal Dinosaurier?«

Alle lachten, einschließlich Dylans Mutter, deren Gesicht aufleuchtete. Ich konnte jetzt Heather in ihr sehen, die elfenartigen Züge im Vergleich zu Oscars romanischer Attraktivität. Schmaler und auch ätherischer.

»Dafür müsste sie in das Land vor der Zeit reisen«, sagte der Mann neben Cole. Er sah jünger aus als Dylan und Cole, und seine Gesichtszüge ähnelten eher denen seiner Mutter und Heather. Aber er war immer noch groß, sogar breit, an normalen Standards gemessen, und auch attraktiv. Er trug einen Pullover, aber keinen einfarbigen wie die anderen, seiner war schwarz und hatte um die Ärmel ein Blockmuster in den Primärfarben. Seine Haare waren hochgegelt. Eindeutig ein Modefan wie einige der jüngeren Redakteure, mit denen ich manchmal in den Staaten arbeitete.

»Ich bin Glenn«, sagte er und winkte mir zu.

»Das Baby der Familie«, erklärte Dylan.

»Mein Baby«, sagte seine Mutter und streichelte ihm über den Arm.

Grinsend schob er ihren Arm weg. »Ich bin fünfundzwanzig, Mutter.«

»Oh, dann willst du bestimmt auch dieses Darlehen nicht, um das du mich heute Morgen gebeten hast?«, fragte sie und zog kühl die Brauen hoch.

Er beugte sich zu ihr hin und tat, als würde er wie ein Baby glucksen. »Doch, bitte, Mama.«

»Ich bin Alison«, sagte die Frau neben Rhonda. »Eine der Schwestern«, fügte sie hinzu. Sie trug ein langes geblümtes Kleid und eine Ethno-Kette und hatte Hennatattoos an den Händen. Im Vergleich zu den anderen war sie braun gebrannt, und ich nahm an, dass sie die Älteste der Geschwister war, vielleicht Ende dreißig.

»Schön, Sie alle kennenzulernen«, sagte ich. »Ich weiß es zu schätzen, dass Sie mich in Ihr Heim eingeladen haben, obwohl …«

»Sie unerlaubt unser Land betreten haben«, beendete Dylans Mutter mit kalter Stimme den Satz. Von der Wärme, die sie eben noch für ihre Familie aufgebracht hatte, war nichts mehr zu spüren.

Alle verstummten. Es war klar, dass sie das Familienoberhaupt war.

»Mutter …«, sagte Dylan leise.

»Aber das hat sie doch, oder?«, sagte sie kühl.

»Aus gutem Grund, Mairi«, sagte ihr Mann.

»Nein, Sie haben recht«, sagte ich. »Ich hätte das nicht tun dürfen. Manchmal kann ich mich einfach nicht bremsen. Jemand, den ich einmal kannte …« Ich schluckte, der Schmerz über meinen noch nicht lange zurückliegenden Verlust war immer noch sehr frisch. Ich sah auf meine Serviette hinunter und zerrte an ihr herum. »Er hat mir gesagt, dass die Grenze zwischen Entschlossenheit und

Unhöflichkeit sehr dünn ist.« Ich sah Mairi in die Augen und sehnte mich plötzlich verzweifelt nach ihrer Anerkennung, nach der Anerkennung *aller*. »Diese Grenze habe ich heute übertreten. Das ist Ihr Land, Ihr Zuhause. Ich hatte unrecht, und ich werde gehen, wenn Sie das für das Beste halten.«

Ich wollte aufstehen, doch sie hob die Hand, um mich davon abzuhalten. »Jedes Jahr an Weihnachten stellen wir Kerzen in die Fenster, um Fremde wissen zu lassen, dass sie willkommen sind. Sie sind willkommen«, sagte sie. »Betreten Sie nur nicht wieder unbefugt fremdes Land«, fügte sie mit einem Augenzwinkern hinzu. Plötzlich löste sich die Spannung. Mairi wandte sich an ihre Familie. »Wollen wir anfangen?«

Während der nächsten Stunden aßen wir und tranken viel Wein, der von einer mittelalten Frau mit weißen Haaren serviert wurde, dem Hausmädchen, wie ich annahm.

Ich erfuhr, dass Oscar sich vom Bau- und Waldarbeiter zum Inhaber eines millionenschweren Bauunternehmens hochgearbeitet hatte, das für Firmen und Privatleute holzverkleidete Gebäude wie dieses baute. Sein ältester Sohn Cole war der geschäftsführende Direktor, während Oscar sich aus Gründen, über die sich niemand ausließ, zur Ruhe gesetzt hatte. Doch aus der Tatsache, dass er nur ein einziges Glas Wein trank und sich nicht nachschenken ließ, schloss ich, dass es gesundheitliche Gründe sein mussten, obwohl er fit aussah.

Glenn, der jüngste Bruder, schrieb und illustrierte Kinderbücher, die man in Buchhandlungen im ganzen Land sah, und Dylans ältere Schwester, Alison, versuchte, »nach der schrecklichsten Scheidung überhaupt« wieder ihren Platz im Leben zu finden; sie reiste und fotografierte für ein Buch, das sie plante. Coles Frau Rhonda widmete ihre Zeit ehrenamtlichen Aufgaben und der Erziehung ihres Sohnes.

Trotz ihrer Privilegien – dem offensichtlichen Reichtum und der Freiheit, mit der sie ihr Leben leben konnten – schienen sie sehr bodenständig zu sein. Vielleicht lag es an Mairi, die eindeutig alle im Griff hatte und sie mit einem Blick zurechtwies, falls einer von ihnen eine unpassende Bemerkung machte.

Während sie redeten, beobachtete ich Dylan. Er konnte ausgelassen und charmant sein wie sein Vater, doch mir fiel auch ein Ansatz der ernsten Entschlossenheit seiner Mutter auf. Ich dachte daran, was er vorhin gesagt hatte – »Sie sind sehr schön« –, und begriff, dass er einfach nur ausgedrückt hatte, was er dachte, so wie seine Mutter das auch zu tun schien. Er hatte es wirklich ohne Hintergedanken gesagt.

»Wo filmen Sie als Nächstes, Gwyneth?«, fragte mich Oscar.

»In Island. Es gibt dort einen Strand aus Eis, an dem die Robben sich gerne sammeln. Er liegt im Südosten an der Gletscherlagune Jökulsarlon.«

»Die kenne ich«, sagte Oscar lächelnd. »Die allererste Lodge, an der Dylan mitgearbeitet hat, liegt ungefähr eine Stunde entfernt in Kirkjubaerklaustur.«

Dylan blickte auf, seine Augen leuchteten. »Mein Gott, habe ich es geliebt, dort zu arbeiten.«

Ich lächelte über seine Begeisterung. Vielleicht mochte er seinen Job doch?

»Wie sind Sie dazu gekommen, Dokumentarfilme zu machen?«, fragte Cole.

»Ich hatte einen Mentor, Reginald Carlisle.«

»Der Mann ist eine Legende«, sagte Oscar. »Oben habe ich sogar sein Buch.«

Überraschung zeigte sich auf Mairis Gesicht. »Er ist vor ein paar Monaten gestorben, nicht wahr?«

Ich nickte. Es tat noch immer weh, daran zu denken, wie ich seine zerbrechliche Hand gehalten hatte, als sein achtzig Jahre alter Körper schließlich aufgegeben hatte.

Mairi fixierte mich mit ihrem dunklen Blick. »Er hat Ihnen offenbar viel bedeutet.«

Dylan beobachtete mich. Um den ganzen Tisch war es still geworden.

»Ja, das hat er«, flüsterte ich.

Ich dachte an unsere erste Begegnung. Einige der Tierdokumentarfilmer im Hotel sprachen mit aufrichtiger Ehrfurcht von ihm. Ich hielt nach ihm Ausschau. Reg war ein Mann um die Siebzig, der immer als Erster um 6:30 Uhr zum Frühstück kam. Er sagte kaum etwas und las oft in einem Tierbuch, von dem er kaum aufsah, wenn ich ihm das Frühstück servierte. Seine silbernen Brauen waren stets konzentriert zusammengezogen.

Aus der Bücherei lieh ich mir einige der Bücher, in denen ich ihn hatte lesen sehen. Auf der Rückseite eines dieser Bücher war sein Gesicht zu sehen: *Im tiefen Winter von Alaska* von Reginald Carlisle. Wie sich herausstellte, war er ein Pionier der Tierfotografie, eine Legende des Dokumentarfilms. Ich las jeden Abend in diesem Buch, tauchte ein in die wunderschöne, wilde Landschaft Alaskas, die ihn fast das Leben gekostet hatte, als er beim Dreh einer Serie für die BBC zwei Wochen im hohen Schnee eingeschlossen gewesen war.

Als ich Reg wiedersah, legte ich das Buch beim Frühstück vor ihn auf den Tisch. Er hörte auf zu lesen, und seine blauen Augen sahen mich forschend an.

»Ob Sie es mir wohl signieren könnten?«, fragte ich und versuchte, nicht zu stottern. Er war für mich so etwas wie ein Held geworden. Andere Teenager schwärmten für Popstars, doch mein Rockstar war ein Dokumentarfilmer. Kein Wunder, dass die anderen Mädchen im Hotel nicht mit mir sprachen.

Reg schlug das Buch auf und kritzelte nach kurzem Zögern etwas hinein. Dann schlug er es zu, gab es mir wortlos zurück und widmete sich schnell wieder dem Buch, in dem er gelesen hatte. Erst als ich am Abend zurück in mein kleines Dachzimmer kam, sah ich, was er geschrieben hatte.

Das nächste Mal solltest du ein Buch kaufen, statt eins aus der Bücherei zu stehlen.

Als ich ihm am nächsten Morgen Tee einschenkte, kämpfte ich mit mir, ob ich ihn noch einmal ansprechen sollte. »Ich habe das Buch nicht gestohlen«, brachte ich schließlich leise heraus.

Er sah mich an, ohne ein Wort zu sagen.

»Ich habe die Ausleihfrist verlängert«, fuhr ich fort.

»Und es dann mir gegeben, um es zu verschandeln.«

Ich senkte den Kopf. »Ich weiß. Ich hätte es mir gekauft, wenn ich nicht ...«

»Wenn du keine arme Kellnerin wärst. Wie alt bist du eigentlich?«

»Siebzehn«, log ich. In Wirklichkeit war ich gerade mal sechzehn. Und während es okay war, in diesem Alter zu arbeiten, mochte meine Tante es nicht, dass ich damit hausieren ging. »Ich verdiene nicht viel.«

»Aha? Mir ging es früher genau wie dir, ich hatte keine zwei Pennys in der Tasche«, sagte er, und seine Augen flackerten. »Aber ich habe etwas geändert. Und du kannst das auch, wenn du fest entschlossen bist.«

Der nächste Tag war mein freier Tag. Ich verbrachte ihn gewöhnlich damit, allein durch London zu spazieren und die Museen und Sehenswürdigkeiten zu besuchen, die keinen Eintritt kosteten. Doch an diesem Tag zog ich meinen abgetragenen Wintermantel an und stapfte mit einer Filmo Kamera in Holzoptik, die ich mir von einem Dokumentarfilmer »ausgeliehen« hatte, hinaus in die Kälte. Der Mann war am vergangenen Abend so damit beschäftigt gewesen, sich zu betrinken, dass er nicht mitbekommen hatte, wie ich mich angeschlichen hatte. Ich wollte ihm die Kamera später zurückgeben. Na ja, sie zumindest zu den Fundsachen des Hotels legen, in der Hoffnung, dass er den Verlust an der Rezeption meldete. Natürlich hatte ich ein schlechtes Gewissen. Doch zumindest würde er sie zurückbekommen.

In der vergangenen Nacht hatte ich lange mit dem verdammten Teil herumgespielt und herauszufinden versucht, wie es funktionierte. Erst um drei Uhr war ich eingeschlafen.

Als ich mit der Kamera aus dem Hotel trat, dachte ich an die Techniken, die Reg in seinem Buch beschrieb:

Filme aus der Nähe. Zoome einen zutretenden Huf heran,

einen pickenden Schnabel, zwei weit aufgerissene Augen. Mit diesen Aufnahmen kannst du im Schneideraum eine Geschichte erzählen.

Begib dich auf die Höhe des Tiers, auch wenn das bedeutet, auf dem Bauch im Dreck zu liegen.

Filme mit der Sonne im Rücken, wenn du die wirklichen Farben des Tieres sehen willst.

Ich muss an diesem Morgen einen herrlichen Anblick geboten haben, wie ich auf Londons schmutzigen Wegen auf dem Bauch lag, die Kamera auf die Themse gerichtet, und einen Graureiher filmte, der ins Wasser eingetaucht war. Oder wie ich auf einer Bank lag und in den Himmel geschaut hatte, um Tauben im Flug zu filmen. Natürlich hatte ich mir gewünscht, lieber Eisbären in Alaska zu filmen, doch das hier musste reichen. Als ich zum Hotel zurückging, tat ich das trotz meines verschmutzten Rocks mit hoch erhobenem Haupt. Es war das Aufregendste, was ich getan hatte, seit ich von zu Hause fortgegangen war.

Ich entdeckte Reg am Mittag an seinem üblichen Platz im Hotel, wo er seinen Tee trank und ein Buch las. Ich glaube, ohne meine schwarz-weiße Kellnerinnenuniform und mit offenen Haaren erkannte er mich nicht gleich.

Nervös stellte ich die Kamera auf den Tisch. »Ich habe mich entschlossen zu filmen, wie Sie es mir empfohlen haben.«

»Habe ich das getan?« Er sah mit ausdruckslosem Gesicht auf die Kamera. »Woher hast du die Kamera? Sie sieht genau wie die aus, die Gerald vermisst.« Er zeigte auf den Kameramann, von dem ich sie mir ausgeliehen hatte und der aufgeregt an der Rezeption stand und redete.

Ich schluckte und drehte einen Knopf meines Mantels zwischen den Fingern. »Ich will sie ihm zurückgeben.«

Das war das erste Mal, dass ich Reg lächeln sah. »Ich bin versucht zu sagen: Mach dir keine Gedanken; ich habe den Mann nie gemocht. Aber was soll ich damit machen?«, fragte er und zeigte auf die Kamera.

»Ich dachte, Sie hätten vielleicht eine Möglichkeit, sich anzusehen, was ich gefilmt habe, und könnten mir sagen, ob es gut ist«, sagte ich zögernd.

In diesem Augenblick merkte ich, dass jemand hinter mir stand. Reg legte die Kamera ruhig in die Tasche zu seinen Füßen, und ich drehte mich um und sah meine Tante, die angespannt lächelte.

»Belästigt die junge Dame Sie, Mr. Carlisle?«, fragte sie und warf mir einen strengen Blick zu.

»Überhaupt nicht«, erwiderte Reg. »Sie hat gesehen, wie mir etwas Geld heruntergefallen ist, und war so nett, es mir zurückzugeben.«

Meine Tante entspannte sich. »Gut, wir erwarten von unserem Personal, dass es höchsten moralischen Standards genügt. Und jetzt komm, Gwyneth, und lass Mr. Carlisle in Ruhe essen.«

Als sie mich mitnahm, blickte ich über die Schulter zurück und sah, wie Reg mir zuwinkte. Ich drehte mich um und unterdrückte ein Lächeln.

Auch in dieser Nacht schlief ich so gut wie nicht und fragte mich, ob er sich die Aufnahmen schon hatte ansehen können. Als ich am Morgen hinunterging und an dem steifen Kragen meiner Uniform zog, wartete er an der Rezeption auf mich. »Komm mit«, sagte er.

Ich spähte in den Frühstücksraum. Ich war bereits spät dran.

»Nur fünf Minuten«, sagte er. »Komm.«

Ich atmete tief durch und folgte ihm in den kleinen Filmraum des Hotels. Als wir eintraten, war der Projektor bereits aufgebaut.

»Das meiste ist grauenhaft«, sagte er und bedeutete mir, mich hinzusetzen. »Hier gibt es nichts, was wir nicht bereits über Tauben wissen. Die Komposition ist schrecklich, ganz zu schweigen von dem mangelnden Fokus.« Mir sank das Herz in die Hose. »Bis auf das«, fügte er mit einem Lächeln hinzu, als er sich vorbeugte und intensiv auf die Leinwand schaute. »Das hier ist exquisit.«

Ich folgte seinem Blick und sah die kurze Sequenz einer Taube, die ihre Jungen füttert.

»Solche Jungvögel sehen wir so gut wie nie, da sie in ihren Nestern bleiben, bis sie ausgewachsen sind«, erklärte er, »und viele Nester sind so hoch, dass wir kaum eine Chance haben, sie zu sehen. Ein Zeichen der Aufopferung des Vogels für seine Jungen.«

»Dann ist es gut, dass ich sie gefilmt habe?«

»Sehr gut. Ich brauche eine Assistentin. Wann kannst du anfangen?«

Ich sah ihn überrascht an. »Sie wollen mich als Assistentin?«

Er nickte, und mein Herz schwoll vor Hoffnung an. Stumm nahm ich mir selbst ein Versprechen ab: Ich würde ihn nie enttäuschen, wie ich meine Eltern enttäuscht hatte. Und das tat ich auch nicht, die ganzen Jahre nicht, die ich für ihn arbeitete.

Nun war er nicht mehr da. Ich hatte niemanden und spürte Trauer in mir aufsteigen.

»Was ist mit Ihrer Familie, Gwyneth?«, fragte Oscar ruhig, als das Hausmädchen Wein nachschenkte. Inzwischen war ich mit Heather, Alison und Glenn per Du. »Waren Sie auf dem Weg zu ihnen, um sie Weihnachten zu besuchen?«

Ich trank schnell einen Schluck Wein. »Ich habe keine Familie«, sagte ich und legte meine Serviette hin. »Und jetzt sollte ich besser aufbrechen.«

»Weißt du, wie spät es ist?«, rief Dylan. Ich sah zu der großen Uhr hoch. Fast neun. »Du kannst jetzt nicht mehr fahren.«

»Ja, du musst bleiben«, sagte Heather.

Ich zuckte die Schultern. »Ich bin früher schon im Dunkeln gefahren, auch auf vereisten Wegen.«

»Nicht auf diesen Straßen«, sagte Dylan.

»Du solltest wirklich bleiben«, mischte sich Glenn ein. »Zumindest bis zum Morgen. Nicht wahr, Mum? Und getrunken hast du auch was.«

Mairi studierte mein Gesicht und nickte. »Natürlich soll sie bleiben.«

»Nur zwei Gläser. Nein, wirklich, ich muss gehen«, sagte ich und schob meinen Stuhl nach hinten.

»Aber morgen ist Weihnachten«, sagte Alison.

»Genau«, antwortete Cole. »Gwyneth will es nicht mit Fremden verbringen. Wenn sie gehen will, lasst sie gehen.«

»Besser mit Fremden als allein«, meinte Heather traurig.

»Ich bin daran gewöhnt, allein zu sein«, beharrte ich.

»Heiligabend ist für mich ohnehin ein Tag wie jeder andere, wirklich.«

Alle sahen mich entsetzt an, und Dylan lachte. »Das ist im McClusky-Haushalt eine blasphemische Aussage. Aber hört mal«, sagte er und sah seine Familie an. »Cole hat recht, wenn Gwyneth gehen will, können wir sie nicht aufhalten.« Er erhob sich ebenfalls. »Ich bring dich zu deinem Auto, Gwyneth.«

»Danke. Und vielen Dank noch mal Ihnen allen«, fügte ich hinzu und sah mich um den Tisch herum um. »Sie waren sehr gastfreundlich und sehr großzügig.«

Ehe mir vor Rührung die Stimme versagen konnte, drehte ich mich schnell um und ging hinaus, wobei ich flüchtig sah, wie alle sich anschauten, als Dylan mir folgte.

Ich hatte erwartet, dass es stockdunkel sein würde, als wir zehn Minuten später hinaustraten. Doch der Mond, der groß und geduldig über den Bergen stand, gab genug Licht, um die schmale Straße vor uns zu beleuchten, an deren Ende mein Auto einen Punkt in der Ferne bildete. Es war kalt, so bitterkalt, dass ich dachte, mir würden auf der Stelle die Wimpern abfrieren.

»Du hast eine großartige Familie«, sagte ich zu Dylan, als wir zusammen zum Auto gingen.

»Ja, manchmal schon.« Er schwieg eine Weile, dann lächelte er. »Und wie sehen deine Pläne für morgen aus?«

»Wahrscheinlich werde ich meine Filmrollen durchsehen.«

»Weihnachten ist für dich wirklich nur ein Tag wie jeder andere, was?«

Ich lachte. »Nicht jeder hat ein so idyllisches Familienleben, Dylan.« Ich sah kurz den bunten Weihnachtsbaum meiner Kindheit vor mir, mit dem roten, blauen und goldenen Lametta, den Christbaumkugeln, die dauernd herunterfielen, hörte das Lachen meiner Mutter. »Manche von uns sind ganz glücklich, wenn sie allein sind – allein, aber nicht einsam.«

Er hob die behandschuhten Hände. »Ich hab's verstanden, du musst dich nicht rechtfertigen! Ehrlich gesagt, bin ich neidisch auf dich.«

Ich sah ihn überrascht an. »Neidisch?«

Er zog seine graue Wollmütze aus seiner Manteltasche und setzte sie auf. »Ich habe ein- oder zweimal darüber nachgedacht, Weihnachten einfach zu verschwinden.«

»Aber du hast doch so eine reizende Familie.«

Sein Gesicht wirkte angespannt. »Das kann manchmal auch erdrückend sein.«

Wir schwiegen, bis wir zum Tor kamen. Dylan öffnete das Schloss mit einem schweren Schlüsselbund, dann stieß er das Tor auf und ließ mich durch. Als ich an ihm vorbeiging, roch ich flüchtig sein moschusartiges Aftershave und den Whisky, den er getrunken hatte. Es verschlug mir den Atem. Ich beschleunigte meine Schritte, öffnete die Autotür und legte meine Kamera hinein, während Dylan am Zaun lehnte und mich mit verschränkten Armen beobachtete.

»In welchem Hotel wohnst du?«, fragte er.

»Im Heighton.«

»Das sind gut zwei Stunden.«

Ich fühlte in meiner Tasche nach der neuen Landkarte,

die Cole mir geliehen hatte, und hob die Thermoskanne mit Kaffee hoch, den das Hausmädchen für mich gemacht hatte. »Der wird mich wachhalten.«

Dylan löste sich vom Zaun, zog seine Handschuhe aus und streckte mir die Hand hin. »Es war schön, dich kennenzulernen, Gwyneth.«

Ich nahm seine Hand. Sie fühlte sich warm und schwielig an und war doppelt so groß wie meine. Ich sah in sein attraktives Gesicht. Das Mondlicht betonte seine ausgeprägten Wangenknochen, die katzenhafte Form seiner dunklen Augen. Ich hatte das Gefühl, als käme er aus einem anderen Jahrhundert, als gehörte er nicht in die reale Welt, die ich kannte, und plötzlich stieg Bedauern in mir auf. War es ein Fehler, einfach zu fahren?

Lächerlich!

Schnell ließ ich seine Hand los, bevor ich ihn bitten konnte, mich wieder mit zurück zur Lodge zu nehmen. »Schön, dich kennengelernt zu haben, Dylan«, sagte ich. »Und danke, dass du mich gerettet hast.« Ich ging zur Fahrerseite und lächelte ihn über das Auto hinweg an. »Schöne Weihnachten.«

Er lächelte. »Werde ich haben. Pass auf dich auf, Gwyneth.«

Wir blickten uns kurz an, dann stieg ich ins Auto. Ich wartete kurz und atmete in der Sicherheit des dunklen Autos ein paarmal tief durch. Meine Hände zitterten leicht, und mein Herz klopfte. Eine Stimme in mir schrie: *Bleib! Bleib! Bleib!*, doch ich hatte mir vor langer Zeit geschworen, dass ich weiterziehen, nicht bleiben, mich nicht an Menschen binden, mich nicht von ihnen enttäuschen lassen, sie nicht enttäuschen würde. Nur Reg hatte diesen Vorsatz durchbrechen können. Und jetzt dieser Mann, dieser bärtige Riese, der mich genauso wärmte wie der Whisky, den er trank. Was war mit mir los? Ich kannte ihn doch kaum.

Schnell drehte ich den Schlüssel im Zündschloss, bevor ich meine Meinung ändern konnte.

Der Motor stotterte kurz und erstarb.

Ich drehte den Schlüssel erneut, doch nichts.

»Du willst mich wohl verarschen«, zischte ich.

Dylan klopfte ans Autofenster, und ich rollte es herunter.

»Springt er nicht an?«, fragte er.

»Sieht so aus. Ich denke, es ist die Kraftstoffleitung, denn zuerst ist er ja angesprungen.«

»Du kennst dich aber aus.«

»Guck nicht so überrascht! Das muss ich, wenn ich mitten im Nirgendwo filme und nur mit dem Auto wegkomme.« Ich griff nach der Taschenlampe, die ich auf Reisen immer bei mir hatte, stieg aus und öffnete die Motorhaube. Ich richtete das Licht auf den Kraftstofffilter, während Dylan neben mir stand und sich zu mir hinbeugte, um auch etwas zu sehen.

»Sieht aus, als wäre es der Kraftstofffilter«, sagte er und zeigte auf das Benzin, das aus einer der Leitungen tropfte.

Ich seufzte. »Ja. Das lässt sich nicht so leicht beheben. Wenn der verstopft ist, geht nichts mehr.«

»Nun, dann ist die Sache entschieden. Ich will nicht sagen, dass du hier nicht auch schlafen könntest«, sagte Dylan und zeigte auf den Rücksitz. »Ich habe weiß Gott manche Nacht hier draußen verbracht und in die Sterne geschaut, aber im Winter würde ich das nicht empfehlen.

Ich würde dir ja anbieten, dich zu fahren, aber ich habe etwas getrunken und die anderen auch.«

»Und ein Taxi?«, fragte ich halbherzig. In Wirklichkeit war ich nicht enttäuscht, dass das Auto nicht ansprang. Irgendetwas in mir wollte unbedingt bleiben, und mein Schicksal war nun von einem defekten Kraftstofffilter entschieden worden.

Dylan lachte. »An Heiligabend? Du machst wohl Witze.«

Ich sah die Straße hoch und versuchte, meine Aufregung zu dämpfen. Ich spürte, dass dies der Anfang von etwas sein könnte, und, um ehrlich zu sein, es machte mir Angst. Weihnachtsfeste erinnerten mich an eine Zeit, als ich noch eine Familie hatte, mit der ich feiern konnte, an eine Zeit vor dem Zerwürfnis zwischen mir und meinen Eltern. Doch Dylan mit seinem wunderschönen Gesicht und seinen großen Händen und diesem Lächeln, mit dem er mich in diesem Moment anstrahlte, reizte mich, reizte mich …

»Okay«, sagte ich und atmete tief durch. »Wenn deine Familie nichts dagegen hat?«

»Nichts dagegen? Sie werden begeistert sein. Komm.«

Er warf sich meine Übernachtungstasche über die Schulter, ich nahm die Kamera wieder auf und folgte ihm zurück zum Haus. Das Funkeln seiner goldenen Lichter und der Klang des Lachens, der von drinnen kam, wärmten mir das Herz. Als wir eintraten, kam Oscar mit einem Tablett voll dampfendem Glühwein durch die Diele.

Er blieb stehen, und sein Gesicht leuchtete auf. »Sie haben also Ihre Meinung geändert?«

»Ihr Auto ist nicht angesprungen«, erklärte Dylan.

»Na dann, das ist Schicksal!«, meinte Oscar, während er mit dem Tablett auf mich zukam und mir bedeutete, mir ein Glas zu nehmen.

»Wenn das in Ordnung ist«, sagte ich schnell. »Ich will mich nicht aufdrängen. Es ist schließlich Weihnachten.«

»Was hat Mairi über die Kerzen in den Fenstern gesagt?«, fragte Oscar. »Es ist Weihnachten, eine Zeit, Gäste willkommen zu heißen. Das ist bei den McCluskys Sitte, und ehrlich gesagt habe ich es in den letzten Jahren schmerzlich vermisst, dieser Tradition nicht nachgehen zu können, weil dieser Ort so abgelegen ist. Und jetzt haben wir den nettesten Gast, den man sich denken kann, eine wunderschöne Dokumentarfilmerin. Also kommen Sie, fühlen Sie sich wie zu Hause. Betrachten Sie sich als eine McClusky ehrenhalber.«

Dylan lächelte mich während der Rede seines Vaters verlegen an. Ich trank schnell einen Schluck von dem köstlichen Glühwein und fühlte mich von der Großmut in Oscars Worten ein bisschen überwältigt. Über die Jahre hatte ich so viele Weihnachtstage alleine verbracht oder gearbeitet. Am ersten Weihnachtsfest im Hotel hatte ich mich nach meinen Eltern gesehnt, während ich den Gästen ihr Weihnachtsessen serviert hatte. Die ganze Zeit über hatte ich das schöne Armband, das meine Eltern mir geschickt hatten, um mein Handgelenk gespürt. »Weihnachten ist ein religiöses Fest, Gwyneth«, hatte meine Tante gebellt, als sie mich weinen sah. »Bist du etwa religiös? Nein. Also ist heute ein Tag wie jeder andere, ein Tag, um zu arbeiten und Geld zu verdienen. Je eher du das begreifst, desto besser wirst du dich fühlen.« Von diesem Moment an hatte ich es kapiert und gedacht, dass es für mich in Ordnung wäre.

Bis jetzt.

Ich lächelte zu den beiden Männern hoch. »Danke.« Dann sah ich auf den Loch hinaus, der im Mondlicht glitzerte. Wie seltsam, dass ich hier war, weil ich in dem zugefrorenen See beinahe ertrunken wäre, dachte ich.

6

Amber

Winterton Chine
13. Dezember 2009

»Ein See! Ein zugefrorener See!«

Amber schreckt aus dem Schlaf auf. Sie öffnet die Augen und richtet sich auf dem Stuhl auf, auf dem sie zusammengesunken ist. Ein Sonnenstrahl dringt durch die Jalousien. Das Mädchen sitzt in seinem Krankenhausbett, die Augen weit aufgerissen. So sieht sie noch jünger aus, ihre Wimpern sind blass gegen die Wangen, die der Schlaf rosig gefärbt hat. Amber spürt, wie sich ihr Herz bei diesem Anblick zusammenzieht. Sie ist so ein verdammter Softie, ein Schwächling. Deshalb hat sie die Nacht auch im Krankenhaus verbracht, weil sie den Gedanken nicht ertragen konnte, dass das Mädchen sonst alleine wäre.

»Was ist mit dem See?«, fragt Amber und reibt sich die Augen.

»Ich habe von einem See geträumt«, antwortet das Mädchen. Ihre Blicke wandern zum Fenster und zu dem Meer draußen. »Er war zugefroren. Da war ... auch ein Haus. Aus Holz. Es war groß, mit riesigen Fenstern.«

Amber beugt sich vor. »Das ist gut. Vielleicht ist das eine Erinnerung. Sonst noch was?« Das Mädchen schüttelt den Kopf, und Amber tätschelt ihre blasse Hand. »Das kommt schon noch.«

Sie steht auf und streckt sich. Das Notizbuch, das man bei dem Mädchen gefunden hat, rutscht ihr vom Schoß. Sie ist es in der Nacht durchgegangen, genau wie das Krankenhauspersonal das getan hat, hat gehofft, ein paar Hinweise zu finden, die sie übersehen haben. Doch sie hat nichts gefunden, nur Notizen über diverse Tiere und ein paar feine, detaillierte Zeichnungen.

Amber bückt sich, hebt das Notizbuch auf und legt es zurück auf den Tisch. Sie riecht an ihren Achselhöhlen. »Ich denke, ich sollte besser nach Hause gehen und duschen.«

»Geh noch nicht«, sagt das Mädchen. Sie sieht verloren aus, verängstigt.

»Okay, wenn du mich auch stinkend erträgst«, antwortet Amber.

»Du stinkst nicht.«

Ein Rollwagen hält vor der Kabine, und ein müde aussehender Krankenpfleger guckt herein. »Frühstück, Liebes.«

»Ich habe Kopfweh«, sagt das Mädchen, als der Rollwagen hereingerollt kommt. »Kann ich etwas dagegen bekommen?«

»Kein Problem«, antwortet der Krankenpfleger, »hier sind deine Schmerztabletten.«

Amber hilft dem Mädchen, sich aufzusetzen, und zieht den Behelfstisch über das Bett. Der Krankenpfleger stellt das Frühstück darauf: Rühreier, Speck und ein Würstchen, eine Tasse Tee und ein Plastikbecher mit Orangensaft.

Das Mädchen rümpft bei dem Geruch die Nase und schiebt den Teller weg. »Igitt. Das Fleisch riecht widerlich!«

»Ich finde, es riecht gut. Vielleicht bist du Vegetarierin?«

Das Mädchen nickt. »Ja, vielleicht.«

Amber dreht sich zu dem Pfleger um. »Können wir bitte ein vegetarisches Frühstück haben?«

»Und was ist mit dir?«, fragt das Mädchen.

»Für Besucher gibt es nichts zu essen«, sagt der Pfleger. »Unten ist ein Café.«

»Sie hat gerade die Nacht damit verbracht, nach einer Ihrer Patientinnen zu sehen«, sagt das Mädchen. »Ich denke, ein Kaffee und ein Croissant oder so was ist nicht zu viel verlangt, oder?«

Amber sieht das Mädchen überrascht an. Sie ist eindeutig couragiert, ob sie das weiß oder nicht.

»Wir sind hier nicht bei Starbucks«, erwidert der Pfleger.

»Gut, dann lassen Sie das Frühstück einfach hier«, sagt das Mädchen und schiebt mir das Tablett hin. »Sie werfen es ja doch nur weg.«

Der Pfleger schüttelt verzweifelt den Kopf und geht.

»Jetzt sag bloß nicht, dass du auch Vegetarierin bist?«, sagt das Mädchen.

Amber lacht. »Nein, nein. Aber das war eindrucksvoll.« Sie nimmt sich das Würstchen und beißt hinein.

»Was meinst du?«

»Dass du sehr mutig warst. Obwohl ich denke, das lassen die blauen Strähnen in deinem Haar schon vermuten.«

Das Mädchen untersucht eine blaue Haarsträhne. »Womöglich bin ich eine rebellische Nervensäge, was meinst du?«

Sie lachen.

»Wie wäre es, wenn du versuchst, dich an noch irgendetwas zu erinnern, während wir auf das Frühstück warten«, sagt Amber. »Konzentrieren wir uns auf das Haus und den See. Ist da sonst noch was? Eine Straße? Irgendwelche Orientierungspunkte?«

Das Mädchen denkt einen Moment nach. »Hast du Papier und einen Stift?«, fragt sie schließlich.

Amber nickt und kramt einen kleinen Notizblock und einen Stift aus der Tasche. Sie benutzt sie nicht oft, Schreiben ist für sie ein echter Kampf. Sie ist eindeutig als Linkshänderin zur Welt gekommen.

Das Mädchen nimmt den Stift und starrt ihn an. Dann beugt sie plötzlich den Kopf über das Notizbuch, ihr blondes Haar mit den blauen Strähnen hängt über dem Papier, als sie zu zeichnen beginnt. In den nächsten Minuten beobachtet Amber erstaunt, wie das Mädchen eine wunderschöne Zeichnung von einer großen Lodge macht, die einen glänzenden See überblickt. Es ist keine klassische Art zu zeichnen, es hat etwas Mangahaftes.

Das Mädchen blickt auf, als sie fertig ist. »Ich glaube, ich kann gut zeichnen.«

»Das kannst du verdammt gut«, sagt Amber lachend. »Sehen wir uns das mal genauer an. Ist das die Lodge, von der du geträumt hast?«

Das Mädchen nickt, als sie Amber die Zeichnung reicht, und Amber studiert sie eingehend. Die Lodge ist aus Holz und hat große Fenster, und dahinter sind schneebedeckte Berge und die Andeutung eines Waldes. Ein Vogel gleitet über den See, die Flügel ausgebreitet und gefiedert.

»An die Details erinnere ich mich nicht«, meint das Mädchen. »Ein paar Sachen habe ich improvisiert. Obwohl ich mich an den Vogel in meinem Traum erinnere.«

»Im Notizbuch ist eine Zeichnung von so einem Vogel«, sagt Amber und schlägt das Notizbuch an der richtigen Stelle auf. »Ein Alpenschneehuhn.«

Das Mädchen blickt über ihre Schulter auf das Buch. »Oh ja.« Sie scheint enttäuscht. »Dann hat der Traum wahrscheinlich nichts zu bedeuten. Ich habe den Vogel nur aus dem Notizbuch kopiert.«

»Tu es nicht gleich ab. Es ist kein Zufall, dass du dieses Notizbuch hast. Dein Traum und diese Zeichnung können durchaus auf der Realität beruhen. Auf *deiner* Realität.«

»Glaubst du, dass die Zeichnung uns weiterhelfen kann?«, fragt das Mädchen und wirft einen hoffnungsvollen Blick darauf.

»Nun ja, es gibt viele Lodges in diesem Land, die auf einen See hinausgehen, aber wer weiß? Das ist mit Sicherheit besser als nichts. Ich mache mal ein Foto davon«, sagt Amber, holt ihr Handy heraus und macht ein Foto von der Zeichnung, bevor sie sie dem Mädchen zurückgibt. »Das kann ich mit nach Hause nehmen und im Internet recherchieren.«

»Ein vegetarisches Frühstück«, erklingt eine gelangweilte Stimme. Der Pfleger taucht auf, stellt das neue

Frühstück mit einer traurig aussehenden vegetarischen Wurst auf den Tisch und knallt einen Kaffee daneben, von dem etwas überschwappt. »Kaffee für euch beide.« Dann geht er.

Amber lacht los. Sie hat erwartet, dass das Mädchen auch lacht, doch stattdessen starrt sie mit gerunzelter Stirn ihre Zeichnung an.

»Was ist los?«, fragt Amber.

Das Mädchen blickt mit Tränen in den Augen auf. »Dort ist etwas Schlimmes passiert. Etwas … wirklich Schlimmes. Ich hab es gespürt, als ich das Foto gesehen habe. Aber ich komm nicht drauf, was genau«, fügt sie frustriert hinzu.

Amber läuft ein Schauer über den Rücken. »Ich bin mir sicher, es ist nichts«, versucht sie das Mädchen zu beruhigen. »Wahrscheinlich bringt diese ganze Situation dich auf solche Gedanken.«

Das Mädchen nickt, sieht aber nicht überzeugt aus. Als Amber ihr zusieht, wie sie halbherzig mit der Gabel in die Wurst sticht, beschließt sie bei sich: Sie wird tun, was in ihrer Macht steht, um dieses Mädchen sicher nach Hause zu bringen.

Eine halbe Stunde später ist Amber auf dem Weg nach Hause. Sie hat dem Mädchen versprochen, rechtzeitig für den Besuch der Polizei zurück zu sein. Den Laden wird sie heute nicht öffnen, sie wird ohnehin nichts verkaufen, und das Streichen kann sie auch ein paar Stunden verschieben. Als sie den Schlüssel ins Schloss stecken will, brummt ihr Handy in der Tasche. Sie holt es heraus und sieht, dass es Rita ist.

»Hi, Mum«, sagt sie und klemmt das Handy zwischen Hals und Schulter, während sie ins Foyer ihres Hauses geht. Sie lebt in einem dreistöckigen Gebäude mit einem schönen Garten. Man lebt schön hier, nahe genug am Meer, um es zu hören, aber weit genug von der Stadt entfernt, um den Krach von den Nachtclubs nicht mitzubekommen. Amber ist drei Monate, nachdem sie und Jasper sich getrennt hatten, hier eingezogen, das ist jetzt zehn Jahre her. Er hatte darauf bestanden, dass sie in dem Haus blieb, in dem sie zusammen gewohnt hatten, doch sie konnte nicht. Ohne Katy war es ein schwarzes Loch voller Trauer und schmerzhafter Erinnerungen. Die Wohnung hier bedeutete einen Neuanfang, einen kompletten Kontrast zu ihrem geschäftigen, fröhlichen Familienleben. Die Wände sind weiß, die Küche ist weiß, und sie hat nur die nötigsten Möbel.

»Ich habe versucht, dich anzurufen«, sagt Rita. »Du bist nicht drangegangen!«

»Ich war im Krankenhaus.«

»Bei dem Mädchen?«

»Ja, Mum.«

»Sie war im Krankenhaus, Viv«, ruft Rita. »Bei dem Mädchen!«

»Wundervoll!«, hört Amber ihre Tante im Hintergrund sagen.

Amber verdreht die Augen, während sie die Treppe hochläuft.

»Wie geht es ihr?«, fragt Rita.

»Es wird. Die Polizei schaut heute vorbei.«

»Bleibst du währenddessen bei ihr? Sie wird bestimmt Angst haben, das arme Ding.«

»Was ist passiert?«, hört Amber Viv im Hintergrund fragen. »Die Polizei schaut nur vorbei, Viv«, antwortet Rita. »Stell mich doch einfach auf Lautsprecher, ja, Mum?«, sagt Amber frustriert, als sie die Wohnung aufschließt. »Sonst brauchen wir den ganzen Tag.«

Sie hört, wie Knöpfe gedrückt werden.

»Hallo, Amber, Liebes, ich bin's, deine Tante Viv.« Ihre Tante spricht laut und langsam.

»Wirklich? Das hätte ich nicht gedacht«, sagt Amber, während sie ins Schlafzimmer geht und ihre Schuhe wegkickt.

»Ehrlich, deine Tochter und ihr Sarkasmus«, spöttelt Viv. »Also, wie geht es jetzt weiter?«

»Ich dusche jetzt, dann gehe ich zurück ins Krankenhaus«, sagt Amber.

»Sollen wir irgendetwas vorbeibringen?«, fragt Rita.

»Äh, nein, ich glaube nicht, dass es ihr guttun wird, wenn ihr beiden im Krankenhaus aufkreuzt«, sagt Amber.

»Wir haben sie schließlich mit dir gefunden!«, erklärt Viv.

»Ehrlich, Viv, sie ist doch kein Preis, den man gewinnt«, sagt Rita.

Die beiden Frauen beginnen zu streiten. Amber blendet das Gezänk aus und holt sich ein Handtuch. »Seid ihr jetzt fertig?«, fragt sie. Ihre Mum und ihre Tante verstummen. »Gut. Ihr könntet mir tatsächlich einen Gefallen tun. Könnt ihr zum Laden gehen und vorne einen Zettel hinhängen? Etwas wie *Heute geschlossen.*«

»Du machst doch sonst nie zu«, sagt ihre Mutter überrascht.

»Und was ist mit dem Streichen?«, mischt Viv sich ein. »Die eine Hütte ist erst zur Hälfte rot.«

»Das muss warten«, antwortet Amber. »Hoffentlich taucht die Familie des Mädchens bald auf, um sie abzuholen, wo jetzt die Polizei eingeschaltet wird.«

»Überanstreng dich aber nicht«, sagt Rita.

»Ja, sieh zu, dass du heute Abend zum Schlafen nach Hause kommst«, fügt Viv hinzu.

»Und iss etwas«, beharrt Rita. »Warum kommst du nicht zum Abendessen her?«

Amber beginnt sich auszuziehen und geht ins Bad. »Mal sehen«, sagt sie und hört die beiden Schwestern flüstern. »Was flüstert ihr denn da?«, fragt sie.

»Hast du Jasper im Krankenhaus gesehen?«, fragt Rita ruhig.

Amber zögert. »Er *arbeitet* dort, also ja.«

»Und …?«, fragt Viv.

»Und was?«, fragt Amber und versucht, neutral zu klingen.

»Na ja …«, antwortet ihre Mum. Amber weiß, was sie eigentlich fragen möchte: Haben sie miteinander geredet? War da eine gewisse Verbundenheit? Würden sie wieder heiraten? Ihre Mum und ihre Tante haben Jasper angebetet und waren am Boden zerstört, als das Paar sich scheiden ließ. Erst in der letzten Zeit scheinen sie die Hoffnung aufgegeben zu haben, dass die beiden je wieder zusammenkommen könnten. Eine Geschichte wie diese hier könnte die ganze unangebrachte Hoffnung wiederaufleben lassen.

»Er ist an mir vorbeigegangen, und wir haben Hallo gesagt«, lügt Amber. »Hört zu, ich muss jetzt auflegen. Handys funktionieren unter der Dusche nicht so gut. Ich rufe später an.«

»Gut, Liebes«, sagt Rita. »Du gibst auf dich Acht, ja?«

»Mach ich.« Amber legt auf und betrachtet ihren nackten Körper im Spiegel. Die Kurve ihres molligen Bauchs, ihre schweren, hängenden Brüste. Sie lässt die Finger über ihre Oberschenkel gleiten und spürt die Cellulitis. Dann kriechen ihre Finger höher zur Narbe vom Kaiserschnitt. Tränen schimmern in ihren Augen, und sie denkt daran, wie Jasper sie im Fahrstuhl angeschaut hat. »Oh, Jasper«, flüstert sie leise.

Eine Stunde später ist sie zurück im Krankenhaus. Das Mädchen sitzt im Bett und starrt aus dem Fenster. Ihre Augen leuchten auf, als sie Amber sieht.

»Ich hab dir ein paar Sachen mitgebracht«, sagt Amber und stellt eine große Einkaufstasche auf einen Stuhl. »Zuerst einmal das hier«, sagt sie und zieht einen DIN-A4-Block und einen Satz Stifte aus der Tasche.

Das Mädchen lächelt. »Danke.«

»Und nach deiner wundervollen Frühstückserfahrung habe ich gedacht, dass du vielleicht gerne eine Abwechslung vom Krankenhausessen hättest.« Sie packt die Lebensmittel aus, die sie auf dem Weg gekauft hat. »Und ich hab mir gedacht, wir könnten so etwas wie ein Erinnerungsspiel daraus machen. Ich habe einmal gelesen, dass der Geschmack Erinnerungen triggern kann.«

Das Gesicht des Mädchens leuchtet noch mehr auf, als sie den großen Schokoriegel sieht. »Die Idee gefällt mir.«

»Mir auch, vor allem, da ich mitmachen werde«, sagt Amber und zwinkert ihr zu. »Fangen wir hiermit an«, sagt sie und hält ein Glas mit Marmite-Brotaufstrich hoch.

»Marmite«, sagt das Mädchen. »Ich denke, die kenne ich.«

»Aber magst du sie auch? Das ist die Frage.«

»Ich erinnere mich nicht.«

»Es gibt nur eine Möglichkeit, das herauszufinden«, sagt Amber, öffnet das Glas und gibt dem Mädchen einen Löffel.

»Ich finde, es sagt viel über die Persönlichkeit eines Menschen aus, ob er Marmite mag oder nicht.« Das Mädchen nimmt den Löffel, taucht ihn hinein und führt ihn zögernd zum Mund. Sie schneidet eine Grimasse, als sie probiert. »Widerlich.«

»Ja, ich hab's gewusst! Die schmeckt nicht, stimmt's? Meine Tante liebt sie und hat mich als Kind damit zwangsgefüttert in der Hoffnung, dass ich meine Meinung ändere. Ich denke, das ist Teufelsfraß ... heben wir sie für den Krankenpfleger auf.«

Das Mädchen kichert.

»Gut, als Nächstes kommt die Schokolade«, sagt Amber und zeigt auf den Schokoriegel.

»Den *muss* ich mögen. Irgendwie weiß ich das«, sagt das Mädchen, als sie ihn auspackt.

»Wer tut das nicht?«

Das Mädchen bricht ihn in der Mitte durch und bietet Amber die andere Hälfte an. Amber nimmt sie und lächelt, als sie beide hineinbeißen und gleichzeitig »Mmmm« sagen. In den nächsten zehn Minuten probieren sie diverse

Esssachen von Chips mit Salz- und Essiggeschmack – da kommt ein Ja von dem Mädchen – bis zu Lakritz, bei dem ein entschiedenes Nein zu hören ist.

»Da bald Weihnachten ist, habe ich mir gedacht, dass wir auch was in der Richtung probieren«, sagt Amber.

Sie greift in die Tasche und holt einen großen Lebkuchenmann heraus, den sie bis zum Schluss aufgehoben hat. Sie erinnert sich, wie sie Katy an ihrem letzten Weihnachten einen gekauft hat. Sie sind Hand in Hand über den Weihnachtsmarkt gegangen, die Wangen rot von der Kälte, und Katy hat an ihrem Lebkuchen geknabbert. Amber hat vorhin auf dem Weg zum Krankenhaus einen gesehen und sofort gewusst, dass sie ihn für das Mädchen kaufen musste.

Das Mädchen dreht ihn mit gerunzelter Stirn in den Händen, während sie ihn kritisch betrachtet. »Ich glaube, so einen hatte ich mal.« Sie drückt ihn an die Brust und schließt die Augen. »Ja, ich hatte einmal einen um den Hals, größer als der hier. Er hing an einem roten Band, und ich konnte hineinbeißen, wann immer mir danach war.« Sie öffnet, tief in Erinnerungen versunken, die Zellophanverpackung, holt den Lebkuchenmann heraus und beißt hinein. Sie kaut langsam.

Dann reißt sie plötzlich die Augen auf und wirft den Lebkuchenmann weg.

»Was ist?«, fragt Amber erschrocken.

»Es ist etwas Schlimmes passiert, als ich so einen hatte«, sagt das Mädchen mit zitternder Stimme. »Es ist in der Lodge passiert«, fährt sie fort, die Worte überschlagen sich fast. »Da war ein Mann mit dunklen Haaren und einem

Bart. Ich weine, und … ich habe solche Angst.« Ihr Atem geht schwerer, ihre Finger umklammern die Bettdecke. Amber sitzt dicht neben ihr und legt den Arm um die Schultern des zitternden Mädchens. »Wir versuchen, zueinanderzukommen, und jemand schreit«, fährt das Mädchen fort. »Und er ruft immer wieder: ›Lumin, Lumin.‹« Das Mädchen sieht Amber mit großen Augen an. »Ist das mein Name: Lumin?«

»Es scheint so«, flüstert Amber. Sie zieht das Mädchen an sich, als sie zu weinen beginnt.

»Was ist denn hier los?« Amber blickt auf und sieht die Krankenschwester, die Jasper kennt, bei den Kabinenvorhängen.

»Sie erinnert sich gerade an etwas«, sagt Amber, während sie dem Mädchen über die Haare streicht. »Wir denken, sie könnte Lumin heißen. Das ist ein ungewöhnlicher Name, vielleicht kann er uns helfen herauszufinden, wer sie ist …«

»Und was ist das alles?«, fragt die Krankenschwester und wirft einen Blick auf das Essen, das Amber mitgebracht hat.

»Ich habe versucht, ihr beim Erinnern zu helfen«, sagt Amber. »Und das Essen hier ist nicht gerade toll für eine Vegetarierin«, fügt sie hinzu.

Die Krankenschwester greift nach der Tüte mit Cashewnüssen. »Sind Sie wahnsinnig? Woher wollen wir wissen, dass das Mädchen auf Nüsse nicht allergisch reagiert?«

»Tut sie nicht. Ihr geht es gut. Und wir können auch aufhören, sie weiter *das Mädchen* zu nennen, sie heißt vielleicht Lumin.«

»Vielleicht«, sagt die Krankenschwester. »Aber Sie können nicht einfach Essen mitbringen. Wir wissen weder etwas über *Lumin* noch über ihre Allergien. Das Risiko ist zu hoch.«

Lumin wischt sich die Tränen ab. »Amber versucht nur zu helfen.«

»Okay, aber das ist nicht ihr Job, sondern meiner«, sagt die Krankenschwester und verschränkt die Arme.

Amber und die Krankenschwester mustern sich eine Weile, bis die Schwester den Blick abwendet. »Egal. Die Polizei ist hier. Sie müssen jetzt gehen, *Miss Caulfield*«, sagt sie. Es scheint ihr Vergnügen zu bereiten, Ambers Mädchennamen zu benutzen. »Jetzt übernehmen wir.«

»Ich will nicht, dass sie geht«, sagt Lumin und greift nach Ambers Hand.

»Ich gehe nur ins Café«, sagt Amber zu ihr. »Ich komme wieder, sobald das Gespräch vorbei ist. Alles wird gut«, fügt sie hinzu und zwingt sich zu einem Lächeln. »Die Polizei weiß, wie man mit solchen Dingen umgeht. Ich wette, du erinnerst dich an noch mehr, wenn du mit ihnen gesprochen hast.« Amber drückt Lumin die Hand, dann geht sie. Die Krankenschwester starrt Amber noch einmal wütend an, als sie das Zimmer verlässt. Was hat sie für ein Problem?

Als Amber über die Station geht, kommen ihr ein schick gekleideter Mann und eine Frau entgegen.

»Amber Caulfield?«, fragt der Mann.

»Ja.«

»Ich bin Kommissar King, und das ist Kommissarin Matthews. Wir untersuchen den Fall des Mädchens, das

Sie am Strand gefunden haben. Können wir uns kurz unterhalten, nachdem wir mit ihr gesprochen haben?«

»Natürlich. Ich warte unten im Café.«

»Perfekt. Dann sehen wir uns dort.«

Amber schaut ihnen nach, wie sie zu Lumins Kabine gehen, und sieht kurz deren ängstlichen Blick, als sie den Vorhang zur Seite schiebt. Sie wünscht sich, sie könnte bei Lumin bleiben. Doch dann kommt sie sich albern vor, das überhaupt gedacht zu haben. Welches Recht hat sie dazu? Sie ist nicht ihre Mutter.

Ich bin niemandes Mutter, denkt sie.

Missmutig geht sie ins Café hinunter, gibt murmelnd ihre Bestellung auf und geht mit dem Kaffee zu einem kleinen Tisch.

»Hallo.« Sie blickt auf und sieht Jasper zu ihr herunterlächeln, seinen Rucksack über der Schulter ... denselben Rucksack, den er mit zur Arbeit genommen hat, als sie noch verheiratet waren. »Du wirst noch so was wie ein Stammgast im Krankenhaus. Wie geht es dem Mädchen?«

»*Lumin.* Ihr geht es gut.«

Sein Gesicht leuchtet auf. »Sie hat sich an ihren Namen erinnert?«

Amber nickt. »Ich habe ein Erinnerungsspiel mit ihr gespielt. Ich habe viele verschiedene Lebensmittel mitgebracht, um zu sehen, ob sie irgendetwas triggern.«

Jasper lacht. »Mein Gott, du bist clever.«

»Deine Krankenschwesterfreundin scheint da anderer Meinung zu sein. Sie hat mich zur Schnecke gemacht.«

»Hast du was dagegen, wenn ich dir Gesellschaft leiste?«,

fragt er und ignoriert ihren Kommentar zu der Krankenschwester. »Ich bin gerade mit meiner Schicht fertig und
brauche einen Kaffee.«

Amber zuckt die Schultern. »Natürlich nicht.«

Er wirft den Rucksack auf den Boden. »Noch einen Kaffee?«, fragt er. »Oder wie wäre es mit einem Zimtmuffin?
Ich erinnere mich, wie gern du die gemocht hast.«

»Nein, danke, ich hatte bereits das Vergnügen eines
Krankenhausfrühstücks.«

Er lächelt vor sich hin. »Da hast du Glück gehabt, in der
Regel ist das Besuchern nicht vergönnt.«

»Es war übrig. Lumin ist Vegetarierin, und ich habe das
Würstchen bekommen.«

»Noch etwas, was du herausgefunden hast. Du wärst
eine gute Detektivin.«

Amber beobachtet ihn, wie er zur Theke geht, groß und
schlaksig und attraktiv. Er hat sich nicht verändert. Sie
fragt sich, ob sie sich verändert hat. Was sieht er, wenn
er sie ansieht? Eine etwas übergewichtigere, etwas zyni-
schere, etwas müdere Version der Frau, in die er sich einst
verliebt hat?

Er kommt mit seinem Kaffee zurück und setzt sich.

»Wann kommt die Polizei?«, fragt er.

»Sie ist schon da«, antwortet Amber.

»Deshalb kaust du wie verrückt an deinen Nägeln herum«, meint er und zeigt auf ihre Fingerspitzen.

Amber nickt und klemmt ihre rechte Hand in die Ach-
selhöhle.

»Lumin wird wieder«, sagt er.

»Ich weiß. Sie war eben nur ein bisschen verstört.«

Amber erzählt ihm von Lumins Erinnerung, und er runzelt die Stirn. »Vielleicht ist sie abgehauen«, sagt er. »Das würde auch erklären, warum sie hier niemanden kennt.«

»Vielleicht.« Amber kaut wieder an ihren Nägeln.

»Ihr Schicksal geht dir wirklich an die Nieren, nicht?«

Amber sieht zu ihm hoch. »Wie meinst du das?«

»Ich meine, dass du dir Sorgen um sie machst. Das ist gut.« Er schweigt einen Moment und blickt in seinen Kaffee. Dann sieht er mit einem traurigen Blick wieder zu Amber hoch. »Vielleicht projizierst du Katy auf sie. Sie wäre dieses Jahr fünfzehn geworden.«

Amber verkrampft sich. Warum ist er immer so verdammt direkt? »Nein, tue ich nicht.«

Er greift über den Tisch und legt seine Hand auf ihre. »Es ist nichts falsch daran, es zuzugeben, Amber. Es ist nichts falsch daran, sich zu erinnern. Ich weiß, dass es immer noch wehtut, aber es ist zehn Jahre her.«

Amber zieht ihre Hand unter seiner weg. »Das hier hat nichts mit Katy zu tun.«

»Wirklich nicht? Ich mache mir Sorgen um dich. Ich mache mir Sorgen, dass es dich immer noch innerlich zerfrisst.«

Sie lacht. »Ist dir klar, wie bevormundend du klingst? Mir geht es sehr gut, danke.«

»Dann denkst du, du bist darüber hinweg, ja?«

Ihr Mund geht auf. »Darüber hinweg? Über den Tod meines Kindes? Ist das überhaupt möglich? Und ... bist du darüber hinweg? Du arbeitest immer noch jede gottverdammte Stunde an diesem Ort. Du hast sogar noch denselben alten Rucksack«, setzt sie hinzu und zeigt auf seinen Rucksack.

»Klar, manche Dinge ändern sich nicht«, sagt er ruhig. »Aber ich bin weggezogen. Letztes Jahr war ich sogar ein paar Wochen auf Reisen. Warst du irgendwo?«

»Du warst auf Reisen, ja?«, sagt Amber. »Nicht zufällig mit der vollbusigen Krankenschwester von der Kinderstation? Wenn das deine Vorstellung davon ist, darüber hinwegzukommen, gut, mir ist das wirklich egal«, sagt sie, lehnt sich zurück und verschränkt die Arme. »Ich hatte auch meine Dates.«

Jasper kneift die Lippen zusammen. »Mit Jen läuft nichts.« Er begegnet ihrem Blick. »Ich bin nie ganz über dich hinweggekommen. Irgendwie schreckt es die Frauen ab, wenn man noch an der Ex hängt.«

Amber spürt, wie sie rot wird und all die alten Gefühle wieder hochkommen. »Sag das nicht.«

Jasper öffnet den Mund, doch da fällt ein Schatten auf sie. Beide blicken auf und sehen Kommissar King leicht atemlos neben ihnen stehen. »Könnten Sie bitte kommen, Miss Caulfield? Lumin ist ein bisschen …« Er zögert. »Sie ist ein bisschen verzweifelt und hat gesagt, dass sie sich erst beruhigt, wenn Sie da sind.«

Amber steht schnell auf, und Jasper greift nach ihrem Arm. »Sie ist nicht Katy«, sagt er leise.

»Ich weiß«, zischt Amber. »Herrgott!« Sie schüttelt seine Hand ab und folgt dem Kommissar zum Aufzug.

Lumin hockt zusammengekauert auf der Bettkante, den Kopf auf den Knien. Zeitschriften sind über den Boden verteilt, und eine Tasse Tee ist umgekippt, die braune Flüssigkeit ergießt sich über den Behelfstisch. Lumins Bettbezüge sind zur Seite geworfen, und Amber sieht ihre nackten Füße, die Reste von blauem Nagellack. Das ist vorher noch nicht aufgefallen. Es spricht für ein sorgloses Leben, in dem Lumin sich mit einem Lächeln im Gesicht die Nägel lackiert hat.

»Lumin?«, sagt Amber leise. Sie geht zu ihr und hockt sich vor sie hin. Lumin schaut hoch, konfrontationsbereit, wie es scheint, doch ihr Gesicht entspannt sich, als sie Amber sieht.

Ein Arzt kommt herein, ein großer Inder mit einem Bart. Er sieht die auf dem Boden verteilten Zeitschriften und den umgekippten Tee. »Alles okay hier?«, fragt er.

»Sie hat sich bei der Befragung etwas aufgeregt«, erklärt Kommissarin Matthews.

»Das ist ganz normal bei Kopfverletzungen«, sagt der Arzt, während er sich Lumins Krankenblatt ansieht. »Plötzliche Stimmungsänderungen, Gefühlsausbrüche, Depressionen, genauso wie die weißen Blitze und die Kopfschmerzen, die du hast, Lumin. Das ist alles nicht anders zu erwarten.«

»So, wie Sie das sagen, klingt das, als hätte ich bloß einen Wutanfall gehabt«, sagt Lumin wütend. »Aber die beiden haben mir gerade das Gefühl gegeben, ich würde das alles irgendwie *erfinden*«, fügt sie hinzu und starrt die beiden Polizeibeamten an.

»Das ist nichts Persönliches«, sagt Kommissar King. »Wir versuchen nur herauszufinden, woher du kommst, sodass wir dich wieder nach Hause bringen können.«

»Glauben Sie etwa nicht, dass ich wieder nach Hause will?«, sagt Lumin. Amber setzt sich auf den Stuhl neben Lumins Bett und beobachtet, wie sie sich die Tränen abwischt. Sie scheint jetzt älter, vielleicht sogar über achtzehn. Ihr Gesicht hat ein neues Selbstvertrauen, die Verletzlichkeit ist weniger ausgeprägt.

»Amber ist jetzt da«, sagt Kommissarin Matthews leise. »Das wolltest du doch. Sollen wir weitermachen? Wir können aber auch ein andermal wiederkommen.«

»Schon okay«, sagt Lumin und zieht sich die Decke über die Beine. »Stellen Sie einfach Ihre Fragen.«

Die beiden Kommissare nähern sich dem Bett, als näherten sie sich einem Tier in einem Käfig. Die Frau setzt sich ans Ende, der Mann auf den Stuhl neben dem Bett. Die Krankenschwester – Jen – macht sich bei den Vorhängen zu schaffen, bereit zuzuschlagen, sowie der Arzt geht.

»Die Ärzte sagen, dass du bis auf die blauen Strähnen keine Erkennungsmerkmale hast. Keine Tattoos oder Narben«, sagt Kommissar King und sieht in sein Notizbuch. »Dein Kleid und deine Strumpfhose sind aus einem Laden, von denen es Hunderte gibt. Und in dem Gebiet, das wir abgesucht haben, haben wir keine Handtasche gefunden. Du hattest ein Notizbuch bei dir, das wir durchgeblättert haben, doch auch daraus ergeben sich keine Hinweise auf deine Identität.«

»Wir haben die Überwachungskameras in dem Gebiet überprüft«, sagt Kommissarin Matthews und beugt sich vor. »Du bist von den Bäumen oberhalb des Spielplatzes gekommen. Klingelt da was bei dir?«

Lumin schüttelt den Kopf. »Nein, ich erinnere mich nur, dass ich am Strand war.«

»Warum erzählst du uns nicht davon?«, sagt die Kommissarin vorsichtig. Lumin reibt sich mit der Hand die Schläfen. »Ich habe Stimmen gehört, Lachen.« Sie sieht Amber an, ihr Gesichtsausdruck wird weicher. »Von dir und den anderen beiden Frauen. Ich habe auf meine Füße gesehen und festgestellt, dass ich keine Schuhe anhatte. Etwas stimmte nicht. Ich war – ich bin – so verwirrt.« Ihr Atem geht schneller.

»Lass dir Zeit«, sagt Amber leise.

Lumin trinkt schnell einen Schluck Wasser und nickt. »Ich habe gewusst, dass ich Hilfe brauchte. Deshalb bin ich in Richtung der Stimmen gegangen. Ich war total durcheinander. Was war passiert? Warum hatte ich keinen Mantel an, keine Schuhe? Ich habe krampfhaft versucht nachzudenken und langsam begriffen … dass ich *nichts wusste*.« Sie presst die Lippen aufeinander, Tränen steigen ihr in die Augen, und sie sieht auf ihre Hände hinunter. »Dann bist du zu mir gekommen«, sagt sie zu Amber. Amber nimmt ihre Hand und drückt sie.

»Welche Erinnerungen hast du an das, was vor dem Strand war?«, fragt Kommissarin Matthews.

»Ich erinnere mich an einen Lebkuchenmann, den ich gegessen habe. An ein Haus oder eine Lodge. Gardinen mit Rotkehlchen darauf.« Sie hält inne. »An einen Mann mit einem Bart. Doch das fühlt sich alles nach weit zurückliegenden Erinnerungen an.«

Amber greift nach dem Bild, das Lumin gemalt hat, und reicht es den Polizisten. »Das hat sie gemalt.«

Kommissar King nimmt es und sieht es sich an. »Das kann überall sein«, sagt er, während Kommissarin Matthews das Bild mit ihrem Handy fotografiert.

»Sonst noch was?«, fragt sie.

»Ein Mann mit einem Bart ruft den Namen Lumin, während er zu mir zu kommen versucht«, antwortet Lumin. »Ich denke, das muss mein Name sein. Es fühlt sich richtig an. Und ... und ich erinnere mich gerade, dass ich geweint habe und dass es so heiß war und dass ich Angst hatte. Das ist alles, woran ich mich erinnern kann.«

Kommissarin Matthews runzelt die Stirn. »Sonst noch was?«

Lumin holt tief und zittrig Luft. »Nein.«

»Lumin hat eine Stirnlappenverletzung«, erklärt Jen. »Das Gedächtnis kann in unregelmäßigen Schüben zurückkehren. Manchmal kommen Langzeiterinnerungen zuerst zurück, wie es hier der Fall zu sein scheint, doch mit dem Kurzzeitgedächtnis dauert es länger. Es ist sehr gut möglich, dass die Erinnerungen, die Lumin da beschreibt, ein paar Jahre zurückliegen. Vielleicht gehört das alles zu einem bestimmten bedeutsamen Ereignis«, fügt sie mit besorgtem Blick auf Lumin hinzu.

»Wie lange kann es dauern, bis ihr Gedächtnis ganz zurückkehrt?«, fragt Kommissarin Matthews.

»Darüber sprechen Sie besser mit Dr. Rashad«, antwortet Jen. »Aber ein paar Tage schon. In seltenen Fällen Monate.«

Lumins Augen werden groß, und Amber lächelt sie sanft an. »Sie hat gesagt: in seltenen Fällen.«

»Wir können Sie anrufen, sobald irgendwelche bedeutsamen Erinnerungen auftauchen«, sagt Jen.

Kommissar King nickt und klappt seinen Notizblock zu. »Bitte tun Sie das. In der Zwischenzeit sehen wir uns mal die Vermisstendatei an. Lumin ist ein sehr seltener Name. Wenn das wirklich dein Name ist«, fügt er hinzu. »Vielleicht finden wir da etwas. Wenn nicht, würde ich empfehlen, dass wir eine DNA-Probe nehmen. Es könnte nützlich sein, noch mit Dr. Rashad zu sprechen. Und dann würde ich gerne mit Ihnen reden, Miss Caulfield.«

Amber nickt. Die Kommissare und die Krankenschwester verlassen das Zimmer und lassen Amber und Lumin allein. Lumin starrt die Zeichnung an, die sie heute Morgen gemacht hat.

»Alles in Ordnung?«, fragt Amber.

Lumin nickt, doch Amber sieht in ihren Augen, dass es nicht stimmt.

»Du kannst gut zeichnen«, meint Amber. Sie spürt, dass das Mädchen Ablenkung braucht.

Lumin fährt mit dem Finger über ihre Zeichnung von der Lodge. »Die ist nicht schlecht, was?«

Amber denkt an die detaillierten Zeichnungen in dem Notizbuch. »Vielleicht ist das eins deiner Talente?«

Lumin lächelt vage. »Ja, vielleicht bin ich kreativ, wie du.«

»Wieso glaubst du, dass ich kreativ bin?«

»Der Laden. Das musst du sein, wenn du so einen Laden hast. Machst du die Sachen selbst, die du verkaufst?«

»Ich restauriere alte Möbelstücke und Sachen, die ich in Wohltätigkeitsläden finde, und verkaufe sie weiter.« Amber zeigt auf ihre linke Hand. »Hierdurch brauche ich länger dafür, als ich sollte.«

»Wie ist das passiert?«, fragt Lumin leise.

»Eine Erfrierung. Ich war vier. Ich wollte unbedingt raus und draußen im Schnee spielen. Anscheinend war es das erste Mal, dass ich Schnee gesehen habe, doch es war zu kalt. Ich hab mich trotzdem rausgeschlichen und mich in der eisigen Kälte verirrt.«

Lumin rutscht näher an Amber heran. »Das tut mir sehr leid. Es klingt, als hättest du mich vor etwas Ähnlichem bewahrt, als du mich gefunden hast.«

»Vielleicht. Gott sei Dank ist nichts passiert«, sagt Amber und reibt ihre Hand. Sie schweigen.

Kommissarin Matthews erscheint. »Könnten wir uns jetzt unterhalten, Miss Caulfield?«

»Sicher«, sagt Amber, steht auf und folgt der Kommissarin aus dem Zimmer.

In den nächsten Minuten erzählt Amber, wie sie Lumin den Strand hat entlangkommen sehen.

»Und wie geht es jetzt weiter?«, fragt sie, als sie fertig sind.

»Wir warten noch auf die Resultate von ein paar Abstrichen, die bei Lumins Einlieferung gemacht worden sind«, erklärt Kommissarin Matthews.

»Abstriche?«, fragt Amber.

Die Kommissarin nickt. »Von der Kopfwunde und von Material unter ihren Fingernägeln. Wir wollen sichergehen, dass sie nicht vorsätzlich verletzt worden ist.«

»Glauben Sie das?«, fragt Amber und schaudert leicht bei dem Gedanken. »Die Vorstellung ist schrecklich.«

»Wir wissen es einfach nicht«, sagt Kommissar King. »Der Fall ist äußerst kompliziert.«

»Das glaube ich gerne. Was geschieht jetzt mit ihr?«

»Sie muss im Krankenhaus unter Beobachtung bleiben«, sagt Kommissarin Matthews. »Hoffentlich finden wir bald heraus, woher sie kommt.«

»Und wenn nicht?«, fragt Amber.

»Irgendwann wird der Zeitpunkt kommen, wo sie aus dem Krankenhaus entlassen werden muss«, seufzt Kommissar King. »Ich vermute, dass sie dann unter staatliche Aufsicht gestellt wird.«

»Das heißt, sie verschwindet im System?«, fragt Amber.

»Nicht unbedingt«, sagt Kommissarin Matthews. »Es ist schwierig, da wir nicht genau wissen, wie alt sie ist. Sie könnte durchaus über achtzehn sein – aber sie könnte genauso gut unter sechzehn sein.«

»Können die Ärzte nicht noch mehr Tests machen?«, fragt Amber.

»Es gibt keine Tests, um das genaue Alter von jemandem zu bestimmen«, erwidert Kommissar King.

»Wie dem auch sei, sie wird nur Unterstützung bekommen, bis sie wieder Fuß gefasst hat. Mit etwas Glück kommt es gar nicht erst dazu.« Kommissarin Matthews legt Amber die Hand auf die Schulter. »Sie sind großartig mit ihr. Falls ihr jemand etwas antun wollte und es fällt ihr wieder ein, wird es ihr helfen, Sie in der Nähe zu haben.«

»Das klingt so, als gingen Sie davon aus, dass jemand sie wirklich absichtlich verletzt hat«, sagt Amber.

Sie bekommt den Blick mit, den die beiden Kommissare wechseln. Doch dann lächelt die Kommissarin schnell. »Warten wir die Resultate ab, ja?«

Während sie dort stehen, späht Amber zu Lumins Kabine hinüber. Kann jemand sie wirklich absichtlich verletzt haben? Und wenn ja, wer hat das getan … und warum?

7

Gwyneth

Audhild Loch
24. Dezember 1989

Baummarder ernähren sich in den kälteren Monaten vorwiegend von Vogelbeeren. Ihr Kot ist überall verteilt und lässt verlässliche Rückschlüsse darauf zu, wo diese scheuen Tiere gewesen sind.

Ich saß am großen, prasselnden Feuer im Wohnzimmer der McCluskys, hatte bereits das dritte Glas Glühwein intus und heiße Wangen. Mir war der riesige »Großvaterstuhl« zugewiesen worden, wie Cole ihn nannte, mit schwarzem und rotem Tweed bezogen und groß genug, dass ich die Füße hochziehen konnte. Der Rest der Familie saß, teilweise unter riesigen Wolldecken, auf den Sofas, bis auf Cole, der etwas steifer in einem weiteren reich verzierten Sessel mir gegenüber saß. Dylans ältere Schwester Alison schlug einen Akkord auf der Gitarre an, während seine jüngere Schwester Heather mit gefühlvoller, getragener Stimme eine wunderschöne Version von *The First Noel* vortrug. Ihr Vater beobachtete sie und lächelte zufrieden, während die Hunde zu seinen Füßen lagen.

Ich fühlte mich seltsam zufrieden, als ich mit diesen Fremden zusammensaß, zufriedener als seit Langem. Ich beobachtete das Flackern der Flammen im Kamin und lauschte dem Prasseln der Holzscheite, von denen bereits die ersten zu Asche zerfielen. Dylan legte neue Scheite nach, und ich beobachtete, wie sein langer Körper sich streckte, als er sie aus einem großen Weidenkorb neben dem Kamin holte.

Ich fühlte mich von ihm angezogen, daran bestand kein Zweifel. Es hatte Männer in meinem Leben gegeben – andere Kameramänner, Produzenten und Tourenführer in den verschiedenen Ländern, in denen wir gedreht hatten. Ich hatte gespürt, wie sich die Begierde in mir ausbreitete, und manchmal hatte sich etwas daraus ergeben, in der Regel ein paar heimliche Stunden Sex. Mir passte das gut. Ich war nicht bereit für eine Beziehung; ich hatte nie eine dauerhafte gehabt, und mein Job machte es noch zusätzlich schwer, da ich mehrere Monate im Jahr unterwegs war.

Als ich Dylan beobachtete, auf dem Teppich ausgestreckt, die dunklen Augen auf das Feuer gerichtet, stellte ich mir vor, wie ich mich zu ihm gesellte, die Hände unter seinen dicken Pullover schob, die Kurven seiner Muskeln spürte und das stoppelige Haar, das seine Brust bedeckte. Ich sah, wie er mich hin und wieder anschaute, wie seine Blicke kurz zu mir herüberwanderten. Wenn wir auf einem Dreh gewesen wären, wären wir inzwischen verschwunden und ineinander verschlungen, dachte ich.

Aber wir waren mit seiner Familie hier. Und vielleicht hatte ich ohnehin alles falsch verstanden. Langsam fühlte ich mich ziemlich beschwipst. Der Alkohol ließ mich die Zeichen wahrscheinlich falsch deuten. Vielleicht hatte er eine Freundin, die später noch kam.

»Was machen Sie, wenn Sie nicht filmen, Gwyneth?«, fragte Cole.

Ich zuckte die Schultern. »Lesen. Dokumentarfilme gucken. Mit dem ein oder anderen Freund oder Freundin Versäumtes nachholen. Aber ich bin auch viel unterwegs, monatelang. Ich bin nur sehr selten zu Hause.«

»Das würde ich nicht aushalten«, sagte Rhonda. »Dafür bin ich viel zu bequem.«

»Mir gefällt es«, sagte ich und sah in mein Glas, in dem sich meine Augen spiegelten und mir zuzwinkerten. »Ich liebe meine Freiheit.«

»Und wo ist zu Hause für Sie, wenn Sie es einmal schaffen, dort zu sein?«, fragte Mairi, während sich ihr Blick in meinen bohrte. Wenn sie mir Fragen stellte, hatte ich das Gefühl, verhört zu werden.

»Ich habe im Westen von London eine Wohnung. Sie hat Reg gehört, und er hat sie mir in seinem Testament hinterlassen.«

»Der Dokumentarfilmer?«, fragte Glenn.

Ich nickte, während meine Hand das lederne Notizbuch streichelte, das er mir gegeben hatte, und das in meiner Gesäßtasche steckte.

»Das klingt, als wäre er so etwas wie eine Vaterfigur für Sie gewesen«, sagte Mairi. Sie beugte sich vor und sah mir noch immer in die Augen. »Was ist mit Ihren Eltern?«

»Sie sind tot«, log ich. Es war einfacher so.

Die Stimmung im Zimmer veränderte sich.

»Das tut mir leid«, sagte Alison, streckte die Hand aus und tätschelte meine Schulter, wobei ihre Armreifen klirrten.

»Das ist okay, es ist lange her.«

»Wie alt waren Sie, als sie gestorben sind?«, fragte Mairi ernst.

Ich schluckte. »Vierzehn.«

Sie nickte leicht. »Genau wie ich. Wie ist es passiert?«

»Ein Autounfall.«

»Bei meinen war es ein Hubschrauberabsturz, nur ein paar Meilen nördlich von hier«, sagte Mairi. »Sie waren auf dem Rückweg von einem romantischen Kurzurlaub in Paris.« Sie schüttelte traurig den Kopf. »Vater hat dieses Land so geliebt, das Land seiner Familie. Es lag ihm im Blut. Ich finde es noch immer traurig, dass er seinen letzten Atemzug nicht hier tun konnte, auf dem Land, das er geerbt hatte.« Sie stand auf, kam zu mir und hockte sich vor meinen Sessel, während sie mir weiter in die Augen sah. Mit ernstem Gesicht griff sie nach meinen Händen, und ich wich zurück, da ich einen solchen Kontakt nicht gewohnt war. »Ich kenne die Leere. Es ist hart. Doch es hilft, wenn man sich eine neue Familie schafft.«

Dylan lachte nervös. »Mein Gott, Mum. Lass die arme Frau in Ruhe.«

»Du weißt doch, wenn Mum Glühwein trinkt, wird sie sentimental«, sagte Glenn.

Mairi hielt kurz inne, dann lächelte sie, stand auf und schlug ihren beiden Söhnen auf den Rücken. »Ach, ihr beiden.« Sie klatschte in die Hände. »So, es ist Zeit, noch etwas zu essen.«

Als sie das Zimmer verließ, kam Dylan zu meinem Sessel hinüber. »Das mit deinen Eltern tut mir leid«, sagte er leise.

Ich zuckte die Schultern und murmelte: »Es ist Jahre her.«

»Trotzdem. Das muss schwer sein.«

Ich sah ihm in die Augen, und einen Moment lang wollte ich ihm die Wahrheit sagen. Doch dann seufzte ich. »Ich schätze schon.«

Mairi kam mit einer großen Terrakottaschüssel und einer Schöpfkelle zurück. »Etwas Sowans, um warm zu werden, bevor wir nach draußen gehen«, sagte sie und stellte die Schüssel auf den großen Couchtisch, während Rhonda Holzschalen in der Form von Kesseln holte.

»Sowans?«, fragte ich.

»Eine Tradition an Heiligabend«, erklärte Dylan. »Genau genommen nennen wir Heiligabend *Sowans Nacht* wegen dieses Gerichts.«

»Was ist das? Porridge?«, fragte ich, beugte mich vor und sog den Hafergeruch ein.

»So was Ähnliches wie Porridge«, sagte Mairi und gab mir eine Schale. »Wir machen es aus eingeweichter Haferstärke, die wir mit Butter, Milch und Zimt vermischen … und noch ein paar geheimen McClusky-Zutaten«, fügte sie mit einem Zwinkern hinzu. Sie gab mir einen Holzlöffel, dessen Griff mit Ilex- und Efeu-Schnitzereien verziert war.

»Die sind wunderschön«, sagte ich und studierte die Schnitzereien. »Wo haben Sie die her?«

»Die hat unser begabter Holzschnitzer hier gemacht«, sagte Oscar, während er Dylan voller Stolz ansah.

»Ich hab mehr zu bieten als nur ein schönes Gesicht«, sagte Dylan und lächelte mich an.

Ich lächelte zurück. »Eindeutig.«

Mairi füllte allen Sowans in die Schalen, und wir ließen es uns schmecken. Es war köstlich, süß und schwer ... und sehr sättigend. Dylan und Cole holten sich einen Nachschlag, während die anderen die Köpfe schüttelten, ihre Bäuche waren voll.

»Gut«, sagte Oscar und stand auf, als wir fertig waren. »Bereit, in die kalte, dunkle Nacht hinauszugehen?«

Die anderen standen ebenfalls auf, Spannung lag in der Luft.

»Wir gehen *raus*?«, fragte ich.

»Ja, für das fröhliche traditionelle Verbrennen des Vogelbeerbaums«, erklärte Glenn.

Ich sah alle überrascht an.

Dylan lachte. »Nur die Zweige. Mum besteht darauf, dass wir das jedes Jahr machen.«

»Selbst letztes Jahr, als wir einen Schneesturm hatten«, fügte Cole hinzu.

»Es ist wichtig«, sagte Mairi mit fester Stimme. »Sonst ...«

»Sonst hat man das ganze Jahr über Pech«, sagten alle und ahmten ihren schweren schottischen Akzent nach.

Sie verdrehte die Augen, doch ich sah die Liebe darin.

»Alle bereit?«, fragte Dylan.

Ich lachte. »Ich liebe den Winter und bin immer dafür

zu haben, draußen in der eisigen Kälte zu stehen. Das einzige Problem ist, dass mein Mantel nass ist.«

»Kein Problem«, meinte Cole. »Ich bin mir sicher, dass wir ein paar Sachen für Sie finden.«

Alle liehen mir verschiedene Dinge – Alison einen zu großen, aber dicken Mantel, Heather Handschuhe, Dylan einen dicken senffarbenen Schal, der nach ihm roch, und Cole schließlich noch eine dunkelblaue Mütze. Wir gingen durch die Hintertür hinaus, und plötzlich war ich aufgeregt. Ich fühlte mich als Teil dieses seltsamen Familienrituals.

Der Schnee lag so dick auf dem Boden, dass ich den Garten kaum ausmachen konnte, nur einige weiße, unscharfe Formen in der Dunkelheit, während Wald und Berge groß und silbern im Hintergrund aufragten. Unter einem großen, blätterlosen Baum, dessen Äste voller Schnee waren, blieben wir stehen. Dylan streckte die Hand aus, brach vorsichtig einige Zweige ab und gab jedem von uns einen.

Ich dachte an all die Vögel, die im Herbst und Winter auf Vogelbeeren angewiesen waren, Vögel, die ich in der Vergangenheit gefilmt hatte. Ich erinnerte mich, wie wir während eines Winterdrehs in Yorkshire einmal eine Schar Rotdrosseln tot oder sterbend aufgefunden hatten, nachdem sie fermentierte Vogelbeeren gefressen hatten. Ich werde den Anblick auf dem gefrorenen Boden nie vergessen, die gesprenkelten Brüste bewegten sich nicht mehr, während ihre weit aufgerissenen Augen ins Nichts starrten.

»Hat jeder einen Zweig?«, riss Mairi mich aus meinen düsteren Erinnerungen.

Wir alle nickten, und sie führte uns zu einer großen Feuerstelle. Cole entfachte das Feuer mit etwas glühender

Kohle und Holzscheiten, bis die Flammen prasselten und die Hitze uns die Wangen wärmte. Dann warfen alle nacheinander ihren Zweig vom Vogelbeerbaum ins Feuer. Die Flammen züngelten daran hoch, und der kräftige Geruch wehte zu uns herüber.

»Zur Julzeit werden mit jedem brennenden Zweig alle negativen Gefühle begraben«, sagte Mairi und warf ihren Zweig als letzten in die Flammen.

Ich sah in die feierlichen Gesichter. Ich konnte mir nicht vorstellen, dass es in dieser glücklichen Familie negative Gefühle gab.

»Jetzt werden wir Kinder abwechselnd das Feuer hüten, bis es dämmert«, sagte Dylan, als seine Eltern Hand in Hand zurück zum Haus gingen.

»Die ganze Nacht?«, fragte ich.

Glenn seufzte. »Ja. Mum besteht darauf. Sie glaubt, es bringt Pech, wenn das Feuer ausgeht. Nach der gängigen Tradition würden wir das drinnen machen. Aber nein, nach McClusky-Art müssen wir uns draußen den Arsch abfrieren.«

»Und was sagt die gängige Tradition?«, fragte ich, während ich mit den Füßen stampfte und meine behandschuhten Hände Richtung Feuer streckte.

»Nach der nutzt du das Kaminfeuer im Haus«, erklärte Dylan. »Aber das hält die Elfen davon ab, mit dem Weihnachtsmann durch den Kamin zu kommen, richtig, Alfie?«, sagte er und legte seinem Neffen die Hand auf den Kopf. Alfie lächelte zu ihm hoch. »Aber Mum hat es immer draußen gemacht, es ist eine alte Familientradition, die sie sich weigert aufzugeben.«

»Wie all ihre anderen Traditionen«, meinte Heather und verdrehte die Augen.

»Ist das Feuer schon einmal ausgegangen?«, fragte ich. Alle verstummten. »Nur einmal«, sagte Heather leise.

Rhonda sah alle an, dann lächelte sie schnell. »Okay, Zeit fürs Bett, junger Mann«, sagte sie zu ihrem Sohn. »Wenn du noch wach bist, kommt der Weihnachtsmann nicht.« Sie nahm ihren Sohn auf den Arm und gab Cole einen Kuss und sagte uns allen Gute Nacht.

»Du kannst auch ins Bett gehen, Gwyneth«, meinte Dylan, während er eine große Tüte mit Marshmallows und Spießen aus der Manteltasche holte. »Morgen ist nichts mit Ausschlafen, wenn Alfie durchs Haus tobt.«

»Es macht mir nichts aus, euch zu helfen«, sagte ich. »Ich vermute, ihr macht das in Schichten? Ich bin daran gewöhnt, nachts draußen zu sitzen und unter frostigen Bedingungen zu filmen, erinnerst du dich?«

Cole klopfte auf den Platz neben sich. »Wenn Sie wollen, können Sie die erste Schicht mit mir machen. Sie könnten mich mit Geschichten über Eisbären und Schneeleoparden wachhalten. Und duzen könnten wir uns dann auch.«

»Vergiss es, sie leistet mir bei meiner Schicht Gesellschaft«, sagte Dylan. »Ich habe ein Vorrecht, weil ich ihr das Leben gerettet habe.«

»Also bitte«, antwortete ich. »Letztlich wäre ich schon irgendwie aus dem See rausgekommen.«

Die Geschwister sahen sich wieder verstohlen an. Worum ging es hier eigentlich?

Ich setzte mich neben Cole, und er gab mir einen Marshmallow. Natürlich wollte ich gern eine Weile mit Dylan allein sein, das hatte ich schon den ganzen Abend gewollt. Doch jetzt, wo sich mir die Gelegenheit bot, machte es mir aus irgendeinem Grund Angst.

»Gut«, meinte Dylan mit einem frustrierten Seufzen. »Aber lass sie nicht in die Nähe des Sees, okay?« Er sah seinen Bruder ostentativ an. Dann ging er.

Die Schwestern waren währenddessen schon ins Haus gegangen, und Dylan und Glenn folgten ihnen. Ich drehte den Marshmallow im Feuer und sah zu, wie er langsam braun wurde.

»Deine Familie ist sehr nett zu mir«, sagte ich zu Cole.

Er zuckte die Schultern. »Wir mögen dich. Wenn du nicht so interessant wärst, sähe es anders aus.«

»Interessant?«, fragte ich lachend. »Wohl kaum.«

»Du machst Tierdokumentationen. Das ist besser als so ein Finanzdirektor wie ich.« Er hielt inne und sah mir in die Augen. »Dylan findet dich definitiv interessant.«

Ich fühlte, wie ich unter seinem Blick rot wurde. »Es passiert nicht oft, dass man jemanden kennenlernt, weil er fast im See vor der Haustür ertrunken wäre.«

Er hustete leicht, dann nahm er seinen Marshmallow aus dem Feuer und blies darauf, den Blick auf das gebräunte, Blasen werfende Teil gerichtet, das er an seinem Stock herumwirbelte. »In deiner Gegenwart macht er einen glücklicheren Eindruck.«

Ich nahm meinen Marshmallow auch aus dem Feuer. »Ich kenne ihn doch erst ein paar Stunden.«

»Ich weiß, das klingt lächerlich, aber er wirkt tatsächlich gelöster. Er ist bei Familienzusammenkünften immer so verdammt angespannt, wie ein Tier im Käfig, das verzweifelt herauswill.«

»Das überrascht mich.« Ich biss in meinen Marshmallow, Zuckerschaum lief mir übers Kinn.

»Er reist viel für seinen Job, hilft überall auf der Welt Lodges zu bauen. Es passiert also nicht oft, dass wir alle zusammen sind. Aber – ich weiß nicht – manchmal wirkt er, als würde ihn das alles etwas überfordern. Wenn es nach ihm ginge, würde er uns wohl lieber in unserem jeweiligen Zuhause besuchen, statt alle hier zusammen, denke ich.« Er sah auf den Loch hinaus und seufzte.

»Das ist schade. Ihr scheint euch so gut zu verstehen«, antwortete ich.

»Ich denke, vor allem für Mum ist das schwer«, sagte Cole und spähte zu einem der Fenster, in dem seine Mutter zu sehen war, wie sie mit dem Hausmädchen Sachen in der Küche wegräumte. »Mein Gott, was bin ich sentimental«, meinte er mit einem verlegenen Lachen. »Ich schätze, was ich sagen will, ist: Ich denke, dass Dylan Gesellschaft braucht, jemanden, der nicht zur Familie gehört.«

»Bringt er denn keine Freundinnen mit?«, fragte ich und versuchte, meine Stimme so neutral wie möglich zu halten, während Cole mir noch einen Marshmallow gab.

Er schüttelte den Kopf. »Machst du Witze? An dem Tag wüssten wir, dass es etwas Ernstes ist. Er hält es gern unverbindlich.«

»Klingt nach mir.«

»Dann passt ihr ja zusammen.«

Ich sah ihn überrascht an. »Was wird das, versuchst du, uns zu verkuppeln?«

»Aus reinem Egoismus, ehrlich«, antwortete Cole schulterzuckend. »Dann wäre da jemand Interessantes zum Reden, wenn wir das jährliche Feuer beaufsichtigen.« Wir holten unsere Marshmallows gleichzeitig aus dem Feuer, und er drückte seinen gegen meinen. »Auf gute Gesellschaft.«

»Auf gute Gesellschaft«, antwortete ich lachend, während wir versuchten, sie wieder auseinanderzubekommen.

Während der nächsten zwei Stunden sprachen Cole und ich über unsere Jobs. Es schien, als hätte er immer gewusst, dass er einmal das Geschäft seines Vaters übernehmen würde, und als hätte er mit der Absicht, sein Wissen in das Familienunternehmen einzubringen, an der Universität in Edinburgh Betriebswirtschaft studiert. Ich gewann den Eindruck, dass er das meiste aus den drei Jahren in Edinburgh gemacht hatte, einige Stunden Fahrt von seiner Familie entfernt. Er hatte ein Funkeln in den Augen, wenn er über diese Zeit sprach, vor allem als er mir erzählte, wie er ein paar Monate vor seinem Abschluss Rhonda kennengelernt hatte, die dort Englische Literatur studiert hatte. Ein paar Jahre später, als Cole auf dem besten Weg war, sich im Familienunternehmen unentbehrlich zu machen, hatten sie geheiratet.

»In der letzten Zeit war viel zu tun, weil Dad sich aus der Firma zurückgezogen hat«, sagte er und stocherte im Feuer herum, um es am Brennen zu halten.

»Geht es ihm nicht gut?«

»Im letzten Jahr hatte er Probleme mit dem Herzen«, seufzte er. »Die Ärzte haben von einem stillen Infarkt gesprochen. Er hat nichts davon gemerkt, doch danach war er sehr müde, wie bei einem grippalen Infekt, den man nicht loswird. Nach ein paar Tests und einem Ultraschall haben sie entdeckt, was passiert war. Er wollte nicht, aber wir haben alle dafür gesorgt, dass er kürzertreten musste.« Er warf einen Blick in Richtung Küchenfenster. Wir sahen Dylan und Glenn Whisky trinken, während sie miteinander redeten. »Dylan war ein Geschenk des Himmels. Dad hat immer gerne zugepackt, genau wie Dylan, hat Baustellen besucht und sogar selbst geholfen, Häuser zu bauen. Dylan hat viel davon übernommen. Er hat sogar sein eigenes Geschäft für eine Weile auf Eis gelegt.«

Ich runzelte die Stirn. »Was für ein Geschäft?«

»Die Holzschnitzerei.«

»Er hat gesagt, das ist sein Hobby.«

»Ich schätze, das ist es inzwischen auch, die Firma frisst so viel von seiner Zeit.«

Ich folgte seinem Blick zu Dylan hin. Er hatte sein Geschäft für seinen Vater aufgegeben. »Wow, das ist beeindruckend«, sagte ich.

»Ja, schon, mein Bruder ist beeindruckend. Verdammt nervig, aber beeindruckend.«

Wir verfielen in Schweigen und tranken heißen Kaffee. Dann sah Cole auf seine Uhr. »Fast zwei Stunden. Ich denke, unsere Schicht ist bald um. Ich habe sie genossen«, sagte er lächelnd. »Ich hoffe, wir sehen dich noch öfter, Gwyneth. Es fühlt sich falsch an, dass du morgen vielleicht schon wieder fährst und wir dich nie wiedersehen.«

Ich sah weiter zu Dylan hin, der jetzt aus dem Fenster zu Cole und mir hinüberschaute. Sein attraktives Gesicht war ernst. Ich holte tief Luft und schlang die Arme um mich.

Man sah meinen Atem in der kalten Luft. Heather kam in die Küche, beugte sich zu Dylan und sagte etwas.

»Du siehst aus, als sei dir kalt«, sagte Cole. »Warum gehst du nicht rein? Ich halte die Stellung bis zur Ablösung.«

»Bist du sicher?«

»Ganz sicher.«

»Soll ich dir noch was Heißes zu trinken rausbringen?« Er lächelte. »Nein, danke.«

Ich ging zurück zur Lodge und trat den Schnee von meinen Stiefeln. Als ich eintrat und die Tür hinter mir schließen wollte, zögerte ich. Aus dem Wohnzimmer waren erhobene Stimmen zu hören. Ich machte einen Schritt zurück, sodass man mich nicht sehen konnte. Vielleicht hätte ich husten sollen, um meine Gegenwart anzukündigen. Das wäre höflich gewesen, doch ich hatte so lange in diesem verdammten Hotel gearbeitet und so getan, als bekäme ich nichts von den privaten Gesprächen der Gäste mit, während ich sie bediente, dass es mir zur zweiten Natur geworden war, leise und unbemerkt zuzusehen.

»Genau das hab ich euch immer gesagt«, sagte Dylan und schwenkte einen Brief. »Dass es irgendwann herauskommen würde.« Er fuhr sich mit den Fingern durch die Haare. »Mein Gott. Alles umsonst.«

»Umsonst?«, sagte Mairi mit harter Stimme. »Wir hatten elf Jahre hier. Elf Jahre!«

»Und wir werden noch viele weitere haben«, sagte Oscar und nahm Dylan den Brief aus der Hand. »Lasst uns nicht mehr darüber reden, verstanden? Die reden alle nur und tun nichts.«

Ich trat einen Schritt vor und räusperte mich. Alle verstummten, drehten sich um und sahen mich verlegen lächelnd in der Diele stehen. »Ich wollte nur noch etwas Kaffee holen«, sagte ich schnell.

Heather schluchzte auf, schob sich an mir vorbei und rannte nach oben, während ihre Mutter die Augen schloss und sich in die Nase kniff.

Dylan rieb sich den Nacken. Er sah erst seine Mutter an, dann Cole, der hereingekommen war, um zu sehen, was es mit dem Geschrei auf sich hatte. Einen Moment dachte ich, Dylan würde hinter seiner Schwester herrennen, doch stattdessen griff er nach meiner Hand.

»Ich möchte dir etwas zeigen«, sagte er.

»Dylan«, sagte Mairi leise und warnend.

Cole legte seiner Mutter die Hand auf den Arm. »Es ist in Ordnung. Die beiden kümmern sich nur um das Feuer, nicht?«, sagte er zu Dylan und sah ihn an.

Dylan nickte, ohne etwas zu sagen. Er zog Mantel und Stiefel an und führte mich nach draußen; schweigend gingen wir zum Ufer des Lochs. Ich hätte ihn gerne gefragt, worüber sie sich gestritten hatten, doch es ging mich nichts an. Dylans dunkler Blick bohrte sich in meinen, und ich hatte das Gefühl, dass er es mir auch erzählen wollte. Aber er tat es nicht.

»Guck«, sagte er stattdessen, als wir zum Ufer des Sees kamen. Er zeigte auf die Oberfläche des Lochs. Im Mondlicht sah ich zunächst nur das Schimmern von Eis und das Glitzern des Schnees, der langsam zu fallen begann. Doch als ich genauer hinschaute, erkannte ich, dass das Eis keine durchgängige weiße Fläche bildete wie vorhin. Es war zu

Hunderten runder Scheiben geformt, wie gefrorene Seerosenblätter.

»Loch-Pfannkuchen«, sagte Dylan lächelnd. »So hat Heather sie genannt, als sie klein war.« Seine Stirn runzelte sich leicht, als er den Namen seiner Schwester aussprach. Ich stellte mir vor, wie sie in ihrem Zimmer weinte, genau wie ich das früher getan hatte, die Knie an die Brust gezogen, das Kissen gegen den Bauch gedrückt.

Ich hockte mich auf den Boden und streckte die Hand aus, meine Finger strichen über eine der Eisscheiben. Sie schlug gegen die nächste, und das rief einen Dominoeffekt hervor, sodass sie sich alle bewegten. Im Mondlicht, das auf den See fiel, sah es wunderschön aus, als würden die Eiskreise tanzen. Dylan hockte sich neben mich, so nahe, dass ich den Kaffee und den Whisky in seinem Atem riechen konnte. Er streckte die Hand aus und tippte auch gegen die Eisscheiben, während sich sein Lächeln vertiefte. Dann drehte er sich zu mir um, und sein Gesicht wurde ernst, als seine dunklen Augen mein Gesicht genau betrachteten. Ich merkte, wie mein Herzschlag sich beschleunigte, und stellte mir vor, meine Lippen auf seine zu drücken.

»Ich brauchte eine Entschuldigung, um da rauszukommen«, flüsterte er. »Es ist zu viel. Das ganze ...«

Ein Ruf durchschnitt die Stille.

»Dylan!« Abrupt hoben wir die Köpfe und sahen einen Schatten in der Dunkelheit stehen. Es war Mairi mit verschränkten Armen und einem so wütenden Blick, dass ich dachte, er könnte uns versengen.

»Das Feuer«, zischte sie.

»Scheiße«, sagte ich.

»Scheiße, genau«, sagte Mairi. Dann drehte sie sich auf dem Absatz um und stürmte wieder ins Haus.

Dylan seufzte tief. »Mach dir nichts draus. Es ist nur ein Feuer.«

»Es ist eine Tradition. Und deine Mum scheint sehr wütend zu sein.«

»Sie hat mir schon viel Schlimmeres vergeben.«

»Zum Beispiel?«

»Als Teenager war ich ein Albtraum, ein richtiger Rowdy«, fügt er augenzwinkernd hinzu. »Ich habe ihr das Leben zur Hölle gemacht. Komm, lass uns reingehen.«

In der Nacht warf ich mich im Bett hin und her. Es lag nicht am Zimmer, das Zimmer war wunderschön. Die Holzwände sorgten für Gemütlichkeit, die Rotkehlchenvorhänge, die rot gemusterte Bettdecke und das nordische Dekor schufen eine weihnachtliche Atmosphäre. Nein, es war die Erinnerung daran, wie Dylan mich angesehen hatte. Ich drückte mir die Faust auf den Bauch, die Frustration brannte in mir. Ich wünschte wirklich, das hier wäre ein Dreh. Dann wären wir längst zusammen im Bett.

Irgendwann setzte ich mich auf, schaltete die Lampe an und griff nach dem Notizbuch von Reg, um mir Notizen zu den Baummardern und Alpenschneehühnern zu machen. Ich behielt gern die Übersicht über die Tiere, die ich gesehen hatte, notierte mir kleine Fakten und Zahlen, die ich gelesen oder unterwegs aufgeschnappt hatte. Es half mir zu entspannen, wenn ich meine Kamera nicht zur Hand hatte, um mich zu beruhigen. Doch heute Nacht machte es mich nur noch frustrierter, die Zeilen verschwammen vor lauter Müdigkeit vor meinen Augen.

Schließlich gelang es mir, zusammengerollt auf der Seite einzuschlafen. Aber dann weckte mich etwas. Ich saß kerzengerade im Bett und blinzelte in die Dunkelheit. Es war ein Geräusch gewesen. Ein Schrei vielleicht?

Ich schaltete meine Lampe an, die das Zimmer mit Licht flutete, schlüpfte unter der dicken Decke hervor und lief zum Fenster.

Noch ein Geräusch, diesmal eher ein lautes Weinen. Es kam definitiv von draußen. Ich zog die schweren Vorhänge zur Seite und spähte in die Dunkelheit. Es hatte aufgehört zu schneien, doch inzwischen lag sehr viel mehr Schnee, es musste die ganze Zeit weiter geschneit haben, während wir geschlafen hatten.

Meine Augen suchten die Dunkelheit ab und landeten bei einer Gestalt am Ufer des Lochs, die nur einen Morgenmantel und Pantoffeln trug und der das dunkle, kurze Haar bis zum Nacken reichte.

Heather.

Ich schlüpfte in meine Jeans, die ich zum Trocknen auf die Heizung gelegt hatte, zog mir den Pullover über den Kopf, rannte nach unten, griff nach meinen Stiefeln und trat hinaus. Heather stand immer noch da, die Arme um ihre dünne Gestalt geschlungen, starrte auf den Loch und weinte. Ich rannte zu ihr und legte ihr meinen Mantel um die Schultern. Sie fühlte sich eiskalt an und zitterte.

Ich dachte daran, wie auch Dylan vorhin auf den Loch hinausgeschaut hatte, wie alle das getan hatten.

In diesem Moment spürte ich eine eisige Kälte in den Knochen, eine andere Art Kälte als die des bitteren Windes, der mir das Haar ins Gesicht peitschte.

Irgendetwas war hier draußen passiert.

8

Amber

In den nächsten Tagen wird es in ganz Großbritannien eisig, und es beginnt zu schneien. Wie immer, wenn es kalt ist, versteift Ambers Hand schmerzhaft, und die Erinnerung an vergangene Schmerzen erwacht zum Leben. Sie besucht Lumin jeden Tag im Krankenhaus, und jedes Mal hofft sie, dass das junge Mädchen sich an etwas erinnert, das sie nach Hause führt. Doch die Erinnerungen kommen nur stückchenweise, kleine Dinge aus ihrer Kindheit: dass sie Stöcke ins Feuer geworfen und mit zwei Hunden im Schnee gespielt hat.

Die Frustration beginnt Lumin sichtlich zuzusetzen.

»Du siehst erschöpft aus«, sagt Amber, als sie mit einer Tüte Muffins, die Rita gebacken hat, ins Krankenhaus kommt.

»Ich hatte Albträume«, murmelt Lumin mit kreidebleichem Gesicht. »Von dem Mann mit dem Bart.« Sie ist in Gedanken weit weg und kaut an den Nägeln, während sie aus dem Fenster schaut.

»Tut er dir weh?«, fragt Amber.

Lumin schüttelt heftig den Kopf. »Nein. *Er* scheint Schmerzen zu haben, während er die Hand nach mir ausstreckt.«

»Hast du sonst noch von jemand geträumt?«

»Nein, ich höre nur Leute weinen und sogar schreien.« Lumin schlägt mit der Faust auf die Decke. »Warum kann ich mich nicht *erinnern*?«

»Hoffentlich kann die Therapeutin helfen, die heute kommt. Sie arbeitet mit den verschiedensten Techniken.«

Lumin ist einer Therapeutin zugeteilt worden, die sie jeden Tag sehen wird, bis es ihr gut genug geht, um das Krankenhaus zu verlassen. Und dann … nun ja, Amber mag nicht daran denken. Der Gedanke, dass das arme Mädchen der Fürsorge überstellt werden könnte, berührt sie unangenehm.

Lumin gähnt und rutscht im Bett hinunter, sie zieht sich die Decke bis über die Schultern. »Ich bin müde. Vielleicht schlafe ich noch ein bisschen vor der Therapie.«

»Ja, ruh dich aus«, sagt Amber, während sie sie besorgt ansieht. Lumin hat das in der letzten Zeit oft gesagt, und Ambers Besuche sind immer kürzer geworden. Nach Katys Tod ging es Amber nicht anders, die Depression und die Dunkelheit haben sie unerträglich müde gemacht. »Ich schaue später noch mal vorbei, um zu hören, wie die Therapie gelaufen ist.«

»Das brauchst du nicht. Ich komme allein zurecht.«

»Aber ich möchte es.«

»Und was ist mit deinem Laden?«

Amber lacht. »Nicht, dass ich sonst so viele Kunden hätte.«

»Aber du streichst doch gerade an, nicht?«

»Nicht bei dem Wetter«, antwortet Amber und sieht auf den fallenden Schnee hinaus. In Wirklichkeit will sie nicht in ihre leere Wohnung zurückkehren, sie möchte lieber hierbleiben, in der Gesellschaft dieses Mädchens, das sie zum Lachen bringt und ihr das Gefühl gibt, etwas Sinnvolles zu tun.

»Ich mein es ernst«, sagt Lumin nachdrücklich. »Bitte geh wieder in deinen Laden. Sonst bekomme ich Schuldgefühle.«

»Okay«, sagt Amber widerwillig. »Wenn du darauf bestehst. Aber ich komme später wieder.«

Lumin nickt, ihr fallen die Augen zu. »Bis später.« Amber hat den Eindruck, dass sie auf der Stelle einschläft. Als sie die Station verlässt, überlegt sie fieberhaft: Sie könnte zu ihrer Mum und ihrer Tante gehen, doch sie weiß nicht, ob sie mit den andauernden Fragen nach Jasper umgehen kann. Vielleicht sollte sie einfach bis in die Nacht hinein streichen, falls es aufhört zu schneien? Es sind schließlich nur noch drei Tage bis zum Weihnachtsmarkt. Aber es sieht nicht so aus, als würde es aufhören, und ihre Hand tut sehr weh. Während sie dasteht und überlegt, kommen die Kommissare, die Lumins Fall bearbeiten. »Haben Sie schon irgendwas herausgefunden?«

Kommissarin Matthews schüttelt den Kopf. »Die DNA-Proben, die wir genommen haben, haben nichts ergeben. Und sie hat auch keine fremde DNA an ihrem Körper.«

»Da bin ich aber erleichtert. Hoffentlich bedeutet das, dass niemand sie absichtlich verletzt hat«, sagt Amber.

»Es schließt es nicht hundertprozentig aus«, antwortet

Kommissar King. »Alles ist immer noch äußerst rätselhaft, fürchte ich.«

»Und jetzt?«, fragt Amber und verschränkt die Arme.

»Ein Aufruf in den Medien«, sagt Kommissarin Matthews. »Wir haben es Lumin schon einmal vorgeschlagen, und sie hat ablehnend reagiert, doch inzwischen haben wir einen Punkt erreicht, wo wir die Hilfe der Öffentlichkeit brauchen.«

»Sind Sie deshalb hier«, fragt Amber, »um sie über den Aufruf in den Medien zu unterrichten?«

Die beiden nicken.

»Ich komme mit«, sagt Amber.

»Nein«, ruft eine Stimme. Amber dreht sich um und sieht Jen, die Krankenschwester, den Flur entlangkommen. »Von hier an übernehme ich.«

»Sie wird ein freundliches Gesicht brauchen«, sagt Amber frustriert.

»Genau deshalb bin ich hier«, sagt die Krankenschwester und streicht ihre Tracht glatt. »Wir halten Sie auf dem Laufenden. Es ist wahrscheinlich auch besser, wenn Sie später nicht noch mal kommen. Wir haben ein Kind auf der Station, dem es sehr schlecht geht, und die Eltern haben gebeten, den Geräuschpegel auf ein Minimum zu reduzieren.«

Amber sieht Jen mit hochgezogenen Brauen an. »Wollen Sie damit sagen, dass ich laut bin?«

»Schon das Lachen könnte etwas zu viel sein«, antwortet die Krankenschwester knapp.

»Natürlich«, sagt Amber und nickt weise. »Lachen tut kranken Kindern generell nicht gut, was?« Sie schüttelt den

Kopf und stürmt hinaus. Was hat diese Krankenschwester nur? Den ganzen Weg die Treppe hinunter grübelt Amber darüber nach. Dann hört sie Schritte hinter sich. Sie dreht sich um und sieht Jasper mit seinem zerzausten Haar auf sie zukommen.

»Ich hab dich vom Aufzug aus gesehen«, sagt er außer Atem.

»Hast du aufgehört, Fußball zu spielen?«, fragt Amber, als ihr auffällt, wie kurzatmig er ist.

Er lacht, als er sich auf den Bauch schlägt. »Hat der Kugelbauch mich verraten?«

»Ach, komm schon, du bist so schlank wie eh und je. Ich bin hier diejenige, die sich sportlich betätigen sollte.«

Sein Gesicht wird ernst. »Du siehst großartig aus.«

Amber sieht auf ihre Füße hinunter, sie kann ihn einfach nicht ansehen.

»Du hast gerade keinen besonders glücklichen Eindruck gemacht«, meint er.

»Das liegt an deiner verdammten Krankenschwesterfreundin.«

Amber erklärt ihm, was passiert ist, und Jasper schüttelt den Kopf. »Das ist nicht in Ordnung.«

Amber sieht ihn überrascht an. »Wow, du verteidigst sie ja mal nicht.«

»Wann habe ich sie jemals verteidigt?«

»Egal. Die Polizei will mit Lumins Geschichte an die Öffentlichkeit gehen.«

»Gut. Das hätten sie schon früher tun sollen.«

»Lumin will das nicht.«

»Aber es könnte ihr helfen, nach Hause zu kommen.«

»Das hab ich auch gedacht.«

Jasper spielt nervös mit dem Ausweis um seinen Hals. »Hat Jen mit dir darüber gesprochen, wie es mit Lumin weitergehen soll, jetzt, wo ihre Verletzung gut heilt?«

»Nein.«

»Sie wollen sie auf die Psychiatrische verlegen.«

Amber sieht ihn entsetzt an. »Warum zum Teufel?«

»Wir brauchen die Betten auf der Kinderstation, um diese Jahreszeit ist hier am meisten los«, sagt er sanft. »Und Lumins Probleme haben ohnehin mit ihrer Psyche zu tun, vor allem die Probleme mit dem Gedächtnis. Das Personal auf der Psychiatrischen ist am besten geschult, ihr da zu helfen.«

Amber lässt sich auf eine Bank fallen. »Es klingt nur so schrecklich, dass sie auf die *Psychiatrische* soll.«

Jasper setzt sich zu ihr. »Ich weiß. Eine gute Langzeitlösung ist das nicht, aber es wird ihrer Erinnerung hoffentlich auf die Sprünge helfen. Das und der Medienaufruf reichen wahrscheinlich, dass sie nicht lange dort bleiben muss.«

Amber beißt sich auf die Lippe. »Das hoffe ich.«

Jasper legt ihr beruhigend die Hand auf den Arm. Einen Moment denkt sie darüber nach, ihn zum Abendessen einzuladen. Nicht nur weil sie ihn vermisst, sondern auch weil ihr davor graust, allein nach Hause zu gehen, nachdem sie sich so daran gewöhnt hat, hier bei Lumin zu sein.

Doch dann piept Jaspers Pager. Er lässt die Schultern sinken und steht auf. »Die Pflicht ruft. Halt mich auf dem Laufenden, ja?« Dann läuft er den Flur hinunter.

Amber bleibt noch ein paar Minuten sitzen und beobachtet die Leute, die an ihr vorbeigehen. Oft sind es Eltern, die von der Kinderstation kommen, manche sogar in Begleitung ihrer Kinder mit Luftballons in den Händen. Sie lächeln breit, sind glücklich, ihre Kinder mit nach Hause nehmen zu dürfen. Amber stellt sich vor, sie dürfte Lumin mit nach Hause nehmen, falls man ihre Eltern nicht findet. Wie viel Lachen und Aktivität sie in ihre kleine Wohnung bringen würde! Sie sehnt sich danach.

Doch als sie dann nach Hause kommt, wandern ihre Gedanken zu Katy, wie immer. Amber stellt sich vor, sie wäre damals mit Katy aus dem Krankenhaus nach Hause gekommen. Mit ihrem schwachen, aber glücklichen kleinen Mädchen. Stellt sich vor, wie dankbar sie für ihre Genesung gewesen wäre, und wie sie ein paar schöne Dinge geplant hätte, die sie in den kommenden Tagen und Wochen hätten machen können, während sie wieder zu Kräften gekommen wäre. Amber sieht die nackten weißen Wände an und stellt sich vor, sie wären mit der Löwenzahntapete tapeziert, die sie in ihrem alten Haus hatten. Sie sieht die Gummistiefel in einer Reihe an der Tür stehen, Matschflecken auf den Holzböden, noch von dem Spaziergang, den sie zusammen gemacht haben, kurz bevor Katy krank geworden ist. Sie riecht die heiße Schokolade, die Jasper ihnen machen würde, im Hintergrund liefe der Fernseher. Sie hört Katys Geplauder und Jaspers Lachen.

Draußen hupt ein Auto, und die Bilder verschwinden. Amber rutscht an der Wand hinunter. Die stille, leere Wohnung lastet schwer auf ihr.

Am nächsten Tag ist Lumin in allen Zeitungen abgebildet, den lokalen und den überregionalen. Mit weit aufgerissenen blauen Augen blickt sie die Leser von dem Foto an, das die Polizisten am Vortag von ihr gemacht haben müssen.

Teenager barfuß am Strand von Winterton Chine gefunden.

Amber ist immer noch wütend auf Jen, dass sie nicht dabei sein durfte, als das Foto gemacht wurde.

»Das arme Ding sieht total verängstigt aus«, spricht Rita Ambers Gedanken aus, während sie über die Schulter ihrer Tochter in die Zeitung guckt. Sie sind im Souvenirladen und versuchen, ein paar Kunden anzulocken, nachdem es aufgehört hat zu schneien.

»Sie sieht wirklich verängstigt aus, nicht?«, seufzt Amber. »Sie wollte auf keinen Fall in die Zeitung. Ich frage mich, ob sie sie schon gesehen hat.«

»Bring sie ihr doch«, sagt Rita. »Du wolltest sie ohnehin besuchen.«

»Aber ich habe den Laden gerade erst aufgemacht«, antwortet Amber. »Ganz zu schweigen vom Anstreichen«, fügt sie hinzu. Die Hütte ist inzwischen fast ganz rot, doch die frühere Pastellfarbe ist immer noch zu erahnen. Die Händler vom Weihnachtsmarkt treffen bereits in der Stadt ein; sie hat die Lastwagen und Transporter vorhin gesehen. Und sie muss noch zwei Hütten streichen.

»Wir stehen hier unseren Mann«, sagt Viv. »Rita streicht.«

Rita grinst. »Wir stehen unseren *Mann*? Und du hast mal von der Objektifizierung der Frauen gesprochen!«

Viv verdreht die Augen. »Okay«, sagt Amber und greift nach ihrer Tasche. »Aber nur für eine Stunde oder so.«

Zwanzig Minuten später ist sie bei Lumin, die den Artikel angewidert ansieht. »Oh Gott, wie schrecklich«, sagt sie.

»Du siehst nicht schrecklich aus.«

»Ich meine nicht das Foto!«, ruft Lumin, und Amber ist überrascht, dass sie laut wird. »Ich meine den Artikel.« Sie wirft die Zeitung auf den Boden und ballt die Fäuste. »Da komme ich wie ein betrunkenes Partygirl rüber.«

»Ich weiß, dass es schwierig ist, aber es könnte dazu führen, dass jemand dich wiedererkennt. Das wäre es doch wert, wenn du dadurch wieder nach Hause kommst.«

Sie lacht bitter. »Nach Hause? An den Ort mit den weinenden Leuten und den zugefrorenen Seen? Klingt vielversprechend.«

»Irgendjemand wird diesen Artikel sehen«, sagt Amber und streichelt ihren Rücken. »Man wird dich wiedererkennen, und alles wird gut, das verspreche ich dir.«

Lumin dreht sich zu Amber um und sieht sie mit stahlhartem Blick an. »Aber das *kannst* du mir gar nicht versprechen.«

Amber erinnert sich, dass sie Jasper das Gleiche gesagt hat, als es Katy am schlechtesten ging. Selbst er mit seinen ganzen medizinischen Qualifikationen hatte ihr nicht versprechen können, dass ihre Tochter überleben würde.

»Richtig, das kann ich nicht«, gibt Amber zu. »Aber was auch immer passiert, ich bin für dich da.«

Lumin lächelt schwach. »Danke.«

Doch zwei Tage verstreichen ohne brauchbare Hinweise. Natürlich gehen Anrufe bei der Polizei ein, Hunderte sogar. Aber keiner führt zu irgendetwas.

»Dann war das also total sinnlos«, sagt Lumin nach einem Besuch der beiden Kommissare, die sie auf den neuesten Stand gebracht haben.

»Es ist erst ein paar Tage her«, meint Jen, die auch in der Kabine ist. Sie überprüft den Verband an Lumins Kopf und lächelt. »Die gute Nachricht ist die, dass deine Kopfverletzung richtig gut heilt. Die Stiche verheilen, und die Schwellung ist komplett zurückgegangen, sodass wir den Verband heute abnehmen können. Ich denke, du kannst bald verlegt werden, vielleicht sogar morgen schon.«

Sie sagt das mit fröhlicher Stimme, doch Lumin ist alles andere als froh. »Auf die Irrenstation?«, faucht sie und verschränkt die Arme.

»Das war jetzt nicht sehr nett, Lumin«, sagt Jen. »Die Station ist in Ordnung. Du bekommst dein eigenes Zimmer und, glaub mir, in den intensiven Therapiesitzungen wirst du dich im Nullkommanichts erinnern, das garantiere ich dir.«

Lumin rümpft die Nase und wendet den Blick ab.

»Gibt es eine ambulante Möglichkeit?«, fragt Amber plötzlich. »Kann sie nicht bei mir wohnen und jeden Tag zur Behandlung herkommen? Ich kann sie bringen.«

Lumin sieht Amber mit hoffnungsvollen Augen an.

»Aber Sie haben nur eine Ein-Zimmer-Wohnung, nicht?«, fragt Jen und wirft einen Blick auf Ambers farbbespritzte Jeans. »Und ich habe gehört, wie Sie gesagt haben, Sie hätten mit Ihrem Laden viel zu tun ...«

Amber sieht sie überrascht an. »Woher wissen Sie, wie groß meine Wohnung ist?«, fragt sie und ignoriert den Kommentar der Krankenschwester zu ihrem Laden. Sie hat die rote Hütte inzwischen fertig gestrichen, mit den anderen aber noch nicht einmal angefangen. Bei dem kalten Wetter tut ihre Hand mehr weh denn je, und sie will Lumin so oft besuchen wie möglich. Die knallrote Hütte hebt sich zumindest von den anderen beiden ab wie ein bunter Hund.

Jen wird rot. »Ich meine nur, dass in einer kleinen Wohnung kein Platz für Lumin ist.«

»Ich habe eine Ausziehcouch.«

»Das ist nicht sehr bequem«, erwidert Jen.

»Ich kann darauf schlafen. Lumin kriegt mein äußerst bequemes Kingsize-Bett, dasselbe Bett, das ich mit meinem Mann Jasper geteilt habe.« Sie weiß, dass es kindisch ist, doch in gewisser Weise befriedigt es sie, diese Frau, die ganz eindeutig auf Jasper steht, daran zu erinnern, dass Amber diejenige ist, mit der er verheiratet war.

»Du bist mit dem blonden Arzt verheiratet?«, fragt Lumin überrascht.

»Nicht mehr«, schießt Jen zurück und verschränkt die Arme.

Lumin lacht. »Ihr beiden klingt, als würdet ihr euch um ein Stück Kuchen streiten.«

Jen wird rot, und Amber schüttelt den Kopf, als ihr klar wird, wie kindisch das alles ist. Hier geht es um Lumin, nicht um Jasper und seine neue Freundin.

Jen scheint das auch einzusehen. »Hören Sie, Amber, ich weiß Ihre guten Absichten zu schätzen«, sagt sie leise. »Aber wir wissen nicht, wie alt Lumin ist, wir können sie nicht bei irgendjemandem wohnen lassen. Selbst nicht bei jemandem, der so großartig zu ihr gewesen ist«, fügt sie schnell hinzu. »Es wird ihr guttun, wirklich. Auf der Psychiatrischen sind Experten.«

Jen sieht Lumin an, die nicht mehr zuzuhören scheint und aus dem Fenster guckt. Amber streicht über Lumins Arm. »Du siehst müde aus.«

»Das bin ich auch«, murmelt Lumin.

»Ich lass dich jetzt schlafen.« Amber steht auf und streckt sich. »Ich sehe mir mal den Schaden an, den meine Mum und meine Tante im Laden angerichtet haben.«

»Ich begleite Sie hinaus«, sagt Jen. »Ich mag Ihren Souvenirladen«, fährt sie fort, als sie über die Station gehen. »Letztes Jahr habe ich meiner Mum dort ein schönes Geschenk gekauft.«

»Danke«, sagt Amber widerstrebend. »Hören Sie, ich habe wirklich kein gutes Gefühl dabei, dass Lumin auf diese Station verlegt wird.«

»Sehen Sie nicht, dass sie hier nur dahinvegetiert?«

Amber schüttelt den Kopf. »*Dahinvegetiert*. Was für ein Wort.«

»Sie wissen sicher, was ich meine. Sie scheint jeden Tag müder zu werden, weniger lebhaft. Ich habe das schon bei anderen Patienten erlebt. Sie verliert die Hoffnung.«

Amber wirft einen Blick zurück zu der Kabine. Jen hat recht. »Ich weiß, wie sich das anfühlt.«

Jen legt Amber eine Hand auf den Arm. »Ich weiß, dass Sie das tun.«

»Na schön, Sie sind die Expertin«, sagt Amber steif.

Jen seufzt und fährt sich mit der Hand durch das müde Gesicht. Es erinnert Amber an Jasper und die Morgenstunden nach den langen Schichten, wenn er darauf bestanden hat, mit ihr zu frühstücken, selbst wenn er in der vergangenen Nacht kaum eine Stunde Schlaf bekommen hatte. Diese Leute arbeiteten verflixt hart. Es war nicht fair, so schroff zu sein.

»Es tut mir leid, dass ich so eine Zicke war«, sagt sie zu Jen. »Ich schätze, es ist einfach schwer, Jasper mit jemand anderem zu sehen.«

Jen sieht Amber verwirrt an. »Was meinen Sie?«

»Ich meine Sie und Jasper.«

Sie lacht. »Mein Gott, das ist Ewigkeiten her. Ich bin inzwischen verheiratet und schwanger«, sagt sie und zeigt auf ihren kleinen runden Bauch. »Um genau zu sein, war Jasper gestern Abend bei mir und meinem Mann zum Abendessen.«

»Oh, verstehe.«

Jen seufzt. »Ich schätze, jetzt bin ich an der Reihe, mich zu entschuldigen. Nicht nur Sie waren eine Zicke. Ich weiß, wie sehr Jasper Sie geliebt hat. Deshalb hat es zwischen uns auch nicht funktioniert. Ich glaube, meine Feindseligkeit Ihnen gegenüber rührt daher.«

»Für mich war es auch nicht leicht, wissen Sie. Wir waren beide schrecklich verletzt.«

»Ich weiß. Hören Sie, warum rufen Sie Jasper nicht an? Er wird Sie beruhigen können, was die Psychiatrische angeht. Reden Sie mit ihm. Ich glaube, das würde ihm guttun.«

An diesem Abend sitzt Amber bei einem Glas Wein und denkt an Lumin … und an Jasper. *Ich glaube, das würde ihm guttun,* hat Jen gesagt. Sie sieht ihre weißen Wände an, spürt die Stille.

Schnell greift sie nach ihrem Handy und starrt das Display an. Dann tippt sie die Nummer ein, die sie jahrelang vermieden hat.

»Amber?«, sagt Jasper leicht überrascht, als er sich meldet.

»Hallo. Jen hat gemeint, ich soll dich anrufen. Wegen Lumin.«

»Ist sie okay?«

»Ihr geht es gut. Sie wollen sie morgen auf die Psychiatrische verlegen.«

»Aha.«

Amber richtet sich auf. »Du sagst das, als wäre es etwas Schlechtes. Du solltest mich beruhigen!«

»Nein, nein, es ist gut. Die wissen dort, was sie tun.«

»Aber …?«, Amber hat immer gewusst, wenn bei Jasper ein *Aber* kam.

»Aber ich frage mich, ob sie sich dort wohlfühlen wird. Man weiß nie, was da für Patienten sind, das ändert sich von einem Tag zum anderen.«

»Großartig, jetzt habe ich ein noch schlechteres Gefühl.«

»Was hältst du davon, dir morgen früh die Station mal anzusehen? Einer der Kollegen schuldet mir noch was.«

»Wirklich?«

»Klar. Soll ich dich um acht abholen?«

»Danke, das wäre gut.« Amber zieht die Füße unter sich. Sie will, dass das Gespräch noch nicht zu Ende ist. »Wann fängt deine nächste Schicht an?«

»Ich habe über Weihnachten ein paar Tage frei«, antwortet Jasper.

Sie schweigen eine Weile, während sie sich die Weihnachtsfeste vorstellen, die es mit Katy hätte geben können.

»Irgendwelche Pläne?«, fragt Amber.

»Ich werde meine Eltern besuchen.«

»Das wird bestimmt schön. Der Peak District dürfte zu dieser Jahreszeit atemberaubend sein.« Als sie noch mit Jasper verheiratet war, ist sie oft im Peak District gewesen, um ihre Schwiegereltern zu besuchen. Katy hat auch ihre ersten Ferien dort verbracht. Sie haben in ihrem wunderschönen Bungalow mit weitem Blick auf die Berge viele glückliche Sommertage in dem wunderschönen Garten verbracht, in dem die Rosen blühten, die Jaspers blumenverrückte Mutter gepflanzt hatte.

»Wie geht es den beiden?«, fragt sie.

»Gut. Na ja, Dads Rücken macht Probleme, das setzt ihm zu, aber ansonsten gut. Verbringst du Weihnachten mit deiner Mum und deiner Tante?«, fragt er.

»Ja, und weißt du was? Viv kocht.«

»Mein Gott, du Arme. Ich erinnere mich noch an das Lamm, das sie einmal für uns gekocht hat.«

»Wohl eher verbrannt hat.«

Sie lachen.

»Sieh mal raus«, sagt Jasper.

Amber blickt aus dem Fenster, sie sieht einen Zipfel des Meeres und ein paar Strandhütten. »Und?«

»Schau hoch.«

Sie tut, was er sagt, und sieht riesige Schneeflocken fallen. Sie zieht sich die Decke über die Beine. »Sie haben gesagt, dass es heftig werden soll.«

»Alles in Ordnung?« Er weiß, wie sie sich fühlt, wenn

es so schneit wie jetzt und die Erinnerungen, wie sie ihre Finger verloren hat, hochkommen.

»Mir geht es gut«, sagt sie. »Jasper?«

»Ja?«

In dem Moment wird ihr klar, dass sie ihm so viel sagen möchte, da ist so viel Bedauern und Traurigkeit. Und auch Liebe. Doch stattdessen flüstert sie: »Bleib am Telefon, ja? Ich möchte heute Abend nicht allein sein.«

»Ich auch nicht.«

Am nächsten Morgen geht Amber mit Jasper auf die Psychiatrische. Es ist gar nicht so furchtbar dort. Die Wände sind in einem beruhigenden Blau gestrichen, und ein Teenager – eine Patientin, nimmt Amber an – sitzt auf einem Stuhl und liest. Die Weihnachtsdekorationen sind zurückhaltend in Silber und Gold gehalten und nicht so grell wie auf der Kinderstation. Im Gemeinschaftsbereich sind noch mehr Teenager und gucken einen Weihnachtsfilm im Fernsehen. Sie sehen ganz normal aus, was Ambers Angst vor der Station zerstreut.

Doch dann stellt sie bestürzt fest, dass Lumin unter ihnen ist. Sie hat sie zuerst in den Jeans und dem dicken schwarzen Pullover gar nicht erkannt. Er lässt sie noch blasser aussehen und betont die Ringe unter ihren blauen Augen. Lumin blickt auf und entdeckt Amber. Aber sie reagiert nicht, sie blinzelt nur.

»Ich habe nicht gewusst, dass sie sie schon verlegt haben«, sagt Amber.

»Ich auch nicht«, antwortet Jasper. »Lass mich mal nachhören, was los ist.«

Amber geht zu Lumin und setzt sich neben sie. »Hallo. Wie geht es dir?«

Sie zuckt die Schultern. »Nicht anders als vorher.« Ihre Stimme ist undeutlich, und ihre Pupillen sind geweitet.

»Haben sie dir etwas gegeben?«

Lumin kratzt sich. »Gestern Abend hatte ich einen kleinen *Wutanfall*«, sagt sie und malt mit den Fingern Anführungszeichen in die Luft. »Und sie haben beschlossen, mich sofort von der Kinderstation zu verlegen. Ich denke, sie gehen langsam davon aus, dass ich über achtzehn bin.«

»Glaubst du das auch?«

Lumin zuckt die Schultern. »Ich hatte gestern Abend eine Gedächtnisrehabilitationsstunde mit einem neuen Arzt.«

»Und, irgendwelche neuen Erinnerungen?«

Sie seufzt. »Nur an einen Wasserfall. Einen gefrorenen.« Sie öffnet die Faust, in der sie eine zerknüllte Zeichnung hält.

Amber nimmt sie und streicht sie glatt. »Das ist gut, eine neue Erinnerung«, sagt sie.

»Vermutlich«, antwortet Lumin unverbindlich. Sie dreht sich zu dem Fernseher um, und Amber sieht sie besorgt an. Jen hat recht, sie scheint wirklich aufgegeben zu haben.

»Das scheint ein wichtiges Motiv zu sein«, sagt Amber. »Zugefrorene Strände. Zugefrorene Seen. Gefrorene Wasserfälle. Vielleicht lebst du gar nicht in Großbritannien, und es meldet sich deshalb niemand.«

»Und woher habe ich dann einen britischen Akzent?«

»Viele Briten leben im Ausland.«

»Vielleicht«, seufzt sie.

»Wie gefällt es dir auf dieser Station?« Amber fallen ein furchtbar dünnes Mädchen auf, das in der Nähe sitzt und seine Nägel untersucht, und ein Junge, der hin und her geht und dabei vor sich hin murmelt.

»Soll ich ehrlich sein?«, fragt Lumin, während ihre Blicke wieder zu Amber wandern. »Es ist schrecklich.«

Sie tut Amber furchtbar leid. Sie sieht so hoffnungslos aus. »Es tut mir wirklich leid. Hoffentlich musst du nicht lange hierbleiben.«

»Und dann?«

Amber würde ihr gern eine Antwort geben. Aber sie weiß es wirklich nicht. Man hat ihr bereits klargemacht, dass Lumin nicht bei ihr wohnen kann.

»Wir müssen diesen Ort finden«, sagt Amber und starrt auf den Wasserfall. »Kann ich mir dein Notizbuch ausleihen? Ich werde den Tag damit verbringen, alles noch mal genau durchzugehen. Du kannst mich als deine persönliche Privatdetektivin betrachten.«

Lumin holt das lederne Notizbuch aus ihrer Gesäßtasche. »Da liegen auch noch ein paar andere Bilder drin, die ich gezeichnet habe. Viel Glück, Sherlock«, sagt sie mit einem bitteren Lachen. »Es gibt über hundert Wasserfälle in Großbritannien und Gott weiß wie viele auf der Welt.«

»Du hast dich an etwas erinnert!«

»Wie viele Wasserfälle es in Großbritannien gibt, wie nützlich«, meint Lumin sarkastisch. Dann schüttelt sie den Kopf und wendet sich wieder dem Fernseher zu.

An diesem Abend breitet Amber Lumins Zeichnungen auf dem Esstisch aus. Die Lodge, die den See überblickt. Der Wasserfall. Und eine weitere Zeichnung, die sie noch nicht gesehen hat: eine Bank, von der aus man auf einen See und Berge blickt, und auf der ein Mann und eine Frau sitzen. Sie googelt »Seen« und »Wasserfälle«. Als Erstes kommt eine Touristenwebsite für den Lake District. Es stellt sich heraus, dass es dort mehrere Wasserfälle gibt. Amber sieht sich Bilder von jedem einzelnen Wasserfall in ganz Großbritannien an und vergleicht ihn mit dem Foto, das sie von Lumins Zeichnung gemacht hat. Ein paar kommen infrage, und sie druckt sie aus. Dann greift sie nach dem Notizbuch, blättert es durch und hält bei der Seite inne, die sich auf Alpenschneehühner bezieht. Es gibt eine Zeichnung von einem Vogel, der über einem See aufsteigt. Sie liest die Notiz: *Alpenschneehühner sind Meister darin, sich an ihre Umgebung anzupassen. Ihre Federn werden im Winter weiß und dienen im Schnee als Tarnung. Sie leben am liebsten hoch oben in den Bergen, kommen jedoch in dichte Waldgebiete hinunter, wenn es richtig kalt wird.*

Sie blättert durch die anderen Seiten, dann findet sie schließlich, was sie sucht: eine Skizze von einem Vogelbeerbaum und einem kleinen pelzigen Tier mit spitzen Ohren, das darunter sitzt. *Baummarder ernähren sich in den kälteren Monaten vorwiegend von Vogelbeeren. Ihr Kot ist überall verteilt und lässt verlässliche Rückschlüsse darauf zu, wo diese scheuen Tiere gewesen sind.*

Sie dreht sich wieder zu ihrem Laptop um und googelt »Baummarder«.

Baummarder leben vor allem im Norden Großbritanniens.

Sie bevorzugen Waldgebiete, klettern sehr gut und leben in Baumhöhlen. In den schottischen Highlands sind sie dafür bekannt, dass sie Gärten nach Futter durchstöbern.

Sie googelt »Loch«, »Wald«, »Wasserfall« und »Berg« – und dann hat sie ihn plötzlich, den Wasserfall von Lumins Bild. Die Audhill Falls. Er liegt an einem großen Loch, doch obwohl Amber bis spät in die Nacht sucht, kann sie um nichts in der Welt die Lodge finden, die Lumin gezeichnet hat.

Aber es ist trotzdem ein bedeutender Hinweis, nicht? Doch wenn Lumin aus Schottland kommt, was um alles in der Welt hat sie dann so weit weg von zu Hause hier gewollt?

9

Amber

Winterton Chine
19. Dezember 2009

Am nächsten Tag besucht Amber Lumin und zeigt ihr das Foto vom Wasserfall, das sie ausgedruckt hat. Aus dem Fenster der Station können sie das geschäftige Treiben sehen, die Stände des Weihnachtsmarktes, die gerade aufgebaut werden. Doch Amber nimmt es kaum wahr, sie ist viel zu sehr damit beschäftigt, Lumins Zuhause zu finden.

Lumin tippt mit dem Finger auf den Wasserfall und nickt. »Irgendetwas ist damit. Er sieht genau wie auf dem Bild aus, das ich gezeichnet habe, nicht?«

Amber nickt. »Er ist in Schottland, in den Highlands. Und er liegt ganz nahe an einem der Lochs, dem Audhild Loch. Klingelt da was bei dir?«

Lumin schüttelt den Kopf. »Und was ist mit der Lodge?«

»Ich habe keine Lodge gefunden, die so aussieht wie die, die du gezeichnet hast«, räumt Amber ein. »Das heißt aber nicht, dass es sie nicht gibt. Sieh dir mal die Ausdrucke an, die ich gemacht habe, ich habe viele Fotos von dieser Gegend gefunden.«

Lumin wendet ihre Aufmerksamkeit wieder den Fotos zu, und kurz darauf breitet sich ein Lächeln auf ihrem Gesicht aus. »Es fühlt sich alles vertraut an.«

Amber schlägt triumphierend mit der Faust in die Luft. »Ja! Endlich eine Spur. Ich werde Kommissar King davon unterrichten, ja? In Schottland haben sie andere Zeitungen, das dürfte erklären, warum sich niemand auf den Artikel gemeldet hat. Wenn die Polizei sich auf die Medien in dieser Gegend konzentriert, könnte etwas dabei herauskommen.«

Aber das ist leider nicht so. Amber erhält einen Anruf von Kommissar King. »Wir hatten kein Glück bisher. Nur die üblichen Verrückten.«

Amber lässt enttäuscht die Schultern sinken. »Aber sie hat die Gegend erkannt. Vielleicht können Sie sie dorthin bringen? Vielleicht kann der Ort, auf den sich ihre Haupterinnerungen konzentrieren, weitere Erinnerungen triggern?«

»Dafür fehlen uns die Ressourcen, Miss Caulfield, vor allem so kurz vor Weihnachten. Woher wollen wir wissen, dass sie nicht lediglich als Kind dort Ferien gemacht hat? Es reisen ja wer weiß wie viele Leute jedes Jahr in die Highlands.«

Amber kaut auf ihren Nägeln herum. »Da ist mehr dran, das weiß ich. Und Lumin auch.«

Er seufzt. »Hören Sie, es ist erst wenige Tage her. Der Arzt, der sie behandelt, ist überzeugt, dass die Erinnerungen wiederkehren werden.«

»Aber bald ist Weihnachten«, sagt Amber, schaut auf die Marktstände draußen und unterdrückt das schlechte Gewissen, dass sie heute Morgen den Laden nicht aufgemacht hat. »Sie kann Weihnachten nicht auf der Station bleiben. Und wenn sie allein nach Schottland fährt? Kann ihr das jemand verbieten?«

»Das können wir nicht erlauben, Miss Caulfield«, sagt der Kommissar streng. »Falls sie unter sechzehn ist …«

»Ach, kommen Sie! Wir müssen doch irgendwas probieren«, meint Amber. *Ihr Zustand verschlechtert sich vor unseren Augen,* würde sie am liebsten hinzufügen.

»Wir müssen Vertrauen in die Ärzte haben«, sagt der Kommissar. »Hören Sie, ich muss los. Aber Sie können versichert sein, dass wir tun, was wir können. Falls wir uns nicht mehr sprechen, wünsche ich Ihnen frohe Weihnachten.«

»Ja«, sagt Amber geistesabwesend. Sie starrt das Telefon an, nachdem sie aufgelegt hat, dann lässt sie sich aufs Sofa fallen. Sie konnte nichts für ihre Tochter tun – und jetzt kann sie nichts für dieses Mädchen tun. Sie starrt ihre verletzte Hand an.

»Ich bin nutzlos«, flüstert sie.

Später am Abend geht Amber zu Rita und Viv zum Abendessen. Sie wohnen jetzt zusammen in dem Haus, das sie von ihren Eltern geerbt haben, demselben Haus, in dem Amber aufgewachsen ist. Es hat einen riesigen Garten, der auf ein paar Felder hinausgeht. Ihre Tante Viv hatte noch eine Weile in dem Cottage gewohnt, in dem sie mit ihrem Mann gelebt hatte, doch es hatte Probleme damit gegeben, und schließlich war es ihr zu viel geworden. Rita hatte ihrer Schwester angeboten, bei ihr einzuziehen. Das Haus gehört ihr schließlich zur Hälfte. Amber gefällt der Gedanke, dass sie jetzt zusammen wohnen.

Sie läuft auf und ab und kaut an den Nägeln, während Rita kocht.

»Wenn du so weitermachst, läufst du deiner Mum noch ein Loch in den Teppich«, sagt Viv.

Amber blickt auf und sieht, dass die beiden sie besorgt beobachten. »Gut, ich setze mich«, sagt Amber. Sie setzt sich aufs Sofa und beginnt, mit dem Bein zu wippen. »Ich kann Lumin einfach nicht dort lassen. Ihr solltet sie mal sehen. Jedes Mal, wenn ich sie besuche, scheint sie sich noch ein bisschen mehr zurückgezogen zu haben.«

»Sie könnte nicht besser aufgehoben sein, Liebes«, sagt Viv und beugt sich herüber, um Ambers Arm zu streicheln.

»Wirklich?«, fragt Amber. »Die ganze Zeit stochern sie ihr im Gehirn herum, das muss doch stressig sein. Es *ist* stressig, das kann ich sehen.«

»Du kannst nichts tun«, sagt Rita sanft, während sie im Topf rührt. »Das ist nicht dein Kampf.«

»Und warum nicht?«, fragt Amber scharf. »Was zum Teufel habe ich sonst, um das ich kämpfen kann?«

Die beiden sehen sich überrascht an.

»Jasper hat recht«, fährt Amber fort. »Ich bin in den letzten Jahren so untätig gewesen. Ich habe nur von einem Tag auf den anderen gelebt, mich gegen die Erinnerungen gewehrt und versucht, so zu tun, als wäre ich glücklich damit, wie mein Leben sich entwickelt hat. Ich distanziere mich von allem. Ich liebe niemanden, ich wünsche mir nichts, und ich brauche nichts – sonst würde es mich nur daran erinnern, wie es sich angefühlt hat, meine kleine Katy zu lieben, sie mir in der Nähe zu wünschen und sie zu brauchen.«

Amber beginnt zu weinen, und ihre Mum und ihre Tante eilen zu ihr.

»Oh, Liebling«, sagt Rita. »Was hat all das nur ausgelöst?«

»Ich glaube, das ist gut«, sagt Viv und streichelt ihrer Nichte über den Rücken. »Lass alles raus.«

»Ich fühle mich einfach so nutzlos«, sagt Amber unter Tränen.

»Wie bei Katy«, meint Rita leise.

Amber blickt auf, sieht ihrer Mutter in die Augen und nickt.

»Mir ging es mit dir genauso«, sagt Rita, nimmt Ambers verletzte Hand und streichelt die Stümpfe. »Was für schreckliche Schmerzen du hattest. Ich hatte solche Schuldgefühle.«

»Es war nicht deine Schuld. Ich hätte nicht hinauslaufen dürfen. Und außerdem«, sagt Amber und zieht ihre Hand weg, »habe ich überlebt.«

»Ich weiß. Aber es tut immer noch weh, dich so zu sehen«, sagt Rita.

»Was soll ich jetzt tun?«, fragt Amber die beiden Frauen und sieht abwechselnd in ihre vertrauten Gesichter, in der Hoffnung, dort eine Antwort zu finden. Ihre Blicke wandern zu den Fotos an den Wänden, aufgenommen in den unterschiedlichsten Ländern, die ihre Mum und ihre Tante in den letzten Jahren bereist haben. Wenn jemand gemeint hatte, sie wären doch »zu alt dafür«, hatten sie erwidert: »Wir sind Caulfields. Eine Caulfield hält nichts auf.«

Plötzlich steht Amber auf, sie strahlt Entschlossenheit aus. »Wie lange fährt man von hier bis in die Highlands?«

»Lange«, sagt Viv.

»Warum?«, fragt Rita.

Amber holt ihr Handy heraus und gibt »Von Winterton Chine nach Audhild Falls« ein. »Zehn Stunden«, murmelt sie. »Das schaffe ich, mit Pausen natürlich. Das ist keine große Sache.«

Rita sieht Amber alarmiert an. »Das ist eine lange Fahrt, Amber! Du kannst so eine Autofahrt nicht aus einer Laune heraus machen.«

»Es ist keine Laune«, antwortet Amber und läuft wieder im Zimmer auf und ab. »Lumin scheint sich so sicher, dass sie diesen Ort kennt.«

»Und was willst du machen, wenn ihr da seid?«, fragt Viv. »An alle Türen klopfen und fragen, ob jemand sie kennt?«

»Wenn es nötig ist, ja. Hört zu, wenn sie erst mal dort ist, könnte das Erinnerungen hervorbringen«, seufzt Amber. »Es lohnt sich ganz sicher.«

Die beiden Frauen schweigen.

»Das willst du wirklich tun?«, fragt Rita schließlich.

Amber nickt.

»Dann sollten wir besser anfangen zu packen«, sagt Rita resolut.

»Moment, warte mal«, sagt Amber und bittet ihre Mum, sich zu setzen. »Ihr kommt nicht mit.« Sosehr sie ihre Mum und ihre Tante auch liebt, bei der Vorstellung, mit ihnen zehn Stunden im Auto zu sitzen, läuft es ihr kalt über den Rücken.

»Wir können dich doch nicht alleine fahren lassen«, sagt Viv. »Vor allem nicht bei dem Schnee, den sie angesagt haben. Und dein Auto kannst du nicht nehmen, es ist erst vor ein paar Wochen liegen geblieben! Kannst du nicht nach Schottland fliegen?«

»Ich hab es reparieren lassen! Und ich bin nicht allein. Ich nehme Lumin mit, aber ohne Ausweis kann sie nicht fliegen.«

Den beiden bleibt der Mund offen stehen. »Du kannst sie nicht mitnehmen!«, sagt Rita.

»Warum nicht?«

»Du kannst nicht einfach ins Krankenhaus reinmarschieren, das Mädchen nehmen und an einen Ort bringen, der vielleicht gar nicht ihr Zuhause ist, damit sie sich einen Wasserfall ansieht. Das ist gegen die Regeln. Vor allem wenn sie minderjährig ist …«

»Ach, komm schon, es ist doch offensichtlich, dass sie über sechzehn ist«, sagt Amber. »Und davon abgesehen: Seit wann haltet ihr beiden euch an Regeln?«

Ihre Mum hebt stolz das Kinn. »Da hast du recht. Aber trotzdem …«

»Das bringt nichts, Rita. Sie hat diesen Blick«, flüstert Viv ehrfürchtig.

Rita sieht ihre Tochter mit zusammengekniffenen Augen an, dann nickt sie.

»Was für einen Blick?«, fragt Amber die beiden Frauen.

»Den Caulfield-Blick«, erklärt Viv. »Wenn du dir etwas in den Kopf gesetzt hast, ist die Sache gelaufen. Dann hält dich nichts davon ab.«

»Eine Caulfield hält nichts auf«, sagt Amber. »Und diese

Caulfield hier wird über Weihnachten in die Highlands fahren.«

Die beiden Frauen lachen. »Das ist eine verrückte Idee, Liebling«, sagt Rita, während sie Ambers Gesicht umfasst und sie mit Tränen in den Augen anlächelt. »Aber es ist die erste verrückte Idee, die du seit Langem hast, und darüber bin ich überglücklich.«

Während beide sie umarmen, beobachtet Amber, wie der Schnee vom Himmel fällt. Vielleicht ist die Idee *zu* verrückt. Aber sie muss es versuchen, sie muss einfach. Sie denkt an das junge verängstigte Mädchen, das in diesem Moment im Krankenhaus sitzt, und stellt sich ihr Gesicht vor, wenn sie es ihr sagt.

»Schottland, ich komme«, sagt sie mit einem entschlossenen Lächeln.

10

Gwyneth

Audhild Loch
25. Dezember 1989

Obwohl sie Einzelgänger sind, verteidigen Schneeeulen ihre Jungen mit einer Entschlossenheit, die nicht zu ihrem weichen Äußeren zu passen scheint.

»Heather?« Ich drehte mich um und sah Dylan in der offenen Haustür stehen. Er trug nur eine karierte Pyjamahose und ein weißes T-Shirt, das seine breite Brust und seine Arme betonte. Rasch zog er sich ein Paar Stiefel an und rannte nach draußen, die Hände um die nackten, muskulösen Arme geschlungen, er zitterte. »Was zum Teufel macht ihr hier draußen?«, fragte er, als er uns erreicht hatte.

Heather starrte weiter auf den zugefrorenen Loch hinaus.

»Ich habe Heather weinen gehört«, sagte ich.

»Okay, dann bringen wir dich mal wieder rein«, meinte er und versuchte, seine Schwester zurück ins Haus zu führen, doch sie schob ihn weg.

»Ich brauche deine Hilfe nicht«, fauchte sie, ihre Augen sprühten vor Wut. »Ich brauche von niemandem Hilfe.«

Dann rannte sie ins Haus, dass der Schnee hinter ihr aufflog.

Dylan schloss die Augen und seufzte tief.

»Ich hatte mir vorgenommen, nicht zu fragen«, sagte ich, »aber ich kann nicht anders … ist irgendetwas mit deiner Familie?«

Er schüttelte mit klappernden Zähnen den Kopf. »Das ist eine lange Geschichte.«

Ich legte ihm die Hand auf den Arm. »Ich bin hier, und ich kann zuhören, wenn du jemanden zum Reden brauchst.«

»Wirklich? Du willst hier in der eisigen Kälte stehen und dir anhören, wie beschissen meine Familie ist?«

»Mein Gott, ich habe dir nur ein Angebot zum Zuhören gemacht, das ist alles. Mach doch, was du willst.«

Ich drehte mich um und wollte gehen, doch er griff sanft nach meinem Arm und zog mich an sich. Ich sah zu ihm hoch. Seine Finger fühlten sich auf meinem Arm eisig an. »Ich wollte dich nur nicht damit belasten, verstehst du?«, flüsterte er rau, während er mein Gesicht betrachtete. »Du tauchst auf wie aus dem Nichts, verdammt schön, stark und klug, und ich will das nicht kaputt machen.«

»Ich bin nicht perfekt, weißt du«, flüsterte ich.

»Ich weiß.« Er streichelte meine Wange mit seinem eisigen Daumen. »Keiner von uns ist perfekt, wir tragen beide etwas mit uns herum, womit wir zu kämpfen haben. Doch ich will dir nicht auch noch die Probleme meiner Familie aufbürden.«

»Warum ist deine Schwester so wütend? Was ist da draußen passiert?«, fragte ich und starrte auf den See hinaus.

»Wir haben alle unsere Geheimnisse«, schoss er zurück. »Und ich spüre, dass du das genauso gut weißt wie ich.«

Ich sah ihm in die Augen und war plötzlich versucht, ihm alles zu erzählen. Aber das tat ich nicht. Stattdessen fuhr ich mit der Hand an seinem Bart entlang. Eis säumte bereits seine dunklen Stoppeln und seine langen Wimpern.

»Du bist kalt«, sagte ich.

Ich trat näher an ihn heran und er an mich. Ich legte ihm die Hand auf die Wange und spürte den Bogen seiner ausgeprägten Wangenknochen, dann stellte ich mich aus einem Impuls heraus auf die Zehenspitzen und drückte meine kalten Lippen auf seine noch kälteren. Er schlang die Arme um mich und presste seine Lippen auf meine. Der Loch schimmerte im Mondlicht, bedrohlich und wunderschön zugleich.

Am nächsten Morgen wachte ich mit der Erinnerung an Dylans kalte Lippen auf meinen auf. Sie vermischte sich mit dem Geruch nach Zimt und Gewürzen, der von unten ins obere Stockwerk drang. Hatte ich die Ereignisse der Nacht nur geträumt? Sie hatten etwas von einem Traum, was durch den Schnee und mein vom Schlaf umnebeltes Gehirn noch verstärkt wurde. Ich kämpfte mit dem Schleier, der meine Erinnerung an den Kuss umhüllte. Danach hatten wir uns, zitternd vor Kälte, voneinander gelöst. Im Haus waren die Lichter angegangen – und das war es gewesen. Dylan und ich waren nach oben gegangen, noch ein kurzer Blick, dann hatten sich unsere Wege getrennt.

Ich streckte mich und drehte mich herum, um durch den Spalt in den Vorhängen auf die verschneite Landschaft zu sehen. Mein Zimmer ging auf den Loch hinaus, doch rechts erhaschte ich einen Blick auf einen Berg. Der Himmel war von einem sanften Weiß mit einem Hauch Rosa und versprach noch mehr Schnee. Bei meiner Arbeit hatte ich schon sehr viel Schnee gesehen, doch ich hatte fast immer eine Kamera dabeigehabt. Ich empfand eine gewisse Zufriedenheit, als ich die Wange zurück in das weiche Kissen drückte und alles in mich aufnahm, ohne dass eine Kameralinse dazwischen war.

Dann fiel es mir ein: Heute war Weihnachten.

Ich setzte mich auf, umfasste meine Schienbeine und legte das Kinn auf die Knie.

»Frohe Weihnachten, Reg«, flüsterte ich. Und als Nebengedanke: und euch auch frohe Weihnachten, Mum und Dad.

An den meisten Weihnachtsmorgen war ich in Hotels oder Zelten aufgewacht. In den ersten Jahren, nachdem ich das Hotel meiner Tante verlassen hatte, um für Reg zu arbeiten, hatte ich Weihnachten in der Regel in anderen Ländern verbracht: von der Antarktis über Russland und Alaska bis Norwegen. Ich hatte es geliebt, selbst wenn ich mit Regs Kamera auf dem Rücken in einem Schneesturm, so intensiv, dass ich kaum etwas sehen konnte, einen verschneiten Berg hinaufgeklettert war. Ich hatte das Gefühl gehabt, zu etwas, zu jemandem zu gehören: zu Reg, zu seinem Team, zu Menschen, die ich inzwischen als eine Art Familie betrachtete. Als mir später Kamerajobs angeboten wurden, hatten Reg und ich es manchmal geschafft, uns Weihnachten zu treffen: in seiner Wohnung in London, in der er mich manchmal wohnen ließ, oder auf Drehs, wo er mich besucht hatte oder ich ihn. Und jedes Jahr hatten wir unsere praktischen Geschenke ausgetauscht – eine Windjacke, einen Linsenreiniger und in einem Jahr ein Buch über die Paarungsrituale der Eisbären. Es hatte sich nicht besonders weihnachtlich angefühlt, eher wie ein tröstlicher Tribut an die Tradition.

Reg hatte keine eigene Familie. Er hatte keine Kinder, und seine Eltern waren schon lange tot. Mir gefiel der Gedanke, dass unsere kleinen Weihnachtstreffen, wenn sie denn stattfanden, ein Trost für ihn waren. Nicht dass er das je gesagt hätte. Selbst als er mir vorgeschlagen hatte, das Zimmer in seiner Wohnung als »Basislager« zu mieten, um Geld für die Einlagerung meiner Sachen in London zu sparen, hatte er das auf seine übliche nüchterne Art getan. »Ich habe ausgerechnet, dass du vierhundert Pfund im Monat sparen würdest, also zahl mir zweihundert, und das Zimmer gehört dir. Wenn du dazu noch morgens Kaffee kochst, wenn wir beide hier sind, sind wir uns einig.«

Das war vor fünf Jahren gewesen. Rückblickend betrachtet, war er sich vielleicht seines Alters bewusst gewesen – er war damals fünfundsiebzig – und der Notwendigkeit, jemanden in der Nähe zu haben. Oder vielleicht erweise ich mir auch selbst einen Bärendienst, vielleicht mochte er einfach meine Gesellschaft. Vor zwei Jahren hatten wir Weihnachten in der Wohnung gefeiert. Ich hatte einen Truthahn besorgt und ein einfaches Weihnachtsessen gekocht. Wir hatten Wein getrunken, und ich hatte Reg sogar überredet, ein Knallbonbon zu öffnen und einen dieser idiotischen Hüte aufzusetzen. Mir war bewusst gewesen, dass zehn Jahre vergangen waren, seit ich das letzte Mal

Weihnachten mit meinen Eltern gefeiert hatte. Vielleicht hatte ich mir deshalb die Mühe gemacht, ein Versuch, mir zu beweisen, dass das Leben weitergeht, auch wenn deine eigenen Eltern dir den Rücken zukehren.

Und jetzt war ich hier, in dem riesigen Haus einer fremden Familie mitten im Nirgendwo. Was hätte Reg dazu gesagt? Hätte er gesagt, dass ich mich aufdrängte? Ich denke, er wäre mehr an dem Tierleben interessiert gewesen, das es in den Bergen zu filmen gab.

Ich stand auf, öffnete die Vorhänge und sah auf die Berge hinaus. Ich konnte mich dieser Familie unmöglich am ersten Weihnachtstag aufdrängen. Vielleicht konnte ich in den Bergen filmen, während sie ihr Weihnachtsessen einnahmen? Ich hoffte so sehr, dort oben auf ein paar Baummarder zu stoßen; auf dem Weg hierher hatte ich flüchtig einen gesehen. Ich wusste, dass sie solche Plätze liebten. Ich würde ein bisschen filmen und dann eine Möglichkeit finden, nach Hause zu kommen. Ich nahm mir ein flauschiges weißes Handtuch und tapste ins Bad.

Eine halbe Stunde später machte ich mich zögernd auf den Weg nach unten. Ich fand es ein bisschen nervenaufreibend, als praktisch Fremde am Weihnachtsmorgen dort hinunterzugehen, vor allem da die Familie sich so nahestand und so groß war. *Und* nach Dylans und meinem Kuss. Das Wohnzimmer war leer, doch ich hörte Lachen und Geplauder aus dem Esszimmer. Einen Moment zog ich in Erwägung, mich einfach hinauszuschleichen und meinem Filmprojekt nachzugehen, doch ich befürchtete, dass das als unhöflich aufgefasst werden könnte … und außerdem würde es bedeuten, dass ich Dylan nicht wiedersah. Also holte ich tief Luft und trat ins Esszimmer.

Alle blickten auf, als die Tür hinter mir zufiel. Alle waren da, außer Mairi.

»Unser Gast ist doch noch aufgewacht«, meinte Oscar.

»Ich kann nicht fassen, dass du nicht gehört hast, wie der Bursche hier vorhin alles zusammengeschrien hat«, sagte Cole und lächelte seinen Sohn an.

Ich habe heute Nacht deine Schwester gehört, wie sie sich das Herz aus dem Leib geweint hat, hätte ich am liebsten gesagt. Doch als ich Heather jetzt ansah, war es, als wäre nichts gewesen.

»Komm, ich habe dir einen Platz freigehalten«, sagte Heather und klopfte auf den Stuhl neben sich. Sie machte einen äußerst vergnügten Eindruck in Anbetracht dessen, was in der vergangenen Nacht passiert war. In ihrem weichen weißen Weihnachtspullover sah sie frisch und wach und erwartungsvoll aus. Sie saß Dylan gegenüber, der aufblickte und mich mit seinen dunklen Augen ansah. Etwas regte sich in meinem Bauch.

»Bei Filmaufnahmen schlafe ich oft im Zelt«, erklärte ich Cole. »Und wenn ich die Chance habe, in einem richtigen Bett zu schlafen, vor allem in einem so bequemen wie dem, in dem ich letzte Nacht geschlafen habe, weckt mich nichts, nicht einmal dein wunderbarer Sohn«, fügte ich hinzu und lächelte den kleinen Alfie an. Im Gegenzug streckte er mir die Zunge heraus, woraufhin alle lachten.

»Komm, setz dich«, sagte Heather noch einmal.

»Danke, aber ich habe mir gedacht, dass ich vielleicht

in den Bergen etwas filme und euch in Ruhe den ersten Weihnachtstag feiern lasse.«

Alle protestierten, brachten ihre Missbilligung zum Ausdruck und schüttelten die Köpfe. Nur Dylan schwieg, während er mich weiter ansah.

»Es ist Weihnachten!«, sagte Oscar, er sah fast verletzt aus.

»Ich weiß«, antwortete ich so freundlich wie ich konnte. »Aber vergessen Sie nicht, dass es für mich ein Tag wie jeder andere ist.«

»Ein Tag wie jeder andere«, sagte eine Stimme hinter mir. Ich drehte mich um und sah Mairi mit einer großen ovalen Platte voller Scones in der Tür stehen. »Es ist ganz sicher *kein* Tag wie jeder andere«, sagte sie, kam an den Tisch und stellte die Platte in die Mitte. »Wussten Sie, dass die presbyterianische Kirche in Schottland Weihnachten bis in die 1950er-Jahre verboten hatte? Das macht es noch kostbarer. Sie *müssen* bleiben und mit uns essen, darauf bestehe ich.«

Ich sah Mairi an, dann Dylan und spürte, wie ich rot wurde. Es war mir alles so peinlich, vor allem da es Dylan egal zu sein schien, ob ich blieb oder nicht. In dem Moment, als ich das dachte, stand er auf, kam um den Tisch herum und nahm meine Hand in seine, ohne die Blicke der anderen zu beachten.

»Bitte bleib, Gwyneth«, sagte er leise. »Und wenn es nur heute ist. Ich verspreche dir, dass ich mich um dein Auto kümmern werde. Bleib, verbring den ersten Weihnachtstag mit uns, und morgen, am zweiten Feiertag, helfe ich dir beim Filmen in den Bergen. Wie klingt das?«

Alison nickte begeistert. »Wir machen am zweiten Weihnachtsfeiertag ohnehin immer einen Spaziergang in den Bergen, es ist …«

»Eine weitere Familientradition«, sagte Glenn und verdrehte die Augen. »Aber ernsthaft, Gwyneth, du solltest bleiben. Du musst uns helfen, das Festmahl zu bewältigen, das Mum für uns zubereitet hat.«

Ich sah jeden Einzelnen an, dunkel und groß und attraktiv, und alle lächelten von dem riesigen Tisch zu mir hoch, der mit dem köstlichsten Weihnachtsfrühstück beladen war, das ich je gesehen hatte. Mein Magen knurrte, und mir wurde bewusst, dass Dylan immer noch meine Hand hielt.

»Und?«, fragte er.

»Ja«, sagte ich und musste einfach lachen. »Wenn ihr darauf *besteht*«, fügte ich hinzu.

Während der nächsten Stunde ließ ich mir das Frühstück schmecken, das aus köstlichen, schweren Scones und Eiern, Stapeln von Pfannkuchen und einem riesigen saftigen Lachs bestand, der unglaublich gut roch; ich blieb jedoch standhaft Vegetarierin und rührte ihn nicht an. Hin und wieder merkte ich, wie Dylan mich ansah, und wir lächelten uns an. Ich wollte ihn noch einmal küssen, seine starken Arme um meinen Körper spüren. Und ich wollte mehr als das. Ich denke, ihm ging es nicht anders, das Verlangen stand ihm deutlich ins Gesicht geschrieben.

Nach dem Frühstück gingen wir alle ins Wohnzimmer, um die Geschenke auszupacken. Alfie war unglaublich aufgeregt, rannte und schrie herum, während alle lachten. Wieder fühlte ich mich peinlich berührt, als ich die riesigen Stapel mit wunderschön eingepackten Geschenken unter dem Baum sah. Ich hatte nichts zu verschenken und würde auch nichts bekommen. Langsam zog ich mich aus dem Zimmer zurück und hoffte, unbemerkt wieder in mein Gästezimmer zu kommen. Doch ich hatte kein Glück – Dylan bemerkte mich und winkte mir, ihm am Feuer Gesellschaft zu leisten. Ich setzte mich neben ihn, und er gab mir diskret etwas, das in silbernes Papier gewickelt war.

»Was ist das?«, fragte ich.

»Ein Geschenk.«

Ich sah ihn überrascht an. »Aber ich habe nichts für dich, für niemanden! Und woher hast du das so schnell bekommen?«

»Ich habe es letzte Nacht gemacht. Mach es auf.«

Ich biss mir auf die Lippe und riss das dünne Papier auf, und ein kleiner geschnitzter Vogel kam zum Vorschein. Ich drehte ihn in den Händen, betrachtete seinen plumpen Körper und seine geschichteten Flügel. »Ein Alpenschneehuhn«, flüsterte ich.

Er nickte.

»Es ist wunderschön, danke.« Ich wollte ihn so gerne küssen, war mir jedoch seiner Familie um uns herum bewusst. Er stand auf und streckte mir die Hand hin. »Komm mit«, sagte er, als könnte er meine Gedanken lesen.

Ich erhob mich und folgte ihm durch die Diele zu einem anderen Zimmer. Er stieß die Tür auf, und ich sah eine Bibliothek. Drei Wände waren mit Büchern bedeckt, und hinten gab es ein großes Fenster mit dicken Vorhängen, die noch zugezogen waren. Schnell schob er mich hinein, schloss die Tür hinter sich und zog mich an sich. »Das wollte ich schon den ganzen Morgen tun.«

Dann drückte er seine Lippen auf meine. Ich fuhr ihm mit den Fingern durch das dichte braune Haar und spürte seine Bartstoppeln an meinen Lippen. Seine großen Hände glitten unter meinen Pullover und meinen Rücken hoch, warm auf meiner Haut. Ich stöhnte und presste mich an ihn, bewegte meine Lippen auf seinen. Er stolperte nach hinten zu einem großen Ledersofa, und wir fielen gemeinsam über die Rückenlehne, während Dylan mich sanft an sich zog. Wir lachten beide. Hier waren wir vor den Blicken von jedem, der hereinkam, verborgen, und als ich auf Dylan lag und seine breite Brust unter meiner fühlte, seinen Herzschlag durch den dicken grünen Pullover, hätte ich mich am liebsten auf der Stelle ausgezogen. Doch irgendwann lösten wir uns voneinander, legten die Stirn aneinander und lächelten uns an.

»Das ist Wahnsinn«, sagte ich. »Ich kenne dich kaum.«

»Was spielt das für eine Rolle?«, murmelte er. »Wir mögen uns. Und meine Leute hast du auch schon kennengelernt, meine ganze Familie. Sollen wir den Hochzeitstermin für nächste Woche ansetzen?«, scherzte er.

»Das klingt perfekt«, scherzte ich zurück.

»Aber mal ernsthaft«, meinte er und schob mir den blonden Pony aus den Augen. »Was wird aus uns? Ich meine, mir kommt es so vor, als wolltest du so schnell wie möglich hier weg.«

»Nein, nein, das stimmt nicht. Es ist wunderschön hier. Ich habe nur das Gefühl, mich aufzudrängen.«

»Ich habe dir doch gesagt, dass meine Familie Gäste

liebt«, sagte er und stützte sich auf seine Faust, während er mich ansah. »Erinnerst du dich an die Kerzen in den Fenstern? Ich schwöre dir, dass meine Mutter seit Ewigkeiten auf einen nächtlichen Wanderer wartet, der hier auftaucht und Schutz sucht. Und jetzt bist du da.«

»Wie die heilige Familie auf Herbergssuche.«

Er sah in gespielter Überraschung auf meinen Bauch. »Von einem Kuss?«

Ich lachte. »Jetzt mal ernsthaft, das ist ein Familienfest. Und ich muss arbeiten.«

Er zuckte die Schultern. »Gut. Dann arbeite. Betrachte diesen Ort als Hotel mit überenthusiastischen und nervigen Gästen.« Sein Gesicht wurde ernst. »Es ist mir ernst, Gwyneth. Meine Mutter mag bisweilen ein bisschen streng erscheinen, aber so ist sie einfach. Sie genießt es wirklich, einen Gast hierzuhaben … und sie mag dich, das weiß ich.«

Ich sah ihn ungläubig an. »Wirklich?«

»Glaub mir, wenn nicht, wärst du inzwischen zu Fuß auf dem Weg nach Glasgow und würdest dir den Arsch abfrieren. Also hör auf zu befürchten, dass du dich aufdrängst, und genieß es einfach als das, was es ist: die Möglichkeit, gutes Essen zu essen und guten Wein zu trinken, während du wunderschöne Tiere filmst und einen strammen Schotten küsst.«

Ich lachte, schlang meine Arme um seinen Nacken und sah ihm in die Augen. »Vielleicht hast du recht.«

»Ich weiß, dass ich recht habe.«

»So, und was das Küssen und den strammen Schotten angeht, denke ich, dass wir das noch lange nicht genug getan haben.«

Er beugte sich hinunter und küsste mich, sanfter als eben. Ich schloss die Finger um das Geschenk, das er mir gegeben hatte, und mein Herz schlug schneller.

Der Rest des Tages war idyllisch. Die Lodge war wunderschön mit dem Weihnachtsschmuck und dem Geruch nach Zimt und Gewürzen. Für das leibliche Wohl wurde mehr als gut gesorgt, vor allem beim Weihnachtsessen mit dem riesigen Truthahn, den knusprigen Röstkartoffeln und der Auswahl an selbst gemachten Beilagen und Saucen, ganz zu schweigen von dem nicht enden wollenden Nachschub an teurem Wein. Auch die Gesellschaft war großartig, jeder hatte etwas Interessantes zu bieten, von Alison mit den Geschichten von ihren Weltreisen und ihrer Ausbildung zur Meditationslehrerin bis hin zu Glenn, der mich mit der Story unterhielt, wie er einmal zufällig auf einem Event über die amerikanische Jugendbuchautorin Judy Blume gestolpert war. Er erzählte auch von seinem Lebensgefährten, der am nächsten Tag kommen sollte.

Cole war sehr ernst, doch nach ein paar Drinks schien er genau wie am Vorabend aufzutauen und gab lustige Geschichten aus seiner Kindheit zum Besten, während er seinen Sohn an sich drückte. Rhonda sah ihren Mann bewundernd an; es war offensichtlich, dass sie sich liebten. Und dann Heather. Trotz der Ereignisse der letzten Nacht schien es ihr jetzt gutzugehen, sie plauderte fröhlich und bat mich, ihr meine Kamera zu zeigen. Vielleicht war es nur jugendliche Lebensangst gewesen? Sie schien sich ernsthaft für das Filmen als Beruf zu interessieren, und ich bekam einen Einblick, wie es für Reg gewesen sein musste, als er mir das erste Mal begegnet war und sich mit diesem mehr als begeisterten jungen Mädchen hatte auseinandersetzen müssen.

Oscar war so charmant wie immer, und obwohl Mairi manchmal streng und ernst war, strahlte sie, je mehr sie trank, in besonderen Momenten Wärme aus und umarmte selbst mich kurz, nachdem ich erzählt hatte, wie ich einmal auf einem Dreh in Alaska ein Eisbärjunges gerettet hatte.

»Güte gegenüber der Natur ist die Berührung durch die Hand eines Engels, hat meine Mutter immer gesagt«, sagte sie.

Später, als ich ihr beim Abwaschen half, erzählte sie mir von ihrer Kindheit.

»Ich war viel da draußen«, sagte sie, während ihre dunklen Augen zum Wald und den Bergen hinsahen. »Ich war richtiggehend verwildert. Habe mich in den Blättern und im Matsch gewälzt.« Sie lächelte vor sich hin. »Ich habe es geliebt. Dylan ist genauso, er ist gerne draußen. Ich denke, das ist auch der Grund, warum er so gut mit Holz ist. Hat er Ihnen erzählt, dass ein Haus, das er in Island gebaut hat, einen Preis gewonnen hat?«

»Nein.«

»Es ist wunderschön, es steht in einer ebenen, eisigen Landschaft, und man kann meilenweit sehen. Oscar ist einmal mit mir hingefahren, um es mir zu zeigen. Ich war so stolz auf meinen Jungen. Er hatte die Holzwände sogar mit kleinen Schnitzereien verziert, eine kleine persönliche Note. Der Kunde war begeistert.«

»Dylan ist eindeutig sehr begabt.«

»Ja, das ist er.«

»Sie haben gesagt, dass das Land hier Ihren Eltern gehört hat?«

Sie nickte. »Seit vielen Generationen. Mein Clan, der Audhild Clan, hat sich im 17. Jahrhundert hier niedergelassen, Tragödie auf Tragödie erlebt und die strengsten Winter. Aber auf das Land war immer Verlass. Genau wie auf das Herz der Audhilds. Mein Vater pflegte zu sagen: Ein widerstandsfähiges Land bringt eine widerstandsfähige Familie hervor.« Sie warf einen Blick hinter sich in die Diele, wo Dylan und Cole den kichernden Alfie jagten, und lächelte. »Wir sind eine widerstandsfähige Familie«, sagte sie und nickte vor sich hin. Dann drehte sie sich wieder zu mir und sah mir in die Augen. »Die Familie ist alles.«

»Für einige«, erwiderte ich. »Andere kommen ganz gut ohne sie zurecht.«

Sie neigte den Kopf und studierte mein Gesicht. »Tun Sie das wirklich?«

Ich hielt ihrem Blick stand »Das tue ich wirklich.«

»Ich glaube Ihnen. Aber Sie tun mir auch leid.«

Ich sah sie groß an. Ich hasste es, wenn jemand mich bedauerte. »Warum um alles in der Welt tue ich Ihnen leid? Sicher, ich habe keine Eltern, keine große Familie wie Ihre«, sagte ich und wies zu dem Toben und Lachen in der Diele. Seifenblasen wehten vom Spülbecken auf den Boden, doch ich ignorierte es. »Aber ich bin glücklich. Wirklich. Man muss nicht von Menschen umgeben sein, um zufrieden zu sein. Ich weiß, dass das für Sie schwer zu verstehen ist, aber es stimmt.«

Sie beobachtete mich weiter, sagte aber nichts. Ich drehte mich weg und schrubbte einen Teller. »Nehmen Sie zum

Beispiel die Schneeeulen«, fuhr ich fort. »Sie bevorzugen ihre eigene Gesellschaft. Man sieht sie kaum mit anderen Eulen. In Kanada sind wir einer gefolgt. Ich habe sie jeden Tag gefilmt, manchmal auch jede Nacht. Die Ruhe, die sie ausstrahlt, die ruhige Zufriedenheit. Ich habe noch nie ein Tier gesehen, das so eins mit sich ist.«

»Da haben Sie vielleicht recht«, sagte Mairi. »Aber sie brüten doch, diese Tiere, oder?«

»Sicher«, sagte ich mit einem Schulterzucken. »In der Paarungszeit kommen sie zusammmen.«

»Und verteidigen aggressiv ihre Nester, wie ich einmal gelesen habe.«

Ich lächelte. »In Regs Buch?«

»Ich habe vielleicht mal reingeguckt. Aber ich habe recht, nicht?«

»Sie verteidigen ihr Revier und sind sehr beschützend ihren Jungen gegenüber«, antwortete ich und nickte.

»Das ist Familie, nicht?«

»Das ist Wissenschaft. Der Instinkt, ihr Geschlecht nicht aussterben zu lassen. Bei den Menschen ist es nicht anders.«

Mairi nahm einen Teller von mir entgegen und trocknete ihn ab. »Für Sie ist Elternliebe wissenschaftlich?«

Ich lachte. »Natürlich! Unsere Kinder brauchen uns lange Zeit einfach zum Überleben. Das ist in der Tierwelt ungewöhnlich. Die meisten Tiere werden sehr schnell selbstständig. Einige können bereits laufen, wenn sie aus dem Mutterleib kommen!«, sagte ich, als einer der Labradore zu uns herüberkam, um die Seifenblasen auf dem Boden aufzulecken. »Die tiefe Liebe, die Menschen für ihre

Kinder empfinden, ist rein biologisch bedingt, damit die menschliche Rasse überlebt.«

Mairi schüttelte den Kopf. »Was für ein Unsinn.«

Ich zuckte die Schultern. »Es ist wahr.«

»Wenn Sie einmal Mutter sind, werden Sie es verstehen. Es ist mehr als Biologie.« Sie sah zu ihren Söhnen hinaus, wie sie mit glühenden Gesichtern herumrannten. »Unsere Fähigkeit, einem Kind zu vergeben, ganz egal was es getan hat, ist ein Beispiel dafür.«

»Meiner Erfahrung nach nicht«, murmelte ich.

»Wirklich?«

»Und was hat Dylan getan, dass Sie ihm vergeben mussten?«, fragte ich, um die Aufmerksamkeit von mir wegzulenken.

»Er war als Teenager der reinste Horror. Alkohol. Wilde Partys in der Lodge, wenn wir nicht da waren. Einmal hat eins der ebenso wilden Kinder, die er ins Haus gelassen hat, Schmuck gestohlen, an dem ich sehr gehangen habe.« Sie sah Dylan liebevoll an. »Aber ich habe Dylan vergeben, und danach hat er sich gebessert. Ich denke, er hatte begriffen, dass er einen Schritt zu weit gegangen war. Er hat sich wieder dem Freund zugewandt, der ihm gutgetan hat, und er hat es wiedergutgemacht.« Mairi sah mit hochgezogenen Brauen auf den Loch hinaus. Dann schüttelte sie den Kopf. »Oh weh, wenn man uns reden hört, was sind wir ernst an Weihnachten. Ich mag Sie, wissen Sie«, sagte sie bestimmt. »Sie sind stark und schön und mutig. Sie wissen, was Sie wollen. Wir sind vielleicht nicht einer Meinung, doch ich mag das. Und Sie sind sehr gut im Spülen.«

Ich lachte.

»Gut«, sagte sie und griff mit einer überschwänglichen Geste nach ihrem Wein. »Gehen wir spielen.«

Der Rest des Abends verging in mehreren umnebelten, weindurchtränkten Stunden mit Lachen, Gesellschaftsspielen, lebhaften Diskussionen und dem Geräusch meines hämmernden Herzens in den Ohren, sobald Dylan mich ansah. Als alle langsam ins Bett gingen, wünschte ich mir verzweifelt etwas Zeit mit Dylan allein. Doch es war zu schwierig, wir stiegen die Treppe hinauf und verschwanden in unseren jeweiligen Zimmern, die an den entgegengesetzten Enden des Flurs lagen. In dieser Nacht lag ich lange wach und wartete auf ein leises Klopfen an der Tür. Aber niemand klopfte.

Am nächsten Tag, dem zweiten Weihnachtstag, wachten wir früh auf. Wir aßen wieder ein schönes Frühstück, dann zogen alle ihre Winterausrüstung an, um hinaus in die Berge zu gehen. Während wir warteten, zeigte ich Heather, wie sie die Kamera bedienen musste, und gab ihr ein paar Tipps. Vielleicht konnten wir ja etwas von ihrem Material für den Dokumentarfilm nutzen? Der Gedanke, das für sie zu tun, ihr zu helfen, wie Reg mir geholfen hatte, brachte mich zum Lächeln.

Als wir aufbrachen, war der Himmel strahlend blau und die Wintersonne ließ den Schnee funkeln. Der Blick auf den Loch verschlug mir den Atem. Die »Eispfannkuchen«, die gestern das Bild dominiert hatten, hatten sich jetzt in gezackte Eisbrocken verwandelt, deren Kanten sich aufeinandertürmten.

»Das ist atemberaubend«, sagte ich, hob die Kamera auf meine Schulter und filmte. Ein Vogel flog im Sturzflug über das Eis, und ich verfolgte seine Landung auf einer der gezackten Schollen. Ich filmte ihn eine Weile, dann folgte ich den anderen zum Wald hinter dem Haus. Es war ein kleiner Wald, eher ein Wäldchen. Doch die Bäume waren groß und voller Schnee und trugen noch zu der weihnachtlichen Stimmung bei. Wir stapften durch den Wald, während Oscars Hunde in die weite weiße Landschaft davonschossen.

Rhonda ging im Gleichschritt mit mir. »Du und Dylan, ihr scheint euch näherzukommen«, sagte sie.

Ich lächelte. »Ich dachte, wir wären sehr diskret gewesen.«

»Meinst du, Cole hätte sich Weihnachten nicht auch mit mir in die Bibliothek davongeschlichen?« Wir lachten beide. »Mit einem McClusky-Mann kannst du nicht viel falsch machen. Sie sind stark, arbeiten hart und sind großartig im Bett.« Ich spürte, wie meine Wangen rot wurden, und sie lachte. »Okay, ich schätze, dass Dylan das sowieso sein wird, wenn er wie sein Bruder ist«, fügte sie mit einem Zwinkern hinzu.

»So weit sind wir noch nicht«, sagte ich und lächelte über ihre Offenheit.

»Das überrascht mich. In der Regel verschwendet Dylan keine Zeit.«

Ich versuchte, ein neutrales Gesicht zu machen, während ich zu den Bäumen hochsah. »Wirklich?«

Sie nickte. »Er hat mal eine Freundin von mir gedatet; er hatte sie kennengelernt, als er Cole an der Uni besucht hat. Es ist Jahre her. Er hat ihr Herz im Sturm erobert, und schon als sie sich kaum vierundzwanzig Stunden kannten, waren sie so weit.«

»Dann ist er also etwas wie ein Frauenheld?«, fragte ich und bemühte mich, den Ärger aus meiner Stimme herauszuhalten.

Sie dachte darüber nach. »Nein, kein Frauenheld per se. Eher ein sehr leidenschaftlicher Mann, der weiß, was er will. Es hat natürlich in Tränen geendet. Wie immer bei Dylan.«

»Was ist denn passiert?«

Rhonda seufzte, zog einen Lederhandschuh aus und streckte ihren zierlichen Körper, um an einen Pinienzapfen zu kommen. »Dylan ist ein paar Wochen geblieben. Meine Freundin hat ihm ihre Nummer und ihre Adresse gegeben und angenommen, dass sie in Kontakt bleiben. Aber sie hat nichts von ihm gehört. Sie war total am Boden zerstört.«

Ich beobachtete Dylan, wie er ganz in das Gespräch mit seinen Brüden vertieft vor uns herging. Ich war enttäuscht. Doch was erwartete ich nach meiner Abreise? Eine Langzeitbeziehung? Ich lachte über mich selbst. Als ob das je klappen würde. Nein, das hier war Spaß, eine Ferienromanze. Hatte ich das nicht von Anfang an gewusst?

Aber warum war ich dann so enttäuscht?

Rhonda folgte meinem Blick und beugte sich zu mir hin. »Aber vielleicht ist es bei dir anders«, flüsterte sie. »Ich habe das Gefühl, dass es das sein könnte.« Ihr kleiner Junge kam zu ihr gerannt, und sie nahm ihn in die Arme und schwang ihn herum. »Wer weiß, vielleicht hast du eines

Tages so einen kleinen Zwerg mit Dylan, und dann ist es vorbei mit dem Ausschlafen!«

»Also jetzt mal langsam«, sagte ich.

Mairi kam zu mir herüber und zeigte nach oben. »Guck mal«, sagte sie leise. Ich folgte ihrem Blick und sah eine Schneeeule auf dem Baum über uns sitzen. Sie war teils von Schnee verdeckt und betrachtete uns mit ihren blinzelnden Augen.

Aufgeregt hob ich meine Kamera. »Was für ein Zufall.«

»Still«, antwortete Mairi. Sie legte den Finger auf den Mund und bedeutete den anderen, ruhig zu sein. Ich winkte Heather herüber und hockte mich hin. »Bleib ganz still«, flüsterte ich, als ich die Kamera auf ihrer Schulter platzierte und ihr zeigte, wie sie sie benutzen musste. Ihre Augen leuchteten auf, als sie tat, was ich ihr sagte.

Alle sahen ehrfürchtig zu, wie wir die Schneeeule filmten, das Schweigen im Wald war unheimlich. Dann knackte ein Ast, und die Eule zuckte mit den Flügeln und flog davon. Schnell half ich Heather, die Kamera nach oben zu richten, damit sie filmen konnte, wie sie aufflog.

»Das ist ein Cut«, sagte ich, nahm die Kamera von Heathers Schulter und schaltete sie aus. »Du bist ein Naturtalent.« Alle klatschten, und ich lachte. »Wow, ich glaube nicht, dass ich schon einmal so eine Reaktion erlebt habe.«

Die nächste Stunde wanderten wir weiter. Ich hielt Ausschau nach Baummardern, den Tieren, die ich so gerne filmen wollte, doch sie waren gut darin, sich zu verstecken.

»Ich denke, Alfie hat genug«, sagte Rhonda, als sie zu ihrem unglücklich aussehenden Sohn hinuntersah.

»Ja, ich denke, es ist Zeit umzukehren«, sagte Mairi.

»Was haltet ihr von einer selbst gemachten heißen Schokolade mit Marshmallows und Sahne?«, fragte Oscar.

»So verlockend das auch klingt, ich denke, dass Gwyneth und ich verzichten«, sagte Dylan. »Ich möchte dir meine Werkstatt zeigen«, sagte er zu mir.

Glenn und Rhonda sahen sich mit hochgezogenen Brauen an.

Wir winkten den anderen zum Abschied zu, als sie den Berg hinuntergingen, dann führte mich Dylan in die entgegengesetzte Richtung. Er sah über die Schulter zurück, als sich die Stimmen seiner Familie verloren, dann zog er mich schnell an sich und drückte seine kalten Lippen auf meine.

Ich seufzte und schlang meine in Handschuhen steckenden Hände um seinen Nacken, während ich seinen Kuss erwiderte. »Ich weiß nicht, warum du versuchst, es vor der Familie geheim zu halten«, sagte ich, als wir uns voneinander lösten. »Sie sehen doch, dass da was läuft, vor allem Rhonda und Glenn.«

»Den beiden entgeht nichts.« Er seufzte. »Ich will nur nicht, dass alle ihre Nase hineinstecken, okay? Darauf herumreiten.«

Darauf. Worauf? Ja, es fühlte sich in vielerlei Beziehung wie eine Ferienromanze an, wie etwas, das man mit zärtlichen Erinnerungen hinter sich lässt, wenn es Zeit ist. Andererseits fühlte es sich nach so viel mehr an. Ich hatte noch nie jemanden wie Dylan getroffen – oder wie seine Familie. Es hatte genug derbe Kameramänner und attraktive Moderatoren in meinem Leben gegeben. Dylan war vollkommen anders.

»Okay«, sagte ich. Ich griff nach seiner behandschuhten Hand. »Komm, ich will diese Werkstatt sehen, auf die du so stolz bist.«

Wir gingen weiter den Berg hinauf, bis eine große Scheune in unser Blickfeld rückte. Sie stand oben am Berg und bot einen atemberaubenden Blick auf den Loch.

»Ich habe sie mit Cole gebaut«, sagte Dylan, als er mich zu zwei großen Holztüren führte. »Bevor er zum Geschäftsmenschen geworden ist. Es war das erste Gebäude, das ich entworfen habe. Ich war gerade mal fünfzehn.«

»Wow.« Ich legte meine Hände auf die dicke Tür.

»Es ist nur eine Holzmastenscheune«, sagte er und legte seine Hand neben meine. »Aber ich war stolz darauf.«

»Das kannst du auch sein.«

Etwas zu meinen Füßen erregte meine Aufmerksamkeit. Eine Schnitzerei. Ich hockte mich hin und schob den Schnee weg. Ein Hirsch war dort in das Holz geschnitzt, und drei Buchstaben waren kunstvoll in sein Geweih verwoben: *D E C.*

»Hast du sie im Dezember gebaut?«, fragte ich, zog meinen Handschuh aus und strich mit dem Daumen über die Buchstaben.

Dylans Gesicht verfinsterte sich. »Nein«, sagte er steif. Er trat den Schnee zurück, um die Schnitzerei zu verdecken.

»Wofür steht dann DEC?«, fragte ich.

»Das sind Initialen.«

»Ja. Natürlich. Dylan. Cole. Aber wer ist E?«

»Eine alte Freundin.« Er stieß die Scheunentore auf, und der Geruch nach Sägespänen stieg mir in die Nase.

Die Scheune war riesig. Im hinteren Teil gab es eine zweite Ebene, einen Ruhebereich, wie es schien, mit einem alten, abgenutzten Sofa und einem Eichentisch, der voller Bücher und Zeitschriften war. Der Hauptbereich unten wurde von großen Holzbearbeitungsgeräten dominiert, einschließlich einer großen Sägemaschine.

»Hier machst du also deine ganzen Arbeiten?«, fragte ich.

Er nickte. »Na ja, zumindest habe ich das. Jetzt hab ich nicht mehr so viel Zeit dafür. Als Jugendlicher bin ich gerne hierhin entwischt. Sobald ich den Fuß hineingesetzt hatte ...«, er seufzte zufrieden, »konnte ich durchatmen. Und all meine Sorgen waren verschwunden.«

»Was für Sorgen?«

Er sah mich von der Seite an, dann griff er nach meiner Hand. »Komm mit, du wirst den Blick lieben«, sagte er, ohne meine Frage zu beantworten.

Ich folgte ihm die Stufen zur oberen Ebene hoch. Hier gab es ein großes Bogenfenster, das auf den verschneiten Wald und den zugefrorenen Loch hinausging.

»Atemberaubend«, sagte ich.

»Ja, ich konnte hier stundenlang sitzen und nur diesen Blick genießen.«

Ich stellte ihn mir als Teenager vor, wie die Ruhe und der Frieden dieser Scheune, die geschaffen zu haben er so stolz war, all die aufgestauten Teenagerhormone gezähmt hatten.

Ich trat an das Fenster und legte meine Hand gegen das Glas. »Ist da noch ein Haus?«, fragte ich, als ich zu der anderen Seite des Lochs hinsah. Es war ein altes Bauernhaus, grau und teilweise von Bäumen verdeckt.

»Ja«, sagte er, während er es mit gerunzelter Stirn anstarrte.

»Wem gehört es?«

»Einem älteren Ehepaar.«

»Seht ihr sie oft?«

»Nein.« Seine Augen wurden einen Moment lang glasig, als er das Haus anstarrte. Dann lächelte er und drehte sich zu mir um, legte mir den Arm um die Taille und zog mich an sich. Ich legte die Hand auf seine Brust und spürte seine Wärme unter dem dicken Pullover.

»So, jetzt sind wir allein«, murmelte ich.

»Keine nervige Familie mehr.«

Ich lachte leise. »So schlecht sind sie nun auch wieder nicht.«

Seine Augen studierten mein Gesicht und wanderten zu meinen Lippen. »Du bist auch nicht so schlecht.«

»*Nicht so schlecht.* Wow, du weißt wirklich, wie man Komplimente macht.«

Er wickelte sich mein blondes Haar um den Finger. »Ich habe die Angewohnheit, die Dinge herunterzuspielen. Bei mir heißt *nicht schlecht* verdammt großartig.«

»Großartig.« Ich lächelte. »Das ist doch was. Ich frage mich, wie du die Frauen beschreibst, die mehr als *nicht so schlecht* sind.«

Er neigte den Kopf. »Frauen?«

»Ach, komm schon«, sagte ich lässig. »Wir wissen doch beide, dass du keine Jungfrau bist.«

Er sah mich gespielt verletzt an. »Woher weißt du das?« Dann lächelte er. »Okay, du hast mich erwischt. Ich habe gesehen, wie Rhonda sich mit dir unterhalten hat. Lass mich raten, sie hat dir gesagt, dass ich ein Frauenheld bin?«

»Nicht *direkt* …« Ich wand mich aus seinen Armen und ging durch den Raum, wobei ich mit meinen Fingern über die staubigen Cover der Bücher fuhr, die es hier oben gab – die meisten über Holzverarbeitung. »Nur, dass du gern Spaß hast.« Ich hielt inne, drehte mich zu ihm um und fixierte ihn. »Mir macht das nichts. Ich habe auch gern Spaß.«

Er verschränkte die Arme und musterte mich von oben bis unten. »Ich wette, das hast du. Dann ist das hier also Spaß, ja? Eine kleine Ferienromanze?«

»Das muss es doch sein, oder?«, fragte ich und sah ihn fragend an. Mein Herz raste, mein Magen war voller Schmetterlinge. Ich wollte nicht, dass es nur das war, das wurde mir in diesem Moment klar. Die Vorstellung, von hier abzufahren, ihn zu verlassen, ihn nie wiederzusehen und ihn nur als »diesen heißen schottischen Typen, dem ich mal begegnet bin«, in Erinnerung zu behalten … das fühlte sich nicht richtig an. Und als ich ihm in die Augen sah, wusste ich, dass er das Gleiche fühlte.

»Es kann sein, was immer wir wollen«, sagte Dylan heiser. Er streckte die Hände nach mir aus. »Komm zu mir.«

Ich sah ihn an. »*Du* kommst zu *mir*.«

Er knurrte leicht. »Mein Gott, du machst mich wahnsinnig.« Er kam zu mir herüber, nahm mich in die Arme und küsste mich fest auf den Mund. Ich presste meine Finger in sein dichtes dunkles Haar, während wir rückwärts auf das Sofa zustolperten. Er setzte sich, und ich schlang die Beine um seine Taille und streifte meinen

Mantel ab, während er meinen Nacken küsste. Ich zog ihm den Pullover über den Kopf und betrachtete ihn: seine muskulöse Brust und die Kurve seines Bizeps, die geröteten hohen Wangenknochen und die vollen Lippen, das Haar, schwarz wie Kohle, und diese dunklen Augen, voller Verlangen.

Dann wurde sein Gesicht weicher, und er knöpfte behutsam die Jacke auf, die ich mir heute von Rhonda geliehen hatte, und half mir, sie auszuziehen, wobei er mich keinen Moment aus den Augen ließ. Er schob mein T-Shirt hoch. Seine Fingerspitzen waren heiß auf meiner nackten Haut, als sie den Rand meines BHs erreichten. Ich schnappte leicht nach Luft, und er hielt inne.

»Soll ich aufhören?«, fragte er schelmisch.

Ich wand mich. »Nein, wag es bloß nicht.«

Er lächelte und schob mein T-Shirt weiter hoch, bis mein BH zu sehen war. Seine dunklen Augen blickten mich an, dann konzentrierten sie sich wieder auf mein Gesicht, während sein Daumen lässig auf dem dünnen Material um meine Brustwarze zu kreisen begann. Ich nahm die Fingerknöchel in den Mund und unterdrückte ein Stöhnen, während ich den Kopf zurücklehnte.

»Du bist wie ein Kessel, der gleich hochgeht«, flüsterte er.

»Das kann nach mehreren Monaten auf den Orkney-Inseln passieren, in denen dich niemand berührt hat.«

»Berührt? Du meinst, so?«, fragte er, schob den Daumen unter meinen BH und spielte mit meiner Brustwarze, während er mit der anderen Hand meinen Gürtel öffnete.

»Ja, genau so«, flüsterte ich.

Er beugte sich hinunter und spielte mit der Zunge an meiner Brustwarze herum, dann rutschte er tiefer, bis er auf Höhe meines Bauchnabels war. Er blickte auf, während er langsam den Reißverschluss meiner Jeans aufzog und mich dabei beobachtete.

»Du bist grausam«, sagte ich und strich ihm durchs Haar.

»Nein, ich bin nur ein Mann, der sich Zeit für einen unglaublichen Nachtisch nimmt.«

»Für einen *nicht so schlechten* Nachtisch«, konterte ich.

Er lächelte, dann wandte er seine Aufmerksamkeit wieder meiner Jeans zu und zog sie herunter, während sein Kinn über meinen Slip strich. Er küsste langsam an der Spitzenkante des Slips entlang, senkte den Kopf und schob meine Beine leicht auseinander. Ich spürte seinen Atem durch die Baumwolle an meinen empfindlichsten Stellen, vergrub die Finger in seinem Haar und streckte ihm die Hüften entgegen.

Dann hob er den Kopf und sah mich wieder an.

»Scheiß drauf«, sagte ich.

Schnell wand ich mich aus meinem Slip und machte den BH auf, während er sich in die Lippe biss; ich zog ihn auf mich, machte den Reißverschluss seiner Jeans auf und sah ihm in die Augen. »Jetzt.«

Eine Stunde später lagen wir unter einer dicken Decke auf seinem Sofa, die Arme umeinander geschlungen. Dylan sah sich das lederne Notizbuch an, das mir aus der Tasche gefallen war, und las meine Notizen über all die Tiere, die ich seit meiner Ankunft in Schottland gefilmt hatte.

»Interessant«, sagte er, beugte sich herüber und griff nach einem Stift. »Ich denke, es fehlt nur noch eins.«

Er begann gegenüber von meiner Notiz ein Tier zu zeichnen, ein Alpenschneehuhn.

»Du zeichnest auch«, murmelte ich, als er fertig war. »Du bist vielseitig begabt.«

»Ich würde sagen, du bist diejenige mit den vielen Talenten«, sagte er und fuhr mir den Arm hinunter. Er legte das Notizbuch weg und zog mich auf sich. »Ich denke, wir sind uns ähnlich«, sagte er. »Nicht nur weil wir beide vielseitig begabt sind.«

Ich dachte daran, wie seine Mutter mir erzählte, dass er ihre Vergebung gebraucht hatte. Wir hatten beide Dinge getan, die der Vergebung bedurften. Ich hatte das Gefühl, dass es da auch bei ihm noch mehr gab, dass er noch weitere Geheimnisse in sich trug … genau wie ich. Geheimnisse, die wir vergessen mussten.

Ich fühlte seine Lippen in meinem Nacken, auf meinem Schlüsselbein. Er bewegte sich an meinem Körper hinunter, sah zu mir hoch, und ich las die Botschaft in seinen dunklen Augen: *Hilf mir zu vergessen.* So viele Jahre hatte ich das Gleiche getan, mit fremden Männern in dunklen, kalten Zelten, hatte durch die kleinen Freuden, die ihre Berührungen brachten, nach Vergessen gesucht.

Während seine Lippen zu meinen Hüften hinunterwanderten, legte ich mich zurück und sah zu der hohen Holzdecke hoch, roch den berauschenden Geruch nach Sägemehl, Whisky und Eukalyptus, und als seine Lippen und seine Zunge meine empfindlichste Stelle fanden, stöhnte ich auf. Während sich die Lust an dem Punkt aufbaute, an dem seine Zunge mich erforschte, schloss ich die Augen und konzentrierte mich auf dieses Gefühl, bis die Lust explodierte.

Er rutschte an mir hoch, küsste meinen Nabel, jede Rippe.

Dann ertönte draußen ein Schrei.

Wir erstarrten.

Ein weiterer Schrei.

Schnell zogen wir uns an, griffen nach unseren Mänteln und Stiefeln und rannten nach draußen. Wir schlugen Äste zur Seite und rannten durch den Schnee den Berg hinunter, bis wir an den See kamen. Die gesamte Familie war am Ufer versammelt, bis auf Mairi und Cole, die über die Eisschollen kraxelten, auf etwas Blaues in dem ganzen Weiß zu.

»Was zum Teufel ist passiert?«, rief Dylan, während er auf den Loch zustürmte.

»Heather«, murmelte Alison, die behandschuhten Hände vor dem Mund. Sie sah auf den Loch hinaus. »Sie ist da draußen.«

»Im Loch?«, fragte ich und versuchte, sie inmitten der Eisschollen zu entdecken. War sie zwischen die Schollen geraten? Oder schlimmer noch, war sie im Eis eingebrochen wie ich? Ich folgte den Blicken der anderen zurück zu dem blauen Mantel. Ja, natürlich, diesen Mantel hatte sie vorhin getragen. Warum um alles in der Welt war sie auf den See hinausgegangen und hatte ihn dann ausgezogen?

»Scheiße«, flüsterte Dylan. Er rannte zum See, und ich schlang die Arme um mich, während ich beobachtete, wie er zu seiner Mutter und seinem Bruder aufschloss. Als sie bei Heathers blauem Mantel waren, stieß Mairi einen Klagelaut aus und nahm Heather in die Arme. Ihr Gesicht war so weiß wie der Schnee um sie herum, ihre Lippen wurden langsam blau, und ihr kurzes schwarzes Haar war nass.

Dylan beugte sich hinunter und nahm seine Schwester hoch, richtete sich wieder auf und trug sie über den See. Mairi und Cole folgten ihm. Als sie am Ufer waren, eilten sie an mir vorbei ins Haus. Heathers Kopf lehnte schwer an Dylans Armen.

»Ein Krankenwagen, ruft einen Krankenwagen!«, schrie Mairi über die Schulter.

Wir rannten alle nach drinnen, und Oscar griff mit zitternden Händen nach dem Telefon in der Diele. Dylan legte seine Schwester ans Feuer, Cole brachte Handtücher, und Mairi rieb sie trocken. Heather stöhnte leise und drehte den Kopf. Ihr Blick landete auf mir, und der Schmerz und die Verletzlichkeit darin waren unverstellt.

Es versetzte mich zurück in eine andere Zeit, als jemand mich so angesehen hatte.

Ich wich zurück. Ich hätte nicht hier sein sollen. Ich gehörte nicht hierher.

11

Amber

Amber beobachtet Lumin, die aus dem Autofenster zu den schneebedeckten Bergspitzen in der Ferne schaut. Sie fahren jetzt seit über fünf Stunden die M6 Richtung Norden und haben unterwegs einmal gehalten. Es hat Spaß gemacht, Radio zu hören und herauszufinden, welche Musik Lumin mag, während sie Bonbons gegessen haben, um noch mehr über ihre Geschmacksnerven zu erfahren. Lumin hat gute Laune, seit Amber sie auf der Station besucht und flüsternd über ihre Pläne unterrichtet hat.

»Ich habe eine verrückte Idee«, hatte sie gesagt, noch voller Adrenalin von dem Entschluss, den sie am Vorabend gefasst hatte.

Lumin hatte sich leicht vorgebeugt. »Und wie sieht die aus?«, hatte sie zurückgeflüstert.

»Ich finde, wir sollten nach Schottland fahren. Ich denke, das könnte deiner Erinnerung auf die Sprünge helfen.« Amber hatte sich umgesehen, um sich zu vergewissern, dass niemand mithörte. »Da aber alle glauben, dass du noch keine achtzehn sein könntest – was nicht stimmt, wie wir beide wissen –, bedeutet das aber, du darfst eigentlich nicht mitkommen.«

Lumin hatte die Schultern hängen lassen.

»Aber ich habe mich nie um Regeln geschert«, hatte Amber gesagt. »Und ich glaube, wenn du noch einen Tag länger in diesem verflixten Krankenhaus bleibst, wirst du dahinwelken wie diese Blumen.« Lumin war Ambers Blick zu einem Glas mit langsam braun werdenden Rosen gefolgt.

Ihr Gesicht hatte aufgeleuchtet, und Amber war aufgefallen, wie schön sie war. Doch dann war das Lächeln wieder verschwunden. »Ich will nicht, dass du Schwierigkeiten bekommst. Du hast schon so viel für mich getan.«

Amber hatte sich vorgebeugt. »Schau mir in die Augen. Siehst du das? Das ist der berühmte Caulfield-Blick. Weißt du, was der bedeutet?«

»Dass du amtlich genauso verrückt bist wie ich?«, hatte Lumin mit einem schiefen Lächeln geantwortet.

»Das natürlich auch. Aber er bedeutet darüber hinaus, dass ich einen Entschluss, den ich einmal gefasst habe, auch durchziehe. Also pack zusammen, was du brauchst, und wir brechen auf, wenn es keiner mitkriegt.«

Amber hatte bereits eine Nachricht geschrieben, die sie zurücklassen wollte, und hoffte, sie so formuliert zu haben, dass die Ärzte und die Polizei Verständnis haben würden. Sie wusste, welches Risiko sie einging, und dass sie große Schwierigkeiten bekommen konnte. Außerdem überließ sie den Laden ihrer Mutter und ihrer Tante. Aber sie hatte nichts zu verlieren.

Und jetzt, wo sie beide bei plärrender Musik in Ambers Auto sitzen, muss sie lächeln. Ausnahmsweise einmal hat sie das Gefühl, etwas zu bewirken ... selbst falls die Polizei schon nach ihnen sucht. Sie fragt sich, was Jasper denken wird, wenn er es erfährt. Vielleicht wird er lächeln und es gut finden.

Vielleicht wird er auch denken, dass ich unvernünftig bin, überlegt sie. Das war eines der Worte gewesen, die er gebraucht hatte, als sie ihm vorgeschlagen hatte, sich zu trennen. »Die Trauer hat dich unvernünftig gemacht, Amber! Wir lieben uns doch!«

Amber fasst das Lenkrad fester.

»Wo sind wir hier?«, fragt Lumin.

»In Cumbria, im Lake District. Das ist die schöne Strecke nach Schottland.«

»Sie ist wirklich schön, vor allem im Schnee«, erwidert Lumin und blickt zu der weißen Wolkendecke hoch, als kleine Schneeflocken vom Himmel zu schweben beginnen und auf der Windschutzscheibe landen.

»Es schneit nur leicht. Für die nächsten Tage haben sie keinen heftigen Schneefall vorhergesagt.«

Lumins Blick wandert zur Seite, zu Ambers Lenkrad.

»Was ist das?«, fragt sie und zeigt auf die Plastikvorrichtung, die daran befestigt ist.

»Das ist ein Lenkradknauf«, erklärt Amber. »Den kann ich mit meiner kaputten Hand bedienen, dann springt das Auto an. Er kann auch noch andere Sachen, wie den Blinker betätigen und die Scheibenwischer anstellen.«

»Gut, wenn das Schneechaos kommt.«

»Das kommt nicht«, sagt Amber resolut. »Ich habe in

der richtigen Wettervorhersage nachgesehen, nicht in der wertlosen Boulevard-Variante. Alles wird gut gehen.«

Lumin zuckt die Schultern. »Mir ist es egal, wenn es trotzdem kommt. Im Schnee festzustecken ist auf jeden Fall besser, als im Krankenhaus zu sein.«

»War es wirklich so schlimm?«

Lumin sieht Amber mit hochgezogenen Brauen an, dann seufzt sie. »Es ist nicht der Ort an sich, weißt du. Es war die Vorstellung davon. Ich finde es wunderbar, mit dir hier zu sein«, fügt sie mit einem Lächeln hinzu, und Amber geht das Herz auf. Jetzt ist sie sich ganz sicher, dass sie das Richtige tut.

»So«, sagt Lumin, greift in die Tasche und holt weitere Süßigkeiten heraus, die Amber für die Reise gekauft hat. »Fizz Balls oder Toffees?«

»Fangen wir mit Fizz Balls an.«

»Das hab ich mir gedacht.« Sie öffnet die Tüte und bietet Amber einen an. Amber zeigt auf ihre gesunde Hand, mit der sie lenkt.

»Ups, entschuldige«, sagt Lumin. »Komm, ich füttere dich.« Sie holt ein Bonbon heraus und steckt es Amber in den Mund, und sie lachen.

»Mmmmmm«, macht Amber genießerisch und schiebt den Fizz Ball mit der Zunge im Mund herum. »Das erinnert mich an meine Kindheit.«

»Wie war deine Kindheit so?«, fragt Lumin und wickelt ihre Jacke fester um sich.

»Gut. Bis auf …« Amber zeigt auf ihre kaputte Hand. »Bis auf das da hatte ich eine großartige Kindheit. Meine Eltern haben sich getrennt, als ich noch ganz klein war, doch meine Mum hat dafür gesorgt, dass es mich nicht belastet hat.«

»Siehst du deinen Vater noch?«

Amber schüttelt heftig den Kopf. »Er ist gegangen, als ich drei Monate alt war. Mum hat ihm nie verziehen. Und er hat sich nie die Mühe gemacht, Kontakt zu uns aufzunehmen. Keine Geburtstags- oder Weihnachtskarten, nichts. Ich weiß nicht einmal, wo er lebt.«

»Das ist scheiße.« Lumin verstummt.

»Ja, ich versteh es auch nicht«, fährt Amber fort. »Als ich Katy hatte ...« Sie hält plötzlich inne, der Name ist ihr über die Lippen gekommen, bevor sie es verhindern konnte.

»Katy?«

»Ich hatte eine Tochter. Sie ist gestorben.«

»Oh, Gott, das tut mir leid.«

»Schon okay. Es ist zehn Jahre her.«

»Was ist passiert?«

»Meningitis.« Amber umklammert das Lenkrad. »Ich mag heute nicht darüber reden.«

»In Ordnung.« Lumin sieht Amber besorgt an, dann kaut sie nachdenklich auf ihrem Bonbon herum. »Ich frage mich, ob meine Eltern überhaupt wissen, dass ich verschwunden bin.« Sie runzelt leicht die Stirn. »Es ist seltsam, dass sich niemand gemeldet hat. Glaubst du, sie sind wie dein Vater, dass sie einfach nicht wissen, wie man liebt?«

»Nein«, sagt Amber und schüttelt entschieden den Kopf. »Es wird einen anderen Grund geben. Vielleicht sind sie im Ausland. Vielleicht lebst du ja in einem anderen Land.

Manche Leute sehen auch einfach kein Fernsehen und lesen keine Zeitung. Wenn du achtzehn bist, bist du vielleicht an der Uni?«

»Aber bald ist Weihnachten. Wenn ich an der Uni wäre, würden sie mich doch bestimmt für die Winterferien zu Hause erwarten?«

Amber seufzt. »Richtig. Aber umso mehr ein Grund, Hoffnung zu haben. Deine Familie wird sich fragen, wo du bist, wenn ihr gemeinsam etwas für Weihnachten geplant habt.«

Lumin späht aus dem Fenster in den leise fallenden Schnee hinaus. »Vielleicht.« Sie ist eine Weile still und missmutig, dann dreht sie sich wieder zu Amber um. »Erinnert dich der Schnee an das, was mit deiner Hand passiert ist?«

Amber versucht, sich an den Tag zu erinnern. Sie war noch klein, knapp fünf, sodass die Erinnerungen nur bruchstückhaft sind. Sie erinnert sich, dass ihr der Schnee bis zu den Schienbeinen gereicht hat. Die Luft war so kalt, dass sie direkt unter die Haut zu gehen schien. Sie erinnert sich an die furchtbaren Schmerzen in Knochen und Sehnen in der Hand. Und später an die roten und blauen Lichter des Krankenwagens und die blendenden weißen Deckenleuchten, als man sie die Krankenhausflure entlanggefahren hat.

»Es ist schwer, mich daran zu erinnern«, sagt Amber. »Ich war noch sehr klein und weiß hauptsächlich das, was meine Mum mir erzählt hat.«

»Und was hat sie erzählt?«

Amber blickt auf die Stümpfe ihrer linken Hand. »Ich wollte unbedingt im Schnee spielen, aber es war zu kalt und es schneite heftig. Doch das war mir egal. Irgendwie bin ich aus dem Haus gekommen. Mum sagt, dass ich damals als Kind nicht gerade einfach war.« Amber verdreht die Augen. »Ich habe es jedenfalls geschafft, mich auszusperren. Aber ich habe es nicht gemerkt, ich bin herumgerannt, habe einen Schneemann gebaut und hatte für nichts anderes Augen.« Ihr Blick huscht zu Lumin und wieder zurück auf die Straße. »Dabei habe ich einen Handschuh verloren, und ich erinnere mich, dass die Kälte so wehgetan hat, dass ich angefangen habe zu weinen. Doch inzwischen war aus dem fallenden Schnee ein Schneesturm geworden, und ich habe mich verlaufen. Ich war über eine Stunde draußen, bevor jemand mich gefunden hat.«

»Und deine Mutter hat *so lange* nichts gemerkt?«, fragt Lumin. »Entschuldige«, fügt sie schnell hinzu. »Ich will nicht urteilen. Ich meine, was weiß ich schon?«

»Schon okay«, sagt Amber. »Ich habe mich das Gleiche gefragt, vor allem weil meine Mum eine gute Mum ist, weißt du. Doch als ich Katy hatte, habe ich gemerkt, wie anstrengend das alles ist, wie unkonzentriert man mit den vielen nie enden wollenden Aufgaben ist.« Sie nickt entschieden. »Was passiert ist, ist passiert.«

»Hast du deine Mum gefragt, was genau passiert ist?«

»Sie mag nicht darüber reden. Ich denke, sie hat Schuldgefühle. Aber sie hatte damals so viel mit dem Souvenirladen zu tun, mein Großvater war gerade gestorben, und sie musste ihn zusammen mit meiner Tante übernehmen und weiterführen. Egal, es ist meine Schuld. Ich hätte nicht rausgehen dürfen, wo sie es mir doch verboten hatte.«

»Du warst erst vier.«

»Alt genug«, sagt Amber. »Jedenfalls ist es passiert, und daran kann ich nichts mehr ändern.«

»Wie lange warst du im Krankenhaus?«

»Ein paar Wochen. Mum hat gesagt, dass ich ziemlich gut zurechtgekommen bin. Als ich älter geworden bin, hat es mich mehr gestört.«

Lumin steckt sich eine weitere Süßigkeit in den Mund. »Inwiefern?«

»Die anderen haben mich gehänselt. Kinder können echt grausam sein. Das hat mein Selbstvertrauen zerstört. Die Caulfields waren immer extrovertiert, haben meine Mum und meine Tante erzählt. Niemand hat sie je als schüchtern bezeichnet. Aber ich habe mich zurückgezogen und hatte nicht viele Freunde.« Sie zuckt die Schultern. »Okay, das war damals.«

»Und jetzt?«

Amber schaut wieder auf ihre Hand. »Jetzt ist es besser. Die Leute gucken immer noch, doch ich schätze, ich habe mich daran gewöhnt. Es sind mehr die Schmerzen, die mir zu schaffen machen, wenn es so kalt ist wie jetzt«, sagt sie und sieht auf die eisige Landschaft hinaus. »Oder wenn ich mich nicht genug ausgeruht habe. Und mich stört es, dass ich durch die Hand langsamer bin.«

»Vielleicht kannst du ja mit Physiotherapie irgendetwas machen? Wir sind vorhin an einem riesigen Physiotherapie-Center vorbeigefahren, das sah ziemlich professionell aus.«

»Vielleicht.« Amber dreht die Musik lauter. Sie will nicht den ganzen Tag über ihre Hand reden. »Oh, diesen Song liebe ich.«

Als die beiden rhythmisch die Köpfe bewegen, beginnt das Auto plötzlich zu stottern. Amber hat das schon öfter erlebt, erst vor ein paar Wochen bei einer Tour in die Midlands, um ein paar Antiquitäten abzuholen. Da hatte das Auto auf fast die gleiche Weise gestottert … und war dann stehen geblieben.

»Ist alles okay?«, fragt Lumin, als das Stottern schlimmer wird.

»Ich hoffe es«, antwortet Amber mit angespanntem Lächeln in dem Versuch, sie zu beruhigen. Doch Lumin sieht nicht überzeugt aus, vor allem, als das Auto langsamer wird.

»Scheiße.« Amber fährt an den Straßenrand, und der Motor geht aus. Sie versucht, neu zu starten, aber der Motor springt nicht an. »Nein, nein, nein«, sagt Amber und schlägt mit der gesunden Hand auf das Armaturenbrett. »Das brauche ich jetzt wirklich nicht.«

»Vielleicht braucht das Auto nur eine Pause.«

Amber seufzt und versucht, ihre Frustration unter Kontrolle zu kriegen. »Ja, vielleicht.«

Sie warten ein paar Minuten, dann versucht Amber erneut, den Motor anzulassen, doch sie hat auch diesmal kein Glück. Sie holt ihr Handy heraus und stellt fest, dass sie hier keinen Empfang haben. Also öffnet sie die Tür. »Sehen wir uns mal den Motor an.« Sie steigen aus, machen die Motorhaube auf und schauen ratlos.

»Hast du eine Ahnung, was das alles ist?«, fragt Amber.

Lumin wackelt an einem Draht. »Nein, absolut nicht.«

In dem Moment nähert sich ein Lastwagen, und ein Mann steckt den Kopf aus dem Fenster. »Brauchen Sie

Hilfe, Ladys?« Der jüngere Mann auf dem Beifahrersitz starrt Lumin an.

»Wir sind liegen geblieben«, seufzt Amber. »Sie sind nicht zufällig Mechaniker?«

Der Mann lacht herzlich und springt aus dem Wagen. »Nein, bin ich nicht – aber lassen Sie mal sehen.«

Der junge Mann steigt ebenfalls aus und lächelt Lumin an. Sie lächelt zaghaft zurück, dann dreht sie sich weg. Die blauen Strähnen in ihrem Haar heben sich glänzend vor dem dunkler werdenden Himmel ab.

»Ich bin Tim, und das ist mein Sohn Shane«, sagt der Mann, während er sich den Motor ansieht.

Shane nickt Amber zu, dann wendet er seine Aufmerksamkeit wieder Lumin zu.

»Ich bin Amber. Das ist Lumin. Und es ist *wirklich* wichtig für uns, dass dieses Auto wieder fährt.«

»Lumin, was für ein seltsamer Name«, sagt der Junge.

Lumin schaut ihn mit gläsernem Blick an.

»Stimmt doch, oder?«, meint der Junge. »Ein bisschen affektiert«, fügt er lachend hinzu. Lumin und Amber sehen sich an.

»Charmant«, sagt Amber leise.

Die Augen des Jungen verengen sich. Dann sieht er Ambers Hand. »Krass. Was ist denn mit Ihren Fingern passiert?«

Schnell steckt Amber die Hand in die Tasche, während sie rot wird. Ja, sie weiß, dass Menschen grausam sein können. Dass Menschen dumm sein können. Aber es tut trotzdem weh.

»*Du* bist krass«, faucht Lumin.

Der Junge lacht. »Du bist ja ein richtiger Kracher. Das gefällt mir.«

»Das reicht jetzt, Shane«, sagt sein Vater und blickt vom Motor auf. »Ich entschuldige mich für meinen Sohn, er hat manchmal was von einem Höhlenmenschen.«

»Eindeutig«, sagt Lumin und mustert den Jungen empört von oben bis unten. Shane wird rot und stapft zurück zum Lastwagen.

»Ich fürchte, ich kann nichts für Sie tun«, sagt sein Vater und wischt sich die Hände an seiner Jeans ab. »Das muss sich ein Mechaniker ansehen. Ich habe einen Freund, soll ich den für Sie anrufen?«

»Nein, danke«, sagt Amber schnell, sie will keine Minute länger in der Gesellschaft seines Sohns verbringen. »Ich habe eine Pannenversicherung.«

»Das kann Stunden dauern«, wirft der Mann ein.

»Wir kommen schon zurecht«, sagt Amber und knallt die Motorhaube zu.

Der Mann zuckt die Schultern. »Gut. Aber seien Sie vorsichtig, der Schneefall soll stärker werden. Die Straße runter gibt es auf einem Hof ein Bed & Breakfast, ungefähr zehn Minuten zu Fuß von hier«, sagt er und zeigt in die Richtung. Er lächelt Amber freundlich an und nickt Lumin zu. »Passen Sie auf sich auf.« Dann steigt er in den Lastwagen, und die beiden fahren davon.

Amber sieht verzweifelt zum Himmel hoch. Der Mann hat recht, es sieht wirklich nach starkem Schneefall aus. Plötzlich wird ihr klar, was für eine Närrin sie gewesen ist. »Das war ein Fehler. Ich war verdammt dumm zu denken, ich könnte das.«

Lumin berührt sie am Arm. »Sei nicht albern. Gehen wir zu dem B&B. Vielleicht können wir ja für den Rest des Wegs ein Auto mieten?«

Amber schwenkt ihre kaputte Hand. »Ich brauche ein Spezialauto mit einer Spezialausstattung. Ich hätte daran denken müssen, wie riskant das ist. Ohne dieses Auto bin ich geliefert.« Sie tritt frustriert gegen einen Reifen, und Lumin sieht sie überrascht an. So geht es den meisten Leuten, wenn sie die Caulfield-Wut erleben. Jasper hat es immer kommen sehen und sich rar gemacht, bevor Amber explodiert ist. Sie atmet ein paarmal tief durch und versucht, sich zu beruhigen. »Am besten nehmen wir ein Taxi zum nächsten Bahnhof und fahren mit dem Zug nach Hause.«

Lumin verdreht die Augen.

»Du gibst zu leicht auf.«

»Jetzt klingst du wie Jasper«, antwortet Amber und lacht bitter. »Du hast leicht reden, du hast nicht so eine *krasse* Hand. Die beschränkt einen ein bisschen in seinen Möglichkeiten.«

»Der Kerl hat dich wirklich verletzt, stimmt's? Deine Hand ist nicht *krass,* nur *anders,* und Idioten wie der mögen *anders* nicht. Was spielt es schon für eine Rolle, was ein Blödmann wie er denkt?«

Amber verschränkt die Arme und starrt eigensinnig die Straße entlang. »Es hat nichts mit ihm zu tun. Es ist das Auto. Es war wirklich dumm von mir, dich hierherzuschleppen.« Sie geht zum Kofferraum und holt ihr Gepäck heraus. »Komm, lass uns diese Unterkunft suchen, dann können wir nach Zügen für den Rückweg gucken, bevor es mit dem Schnee richtig losgeht.«

Lumin schüttelt ungläubig den Kopf. »Sei nicht albern.«

»Jetzt klingst du schon wieder wie mein Ex«, lächelt Amber und versucht, die Stimmung zu heben. Sie spürt einen Hauch von Schuldgefühl. Ihr Verhalten ist albern, das weiß sie. Dieser störrische Ärger, nicht auf ihre Mitmenschen, sondern auf sich selbst und die Dummheit, der sie diese kaum einsatzfähige Hand verdankt. Amber möchte Lumin das sagen, doch sie kann sich nicht dazu überwinden. Stattdessen gibt sie ihr die Tasche, die sie für sie gepackt hat. Lumin zögert kurz, dann seufzt sie, nimmt die Tasche und folgt Amber die Straße hinunter.

Nach einer Weile sehen sie ein weißes Bauernhaus vor dem Hintergrund eines der charakteristischen Berge des Lake Districts. Als sie näher kommen, kann Amber durch den fallenden Schnee das Schild ausmachen: *Snowdrop Farm.*

»Wie passend«, murmelt Lumin und blinzelt zu den eisigen Flocken hoch. An der Glastür hängt ein B&B-Schild: *Zimmer frei.* Amber drückt auf die Klingel, und ein Hund beginnt zu bellen. Dann geht die Tür auf, und eine Frau erscheint, die genauso aussieht, wie Amber sich eine Bauersfrau vorstellt: rote Wangen, eine Schürze und lächelnde Augen.

»Hallo«, sagt Amber. »Unser Auto ist liegen geblieben. Dürfen wir vielleicht Ihr Telefon oder Ihr Internet benutzen? Ich möchte rauskriegen, wie wir das Auto abgeschleppt bekommen, und gern einen Blick auf den Zugfahrplan werfen.«

Die Frau lacht. »Der Zugfahrplan, hier in der Gegend? Der nächste Zug geht morgen früh, meine Liebe.«

Amber beißt sich frustriert auf die Innenseite ihrer Wange.

»Warum bleiben wir nicht die Nacht über hier?«, schlägt Lumin vor. »Dann haben wir Zeit, uns zu überlegen, was wir als Nächstes tun.«

Amber sieht den hoffnungsvollen Blick in ihren Augen. Lumin will unbedingt nach Schottland. »Okay«, sagt sie und dreht sich zu der Frau um. »Haben Sie Zimmer frei?«

»Ein Doppelzimmer mit einem großartigen Blick«, antwortet die Frau.

»Perfekt«, sagt Amber, als sie hineingehen, während der Schneefall hinter ihnen stärker wird.

Amber sieht auf die verschneiten Berge hinaus. In der Ferne schimmert ein See. Sie sitzt auf der Fensterbank ihres großen Doppelzimmers. Die Blümchentapete … hier müsste mal renoviert werden, auch der Teppich ist an einigen Stellen abgewetzt, aber es ist sauber und gemütlich und, ja, der Blick ist unglaublich. Noch unglaublicher ist jedoch der Geruch aus der Küche, während ihr Abendessen zubereitet wird. Ihre Gastgeberin hat darauf bestanden, dass der Zimmerpreis inklusive Essen ist.

Amber sieht zu Lumin hinüber, die über den kleinen Tisch des Zimmers gebeugt sitzt, völlig vertieft in ihre Zeichnung. Neben ihr liegt das Notizbuch. »Kann ich noch einmal einen Blick hineinwerfen?«, fragt Amber.

Lumin blickt von ihrer Zeichnung auf. Sie sieht müde und blass aus. »Sicher.«

Sie reicht Amber das Notizbuch, und Amber setzt sich

wieder auf die Fensterbank und blättert darin. Bei einer Seite, auf die jemand oben »Arktische Seeschwalbe« gekritzelt hat, hält sie inne. Sie sieht eine schöne Zeichnung von einem weißgrauen Vogel, der mit offenem rotem Schnabel anmutig auf einen See hinabstößt. Amber überfliegt die gesammelten Notizen.

Arktische Seeschwalbe

– Beharrlich wie der Teufel
– Längste bekannte Migrationsroute (vergleichbar der Strecke zum Mond, und das dreimal!!!)
– Verteidigt Nest und Junge bis zum Tod
– GIBT NIEMALS AUF! (Natürlich nicht!)

»Gibt niemals auf«, flüstert Amber vor sich hin. Sie sieht zu Lumin hinüber. Das sind keine zufälligen Motive, die sie da zeichnet. Sie gräbt in ihren Erinnerungen, holt hervor, was sie finden kann, und bringt es zu Papier, das ist ihre ganz besondere Art, das Puzzle zusammenzufügen.

Das ist Beharrlichkeit. Lumin hatte vorhin auf der Straße recht. Und Jasper hatte auch recht an dem Tag, an dem Amber vorgeschlagen hat, dass sie sich trennen. Sie gibt zu leicht auf. Wie mit dem Auto, das abgeschleppt worden ist und in diesem Moment in einer Werkstatt vor Ort steht, damit ein Mechaniker danach sehen kann. Aber warum? Warum findet sie es so schwer durchzuhalten, wenn ein Mädchen, das sich an nichts erinnert, sich derart viel Mühe gibt, *nicht* aufzugeben?

Gerade als sie das denkt, brummt ihr Handy. Das Display zeigt fünf verpasste Anrufe vom Krankenhaus und noch mehr von Jasper an.

Aber das hier ist eine andere Nummer.

Die Polizei?

Sie lässt den Anruf auf Voicemail gehen, dann hört sie die hinterlassene Nachricht ab.

»Miss Caulfield, hier spricht Kommissar King. Können Sie mich bitte sofort zurückrufen? Ich habe das Gefühl, dass Sie es bereits wissen, aber Lumin ist verschwunden und Sie selbst, wie es scheint, auch.« Er klingt ernst, wütend. Amber sieht zu Lumin hinüber, ihr Herz klopft. »Ihre Mutter und Ihre Tante haben mir eine, ehrlich gesagt, nicht sehr überzeugende Geschichte erzählt, dass Sie unterwegs wären, um Ware abzuholen. Bitte rufen Sie mich zurück, bevor ich entsprechende Schritte einleiten muss, Miss Caulfield.«

Mit zitternder Hand legt Amber das Handy hin. Es brummt erneut, und sie erschrickt zu Tode. Aber diesmal ist es Jasper. Sie meldet sich und freut sich, seine freundliche Stimme zu hören. »Hallo. Ich schätze, du hast es schon gehört?«

»Ja«, antwortet er und seufzt. »Deine Mum hat mir vorhin einen Besuch abgestattet.«

»Ja, ich habe sie darum gebeten. Ich wollte nicht, dass du dir Sorgen machst. Ich wette, sie fand es toll, dich wiederzusehen?«

Er lacht. »Sie hat mir ein Dutzend Muffins mitgebracht. Ich habe noch nie so viele Leute in der Notaufnahme so glücklich gesehen.« Seine Stimme wird ernst. »Bist du sicher, dass du das Richtige tust? Ich weiß nicht, ob ich dich für verrückt oder für genial halten soll.«

Amber lacht. »Ach, komm, du weißt doch, dass ich beides bin.« Dann schweigt sie kurz. »Bist du wütend?«

»Ich rufe dich nicht an, um dich fertigzumachen. Ehrlich gesagt, finde ich es ziemlich toll, was du da tust. Obwohl ich sicher bin, dass Kommissar King mir nicht zustimmen würde …« In seiner Stimme ist ein Lächeln, das auch Amber lächeln lässt. »Seid ihr denn schon in Schottland?«

Das Lächeln verschwindet aus ihrem Gesicht, als sie zum See schaut. »Es gab da ein Problem. Im Moment hängen wir im Lake District fest.«

Lumin sieht mit einem mitfühlenden Lächeln von ihrer Zeichnung auf.

»Es gibt schlimmere Orte, an denen man stranden kann«, sagt Jasper. »Was ist denn passiert?« Amber erzählt ihm, dass ihr Auto liegen geblieben ist. »Na toll, das ist genau das, was du jetzt brauchen kannst«, sagt er, als sie fertig ist. »Hör zu, ich habe ein paar Tage frei. Ich komme hochgefahren und bringe euch nach Schottland.«

»Nein, Jasper. Es schneit inzwischen ziemlich stark, ich will nicht, dass du genauso dumm bist wie ich.«

»Umso mehr ein Grund! Ich habe einen Range Rover, erinnerst du dich? Wenn ich jetzt losfahre, bin ich da, ehe es richtig losgeht. Der Wetterbericht sagt, dass es erst morgen Nachmittag richtig heftig werden soll.«

Amber denkt darüber nach. Es wäre schön, sich nicht darum kümmern zu müssen, wie sie irgendwie ohne Auto nach Schottland kommen, falls es nicht repariert werden kann … oder Lumin nicht allein die Nachricht überbringen zu müssen, dass ihre Reise nun zu Ende ist.

Und es wäre auch gut, Jasper wiederzusehen.

Doch dann denkt Amber an die Arktische Seeschwalbe. Warum soll sie sich auf Jasper verlassen? Sie hat sich auf ihn verlassen, als er ihr gesagt hat, Katy würde wieder gesund werden – und sie ist nicht wieder gesund geworden. Sie hat sich ihr ganzes Leben lang auf ihre Mutter und ihre Tante verlassen, um zurechtzukommen. Kann sie nicht einmal irgendetwas alleine tun und so beharrlich wie dieser kleine Vogel sein?

Sie braucht Jasper nicht. Sie braucht niemanden.

Sie sieht sich im Spiegel: den grimmigen Blick, das rote Haar, das in der zunehmenden Dunkelheit des Zimmers leuchtet. Sie fühlt sich wie Jeanne d'Arc. Oder wie Amber vom Lake District.

Sie lächelt vor sich hin. »Nein, alles okay. Ich schaffe das allein. Aber danke.«

»Abendessen!«, ruft ihre Wirtin nach oben.

»Hör zu, ich muss Schluss machen«, sagt Amber. »Ich versuche, dich anzurufen oder dir eine SMS zu schicken, wenn wir da sind. Pass auf dich auf, ja?«

Sie hört ihn seufzen. »Pass du auch auf dich auf, Amber.« Dann ist er weg.

»Mir hat euer Gespräch gefallen«, sagt Lumin, während sie ihr Haar im Spiegel überprüft, und lächelt Amber an. »Wir geben nicht auf, oder?«

Amber lächelt. »Natürlich nicht«, sagt sie, während sie die Worte in sich nachklingen lässt, die sie im Notizbuch gelesen hat.

Das Essen wird in einem kleinen Zimmer mit drei Tischen serviert, das auf einen schönen Garten hinausgeht. Amber und Lumin werden mit einem köstlichen Drei-Gänge-Menü verwöhnt: Pastete auf Sauerteigbrot, eine reichhaltige, selbst gemachte Lasagne und der köstlichste Schokoladenpudding, den Amber je gegessen hat. Sie schlingen das Essen im Nullkommanichts hinunter, und die Wirtin stellt die leeren Teller mit einem fröhlichen Lachen zusammen.

»Sie müssen ganz schön hungrig gewesen sein«, sagt sie.

»Am Verhungern«, gibt Lumin zu.

»Danke, es war ganz köstlich«, sagt Amber.

»Es war mir ein Vergnügen. Der Mechaniker hat übrigens angerufen.«

Amber beugt sich vor. »Und?«

Die Frau lächelt. »Ihr Auto ist wieder in Ordnung. Es lag nur am Öl.«

Amber verdreht die Augen. »Wie konnte ich nur so dumm sein.«

»Der Typ, der sich das an der Straße angesehen hat, war eindeutig auch dumm«, sagt Lumin. »Es ist ihm nicht aufgefallen.«

Die Frau lacht. »Ich musste auch darüber schmunzeln. Er bringt den Wagen morgen früh vorbei und Sie können weiterfahren. Wie klingt das?«

Lumin beißt sich auf die Lippe und sieht Amber an. »Bist du dir sicher, dass das okay ist?«

Amber lächelt sie an. »Niemals aufgeben, du erinnerst dich?«

»Darf ich Ihnen noch etwas bringen?«, fragt die Frau. »Ich hätte noch Käse und Cracker.«

Lumin gähnt. »Ich glaube, ich möchte lieber ins Bett.«

»Ja, ich auch. Aber vielen Dank.«

Während Amber sich fertig macht, schläft Lumin in ihrem Bett sofort ein, auf der Seite zusammengerollt, das Gesicht Amber zugewandt. Sie sieht so jung und verletzlich aus, wenn sie schläft, keine Spur von Heftigkeit. Amber wünscht sich, sie könnte genauso gut schlafen. Doch als sie dem Geräusch des leisen Schnees gegen das Fenster lauscht, dem Peitschen des Windes gegen die Berge, denkt sie an Jasper und an Katy. An all die Male, die sie sie schlafen gesehen hat, vor allem Katy. Wie würde Katy jetzt aussehen? Natürlich hätte sie die roten Haare der Caulfields. Aber sonst? Wäre sie groß und schlank wie Jasper? Oder kurvig und weich wie Amber?

Schließlich schläft Amber zum Rhythmus von Lumins Atem und mit den Erinnerungen an Katy ein, die in ihrem Kopf herumwirbeln wie draußen der Schnee: wie es sich angefühlt hat, sie in den Armen zu halten, an ihr Kichern und Lachen.

Doch dann zerreißt ein Schrei ihren Schlummer.

Lumin sitzt schwer atmend aufrecht im Bett, ihr Gesichtsausdruck im Mondlicht voller Entsetzen.

Amber springt aus ihrem Bett und läuft zu ihr. »Hattest du einen Albtraum?«

Lumin nickt und blinzelt, Tränen laufen ihr über die Wangen. »Ich bin unter Wasser. Ich … ich kann nicht atmen. Und es ist so kalt! Ich versuche herauszukommen, aber das Eis bricht und … und …« Sie schaudert.

Amber streicht ihr übers Haar. »Es war nur ein Albtraum«, beruhigt sie sie, wie sie früher Katy beruhigt hat. »Du bist in Sicherheit.«

Lumin schaut Amber an, die Augen vor Schreck weit aufgerissen. »Da war ein Mann. Er hat nur dagestanden und nichts getan, um mir zu helfen.«

»Der Mann mit dem Bart?«

Lumin schüttelt den Kopf. »Ich weiß es nicht. Vielleicht. Er hatte die gleichen dunklen Haare, aber keinen Bart. Und die Lodge, die ich gezeichnet habe, lag hinter ihm, und die Berge auch. Und er hat gelächelt. Er hat gelächelt, während er zugesehen hat, wie ich ertrinke!«

12

Gwyneth

Gletscherlagune Jökulsarlon, Island
6. Januar 1991

Wenn die junge Kegelrobbe nach drei bis vier Wochen vollstän-
dig entwöhnt ist, lässt ihre Mutter sie allein zurück, um nach
neuen Partnern und Nahrung zu suchen. Das Junge überlebt
dank seiner Speckreserven, doch um Feinde abzuwehren ist es
auf sein Glück angewiesen.

Ich trat auf den Strand, und meine Stiefel sanken in kalten schwarzen Sand ein. Über mir ragte ein Eisblock ge-
schwungen und blau schillernd in den weißen Himmel.
Der Strand war voll mit ähnlichen Eisblöcken, die einen
Kontrast zu den schwarzen Sandkörnern bildeten.

Im eiskalten Meer vor mir drehten und wendeten sich
die Robben, nur ihre kleinen schwarzen Köpfe waren in
den plätschernden Wellen zu erkennen. Andere faulenz-
ten auf im Wasser treibenden Eisschollen. Die Robbe, die
uns am nächsten war, wirkte fast majestätisch, wie sie alle
anderen beobachtete. Sie war das größte Weibchen, eine
Tonne aus Speck, mit schwarzer Haut über dem riesigen
Bauch. Wir hatten sie alle ins Herz geschlossen und ihr

einen Namen gegeben: »die Herzogin«. Ihr Junges, das vor knapp einem Monat auf die Welt gekommen und immer noch sehr klein war, drängte sich an sie. Doch bald würde es allein zurückbleiben und für sich selbst sorgen müssen, da die Herzogin jagen musste. Ich war bei seiner Geburt dabei gewesen, und jetzt wartete ich darauf, wie das Junge allein zurechtkommen würde. Es konnte jeden Tag so weit sein; es war nur eine Frage der Zeit. Ich konnte die Ruhelosigkeit der Herzogin bereits spüren.

In dem großen dunkelblauen Zelt hinter mir wurden neue Vorräte ausgepackt. Ich ging hinüber, um meiner Produzentin Julia zu helfen; meine Muskeln schmerzten, als ich mich nach den Konservendosen bückte. Die Expedition war körperlich sehr anspruchsvoll gewesen. Wir waren seit neun Monaten hier und hatten überall auf Island gefilmt. Es war einer der längsten Drehs, die ich je mitgemacht hatte, auch über Weihnachten und Neujahr, was Julia, die Kinder zu Hause hatte, schwergefallen war. Doch Robben legten Weihnachten keine Pause ein – und Dokumentarfilmer auch nicht. Zumindest war das jetzt die letzte Phase. Nur noch ein paar Tage hier am Diamant-Strand, um zu filmen, wie das Junge einen ersten Geschmack der Eigenständigkeit bekam, dann waren wir fertig.

»Hast du irgendwelche Pläne für zu Hause?«, fragte Julia. Sie verbarg ihre freundlichen braunen Augen gern hinter teuren Sonnenbrillen in grellen Farben, in deren Gläsern sich mein zerzaustes Haar und mein müdes Gesicht spiegelten. Julia sah immer aus, als wollte sie gleich einen Witz erzählen: Ihre Augen funkelten, ihr Mund zuckte. Und sie konnte verdammt gut Witze erzählen. Aber sie konnte auch todernst sein, wenn sie wollte, vor allem wenn es um ihre Arbeit ging. Wie jetzt, wo sie ein Klemmbrett in der Hand hielt und ihre Wangen vor Kälte gerötet waren. »Es wird schön sein, nach den neun Monaten mit der Crew ein bisschen Zeit für sich zu haben, nicht?«

Ich dachte daran, wie ich allein nach London zurückfahren würde, und das Herz wurde mir schwer. Ich lebte für die Monate, die ich drehte. Einige von uns hatten Familie, die auf sie wartete, wie Julia mit ihren zwei Mädchen im Teenageralter und ihrem Mann. Die anderen trafen sich mit Freunden, wenn sie nach Hause kamen – nicht dass da viele Freunde gewesen wären. Ein Job wie unserer bedeutete, dass man wichtige Ereignisse im Leben der anderen verpasste. So verlor man leicht den Kontakt.

Ich war immer zu Reg zurückgekehrt, und wir hatten da weitergemacht, wo wir aufgehört hatten, hatten gelesen, waren gelegentlich ins Theater gegangen, hatten lange Spaziergänge gemacht. Doch jetzt war er tot – und nach Hause zu fahren, bedeutete, mit meinen Gedanken alleine zu sein.

Zum Beispiel mit den Gedanken an Dylan.

Als die McCluskys Heather an jenem Tag von dem Loch geholt hatten, war ich gegangen. Ich hatte meine Tasche gepackt, eine Nachricht für Dylan und meine Telefonnummer hingekritzelt und unbemerkt das Haus verlassen. Mein Ziel war das graue Bauernhaus auf der anderen Seite des Lochs gewesen. Seine Bewohner waren meine einzige Chance auf eine Mitfahrgelegenheit, ohne zurück zu den McCluskys zu müssen. Ich konnte mit alldem nicht umgehen, es rief zu viele schmerzhafte Erinnerungen wach. Und wenn ich bei meiner Ankunft nur das Gefühl gehabt hatte, ein Eindringling zu sein, kam ich mir jetzt ganz klar so vor, als ich mit ansehen musste, wie verstrickt alle in die Tragödie um Heather waren. Ich sah immer noch ihre blauen Lippen vor mir, als sie von dem zugefrorenen Loch ins Haus getragen wurde.

In den Fenstern des Bauernhauses leuchteten keine Weihnachtslichter, an der Tür hing kein Weihnachtskranz. Die Wände des alten Hauses waren total vermoost, der Garten davor ungepflegt. Fast erweckte es den Eindruck, als würde niemand dort wohnen. Doch es standen zwei Autos vor dem Haus, ein Land Rover und ein weißer Lieferwagen. Zwei Wagen, die mich dorthin bringen konnten, wo ich hinmusste. Ich würde eine Mitfahrgelegenheit in die nächste Stadt bekommen, die Autovermietung anrufen, damit sie den Wagen abschleppten, und dann würde ich auf dem kürzesten Weg nach London zurückkehren.

Ich wollte unbedingt weg, auch wenn ich nicht genau wusste, wovor ich weglief. Ich hatte mir gesagt, dass es mit der Tragödie um Heather und mit meinen Erinnerungen zu tun hatte. Doch langsam fragte ich mich, ob es nicht eher um Dylan und meine Gefühle für ihn ging. Hatte ich Angst, jemandem nahezukommen, der dann starb wie Reg … oder der mich verließ wie meine Eltern?

Zunächst machte niemand auf, als ich klopfte. Doch dann hörte ich, wie ein Riegel weggeschoben wurde. Die Tür ging knarrend auf, und ein verschlafener Mann mit zerzausten roten Haaren schaute heraus. Er musste in den Sechzigern oder Siebzigern sein. »Was ist?«, fragte er schroff. Was für ein Kontrast zu dem Willkommen bei den McCluskys!

»Ich bin mit dem Auto liegen geblieben«, erklärte ich schnell. »Ich habe mich gefragt, ob Sie mich in den nächsten Ort bringen könnten.« Er sah mich streng an. »Oder könnte ich vielleicht Ihr Telefon benutzen und ein Taxi rufen? Ich kann an der Straße warten.«

»Das Telefon funktioniert nicht.« Er wollte die Tür wieder schließen, doch hinter ihm war ein Geräusch zu hören, und in der dunklen Diele erschien eine Frau, die in eine abgetragene schwarze Jacke gehüllt war und furchtbar ausgemergelte Wangen hatte.

»Wer ist da?«, fragte sie mit einem starken schottischen Akzent.

»Irgendein Mädchen, Rosa. Sie sagt, dass sie mit dem Auto liegen geblieben ist«, antwortete der Mann.

»Lass sie rein, komm schon, Gavin!«, sagte Rosa ungeduldig. Sie kam durch die Diele, schob sich vor ihn und öffnete die Tür ganz. »Entschuldigen Sie meinen Mann.« Ich sah, dass sie deutlich jünger war als er, vielleicht Ende vierzig. »Sieh dir das arme Mädchen doch mal an. Sie wird sich den Tod holen. Kommen Sie rein.«

»Danke.« Ich lächelte, als sie mich hereinließ. »Ich will Sie nicht lange stören. Ich muss nur ein Taxi rufen.«

»Ich hab Ihnen doch gesagt, dass unser Telefon nicht funktioniert«, sagte Gavin. Im Licht der Diele sah ich, dass er eine dicke Trainingshose und einen fleckigen grünen Wollpullover trug. Das Haus war karg, ohne jeglichen Weihnachtsschmuck, und die Wände sonderten einen Geruch nach Feuchtigkeit ab.

»Gavin hat recht«, erklärte Rosa. »Durch den Schnee ist unsere Leitung zusammengebrochen. Aber wir können Sie fahren, nicht wahr, Gavin?«

Gavin blickte bei dem Vorschlag finster drein, aber seine Frau sah ihn streng an. Er seufzte. »Na gut.«

Zehn Minuten später ließen wir den Loch hinter uns. Das Ehepaar saß schweigend vorne, die Stimmung war bedrückend. Als wir zur Straße kamen, über die ich vor zwei Tagen gekommen war, drehte ich mich um, um einen Blick auf die funkelnden Lichter der Lodge zu werfen, die die Tragödie Lügen straften, die ich gerade hinter mir gelassen hatte. Es tat mir bereits leid, so zu gehen, doch jetzt gab es keinen Weg mehr zurück.

»Sind Sie mit den McCluskys befreundet?«, fragte Gavin schließlich, nachdem wir ein paar Meilen schweigend gefahren waren und er mich im Seitenspiegel betrachtet hatte.

»Nein«, antwortete ich. »Ich bin liegen geblieben, und sie haben mich ein, zwei Tage beherbergt.«

»Gut, dass Sie gegangen sind. Die können einen ganz schön vereinnahmen, diese Leute. Ein Fiasko von einer Familie.«

Rosa drückte den Arm ihres Mannes und schüttelte schnell den Kopf.

»Kennen Sie sie gut?«, fragte ich neugierig.

»Nicht mehr«, sagte Rosa schnell.

»Seit zehn Jahren nicht mehr«, brummte ihr Mann.

Sie warf ihm einen weiteren Blick zu. »Da wären wir«, sagte sie, als wir uns einem kleinen Bahnhof näherten. »Von hier aus kommen Sie nach Glasgow.«

Ich suchte in der Tasche nach meinem Geldbeutel, doch sie drehte sich in ihrem Sitz um und legte mir die Hand auf den Arm. »Seien Sie nicht albern. Aber passen Sie auf sich auf, okay?« Als sie mir in die Augen sah, erblickte ich eine unerträgliche Traurigkeit.

»Und halten Sie sich so weit von den McCluskys fern, wie Sie nur können«, fügte Gavin schroff hinzu.

Was hatten sie nur getan, um ihn so zu verärgern?

Auf der langen Zugfahrt nach London stellte ich mir vor, wie Dylan nach mir suchte und feststellte, dass meine Tasche weg und stattdessen eine Nachricht da war, die ich ihm aufs Bett gelegt hatte. Vielleicht war er wütend, dass ich einfach so gegangen war? Aber ich hatte ihm meine Handynummer dagelassen, und mein Bauch kribbelte vor Erwartung, bald von ihm zu hören.

Er rief nie an. Es überraschte mich, wie traurig mich das machte. Doch bald darauf begannen die neun Monate harter Schufterei in Island, sodass ich das Ganze aus meinen Gedanken verbannen konnte. Na ja, zumindest wenn ich beschäftigt war. Doch wenn ich mich einmal ausruhte, kehrten die Gedanken an Dylan zurück. Und bald würden Monate des Ausruhens vor mir liegen, viel Zeit, an das Was-wäre-wenn zu denken.

»Ich werde das hier vermissen«, gab ich Julia gegenüber jetzt zu.

»Ach, komm schon, Gwyneth«, sagte Julia lachend. »Es kann sich nicht alles immer nur um die Arbeit drehen. Du siehst erschöpft aus, du brauchst Ruhe und etwas Spaß.«

»Ich hatte etwas Spaß«, sagte ich, wobei ich den isländischen Tierforscher ansah, der uns begleitete, ein großer

Blonder names Lyngar. Wir waren ein paarmal betrunken im Bett gelandet, doch ich war nicht wirklich bei der Sache gewesen, denn ich hatte zu oft an Dylan gedacht.

»Hör zu«, sagte Julia und legte mir die Hand auf den Arm. »Ich weiß, dass es schwer ist, bei diesem Job ein normales Leben zu führen. Das weiß ich nur zu gut«, fügte sie mit einem Kopfschütteln hinzu. »Doch es wird der Zeitpunkt kommen, wo es genug ist. Wenn deine Knochen zu sehr knirschen und deine Haut die Kälte satthat. Du musst anfangen, dafür zu planen.«

»Mein Gott, Julia, ich bin gerade mal fünfundzwanzig.«

»Ich habe gesehen, was dieser Trip dir abverlangt hat. Du hast zu viele Nachtschichten für die anderen übernommen, das macht sich bemerkbar.«

»Ich liebe meinen Job«, sagte ich und unterdrückte ein Gähnen. »Und sieh dir Reg an, er hat erst aufgehört, als er schon über siebzig war.«

Sie lächelte traurig. »Reg war etwas ganz Besonderes, Schätzchen. Ich mache mir einfach Sorgen um dich.«

»Danke, *Mum*, aber ich bin okay.« Ich lächelte sie schelmisch an, und sie seufzte. Ich zeigte zu den anderen hin, die jetzt untätig dastanden, alles war ausgepackt. »Ernsthaft, hör auf, dir Sorgen um mich zu machen. Deine Leute warten auf dich.«

Sie nickte und wandte sich der Gruppe zu. »Seid ihr mit dem Plan einverstanden?«, fragte sie. Alle nickten. »Was macht dein Bauch?«, fragte sie Jim, den anderen Kameramann. Er war eine Bohnenstange mit einem gepflegten weißen Bart und weißen Haaren, die es ihm erleichterten, mit dem Hintergrund zu verschmelzen. Zunächst war er still gewesen, doch nachdem ich ihn ein paar Wochen kannte, stellte ich fest, dass er genau den zotigen Humor hatte, den man bei Jobs wie diesem dringend brauchte. Den er jetzt umso mehr brauchte, wo er mit einer Magen-Darm-Grippe zu kämpfen hatte.

Er schnitt eine Grimasse. »Es wird.«

»Ich übernehme gern noch mal deine Nachtschicht«, sagte ich.

Julia sah mich missbilligend an. »Du machst zu viele Nachtschichten.«

»Und Tagschichten«, schloss sich Lyngar ihrer Missbilligung an. Mir war aufgefallen, dass er in letzter Zeit mir gegenüber ein bisschen den Beschützer herauskehrte. Ich hoffte, dass er mir nicht seine Liebe erklärte, bevor der Trip vorbei war. Mein Gott, klang das selbstgefällig. Doch bei Aufträgen wie diesem, wo alle eng zusammenhingen, kam das vor. Beziehungen entwickelten sich schneller, Gefühle verstärkten sich.

»Mir geht es gut«, sagte ich und nahm eine Flasche mit Kaffee von Mark, unserem Laufburschen, entgegen. Er war jung, noch keine zwanzig. Ich hätte gern gesagt, dass er mich an mich selbst erinnerte, doch er war sehr viel entspannter, manchmal vielleicht zu entspannt. Aber er machte verdammt guten Kaffee.

Jim schüttelte den Kopf. »Es ist okay, Gwyneth, ich …« Er schluckte und hielt sich die Hand vor den Mund. »Mensch, nicht schon wieder.« Dann rannte er zum Eimer und erbrach sich.

Ich verschränkte die Arme und lächelte. »Die Entscheidung ist gefallen. Ich übernehme die Nachtschicht.«

»Keine Chance«, sagte Julia. »Lyngar, du kennst dich doch ein bisschen mit Filmen aus, richtig?«

»Ach, komm schon, Julia«, protestierte ich. »Nichts gegen dich, Lyngar, aber was soll er tun, wenn die Herzogin plötzlich ins Meer schießt und er ihr folgen muss? Diese Robben sind verdammt schnell. Und ich habe letzte Nacht gut geschlafen.«

Das war gelogen. Ich war zu einem Gebäude in der Nähe gefahren, um es zu erkunden. Eine Idee nahm langsam in meinem Kopf Gestalt an – Tiere, die sich in alten, von Menschen verlassenen Gebäuden einnisten. Im Winter war es ganz besonders schön: von Eis geborstene Fenster, Schnee, der durch kaputte Dächer fiel. Ich wusste noch nicht, was ich mit dem Filmmaterial machen wollte, doch im Moment genoss ich es, ein Projekt nur für mich zu haben. »Mir geht es gut, ehrlich«, sagte ich. »Ich habe sowieso nie viel Schlaf gebraucht, du kennst mich doch.«

Lyngar lächelte mich kurz an. *Er* wusste das mit Sicherheit. »Sie hat recht, Julia«, sagte er. »Ich bringe nichts zustande, das Gwyneths Arbeit auch nur nahekommt.«

»Gut«, sagte Julia widerstrebend. »Aber morgen Nacht schläfst du.«

Ich zeigte ihr den hochgereckten Daumen. »Versprochen.«

In dieser Nacht saß ich auf einem Klappstuhl und schaute zu den Sternen hoch. Die Eisblöcke um mich herum glitzerten wie Diamanten. Vor mir atmete die Herzogin schwer auf ihrem Bett aus Eis, ihr Junges lag neben ihr, nichtsahnend, dass sie es bald verlassen würde. Die Herzogin schlief viel besser, seit sie das Junge zur Welt gebracht hatte. Während der Schwangerschaft war sie ruhelos gewesen – und wer konnte ihr das mit einem sich windenden Jungen im Bauch verdenken? Es erinnerte mich an ein Foto von meiner Mutter, als sie hochschwanger mit mir gewesen war, und auf dem sie seitlich von der Kamera stand, stolz lächelte, sich aber sichtlich unwohl zu fühlen schien. Meine Eltern müssen aufgeregt gewesen sein – ihr erstes Kind. Und trotzdem ist vierzehn Jahre später alles kaputtgegangen.

Ich sah auf die Uhr. Fünf Minuten vor Mitternacht. In ein paar Minuten hatte ich offiziell Geburtstag. Ich zuckte leicht zusammen. Dann war es auf den Tag genau zehn Jahre her, dass ich meine Eltern zum letzten Mal gesehen hatte. Doch ich erinnerte mich noch an ihren Gesichtsausdruck, als wäre es gestern gewesen. Den Zweifel im Gesicht meiner Mutter. Den gequälten Blick, mit dem mein Vater mich angesehen hatte.

Trotzdem hatten sie mich weggeschickt.

»Wir brauchen etwas Zeit«, hatte meine Mum gesagt, als wir im Foyer des Hotels meiner Tante gestanden hatten, das mein neues Zuhause werden sollte. »Es ist einfach zu schwer …« Sie war verstummt, hatte scharf Luft geholt und weggeschaut. »Das wird dir guttun, du wirst sehen.«

Meine Tante hatte mir die Hand auf die Schulter gelegt und sie kurz gedrückt, das einzige Mal, dass sie irgendeine Art von Zuneigung bekundete. Damals hatte ich es als tröstende Geste angesehen. Doch im Rückblick war es besitzergreifend. Ich erinnerte mich, dass meine Mum sich einmal umdrehte und dass Tränen in ihren Augen schimmerten, als sie und mein Dad zu ihrem Taxi gingen. Ich hatte ihnen hinterherlaufen, ihnen versprechen wollen, dass ich mich bessern würde, wenn sie mich mit nach Hause nehmen würden. Doch dann erinnerte ich mich, wie meine Mum mich angesehen hatte, als sie herausgefunden hatte, was passiert war: an diesen entsetzten Blick, gefolgt von Enttäuschung. Bei der Erinnerung an diesen Blick blieb ich wie angewurzelt stehen.

Plötzlich übermannte mich mitten auf Island die Einsamkeit, als ich dasaß und die Robbe beobachtete. Eine Einsamkeit, so unendlich wie das eisige Meer vor mir. Ich dachte an die McCluskys. Was sie jetzt wohl machten? Ob sie nach Weihnachten und Neujahr noch in der Lodge waren? Vielleicht war Dylan nach den Weihnachtstagen gleich wieder gefahren. Er hatte gesagt, dass ihm das alles ein bisschen zu viel sei. Hoffentlich bekam Heather auf die eine oder andere Weise Hilfe.

Ich lehnte den Kopf zurück und sah wieder zu den Sternen hoch. Wenn Heather wüsste, was für ein Glück sie hatte, Eltern zu haben, die sie liebten! In ihrem Alter hatte ich mir für Reg die Finger wund gearbeitet. Sicher, ich hatte etwas getan, das ich liebte. Doch noch ein paar Jahre unschuldigen Familienlebens mit meinen Eltern und die Chance auf ein Studium …

Als ich über das Was-wäre-wenn nachdachte, wurden meine Lider schwer und Erschöpfung überkam mich. Ich schüttelte den Kopf, setzte mich gerade hin und griff nach der Thermosflasche mit Kaffee. Ich trank einen Schluck und streichelte die Kamera, die auf meinen Knien lag, jederzeit zum Filmen bereit. Ich sah zur Herzogin hinüber, lauschte dem hypnotisierenden Atem. Und wieder fielen mir die Augen zu, der Schlafmangel holte mich ein und hüllte mich in eine warme, berauschende Welle …

»Gwyneth! Gwyneth!« Jemand rüttelte mich an der Schulter. Ich tauchte aus dem Nebel des Schlafs auf, öffnete die Augen und blinzelte in die Sonne.

Sonnenlicht? Wieso war es auf einmal hell?

»Mein Gott, Gwyneth, ich habe dir gesagt, dass du keine weitere Nachtschicht übernehmen kannst.« Julia sah auf mich hinunter, die Arme verschränkt, die Lippen zusammengekniffen.

»Scheiße«, murmelte ich, setzte mich auf und wischte mir Speichel vom Kinn. »Bin ich eingeschlafen?« Ich sah zu dem Jungen der Herzogin hin. »Mein Gott, hab ich was verpasst?«

»Nein, zum Glück nicht«, sagte Julia. »Okay, das heißt, wenn du deinen Besucher nicht mitzählst.«

»Besucher?«

Sie zeigte hinter sich, und einen Moment dachte ich, es wäre Dylan. Das gleiche dunkle Haar, die gleichen wohlgeformten Gesichtszüge. Doch dann begriff ich, dass er es nicht war: Es war Cole.

13

Gwyneth

Gletscherlagune Jökulsarlon, Island
7. Januar 1991

Ich stand mit zitternden Beinen auf, während ich mir den Schlaf aus den Augen wischte und Cole überrascht ansah. Es führte mir noch einmal vor Augen, wie ähnlich sich die Brüder sahen. Ersetzte man Coles blaue Augen durch braune und machte sein kurzes Haar länger, hätte auch Dylan dort stehen können.

»Was machst du denn hier?«, fragte ich.

Er rieb sich den Nacken. »Wir können Dylan nicht finden. Er ist einfach verschwunden. Mum hat gedacht, dass er vielleicht bei dir sein könnte, während du hier filmst. So etwas Impulsives würde zu ihm passen.«

»Nein, er ist nicht hier«, sagte ich, trank einen Schluck von meinem Kaffee und schnitt eine Grimasse, als ich merkte, dass er kalt war. »Ich habe ihn seit unserem gemeinsamen Weihnachten nicht mehr gesehen«, fügte ich hinzu. »Wie hast du mich überhaupt gefunden?«

»Du hast erzählt, dass du als Nächstes in Island filmst. Ich habe herumtelefoniert und herausgefunden, für welche Produktionsfirma du arbeitest. Eigentlich wollte ich dich nur anrufen und fragen, ob du Dylan gesehen hast, doch ich habe dich nicht erreicht.« Er zuckte die Schultern. »*Zum Teufel noch mal*, hab ich gedacht, *dann fliege ich eben hin*. Ich wollte mich hier sowieso mit einem Kunden treffen.«

»Unser Satellitentelefon macht Ärger. Ehrlich, ich weiß nicht, wieso du angenommen hast, dass er hier sein könnte.«

Cole zog die Brauen hoch. »Er war am Boden zerstört, als du gegangen bist, Gwyneth.«

Ich versuchte, meine Gefühle vor ihm zu verbergen. »Ich habe ihm eine Nachricht mit meiner Nummer dagelassen, er hätte mich jederzeit anrufen können.«

»Davon hat er nichts gesagt.«

»Spielt auch keine Rolle«, sagte ich und versuchte, lässig zu klingen. »Wir kannten uns ohnehin nur ein paar Tage. Ich denke, deine Mum überschätzt das, was zwischen Dylan und mir gelaufen ist.«

Cole schüttelte den Kopf. »Nein, in diesem Punkt hat sie recht. Wir haben alle gesehen, dass da etwas zwischen euch war.«

Ich spürte, wie sich mein Magen zusammenzog. Da war tatsächlich etwas gewesen. Warum zum Teufel hatte er sich dann nicht gemeldet?

»Wann hast du ihn denn das letzte Mal gesehen?«, fragte ich.

»Vor zwei Monaten.«

»Und seither nichts? Keine Anrufe?«

»Er hat mir nur eine Nachricht auf dem AB hinterlassen, dass er eine Auszeit braucht. Dummerweise direkt bevor er einen neuen Auftrag übernehmen sollte.« Ärger blitzte kurz in seinen Augen auf. »Die Firma kommt damit klar, so gerade eben. Ich mache mir mehr Sorgen um ihn. Die ganze Familie macht sich Sorgen.«

Ich stand auf und ging zu meiner Tasche. »Klingt so, als brauchte er einfach etwas Zeit für sich.«

»Ja, das habe ich Mum auch gesagt. Aber du weißt ja, wie sie ist, verdammt eigensinnig.«

»Du bist jedenfalls umsonst gekommen«, sagte ich, während ich in der Tasche nach Zahnbürste und Zahnpasta kramte.

Er sah sich lächelnd um. »Nicht ganz umsonst. Dieses Fleckchen Erde ist *unglaublich,* Gwyneth.«

»Ja, willkommen in der Welt der Robben«, sagte ich und zeigte zur Herzogin hin, die jetzt wach war und beobachtete, wie ihr Junges unsicher über einen Eisberg zu robben versuchte. »Und da ist unsere Königin.«

»Sie ist großartig.«

»Ja, ganz eindeutig.«

Er studierte mein Gesicht. »Wie ist es dir ergangen?«, fragte er sanft.

Ich zuckte die Schultern. »Ich hatte viel zu tun.«

»Lustig«, sagte Cole mit einem leichten Lachen. »Dasselbe hat Dylan auch jedes Mal gesagt, wenn ich ihn gefragt habe, wie es ihm geht. Er hat sich Mühe gegeben, beschäftigt zu sein, seit du gegangen bist.«

»Kaffee?«, fragte ich und zeigte auf einen Topf, der auf dem kleinen Ofen blubberte.

»Ja, das wäre großartig.«

Wir schwiegen eine Weile, während ich uns beiden Kaffee eingoss.

»Wie geht es Heather?«, fragte ich, als ich ihm seinen Becher reichte.

Sein Blick wich mir zunächst aus, dann schaute er wieder zu mir. »Es geht ihr gut. Sie hat ihre Probleme, doch insgesamt geht es ihr gut. Wie amüsiert man sich hier eigentlich?«, fragte er, offensichtlich bemüht, das Thema zu wechseln. »Ich fliege erst in ein paar Tagen zurück und denke, ich sollte etwas aus meinem Aufenthalt machen.«

»In ein paar Tagen erst?« Ich hatte das Gefühl, dass mehr hinter Coles Besuch steckte als nur die Suche nach Dylan. »Na ja, unsere Version von Vergnügen ist die, dass wir den Robben bei der Geburt zusehen.«

»Hmmm, ich bin mir nicht sicher, ob mir das gefällt. Rhondas Schmerzensschreie fand ich nicht sonderlich spaßig. Hast du Lust, mit mir eine Rundfahrt zu machen?«, fragte er und zeigte auf einen Geländewagen. »Ich habe dieses Ungetüm für drei Tage gemietet und möchte gern was davon haben.«

Er hatte ein Auto gemietet? Ich betrachtete sein Gesicht. Er sah erschöpft aus. Vielleicht hatte er einfach nur weggewollt, genau wie sein Bruder?

»Ich kann nicht, ich werde hier gebraucht«, sagte ich.

»Nein, wirst du nicht«, widersprach Julia, die zu uns herübergekommen war.

»Nimm dir den Tag frei und verbring ihn mit deinem Freund.«

»Das kann ich nicht. Was ist, wenn die Herzogin heute aufbricht?«

»Das wird sie nicht tun. Die See ist zu rau.«

Ich sah auf das eisige Meer und die Wellen hinaus.

Julia griff nach meiner Hand und sah mir in die Augen. »Das muss aufhören, Gwyneth. Du arbeitest dich noch kaputt. Du hast immer schon viel gearbeitet, doch allmählich wird es echt extrem. Was ist los mit dir?« Sie beugte sich zu mir hin und drückte meine Schulter. »Hat es mit dem Tod von Reg zu tun?«

Cole runzelte die Stirn, während er uns beobachtete.

»Das ist jetzt fast achtzehn Monate her!«, sagte ich und schüttelte ihre Hand ab, indem ich einen Schritt zurücktrat. Ich fuhr mir mit den Fingern durch die Haare und wich Coles aufmerksamem Blick aus. »Ich habe einfach unterschätzt, wie müde ich bin, das ist alles. Es tut mir leid, wird nicht wieder vorkommen.«

»Du ruhst dich heute aus, okay?«, sagte Julia. Ich öffnete den Mund, um zu protestieren, aber sie schüttelte den Kopf und sah mich streng an. »Ich will keinen Protest hören. Du nimmst dir einen Tag frei, oder du fliegst früher nach Hause. Fahr mit deinem Freund, seht euch die Gegend an. Egal was, nur keine Arbeit. Dein Gehirn braucht eine Pause«, sagte sie und stieß mir ihren kalten Finger gegen die Schläfe.

Ich nickte. »Okay.« Ich drehte mich zu Cole um. »Komm, setzen wir unser Leben aufs Spiel, indem wir über die vereisten Straßen fahren.«

Ein paar Stunden später fuhren wir über Islands Hauptringstraße. Wir hatten für ein spätes Frühstück an einem Café gehalten, und Cole hatte mir von seiner Arbeit erzählt. Er schien sehr viel weniger kontrolliert, als ich ihn in Erinnerung hatte, die Worte überschlugen sich, und manchmal konnte er mir nicht in die Augen sehen. Als wir wieder losfuhren, wurde er schweigsam und nahm die Landschaft in sich auf, atemberaubend mit ihren riesigen verschneiten Flächen und dem rosa Himmel darüber. Wir hielten oft, damit Cole Fotos machen konnte.

»Mein Gott, Rhonda und Alfie würde es hier gefallen!«, erklärte er bei einem unserer Stopps.

»Warum hast du sie nicht mitgebracht?«

Er zog leicht die Brauen hoch. »Ich bin hergekommen, um Dylan zu finden. Ich wollte sie nicht bei einem möglicherweise vergeblichen Unternehmen mitschleppen.«

»Aber du hast ein Auto gemietet, du bleibst ein paar Nächte. Für mich sieht das ein bisschen nach einer Auszeit aus.«

»Vielleicht brauche ich eine Pause«, sagte er. »Mum meint, dass Dylans Abwesenheit mich ganz schön unter Druck setzt.«

»Du siehst müde aus.«

»Du auch.« Er betrachtete mein Gesicht. »Ich will nicht neugierig sein, aber das, was deine Produzentin vorhin gesagt hat – könnte sie damit recht haben?«

Ich dachte daran, was Julia gesagt hatte. Sie hatte recht. Und es hatte etwas damit zu tun, dass ich traurig war, weil ich nichts von Dylan gehört hatte. Außerdem fragte ich mich, ob der Grund nicht vielleicht der war, dass ich meine Eltern jetzt zehn Jahre nicht gesehen hatte. Hatten sie versucht, mich zu finden, nachdem ich das Hotel verlassen hatte, um für Reg zu arbeiten? Besonders angestrengt hatten sie sich meiner Meinung nach nicht. Doch wer konnte ihnen daraus einen Vorwurf machen?

Aber sie mussten an mich gedacht haben. Fragten sie sich, ob ich verheiratet war, ob ich Kinder hatte? Ich plante nicht so weit im Voraus, um überhaupt über so etwas nachzudenken. Ich ging zwar davon aus, dass ich mich irgendwann mal irgendwo niederlassen würde, doch so weit war ich noch nicht. Trotzdem hoffte ich, dass sie stolz auf mich sein würden, auf das, was ich erreicht hatte. Natürlich hatte es Zeiten gegeben, wo ich gerne Kontakt zu ihnen aufgenommen hätte, doch die Angst war zu groß gewesen. Wenn sie mich nun wieder zurückwiesen?

Ich merkte, dass Cole mich beobachtete.

»Julia ist eine Glucke«, sagte ich. »Ich bin einfach müde, das ist alles.«

Wir stiegen wieder ins Auto und fuhren schweigend weiter. Plötzlich beugte er sich aufgeregt vor. »Ich habe gewusst, dass sie hier irgendwo sein muss!«, sagte er.

»Was?«

Er zeigte auf ein großes Gebäude am Horizont. »Eine Lodge, die wir vor Jahren gebaut haben. Ich wusste, dass sie hier in der Nähe sein muss. Erinnerst du dich an den Kunden, den ich erwähnt habe? Ihm gehört die Lodge. Sollen wir sie uns ansehen?«

Ich erinnerte mich, dass Mairi etwas von einer wunderschönen Lodge erzählt hatte, die Dylan gebaut hatte. Ich konnte nicht leugnen, dass ich ein paarmal daran gedacht hatte, seit ich in Island war. Ich hatte mich gefragt, ob ich an ihr vorbeigekommen war, ohne es zu wissen. Ich war neugierig, wie sie aussah, also nickte ich. Cole bog in die schmale Einfahrt ein. Beim Näherkommen sah ich, dass die Lodge eine moderne und sehr viel größere Version der

McClusky-Lodge war. Sie war aus hellerem Holz gebaut, modern und mit riesigen dreieckigen Fenstern. Es gab keine anderen Gebäude in der Nähe, nur vereiste Felder. Das Haus war fantastisch, und es erstaunte mich, dass Dylan etwas so Wunderschönes erschaffen hatte.

»Meinst du, es wäre unhöflich anzuklopfen?«, fragte Cole. »Ich würde zu gerne sehen, wie sie von innen aussieht. Vielleicht könnte ich sogar ein paar Fotos für unseren neuen Katalog machen.«

»Es ist dein Kunde. Hast du nicht ohnehin einen Termin mit ihm – oder bist du einfach hierhergefahren in der Hoffnung, dass er da ist?«

Er lachte. »Natürlich habe ich einen Termin gemacht, aber er ist in seinem Büro in Reykjavik. Da habe ich keine Gelegenheit, die Lodge zu sehen.«

Ich zuckte die Schultern. »Ich bin mir sicher, dass das für ihn in Ordnung ist. Ich schätze, er zeigt sein Haus gerne vor, so eindrucksvoll, wie es ist.«

Wir stiegen aus dem Auto und gingen zur Tür. Als wir näher kamen, hörten wir Musik und Gelächter von drinnen. Von den Feldern hinter dem Haus wehte der Geruch von Feuer heran. Er brachte aufregende Erinnerungen an das Weihnachten mit Dylans Familie zurück.

»Wie es aussieht, haben sie Gäste«, sagte Cole und schnitt eine Grimasse.

»Das passt doch, dann ist es wahrscheinlich noch eher okay, wenn wir uns kurz umsehen.« Ich stellte fest, wie begierig ich darauf war, Dylans Arbeit aus der Nähe zu sehen. »Besser jetzt, als wenn sie im Schlafanzug vor dem Fernseher sitzen.«

»Ich habe das Gefühl, dass diese Leute so was nicht tun. Hast du gesehen, wie groß das Haus ist?«

Wir lachten beide. Wir blieben vor der Haustür stehen. Ein Schild hing daran – *Veta Skala*. Es sah genau wie das aus, das Dylan für seine Werkstatt gemacht hatte: *D E C*. Ich legte die Hand darauf, fuhr mit dem Finger die Buchstaben entlang und schloss die Augen. Ich stellte mir Dylan hier vor, seinen warmen Atem in meinem Nacken …

»Hallo.« Ich blickte auf und sah einen großen blonden Mann in einem offenen Hemd und einer schicken Jeans in der Tür stehen.

Cole und ich schauten uns verwirrt an.

»Sie kommen mir bekannt vor«, sagte der Mann, als er Cole ansah.

Cole streckte die Hand aus. »Hallo, Asher, ich bin Cole McClusky. Wir haben morgen einen Termin, aber wir sind gerade vorbeigekommen, und ich konnte der Versuchung nicht widerstehen vorbeizuschauen.«

Ein strahlendes Lächeln breitete sich auf dem Gesicht des Mannes aus. »Wie wundervoll! Ich hatte Dylan gesagt, dass er Sie heute Abend einladen soll.«

»Dylan?«, fragte Cole. »Haben Sie mit ihm gesprochen?«

»Ja, er ist hier! Er hat die letzten zwei Monate für mich gearbeitet.«

Mir blieb der Mund offen stehen, mein Herz klopfte laut in meinen Ohren. »Dylan ist hier?«

Asher machte die Tür weit auf. »Kommen Sie und überzeugen Sie sich selbst.«

14

Gwyneth

Gletscherlagune Jökulsarlon, Island
7. Januar 1991

Ich zögerte einen Moment, mein Mund war trocken.

»Mein Gott, ich kann nicht glauben, dass Dylan wirklich hier ist«, sagte Cole, und seine Augen leuchteten. »Mum hatte recht, dass er hierher zu dir kommen würde.«

»Er ist nicht meinetwegen hier«, sagte ich, während ich mich langsam erholte.

»Kommen Sie herein«, sagte Asher.

»Aber … aber Sie haben doch Gäste«, wandte ich ein und spähte hinter ihn in die große Diele. Ungefähr ein Dutzend festlich gekleidete Leute stand dort und trank Champagner. Ich fühlte mich plötzlich überfordert. War ich wirklich bereit, Dylan zu begegnen?

»Das ist völlig in Ordnung, das ist unsere Dreikönigsnachtfeier«, sagte Asher. »Da sind alle willkommen.«

Ich trat ein und suchte ungeduldig die Gesichter ab, konnte Dylan aber nirgendwo entdecken. Ich fühlte, wie angespannt meine Nerven waren.

»Dieses Haus ist unglaublich«, sagte Cole und sah sich mit großen Augen um. Er ging zu den großen Fenstern

auf der Rückseite, die auf verschneite Felder und ein großes Freudenfeuer hinausgingen, vor dem ein großer, bär-
tiger Mann in einem schweren Wintermantel stand und
Dinge hineinwarf.

Konnte das Dylan sein?

Ich ging zu Cole hinüber und legte meine Hand gegen
die Fensterscheibe. Dann spürte ich hinter mir einen warmen Atem und den Geruch nach Whisky.

Ich drehte mich um und stand Dylan gegenüber. Er
schien noch größer und breiter, als ich ihn in Erinnerung
hatte. Sein dunkler Bart war leicht verwildert, und er sah so
müde aus wie ich, unter seinen Augen waren dunkle Ringe.
Auf einer Wange hatte er einen Bluterguss, der schon gelb
geworden war. Und er war so verdammt attraktiv in seinem
dicken schwarzen Rollkragenpulli und der Jeans.

Wir sahen einander an und nahmen die anderen um uns
herum nicht einmal wahr.

»Dylan!«, rief Cole und umarmte seinen Bruder. »Hast
du gewusst, dass ich komme?«

»Asher hat erwähnt, dass du einen Termin mit ihm gemacht hast«, sagte Dylan, während er mich weiterhin ansah.

»Mum macht sich Sorgen. Du hättest anrufen sollen«,
sagte Cole so leise, dass nur Dylan und ich es hören konnten.

Dylan wandte seinen Blick von mir ab und drehte sich
zu seinem Bruder um. »Es tut mir leid, ich hätte mich mel-
den sollen, aber ich musste einfach weg. Ich wollte es dir
morgen bei dem Meeting erklären.«

Cole zuckte die Schultern. »Es spielt keine Rolle, ich

brauche keine Erklärung. Es ist einfach gut, dich wiederzusehen. Du bist also direkt hierhergeflogen?«

Dylan nickte und sah wieder mich an. »Ich habe Kontakt zu Asher aufgenommen, um zu hören, ob er Arbeit für mich hat. Er hatte ein Stück Land erwähnt, das ihm gehört.« Er sah zu Asher, der uns gerade etwas zu trinken holte. »Es ist gut gelaufen.«

Ich versuchte, ihn nicht zu intensiv anzustarren, doch das war schwierig. Ich hatte wirklich gedacht, dass ich ihn nie wiedersehen würde.

»Du hast hier gewohnt, in diesem Haus?«, fragte Cole.

»Offiziell ja. Aber die meiste Zeit bin ich auf dem Hof.«

»Auf dem Hof?«, fragte Cole.

»Auf dem Land, das Asher gehört. Es ist kein bewirtschafteter Hof mehr. Es würde dir gefallen.«

In dem Moment kam Asher mit einem Tablett mit drei Gläsern Champagner. »Für meine britischen Gäste. Wir sind uns noch nicht vorgestellt worden«, sagte er, als er mir mein Glas gab.

»Gwyneth«, sagte ich und trank schnell einen Schluck. Ich brauchte den Alkohol, um meine Nerven zu beruhigen, denn ich war mir nur zu bewusst, dass Dylans Blicke nicht von meinem Gesicht wichen.

»Gwyneth macht Tierdokumentarfilme«, sagte Cole. »Sie ist äußerst begabt.«

Ashers Augen leuchteten auf. »Meine Frau wird begeistert sein, das zu hören. Sie liebt Tierdokus. Das muss ich ihr gleich erzählen.«

Er ließ uns allein und suchte in dem vollen Raum nach seiner Frau. Cole blickte zwischen Dylan und mir hin und her, dann trank er sein Glas aus. »Gut, ich lasse mir dann noch mal nachfüllen«, meinte er und ließ uns allein.

Dylan und ich standen in der vollen Diele und sahen uns an. Er roch nach Sägemehl und Whisky.

»Es tut mir leid, dass ich einfach so verschwunden bin«, begann ich.

»Ohne ein Wort«, sagte Dylan, und seine Stimme klang hart.

»Ich habe dir eine Nachricht hingelegt, aber du hast nie angerufen.«

»Was für eine Nachricht?«

»Bevor ich gegangen bin, habe ich dir eine Nachricht hingelegt, dass du mich anrufen sollst, und sie zusammen mit meiner Telefonnummer auf dein Bett gelegt.«

Er sah mich überrascht an. »Wirklich?«

»Wirklich!«

»Wahrscheinlich hast du sie an einen total bescheuerten Platz gelegt. Ich habe sie nie gefunden.«

»Sie lag sehr gut sichtbar auf deinem Bett – mit deinem Namen in Großbuchstaben darauf.«

Er lachte. Dann verschwand das Lächeln von seinem Gesicht, und er zuckte die Schultern. »Es ist okay, das ist vorbei, machen wir uns darüber keine Gedanken. Ich freue mich, dass wir uns jetzt für ein, zwei Stunden wiedersehen.«

»Für ein, zwei Stunden?« Ich legte ihm die Hand auf den Arm. »Ich *wollte*, dass du mich anrufst, verstehst du? Ich habe gedacht, du wolltest nicht. Wenn ich gewusst hätte, dass du die Nachricht nie bekommen hast, hätte ich alles getan, um Kontakt zu dir aufzunehmen.«

Er wich meinem Blick aus. »Es war ein Missverständnis. Das Leben ist voll davon.« Er sah hinter mich. »Ist dein Freund auch hier?«

»Meinst du etwa Cole?«

»Nein«, sagte er mit ernster Stimme. »Ich meine den großen blonden Typen, mit dem du herumgegangen hast.«

»Was? Woher …«

»Ich war am Drehort, als ich vor zwei Monaten hier angekommen bin. Du warst mit einem Mann zusammen, ihr habt getrunken, getanzt …« Seine Stimme verlor sich.

Mein Magen zog sich zusammen. »Warum bist du nicht zu mir gekommen?«

»Das hab ich dir doch gerade gesagt. Du warst mit jemandem zusammen«, sagte er steif. »Es war gut, dich glücklich zu sehen.«

»Du meinst Lyngar? Er ist nur ein Freund.«

»Für mich sah das nicht so aus.«

»Gut, in ein paar wenigen einsamen Nächten vielleicht mehr als ein Freund.« Ich griff nach Dylans Hand. »Das ist nicht mit dem zu vergleichen, was wir hatten. In keinster Weise. Bist du hergekommen, um nach mir zu suchen?«, fragte ich. Mir schwirrte der Kopf. »Das heißt, das, was zwischen uns war, hast du auch gespürt.«

»Ich musste damit abschließen«, sagte er hart.

»Damit abschließen«, wiederholte ich.

Er rieb sich den schwarzen Bart. »Seit du gegangen bist, war ich rastlos. Ich konnte mich nicht konzentrieren und wusste, dass ich dich finden musste. Außerdem habe ich mich daran erinnert, wie es war, an diesem Haus zu arbeiten. Es war so friedlich hier.« Er schien sich zu einem

Lächeln zu zwingen. »Ich musste nicht lange überlegen. Ich hatte das Gefühl, zwei Fliegen mit einer Klappe zu schlagen. Und das habe ich jetzt.«

Mir war klar, was er da tat: Er versuchte das, was zwischen uns gewesen war, unter den Teppich zu kehren. Vielleicht glaubte er mir nicht, dass ich ihm eine Nachricht hinterlassen hatte? Wie konnte ich ihn überzeugen?

Dann klatschte Asher in die Hände. Alle drehten sich zu ihm um. »Das Essen ist serviert«, sagte er. Er kam zu uns herüber, Cole neben ihm. »Wir haben für Sie mitgedeckt. Ich bestehe darauf, dass Sie beide bleiben.«

Cole und ich zuckten die Schultern und sahen uns an.

»Wie könnten wir da widerstehen? Es riecht köstlich«, sagte Cole.

Und wie konnte ich widerstehen, mehr Zeit mit Dylan zu verbringen? Ich lächelte ihn an, aber er lächelte nicht zurück. Ich kaute auf meiner Lippe herum. Vielleicht hatte ich alles falsch verstanden?

Wir gingen in ein riesiges Esszimmer, und jeder nahm seinen Platz an dem strahlend weißen Tisch ein, der sich über den ganzen Raum erstreckte. Darüber waren goldene Hängeleuchten in verschiedenen Größen und Lichtstärken befestigt und verbreiteten ein ätherisches Licht.

»Noch etwas Champagner?«, fragte Asher.

Ich schüttelte den Kopf. Ich wollte einen klaren Kopf behalten.

»Gibt es auch Whisky?«, fragte Dylan.

»Natürlich«, antwortete Asher, holte eine Flasche aus dem Schrank und goss Dylan ein. Danach stellte er uns den anderen Gästen vor, von denen viele im kreativen Bereich tätig waren: Architekten, Grafikdesigner, Künstler, Schriftsteller. Asher selbst betrieb die größte Werbeagentur des Landes und hatte offenbar großen Erfolg damit. Seine Freunde trugen fast alle Designerklamotten und Diamantohrringe.

Eine Frau fiel mir besonders auf. Sie hatte lange silberne Haare, trug ein fließendes weißes Kleid und eine kostbare Pelzrobe um die Schultern.

»Meine wunderbare Frau – Hekla«, stellte Asher uns einander vor.

Hekla sah mich mit ihren lebendigen grünen Augen an. Sie machte den Eindruck, als wäre sie in den Dreißigern, doch ich vermutete, dass sie älter war. Gewisse Anzeichen, die auf eine Schönheitsoperation zur Straffung der Gesichtshaut hindeuteten, und die Fülle ihrer Lippen legten diese Vermutung nahe. Von ihren üppigen Brüsten abgesehen, war sie winzig, vielleicht 1,55 Meter groß.

»Das ist die Dokumentarfilmerin, von der ich dir erzählt habe«, sagte Asher.

Ihr Gesicht leuchtete auf. »Wunderbar! Woran arbeiten Sie gerade?«

»Wir filmen die Robben am Diamant-Strand.«

»Was für ein mystischer Ort«, sagte sie wehmütig. »Allein schon die Atmosphäre dort.«

»Das finde ich auch, es ist einfach unglaublich.«

»Verraten Sie mir, was hier gefeiert wird?«, fragte Cole und zeigte zu dem Feuer draußen.

»Wir nennen es *Prettándinn*«, erklärte Asher. »Eine Verabschiedung von Weihnachten und eine Möglichkeit, die

Getränke und das Essen zu vernichten, die übrig geblieben sind.«

»Und was hat es mit dem Feuer auf sich?«, fragte ich.

»Mit dem Feuer wird die Abreise der Feen und Elfen gefeiert«, sagte Hekla ernst. »Über Weihnachten übernehmen die Elfen die Welt – und nun verabschieden wir sie.«

Dylan und ich sahen uns an, und wir versuchten, keine Miene zu verziehen. Ich fühlte, wie mein Atem vor Lust schneller wurde.

»Es ist eine äußerst magische Zeit«, fuhr Hekla fort, die unsere verwirrten Blicke nicht zu bemerken schien. »Ich bin mir sogar ziemlich sicher, dass die Robben an der Jökulsarlon-Gletscherlagune nachher ihr Fell ablegen und nackt am Strand tanzen.«

Ich lächelte. »Ich kann mir gut vorstellen, wie die Herzogin das tut.«

»Die Herzogin?«, fragte Hekla. Ich erzählte ihr von der Mutterrobbe. »Was haben Sie für ein Glück, die Tiere aus einer solchen Nähe beobachten zu können«, sagte sie, als ich fertig war. »Erzählen Sie mir alles darüber.«

Über die nächsten Stunden genossen wir ein wunderbares Essen, während mir Fragen zu meiner Arbeit gestellt wurden und ich einiges über die anderen erfuhr. Ich versuchte, Dylan nicht anzusehen, schaffte es aber nicht. Ihm ging es nicht anders, das wusste ich, weil mir auffiel, dass er schnell wegsah, wenn ich mich zu ihm umdrehte.

»Was ist mit Ihnen?«, fragte mich Asher, als sich das Gespräch der Familie zuwandte. »Warten zu Hause irgendwelche Angehörigen auf Sie?«

Ich schüttelte schnell den Kopf. »Meine Eltern sind tot, und ich habe keine Geschwister.«

»Das erklärt die Traurigkeit in Ihren Augen!«, rief Hekla. »Ich habe gewusst, dass da etwas ist. Was ist passiert?«, fragte sie und sah mich neugierig an.

»Ein Autounfall … aber das ist viele Jahre her. Mir war nicht klar, dass Traurigkeit in meinen Augen zu sehen ist«, sagte ich und versuchte, unbeschwert zu klingen.

Doch Hekla lachte nicht, sondern sah mich nur weiter an. Ich wendete den Blick ab. Warum hatten sie davon anfangen müssen? Mir war es so gut gegangen. Doch jetzt wurde ich von Erinnerungen überschwemmt, von dunklen Erinnerungen.

»Kommt«, sagte Asher. »Es ist Zeit für das Feuer.«

Froh über die Ablenkung stand ich auf. Wir packten uns wieder in unsere Mäntel ein und traten in den dichten Schnee hinaus. Ich stand neben den beiden Brüdern und sah zu, wie die Flammen in die Luft sprangen und das Licht auf ihren attraktiven Gesichtern tanzte.

Ich dachte an eine andere Zeit, an ein anderes Feuer, kurz bevor ich meine Eltern verlassen hatte. In einem Park in unserer Stadt hatte es ein Sommermusikfestival mit einem großen Lagerfeuer gegeben. Es war das erste Mal, dass wir uns nach dem, was ich getan hatte, hinauswagten. Inzwischen waren einige Monate vergangen, die wir hauptsächlich zurückgezogen verbracht hatten, in denen wir nur zur Arbeit und zur Schule gegangen und dann in die Stille unseres Hauses zurückgekehrt waren. Doch dann hatte Mum wie aus heiterem Himmel gesagt: »Lasst uns doch zu dem Festival gehen.«

Ich war überrascht, aber aufgeregt gewesen. Und ängstlich. Was würden die Leute sagen? Wir wurden angestarrt, als wir uns dem Park näherten, doch ich konzentrierte mich auf die Flammen und auf die Wärme, die sie ausstrahlten. Dad kaufte mir sogar Zuckerwatte, und Mum lächelte mich an. Alles schien wieder normal. Aber natürlich war es das nicht. Ein Junge ging vorbei – ein Junge, den wir von jenem schicksalhaften Tag her wiedererkannten. Er sah flüchtig zu mir herüber und riss die Augen auf, als er mich erkannte. Und da sah ich im Gesicht meiner Mum die Erinnerungen aufblitzen. Bevor ich mich versah, hatte sie meine Hand losgelassen und ließ mich stehen.

»Was ist?«, hatte mein Dad gefragt und war hinter ihr hergelaufen. Aber ich hatte es gewusst. Und als ich alleine dort stand, war die Wärme des Feuers auf meiner Haut plötzlich sengend gewesen, und ich hatte mir vorgestellt, wie ich in die Flammen schritt.

Würden meine Eltern es überhaupt merken?, hatte ich damals gedacht.

»Gwyneth?«, sagte Dylan leise. Ich sah zu ihm hoch und zwang mich zu einem Lächeln. Er strich mir über die Wange. »Du weinst.«

Ich wischte die Tränen mit dem Ärmel weg. »Das ist nur die Kälte. Sie reizt meine Augen.« Ich sah auf die Uhr, es war fast acht. »Scheiße. Ich sollte jetzt wirklich zurück.«

»Ich fahre dich«, sagte Cole. »Ich habe in meinem Hotel noch nicht mal eingecheckt, das sollte ich wohl besser mal tun.«

Dylan sah mit gerunzelter Stirn zwischen uns hin und

her. Ich wünschte, er hätte angeboten, mich zurückzufahren.

»Was macht ihr beiden morgen?«, fragte ich sie.

Cole zuckte die Schultern. »Ich wollte vorschlagen, irgendetwas zu unternehmen. Asher und ich haben uns während des Abendessens unterhalten. Er will übermorgen hier ein Geschäftsfrühstück veranstalten, statt mich morgen in der Stadt zu treffen, das heißt, ich habe den ganzen Tag frei.«

»Warum kommt ihr nicht zum Diamant-Strand, wo ich filme?«, fragte ich. »Es ist wunderschön dort, und ihr hättet die Möglichkeit, einmal zu sehen, was ich mache.«

Cole lächelte. »Super.«

Aber Dylan zögerte.

»Bitte«, sagte ich.

Sein Gesicht wurde weicher. »Okay.«

Ich war erleichtert. »Gut. Vielleicht habt ihr Glück und werdet Zeugen davon, wie die Herzogin nach der Geburt ihres Jungtiers ihre erste Reise antritt.«

Am nächsten Tag trafen Cole und Dylan in Dylans Lieferwagen ein, als die Sonne aufging. Die Tage sind in Island sehr viel kürzer. Es war ein besonders schöner Sonnenaufgang, der den Himmel rosa überzog, was sich in Meer und Eisbergen spiegelte. Es fühlte sich surreal an, von so viel Rosa umgeben zu sein.

Als Dylan sich näherte, stockte mir der Atem. Was für eine Wirkung er auf mich hatte! Ich beschäftigte mich damit, Kaffee für die Brüder zu kochen, während sie sich ehrfürchtig umschauten.

»Dieser Ort hat etwas Überirdisches«, sagte Dylan, als er zu einem Eisberg ging und ihn sanft mit seiner großen Hand berührte. Cole fotografierte ein Stück entfernt.

Ich gab Dylan einen Kaffee. »Es ist wunderschön hier, nicht?«

»Ja, wirklich. Und das ist die Herzogin, hab ich das richtig verstanden?«, sagte er und zeigte auf die große Robbe.

Ich nickte. »Heute Morgen kam sie mir irgendwie anders vor. Sie strahlte eine neue Entschlossenheit aus. Ich denke wirklich, dass es heute so weit sein könnte, dass sie ihr Junges verlässt. Sie bewegt sich mehr als sonst und stupst es öfter an. Ich denke, es weiß Bescheid«, sagte ich traurig. »Es ist nicht mehr so verspielt.«

»Dann solltest du wohl besser anfangen zu filmen«, sagte Dylan. »Darf ich dir Gesellschaft leisten? Cole hat etwas von einer Bootsfahrt gesagt, aber ich würde lieber hierbleiben.«

Ich biss mir in die Lippe, um nicht zu stark zu lächeln. Es schien ihm heute besser zu gehen, er war offener mir gegenüber. Cole brach zu der Bootstour auf, ein bisschen verärgert, dass sein Bruder ihn nicht begleiten wollte. Die nächsten Stunden saß ich mit Dylan auf einem Felsen, während meine Kamera surrte. Ich ließ Dylan durch den Sucher gucken, und ein Lächeln breitete sich auf seinem Gesicht aus, als die Herzogin zum Rand des Eisbergs watschelte.

»Es ist so weit«, flüsterte ich.

Das ganze Camp war wie elektrisiert, und alle verstummten, als die Herzogin ihre Flossen an den Rand der Eisscholle setzte. Dann glitt sie in die Wellen.

Das Junge robbte an den Rand und starrte verloren ins Meer, und ich fühlte mit ihm. Ich wusste, dass es ihm gut gehen würde: Es hatte viele Wochen lang von ihrer Milch gelebt und war wohlgenährt. Doch wie würde es den Verlust der Mutter verkraften? All das zu verlieren: ihre Nähe, ihr beruhigendes Anstupsen, das Spiel, das sie manchmal zuließ. Ich merkte, dass dieser Verlust das Tier schwer traf, und als ich mit der Kamera näher heranzoomte, gelang mir eine exzellente Aufnahme seines Gesichts, die dadurch noch besser wurde, dass es wieder angefangen hatte zu schneien.

Plötzlich fragte ich mich, ob ich genauso geguckt hatte, als meine Eltern vor zehn Jahren ins Taxi gestiegen waren und mich im Hotel zurückgelassen hatten. Ich hatte das Gesicht meiner Mutter nicht mehr sehen können, nur ihren Hinterkopf. Vielleicht hatte sie wie die Herzogin gewusst, dass das für mein Überleben notwendig war. Ich hatte in den vorhergehenden Monaten riesige Probleme in der Schule gehabt. Meine Mutter hatte das Gleiche getan wie die Herzogin, um ihr Junges am Leben zu erhalten, nur auf ihre Weise. Vielleicht war es eine Form des Selbstschutzes gewesen, sich nicht noch einmal umzudrehen und mich anzusehen? Genauso wie die Herzogin jetzt.

Doch gerade als ich das dachte, tauchte ihr dunkler Kopf ein paar Meter vom Eisberg entfernt im Meer auf, und sie blickte durch den Schnee zurück zu ihrem Jungtier, um sich zu versichern, dass es ihm gut ging.

Dylan legte mir die Hand auf den Arm. »Alles klar?«

»Ja«, sagte ich lächelnd. »Ich bin nur traurig, dass der Dreh vorbei ist.«

Er sah nicht überzeugt aus, nickte aber trotzdem. »Das Junge sah sehr traurig aus.«

»Die Herzogin auch.«

»Das erinnert mich daran, wie Heather vor zwei Jahren auf die Uni gegangen ist.«

»Wie geht es Heather? Cole sagt, dass es ihr jetzt gut geht. Stimmt das?«

Dylan sah auf seine behandschuhten Hände hinunter. »Es wird ihr nie richtig gut gehen.«

»Wie meinst du das?«

Er sah auf das eisige Meer hinaus, und die verschiedensten Gefühle spiegelten sich auf seinem Gesicht. »Sie hat als Kind etwas gesehen. Etwas, das eine Zehnjährige nicht sehen sollte.«

»Was denn?«, fragte ich.

Er öffnete den Mund, dann schloss er ihn wieder. »Ich habe nicht das Recht, darüber zu reden.«

Ich wollte es wissen, doch ich hatte nicht das Recht, ihn darüber auszufragen, deshalb schwiegen wir eine Zeit lang.

»Fühlt es sich nicht surreal an, neun Monate Arbeit zu beenden?«, sagte er nach einer Weile.

»Das tut es. Ich habe auch noch ein paar andere Dinge gefilmt, nur für mich.«

Er neigte den Kopf, ein kleines Lächeln auf dem attraktiven Gesicht. Schneeflocken setzten sich in seinen Bart und schmolzen. »Ja?«

»Eigentlich ist es nichts«, sagte ich, plötzlich verlegen über mein kleines Nebenprojekt.

»Erzähl mir davon«, sagte Dylan und sah mich mit seinen dunklen Augen ermutigend an.

»Okay«, sagte ich und drehte mich zu ihm um. »Es hat mich schon immer fasziniert, wie Tiere in verlassenen Gebäuden Schutz suchen. Und nicht nur Schutz suchen, sondern auch ein Heim für sich bauen. Du weißt nie, was für Tiere du findest. In Alaska habe ich einmal eine Rotwildfamilie in einer verlassenen Tankstelle entdeckt. Weiter die Straße rauf gibt es hier ein verlassenes Gebäude, zu dem ich nachts gefahren bin, um zu filmen. Ich habe eine Polarfüchsin mit ihren Jungen darin entdeckt. Es war unglaublich.« Ich lächelte. »Es ist schon etwas ganz Besonderes, dieser Kontrast zwischen der Natur und den von Menschen geschaffenen Bauwerken.«

Dylans Lächeln vertiefte sich. »Das klingt unglaublich. Dir würde Ashers Land gefallen, auf dem ich gearbeitet habe. Dort gibt es viele verlassene Gebäude.«

»Versuchst du gerade, mich allein in ein verlassenes Gebäude zu locken?«

»Ja, vielleicht.«

Wir lächelten uns mit funkelnden Augen an. Wenn nicht so viele Leute um uns herum gewesen wären, hätten wir uns mit Sicherheit geküsst.

Doch dann tauchte ohnehin Cole auf, die Wangen rot von der Kälte.

Dylan seufzte und sah seinen Bruder widerwillig an. »Wie war's?«

»Unglaublich«, sagte er. »Ich habe einen Wal gesehen!«

»Der Ozean ist sehr beeindruckend«, sagte ich und blickte hinaus.

»Michelle hat mir eine Mitfahrgelegenheit zu meinem Hotel angeboten«, sagte er und zeigte auf die hübsche

Reiseleiterin, die manchmal bei den Bootsfahrten half. »Sie wohnt um die Ecke. Dann musst du nicht erst in die entgegengesetzte Richtung fahren.«

»Gute Idee«, sagte Julia, die gerade vorbeiging. »Bei dem starken Schneefall und der einsetzenden Dunkelheit könnte es durchaus sein, dass die Ringstraße geschlossen wird.«

Dylan musterte Michelle von oben bis unten. »Gut, okay. Denkst du daran, Rhonda nachher anzurufen?«

Cole lächelte, doch das Lächeln erreichte seine Augen nicht. »Klar. Ich komme morgen zum Frühstück, bevor ich fliege. Asher hat mich gebeten, dich auch einzuladen, Gwyneth. Also, wir sehen uns.«

Cole ging mit dem Mädchen, beugte sich zu ihr hin und flüsterte ihr etwas ins Ohr, worüber sie kicherte. Dylan beobachtete die beiden mit gerunzelter Stirn.

»Ich schlage vor, dass du dich auch bald aufmachst, Dylan«, sagte Julia. »Es schneit inzwischen ziemlich stark. Es war kein Witz, dass die Ringstraße vielleicht geschlossen wird.«

Dylan und ich sahen in den zunehmend heftiger werdenden Schneefall und den dunkler werdenden Himmel hoch, dann sahen wir einander an. Ich wusste, dass wir uns morgen beim Frühstück sehen würden, doch ich wollte *jetzt* bei ihm sein.

»Fahr mit mir zurück«, sagte er, als könnte er meine Gedanken lesen. »Asher und Hekla sind heute Abend sowieso nicht da. Wir können zusammen zu Abend essen und Versäumtes nachholen.«

War ich dazu bereit? Ich wusste, dass ich dort weitermachen wollte, wo wir aufgehört hatten. Doch das vergangene Jahr war schmerzlich gewesen. Wenn wir uns nun wieder aus den Augen verloren …

Doch bevor ich mir dessen richtig bewusst war, hatte ich Ja gesagt.

Wir fuhren schweigend durch den kräftig fallenden Schnee, die Spannung zwischen uns war mit den Händen zu greifen. Am liebsten hätte ich Dylans Gesicht in die Hände genommen und ihn geküsst. Ich sah zu ihm hinüber und betrachtete sein Profil, sein dunkles Haar, den Schwung seiner Lippen.

»Es wird mehr«, sagte er.

Ich sah aus dem Fenster. Er hatte recht. Der Mond, der vorhin noch hell vom Himmel geschienen hatte, wurde von schweren Wolken verdeckt, und der Schnee fiel wie Konfetti auf die Windschutzscheibe des Trucks. Dylan ließ die Scheibenwischer auf Hochtouren laufen, doch die Sicht war katastrophal. Andere Autos überholten uns, die Ortsansässigen waren an diese Wetterbedingungen gewöhnt. Vielleicht wussten sie auch, dass die Ringstraße geschlossen werden würde, wenn es so stark schneite, und wollten schnell von ihr herunter.

Gerade als ich das dachte, geriet der Truck ins Schleudern, die Räder drehten durch, und Dylan hielt das Steuer mit Mühe fest.

»Scheiße«, sagte ich und klammerte mich am Türgriff fest. »Ich hätte besser fahren sollen«, versuchte ich zu witzeln. Doch Dylans Gesicht war hochkonzentriert, während er versuchte, die Kontrolle über das Auto zurückzugewinnen, das heftig schlingerte. Schließlich gelang es ihm, an den Straßenrand zu fahren, und er hielt an.

Wir saßen beide mit aufgerissenen Augen da und versuchten, wieder ruhig zu atmen.

»Ich glaube, wir müssen das hier aussitzen, so gut es geht«, sagte Dylan.

»Du hast recht.« Ich ließ das Fenster herunter und spähte hinaus, während der Schnee mir ins Gesicht schlug. »Da unten ist eine Nebenstraße. Lass uns in die einbiegen – *vorsichtig*«, fügte ich hinzu. »Das ist besser, als noch mal auf der Ringstraße ins Schleudern zu kommen.«

Er nickte. »Einverstanden.« Vorsichtig fuhren wir in die Seitenstraße und hielten an einem dunklen, verschneiten Feld. Der Schnee fiel jetzt so schnell und heftig, dass ich den Mond gar nicht mehr sehen konnte.

»Ich fühle mich, als säßen wir unter einem dicken Federbett«, sagte ich. »Was meinst du, wann es aufhört?«

Dylan zuckte die Schultern und lehnte den Kopf gegen die Nackenstütze, während er sich drehte, um mich anzusehen. »Wer weiß? Aber irgendwie gefällt mir die Aussicht.«

Ich spürte, wie ich rot wurde.

»Ich habe immer an dich gedacht«, murmelte er. »Jeden Tag, das ganze Jahr über. An dich und daran, dass du einfach gegangen bist.«

»Ich habe dir doch gesagt, dass ich dir eine Nachricht mit meiner Nummer aufs Bett gelegt habe!«

»Aber du bist trotzdem gegangen.« Er seufzte. »Hör zu, ich weiß, dass meine Familie es vermasselt hat, aber du weißt schon, dass ich ein eigenständiger Mensch bin, oder?«

»Es war nicht deine Familie, Dylan. Deine Familie ist reizend. Es ist nur …« Ich hielt inne. »Deine Schwester so zu sehen, hat Erinnerungen wachgerufen. Und ich bin ziemlich gut darin wegzulaufen, wenn ich ausflippe.«

»Ich auch«, gab er zu.

»Wie jetzt hierher?«

»Das war nur zum einen ein Weglaufen. Zum anderen bin ich zu dir gelaufen. So etwas habe ich noch nie gemacht – dass ich einfach in ein anderes Land geflogen bin, um eine Frau wiederzufinden.«

Ich streckte die Hand aus und fuhr ihm mit den Fingern durch den Bart. »Es tut mir wirklich leid, Dylan«, flüsterte ich. »Ich wollte dich nicht verlassen. Ich wollte, dass du mich anrufst und dass wir uns wiedersehen. Ich war so sicher, dass du anrufen würdest. Da war diese besondere Verbindung zwischen uns, und sie ist noch immer da. Ich wusste, sie würde aushalten, dass ich damals einfach gegangen bin.« Ich wandte den Blick von ihm ab. »Aber dann hast du nicht angerufen, und ich habe zu zweifeln begonnen und habe gedacht, ich hätte mir diese Gefühle nur eingebildet.«

Plötzlich zog er mich an sich, und sein Gesicht war meinem ganz nah. Dann küsste er mich, sanft zuerst, dann härter und wilder, und mein Körper antwortete mit einem Ansturm der Gefühle. Er zog sich zurück, sein dunkler Blick war tief in meinem versunken. »Hast du dir *das* nur eingebildet?«, fragte er mit rauer Stimme.

»Ich glaube, nicht«, sagte ich mit einem kleinen Lächeln. »Aber du musst das noch mal tun, damit ich mir sicher sein kann.«

Und das tat er. Unsere Küsse wurden inniger und intensiver, so intensiv, dass wir uns schon bald in der Dunkelheit des Trucks gegenseitig die Kleider vom Leib rissen, während der Schnee sich auf die Windschutzscheibe legte. Ich spürte Dylans Atem in meinem Nacken und auf meinen Brüsten, spürte, wie seine Finger den Reißverschluss meiner Jeans hinunterzogen, und dann war er in mir, und es fühlte sich so an, als gäbe es auf der ganzen Welt nur uns und diesen schneebedeckten Truck. Als würden all unsere Geheimnisse und unsere dunklen Erinnerungen schmelzen, wie irgendwann der Schnee schmelzen würde.

15

Gwyneth

Gletscherlagune Jökulsarlon, Island
8. Januar 1991

Ich rollte mich neben Dylan auf dem Rücksitz des Trucks zusammen. Der Fellüberwurf fühlte sich auf der Haut weich an. Das letzte Jahr, das wir ohne einander verbracht hatten, schien wie verschwunden. Die Straße war jetzt wieder befahrbar, der Schnee leuchtete in der morgendlichen Dunkelheit, aber wir mochten uns nicht rühren, wie wir dort auf dem Feldweg standen, während der Motor lief, um uns warmzuhalten.

»Ich schätze, wir sollten uns bald mal anziehen«, sagte Dylan, als er an mir hinuntersah und mir meine blonden Haare ums Ohr schlang.

»Muss das sein?«

Er lächelte. »Asher und Hekla werden sich wundern, wo ich bin. Sie könnten auf die Idee kommen, dass du mich gekidnappt hast. Von meinem Bruder mal ganz zu schweigen.«

Ich biss mir auf die Lippe. »Das will ich eigentlich auch tun.« Ich reckte mich. »Okay, sehen wir zu, dass wir Frühstück bekommen.«

Wir halfen einander beim Anziehen. Dylan küsste meine Schulter, bevor er mir den Pullover über den Kopf zog. Meine Lippen streiften seinen straffen Bauch, als ich ihm die Jeans hochzog.

Als er losfuhr, legte ich ihm die Hand aufs Knie, und er lächelte mich an. »Das fühlt sich richtig an.«

»Ja«, antwortete ich.

Als wir bei Asher eintrafen, stieg Cole gerade aus seinem Mietwagen.

»Aha, ihr beiden«, sagte er, als er unsere ineinander verflochtenen Hände sah. Etwas, das ich nicht genau ausmachen konnte, blitzte in seinen Augen auf.

Doch dann kam er auf mich zu, drückte seine kalte Wange an meine und umarmte mich. »Ich bin so froh, dass du und Dylan euch wiedergefunden habt.«

»Mein Gott, du klingst wie der Talkmaster einer Dating-Show«, sagte Dylan.

Cole verdrehte die Augen. »Mein Bruder, romantisch wie immer.«

Die Haustür ging auf, und Hekla erschien. Sie trug einen langen, fließenden Jumpsuit aus Seide und hatte einen bunten Schal im Haar. »Kommt um Himmels willen herein, es ist eiskalt hier draußen.« Als wir eintraten, blieb sie stehen und sah Dylan an. »Wieso warst du überhaupt draußen, Dylan?«

»Er ist gestern gar nicht zurückgekommen«, meinte Cole grinsend.

Hekla sah erst ihn an, dann mich, und ein kleines Lächeln breitete sich auf ihrem Gesicht aus. »Ah, verstehe. Hatte ich doch recht, als ich Verlangen in der Luft gespürt habe.« Dylan und ich lächelten uns an. Hekla war schon etwas Besonderes. »Kommt, das Frühstück ist fertig.«

Wir gingen ins Esszimmer, während Hekla das Personal beauftragte, Kaffee und Tee zu bringen. Asher saß am anderen Ende des Tisches und las Zeitung. Sein Gesicht leuchtete auf, als er uns sah.

»Wie schön, Sie wiederzusehen«, sagte er und bedeutete uns, Platz zu nehmen. Er sah Cole an. »Lassen Sie uns erst essen und dann in mein Arbeitszimmer gehen, um über Geschäftliches zu reden, bevor Sie wieder zurückfliegen. Das nächste Mal müssen Sie unbedingt Ihre Frau und Ihr Kind mitbringen«, fügte er hinzu, als er an seinem Kaffee nippte. »Sie könnten einen Familienurlaub daraus machen.«

Cole schwieg einen Moment. »Darf ich ehrlich sein?«, sagte er schließlich. »Es fühlt sich mehr wie Urlaub an, wenn sie nicht hier sind. Ich liebe meine Familie, aber ich genieße auch die Zeit, die ich nicht mit ihr zusammen bin. Mein Gott, das klingt schlimm, nicht?«

Ich dachte daran, wie schnell er, nur aus einer Laune heraus, bereit gewesen war hierherzufliegen … und wie er mit der Reiseführerin geflirtet hatte.

»Total verständlich«, sagte Asher.

»Haben Sie Kinder?«, fragte ich Asher und Hekla.

Asher griff nach der Hand seiner Frau und drückte sie, während er sie traurig anlächelte. »Nein.«

»Es wäre nicht fair einem Kind gegenüber«, sagte Hekla. »Wir sind nicht gut darin, unsere kleinen Vergnügungen zu opfern. Hinzu kommt, dass wir beide hart arbeiten; unsere Arbeit ersetzt uns die Kinder.«

»Zu opfern«, sagte Dylan tief in Gedanken, als er aus dem Fenster schaute. »Darum geht es bei einer Familie, schätze ich.«

Cole sah ihn mit zusammengekniffenen Augen an.

»Und was ist Ihr Job-Kind?«, fragte ich Hekla.

»Hekla leitet die wunderbarste Kunst-Wohltätigkeitsorganisation überhaupt«, sagte Asher voller Stolz. »Sie nennt sich *List An Landamaera*.«

»Kunst ohne Grenzen«, übersetzte Hekla mit einem Lächeln. »Wir helfen Menschen mit Behinderung, ihre Träume zu erfüllen.«

»Das klingt wundervoll«, sagte ich.

»Genau wie Ihre Arbeit. Ich glaube, Sie und ich sind uns ähnlich«, sagte Hekla zu mir.

Ich studierte ihr Gesicht. »Wieso?«

»Wir sind Karrierefrauen. Können Sie sich wirklich vorstellen, Ihre wundervolle Karriere aufzugeben, um Kinder zu haben? Die meiste Zeit des Jahres reisen Sie an sehr unwirtliche Orte. Nicht gerade Orte, an die man ein Kind mitnimmt.«

»Meine Produzentin Julia schafft das«, antwortete ich. Tat sie das wirklich? Sie hatte immerhin fünf Jahre pausieren müssen, als ihre Kinder noch klein gewesen waren, und sie hatte mir einmal gestanden, wie schwer es gewesen war, wieder in der Dokumentarfilmwelt Fuß zu fassen.

»Du bist genauso, Dylan, nicht?«, sagte Cole. »Du willst auch keine Kinder. Das hast du immer gesagt.«

Dylan sah seinen Bruder finster an. »Es ist Jahre her, dass ich das gesagt habe, Cole.«

»Ich denke, dass es mutig ist, das zuzugeben«, sagte

Hekla, »vor allem für eine Frau, dass sie vielleicht keine Kinder will.«

»Ich habe nie gesagt, dass ich keine Kinder will«, sagte ich. Dylan und ich sahen uns an. Ich hatte das Gefühl, dass Asher und Hekla uns unbedingt ihren Lebensstil überstülpen wollten.

»So oder so, wir sind uns ähnlich, Gwyneth«, beharrte Hekla. »Sie konnten genau wie ich nicht auf Ihre Eltern zählen. Meine sind zwar nicht tot wie Ihre, doch ich bin bei der ersten Gelegenheit, die sich mir bot, zu Hause ausgezogen und habe auch nie zurückgeschaut. Mit sechzehn habe ich eine Ausbildung bei einem Künstler gemacht und mir sogar ein eigenes Zimmer mitten in Reykjavik gemietet.«

»Und du hast mit sechzehn für diesen Tierfilmer gearbeitet, nicht wahr, Gwyneth?«, fragte Cole.

In dem Moment kam das Essen. Zum Glück wechselte das Thema während des Frühstücks. Danach hatten Cole und Asher ihr Meeting, während Hekla Dylan ein paar Skulpturen zeigte, die sie erworben hatte. Ich blieb im Wohnzimmer und sah auf die vereisten Felder hinaus, während ich noch etwas Kaffee trank und die Ruhe genoss.

Dann hörte ich Schritte. Ich blickte auf und sah Cole hereinkommen. Er setzte sich mir gegenüber und goss sich ebenfalls noch einen Kaffee ein.

»Wie findest du Dylan?«, fragte er und sah mich von der Seite an.

»Wie meinst du das?«

»Kommt er dir anders vor als vor einem Jahr?«

Ich dachte darüber nach. »Eigentlich nicht. Warum? Wirkt er auf dich anders?«

»Er ist immerhin vor zwei Monaten verschwunden, nicht?«

»Ich finde das mutig. Ich denke, es hat ihm den Raum gegeben, den er gebraucht hat.«

Cole nickte. »Er wollte nie ins Familienunternehmen einsteigen. Das weißt du, nicht wahr?«

Ich sah in meine Tasse und sagte nichts. Natürlich wusste ich das. Aber es war nicht an mir, das zu sagen.

»Und wer hat gesagt, dass *ich* das wollte?«, fragte Cole.

Ich sah ihn überrascht an. »Aber ich dachte, du liebst deine Arbeit?«

»Ich hatte keine Gelegenheit herauszufinden, was ich wollte, ich bin einfach vereinnahmt worden. Sei's drum«, sagte er lächelnd, »das ist ein deprimierendes Thema. Erzähl mir von dir und Dylan. Seid ihr jetzt offiziell ein Paar?«

Ich lachte. »Jetzt klingst du wirklich wie ein Talkmaster in einer Dating-Show!«

Er zuckte die Schultern. »Ich will es nicht abstreiten, ich mag gute Liebesgeschichten.«

»Es war nur eine Nacht. Wir haben noch nicht darüber gesprochen.«

»Er ist ganz vernarrt in dich, das ist offensichtlich.« Sein Gesicht wurde ernst. »Hekla hatte allerdings recht mit dem, was sie vorhin gesagt hat – über deinen Job. Kannst du eine Beziehung mit deiner Reiserei vereinbaren?«

Ich stellte meinen Kaffee ab und beugte mich zu Cole hin. »Ah, jetzt verstehe ich, warum du versuchst, Vergleiche zwischen mir und Hekla zu ziehen. Ganz der beschützende Bruder!«

»Aber mal im Ernst.« Und er war ernst, wie er mich mit seinen blauen Augen ansah. »Es dürfte schwierig sein, eine ernsthafte Beziehung einzugehen?«

Ich dachte darüber nach. »Was die Vergangenheit angeht, stimmt das. Doch mit Dylan fühlt es sich anders an. Zum ersten Mal habe ich das Gefühl, ich könnte beides haben, Karriere *und* Beziehung.« Ich merkte, wie ich mich begeisterte. »Ich weiß zum Beispiel, dass Dylan gerne reist. Und dass er noch mehr reisen will. Vielleicht könnte er mich zu Drehs begleiten, unterwegs schnitzen und das, was er gemacht hat, verkaufen?« Coles Gesicht verfinsterte sich. »Mein Gott, entschuldige«, fügte ich schnell hinzu. »Ich weiß, dass du ihn in der Firma brauchst. Das ist nur ein Hirngespinst. Wir haben natürlich noch nicht darüber gesprochen. Wenn alles gut läuft, müssen wir einen Mittelweg finden, schätze ich.«

»Und was heißt das?«

Ich zuckte die Schultern. »Drehs in Großbritannien für mich? Dann kann Dylan in Schottland bleiben.«

»Und das reicht dir? Du hast gerade davon gesprochen, zusammen die Welt zu bereisen.«

Das Feuer im Kamin knackte, und orangefarbene Funken sprühten in die Luft. »Vielleicht ist es für mich an der Zeit, eine Pause einzulegen.« Und als ich das sagte, wurde mir klar, dass es wirklich an der Zeit war. »Ich habe eine provisorische Zusage für einen Dokumentarfilm gemacht, der im Sommer in Finnland gedreht wird, aber das könnte ich auch absagen.«

Cole zog die Brauen hoch. »Interessant.« Er sah auf die Uhr. »Ich muss los … mein Flug geht in ein paar Stunden.«

Wir standen auf. »Es war schön, dich zu sehen«, sagte ich, »selbst wenn es nur kurz war.«

Er lächelte. »Gleichfalls. Und was machst du jetzt? Fliegst du zurück nach London?«

Ich sah auf die verschneite Landschaft hinaus. Etwas in meinem Inneren sagte mir, dass ich noch nicht bereit war, nach Hause zu fliegen. Ich zuckte die Schultern. »Wer weiß?«

»Hoffentlich sehen wir dich in nicht allzu ferner Zukunft in Schottland.«

»Vielleicht.«

In dem Moment traten Dylan und Asher ins Zimmer.

»Musst du los?«, fragte Dylan.

Cole nickte. »Ja. Es war ein kurzer und sehr netter Besuch.« Er ging zu Asher hinüber und schüttelte ihm die Hand. »Es war schön, Sie zu sehen, Asher, Sie beide und dieses wundervolle Haus.«

»Ein wunderschönes Haus, das Sie uns erst ermöglicht haben«, sagte Asher und lächelte die Brüder an. »Grüßen Sie Ihre Eltern ganz herzlich.«

»Das werde ich tun. Und Sie denken über meinen Vorschlag nach, ja?«, sagte Cole.

Asher sah Dylan an, dann nickte er. »Natürlich.«

Cole wandte sich an seinen Bruder. »Bringst du mich raus?«

Die Brüder ließen mich und Asher alleine.

»Ist das Meeting gut gelaufen?«, fragte ich ihn.

»Ich bin mir nicht sicher, ob Cole es so sehen würde.«

»Oh.« Ich wollte ihn nicht bedrängen. Es ging mich nichts an.

Er zeigte auf einen Schal. »Ist das Ihrer?«

»Oh, der gehört Cole!« Ich sprang auf und griff danach. »Ich bringe ihn rasch raus.«

Ich trat in die Diele, doch als ich mich der offenen Haustür näherte, hörte ich von draußen erhobene Stimmen und blieb stehen.

»Bist du verdammt noch mal verrückt?«, hörte ich Cole sagen. »Du kannst es ihr nicht sagen! Was zum Teufel stimmt nicht mit dir, Dylan? Hast du eine Lebenskrise oder was? Asher hat mir erzählt, dass du daran denkst, aus dem Familiengeschäft auszusteigen. Danke, dass du damit jegliche Chance ruiniert hast, weitere Aufträge von ihm zu bekommen.«

»Das ist alles, was dich interessiert, ja?«, fauchte Dylan zurück. »Geld machen und Geheimnisse hüten.«

»Na, so wie es aussieht, ist dir beides scheißegal.«

»Ich muss es einfach loswerden«, antwortete Dylan, und seine Stimme zitterte. »Das musst du doch verstehen. Du kannst mit Rhonda darüber reden. Aber ich habe niemanden.«

»Du hast uns, deine Familie«, flehte Cole seinen Bruder an.

»Machst du Witze? Wir reden *nie* darüber. Es ist, als wäre es nicht passiert. Aber das ist es nun mal, verdammt.«

»Du kennst Gwyneth nicht mal richtig«, sagte Cole.

»Du hast Rhonda auch noch nicht lange gekannt, als es passiert ist. Wenn du es Rhonda sagen konntest, kann ich es auch Gwyneth sagen.« Ich hörte Schritte, als würde Dylan auf und ab gehen.

»Rhonda war dabei, als es passiert ist«, antwortete Cole. »Das weißt du. Ich musste es ihr nicht sagen, sie hat es selbst gesehen.«

Ich trat weiter zurück in die Dunkelheit des Flurs. Jetzt konnte ich die beiden sehen, wie sie einander mit geballten Fäusten gegenüberstanden.

»Ach ja«, sagte Dylan mit einem bitteren Lachen. »Ich vergesse immer, warum du Rhonda geheiratet hast. Kein Wunder, dass du überall Affären hast, nur um die Augen vor deiner Vernunftehe zu verschließen.«

Cole versetzte Dylan einen Stoß, und er taumelte zurück. »Wie kannst du es wagen!«, zischte Cole.

»Willst du behaupten, dass es nicht wahr ist?«, gab Dylan zurück. »Einen Tag, bevor es passiert ist, hast du mir noch gesagt, dass du sie nach den Ferien fallen lassen willst. Das konntest du natürlich nicht, nachdem sie alles gesehen hatte. Du konntest es nicht riskieren, dass sie plaudert, die betrogene Ex und so. Du musstest schnell reagieren, nicht wahr?«

Cole sagte nichts, er atmete nur einmal tief durch, während seine Augen vor Wut funkelten.

»Oder war es Mums Idee?«, fuhr Dylan fort. »Hat Mum dir gesagt, dass du Rhonda bei Laune halten musst?« Ein Schweigen entstand, dann lachte Dylan bitter. »Ich hab es gewusst. Ich hab es verdammt noch mal gewusst. Mein Gott, Cole, willst du nicht endlich aufhören, unter dem Schatten der Vergangenheit zu leben? Es wird sowieso alles den Bach runtergehen, wenn Rosa und Gavin ihren Anspruch auf das Land geltend machen. Du weißt schon, dass alles umsonst war, falls sie gewinnen?«

Rosa und Gavin. Das waren doch die Leute, denen das Bauernhaus gehörte!

»Warum zum Teufel glaubst du, kämpfe ich um den Auftrag von Asher?«, erwiderte Cole. »Wir brauchen das Geld. Wir brauchen dich. Du bist nicht mehr derselbe, seit du Gwyneth kennengelernt hast. Und jetzt willst du ihr alles erzählen, obwohl du sie kaum kennst.«

»Ich kenne sie. Ich kann dir nicht erklären, was uns verbindet.«

Cole verdrehte die Augen. »Es nennt sich Lust.«

»So einfach ist das nicht.«

»Ich kenne dich, Dylan. Ich weiß, wie du tickst.«

Dylan schüttelte den Kopf. »Wir können Gwyneth vertrauen, das schwöre ich dir. Sie trägt ihre eigenen Geheimnisse mit sich herum, das kann ich ihr am Gesicht ansehen; es ist, als würde ich in einen Spiegel schauen.«

Mit klopfendem Herzen trat ich noch weiter zurück in die Dunkelheit. War ich wirklich so durchschaubar? Ich stopfte den Schal in eine Schublade in der Diele und ging zurück ins Wohnzimmer, während die beiden Männer sich mit gedämpften Stimmen weiter unterhielten. Ich hatte bereits zu viel gehört.

Während ich im Wohnzimmer saß und auf Dylan wartete, hörte ich halbherzig zu, wie Asher von seiner Agentur erzählte. Doch meine Gedanken waren bei dem, was ich gehört hatte, vor allem bei dem letzten Teil. Ich fragte mich, ob es vielleicht das war, was Dylan und mich aneinander faszinierte – die Tatsache, dass etwas Dunkles in uns lauerte. War das wirklich eine gesunde Grundlage für eine Beziehung?

Nicht, wenn wir nicht die Geheimnisse miteinander teilen konnten, die wir im Herzen trugen.

Als Dylan wieder ins Zimmer kam, schien er tief in Gedanken versunken. Ich fasste den Entschluss, ihm alles zu erzählen, sobald wir etwas Zeit für uns hatten: von meinen Eltern und was ich getan hatte. Dann würde er mir vielleicht auch seine Geheimnisse anvertrauen. Wir könnten neu anfangen, ganz von vorn, offen, so wie er sich das wünschte. Wie *ich* mir das wünschte.

Aber zuerst mussten wir herausfinden, was wir als Nächstes tun wollten. Ich konnte mir durchaus vorstellen, noch eine Weile in Island zu bleiben. Vielleicht könnten wir anschließend nach London fliegen und etwas Zeit in meiner Wohnung verbringen, um uns zu überlegen, wie unser nächster Schritt aussehen sollte.

Hekla kam herein. Ich beobachtete, wie sie ihr Handy checkte, ob sie neue Nachrichten bekommen hatte. Ich bewunderte sie, aber ich wollte nicht so sein wie sie, so ehrgeizig, dass sie die Arbeit über alles stellte. Es war Zeit, dass ich aufhörte, vor dem, was ich wollte, davonzulaufen.

Ich stand auf, ging zu Dylan und griff nach seiner Hand. Ich rechnete damit, dass er lächelte. Doch sein attraktives Gesicht blieb ausdruckslos. Er sah Asher und Hekla an. »Danke für das Frühstück, es war großartig.« Dann drehte er sich zu mir um. »Okay, soll ich dich mit zurücknehmen?«

»Du meinst, um meine Sachen zu holen?«

Er zuckte die Schultern. »Klar.«

Wir verabschiedeten uns und stiegen in den Truck. Dylan schien während der ganzen Fahrt immer noch tief in Gedanken versunken. Ich hoffte, dass er mir erzählen würde, was ihn so belastete. Ich legte die Hand auf sein Bein, um ihm zu zeigen, dass ich bereit war zuzuhören. Er drehte sich zu mir um und studierte mein Gesicht mit einer Dringlichkeit, die mich überraschte. Dann drehte er sich wieder weg.

»Ist alles in Ordnung?«, fragte ich.

»Ich bin nur müde.«

»Wenn du reden willst …«

Er zögerte einen Moment, dann lächelte er. »Es ist alles in Ordnung, ehrlich. Ich bin nur müde.« Er starrte in die Ferne. »Siehst du das Gebäude da?« Ich nickte. »Das ist Ashers Land, wo ich meine Holzarbeiten gemacht habe.«

»Ich würde es gerne sehen. Geht das?«

»Jetzt?«

»Natürlich.«

Er zuckte die Schultern. »Okay.«

Ein paar Minuten später fuhren wir auf ein karges, vereistes Grundstück. Verschiedene baufällige Gebäude standen darauf verstreut, bei einigen waren die Dächer durch den schweren Schnee eingestürzt. In der Ferne war ein kleiner Wald, und hin und wieder erhaschte man einen Blick auf einen winzigen, zugefrorenen See.

»Früher war das einmal ein bewirtschafteter Hof«, erklärte Dylan, als wir eine holprige, alte Straße hinunterfuhren. »Asher hat davon gesprochen, hier ein paar Büros zu errichten.«

»Es ist großartig«, sagte ich. »Es wäre eine Schande, hier Büros zu bauen.«

Dylan nickte heftig. »Genau das habe ich Asher auch gesagt. Cole hasst mich dafür: Er denkt, dass ich die Chancen unserer Firma auf einen weiteren Auftrag ruiniert habe. Doch es kommt mir wie eine Verschwendung vor, hier Arbeitsräume zu bauen. Das muss ein Heim für eine Familie werden.«

Er hielt an, und wir stiegen aus und zogen Mäntel und Handschuhe an. Ich griff nach meiner Kamera und folgte ihm durch ein Labyrinth von Gebäuden, wobei ich in die zerbrochenen und schmutzigen Fenster blickte. Am Ende des Grundstücks lag eine große Scheune, und dort führte Dylan mich hin. Er öffnete die Tür, und ich sah einen großen Raum mit Sägemehl auf dem Boden und einer Kreissäge in der Mitte. Auf dem Fußboden lag eine kleine Matratze mit Fellen und Decken, daneben ein Holztisch mit Büchern und einer Flasche Wasser. In der Nähe stand ein kleiner Heizlüfter, und an einem der Balken lehnten wunderschöne Holzskulpturen. Einige stellten Tiere dar.

»Hast du die gemacht?«, fragte ich. Dylan nickte. Ich ging zu einer der Skulpturen, einer majestätischen Robbe, und legte meine Hände auf das glatte Holz.

»Deine Herzogin«, sagte er.

Ich drehte mich um und sah ihn über die Schulter an. »Wie hast du die so schnell gemacht?«

»Ich habe sie gesehen, als ich dich bei den Filmarbeiten besucht habe. Ich habe zwei Monate dafür gebraucht.«

»Mein Gott, ist die schön.« Ich ging zu ihm und legte

ihm die Arme um den Nacken. »Du bist einfach unglaublich begabt.«

Er betrachtete mein Gesicht, sein Körper war starr. Ich drückte meine Lippen auf seine und hoffte, ich könnte die Anspannung vom Streit mit seinem Bruder fortküssen. Zunächst zögerte er, dann erwiderte er meinen Kuss, hart und drängend, und zog mich an sich. Ich strich ihm mit der Hand über die Brust. Er schluckte, sein Adamsapfel hüpfte auf und ab, während er mich ansah. Dann drückte er seine Lippen wieder auf meine. Ich erwiderte den Kuss, begierig, ihn wieder in mir zu spüren. Außerdem wollte ich sicher sein, dass nicht ich für diese seltsame Stimmung verantwortlich war.

Schnell zogen wir uns aus und krochen unter die Felldecken, um warm zu bleiben, während wir unsere Körper erkundeten. Als wir uns liebten, sah Dylan mir in die Augen. Doch sie funkelten nicht in einer Mischung aus Schalk und Lust wie am Abend zuvor. Jetzt sah er beunruhigt aus, als er mein Gesicht studierte. Als er kam, schloss er die Augen und wirkte fast gequält. Ich wollte ihn wieder fragen, was los war, mochte ihn aber nicht zu sehr bedrängen. Deshalb schlang ich die Arme um ihn und lehnte die Wange an seinen breiten Rücken. Mir waren die Feinheiten von Beziehungen nicht vertraut, der komplizierte Tanz, den andere Menschen aufführten, wie ich gehört hatte. Ich war mir nicht sicher, wie ich damit umgehen sollte, wenn jemand so offensichtlich vor sich hin brütete. Meine bisherigen Beziehungen waren alle flüchtige Begegnungen gewesen. Meine Partner waren mir nie wichtig genug gewesen.

Doch Dylan war mir wichtig.

Er drehte sich zu mir um. »Und was machst du als Nächstes?«, fragte er.

»Ich weiß es nicht. Was machst du denn als Nächstes?«, erwiderte ich, während ich ihn spöttisch ansah.

Doch er lächelte nicht zurück. »Ernsthaft. Hast du einen weiteren Dreh in Aussicht?«

»Drehs gibt es immer. Aber ich hätte nichts gegen eine Auszeit einzuwenden. Vielleicht für ein Jahr.« Ich sah aus dem Fenster auf die vereiste Landschaft um den Bauernhof und die verschneiten Bäume in der Ferne. »Eigentlich gefällt mir Island ganz gut.«

»Ein Jahr Auszeit? Schadet das nicht deiner Karriere?«

Ich zuckte die Schultern. »Vielleicht ist es Zeit für eine Veränderung.«

Er setzte sich auf und starrte mit finsterem Gesicht in die Ferne. »Das ist verrückt, Gwyneth. Du weißt, wie sehr du es liebst, Dokumentarfilme zu machen.«

»Das weiß ich. Ich will auch nur ein bisschen kürzertreten, verstehst du? Ich mache das jetzt seit so vielen Jahren.« Ich küsste seinen Rücken. »Und ich hoffe, dass ich einen Anreiz habe, ein bisschen kürzerzutreten.«

Es sah auf mich hinunter. »Bin ich der Anreiz?«

»Zum Teil.«

»Denn wenn es mit *mir* zu tun hat, mit uns«, sagte er mit einem unergründlichen Blick, »dann ist das einfach dumm.«

»Dumm?«, lachte ich. »Hör zu, *ich* will das tun, es geht nicht nur um dich. Wahrscheinlich würde ich es ohnehin tun, selbst wenn ich dich nicht wiedergetroffen hätte.«

Er hielt meinen Blick fest. »Wirklich?«

»Ja, wirklich. Ich will einfach ein bisschen ausspannen.«
Er lachte. »Du? Ausspannen?«

Ich rückte von ihm ab und verschränkte die Arme. »Warum nicht?«

»Hör zu«, seufzte er, »alles, was ich sagen will, ist, dass du das nicht wegen *uns* tun sollst.« Ich zog die Felldecke über meine nackte Brust. »Ich möchte nicht der Grund sein, dass du karrieremäßig einen Schritt zurück machst, Gwyneth.«

»Wäre das so ein Problem?«, fragte ich. »Ich meine, es geht vor allem um mich und darum, dass ich eine Pause brauche. Aber was wäre, wenn ich es deinetwegen täte? Ich bilde mir das doch nicht ein, was zwischen uns ist, oder?«

Er wich meinem Blick aus. »Ja, es läuft gut. Der Sex ist umwerfend. Es macht Spaß.«

»Der Sex.« Ich hatte ein flaues Gefühl im Magen. »Spaß? Gut, ich verstehe.«

Ich rückte weiter von ihm weg, mein Herz hämmerte in der Brust. Hatte ich etwa alles falsch verstanden?

Dylan legte mir die Hand auf die Schulter. »Ich möchte nur sagen, dass ich dich nicht bremsen will, das ist alles.«

Ich schob seine Hand weg. »Warum, weil es nur ein kleiner Urlaubsflirt war?«

In seinen Augen flackerten Gefühle auf, dann wurde sein Gesichtsausdruck hart. »Du weißt, dass es mehr war als das. Ich denke nur nicht …« Er zögerte und atmete tief durch. »Ich glaube, wir haben beide nicht erwartet, dass etwas Dauerhaftes daraus wird, oder?«

Ich sah ihn überrascht an, während meine Wangen vor Scham rot wurden. Ich sprang auf, griff nach meinen Kleidern und zog mich an. Dylan beobachtete mich, sagte aber nichts. Ich hatte zahllose Unterhaltungen wie diese gehabt, doch jedes Mal war ich in Dylans Position gewesen und hatte jemandem gesagt, dass ich die Beziehung abkühlen lassen wollte. Die Männer, denen ich begegnet war, hatten diverse Male Leidenschaft mit Liebe verwechselt. Und jetzt war mir mit Dylan das Gleiche passiert.

Ich zwang mich, mich zu beruhigen, bevor ich mich wieder zu Dylan umdrehte. »Du hast recht. Es hat Spaß gemacht«, sagte ich so unbekümmert, wie meine Stimme es zuließ. »Sorry, dass ich es so ernst nehme. Ich hasse es, wenn Leute das tun.«

Gefühle flackerten in seinen Augen auf, und ein paar Minuten war er sehr still, er atmete leise und tief. »Es tut mir leid«, sagte er schließlich, wobei seine Stimme ein wenig brach. »Ich hätte dir nichts vormachen dürfen.«

»Es ist okay, wirklich«, sagte ich und griff auf die gleichen Reserven zurück, auf die ich zurückgegriffen hatte, als ich vor Jahren hatte zusehen müssen, wie meine Eltern mir den Rücken zukehrten. »Ich denke, wir fahren jetzt besser zum Eisstrand zurück, bevor die Sonne untergeht.«

Er sah mich mit traurigen dunklen Augen an. Ich wusste, wie furchtbar es sich anfühlt, jemandem sagen zu müssen, dass man nicht das Gleiche empfindet wie der andere. Aber das machte es auch nicht leichter.

Er zog sich an und schlüpfte in seinen Mantel. Schweigend gingen wir zu seinem Truck, und ich kämpfte gegen die Tränen an, die mir in die Augen stiegen. Als ich auf der Beifahrerseite einsteigen wollte, griff er sanft nach meinem Handgelenk. »Gwyneth?«

Ich drehte mich zu ihm um. Gequält studierte er mein Gesicht.

»Ja?«, fragte ich und hoffte, er würde mir sagen, dass das alles ein Fehler war, dass er sah, dass wir zusammengehörten.

»Es war gut, dich zu sehen.« Dann ließ er meine Hand los.

16

Gwyneth

Gletscherlagune Jökulsarlon, Island
13. März 1991

Ich blieb schließlich noch ein paar Wochen in Island und fuhr mit Lyngar, dem isländischen Tierforscher, nach Reykjavik. Ich stellte klar, dass nichts mehr laufen würde. Ich wollte ihm nicht das Gleiche antun, was Dylan mir angetan hatte. Für ihn war das okay. Ich wohnte sogar in seinem Gästezimmer, und wir verbrachten die Nächte mit Reden. Es war eine Erleichterung, ihn als Freund zu haben, ohne die Komplikationen, die der Sex mit sich brachte.

Ich merkte, dass ich total fertig war. Eine leise Stimme in meinem Inneren sagte mir, dass es sich so anfühlte, wenn einem das Herz gebrochen wird, doch ich überhörte die Stimme. Ich gehörte nicht zu den Frauen, deren Gefühle und Leben so von einem Mann bestimmt wurden, dass sie zusammenbrachen, wenn der andere nicht genauso fühlte. Ich sagte mir, dass lediglich die Frage, was ich als Nächstes tun wollte, mich so erschöpfte.

Tatsache war jedoch, dass Dylan mich überrumpelt hatte. Ich verstand andere Menschen nur selten falsch. Doch mein Gott, was hatte ich ihn falsch verstanden! Und obwohl ich mir zu sagen versuchte, dass so etwas eben passierte, musste ich immer wieder darüber brüten. Ich stürzte mich mit Lyngar und seinen Freunden in das Nachtleben von Reykjavik, einer wundervollen Stadt mit atemberaubender Architektur und einzigartigen Orten, wo man essen und trinken konnte. Es war eine willkommene Erholung nach der rauen Natur am Eisstrand.

Eines Abends kam ich an einer Galerie vorbei, in der ich zu meiner Überraschung Hekla sah. Sie wiegte sich zu Musik, während sie mit jemandem sprach, und erwischte mich dabei, wie ich sie beobachtete. Sie kam zur Tür und öffnete sie weit.

»Gwyneth! Kommen Sie rein, kommen Sie! Dann sehen Sie auch mal, was ich mache!«

Ich zögerte, als ich die vielen Leute sah.

»Wir haben Champagner«, fügte sie hinzu. »Jede Menge.«

Lyngar griff nach meiner Hand und zog mich hinein. Ein paar der Gesichter kannte ich schon von der Party bei Asher und Hekla. Ich verspürte einen stechenden Schmerz, als ich mich erinnerte, wie es sich angefühlt hatte, Dylan dort zu sehen. Ich fragte mich, was er gerade machte. War er noch in Island?

Unter den Leuten waren einige Künstler, viele von ihnen mit einer Behinderung. Hekla erklärte mir, dass es deren Kunstwerke waren, die sie hier ausstellte; ihre Wohltätigkeitsorganisation machte das Arbeiten für die Künstler möglich, indem sie ihnen die Physiotherapie und die Prothetik bezahlte.

»Ist Asher auch hier?«, fragte ich und sah mich um.

»Er war gestern Abend zur Vernissage hier«, sagte Hekla und gab uns zwei Gläser Champagner. »Dann gehört Dylan jetzt also der Vergangenheit an?«, fragte sie und musterte Lyngar von oben bis unten.

»Da war nie etwas, das der Vergangenheit angehören könnte«, sagte ich und trank schnell einen Schluck Champagner. Ich schnitt eine Grimasse. Er schmeckte seltsam.

»Für mich sah das anders aus«, meinte Hekla und beobachtete, wie ich das Champagnerglas abstellte. Sie wandte sich Lyngar zu und zeigte in den Raum. »Sehen Sie sich doch mal um. Gwyneth und ich müssen reden.«

»Du musst nicht gehen!«, sagte ich zu ihm. Ich wollte nicht über Dylan sprechen, ich wollte ihn hinter mir lassen.

»Nein, das ist in Ordnung, wirklich«, meinte Lyngar, der die Signale in meinen Augen nicht mitbekam. »Ich sehe mir die Kunst gerne an. Wer weiß, vielleicht kaufe ich ja was.«

»Darauf bestehe ich!«, sagte Hekla. Als er sich entfernte, nahm Hekla meinen Arm und neigte sich dicht zu mir hin. »Nun kommen Sie schon, von Frau zu Frau. Was ist mit Dylan passiert? Kurz nachdem Sie abgereist sind, ist er verschwunden, zurück ins gottverlassene Schottland und dieses verflixte Familienunternehmen. Ich bin sehr enttäuscht von ihm – nach allem, worüber wir gesprochen haben.«

Ich scharrte verlegen mit den Füßen.

»Also, was ist zwischen Ihnen beiden passiert?«, fragte Hekla.

»Keine große Sache«, antwortete ich. »Ich denke, er wollte einfach ungebunden sein. Und wir haben uns ohnehin kaum gekannt.«

»Okay, vielleicht ist es besser so«, sagte sie und winkte jemandem zu, der vorbeiging. »Seine Familie ist ein Fiasko. Es ist besser, wenn Sie nichts mit ihnen zu tun haben.«

Ich runzelte die Stirn. Hatte der Mann, dem das Bauernhaus auf der anderen Seite des Lochs gehörte, nicht genau das Gleiche gesagt? *Ein Fiasko von einer Familie,* hatte er gesagt.

»Wie lange kennen Sie die McCluskys schon?«, fragte ich.

»Mairi und Oscar kenne ich seit zwanzig Jahren«, antwortete Hekla. »Asher und ich haben sie viele Jahre, bevor wir geheiratet haben, auf einer Design-Konferenz in Genf kennengelernt. Wir wollten sie sogar in den Flitterwochen besuchen, als wir in Großbritannien waren. Doch sie mussten absagen, eine Familientragödie, wie es schien.«

»Eine Tragödie?«

Sie nickte. »Ich habe nie herausgefunden, was passiert ist. Ich wollte nicht neugierig sein.«

»Wann war das?«

»Asher und ich haben letztes Jahr unseren zehnjährigen Hochzeitstag gefeiert.«

Ich dachte darüber nach. Es musste also vor elf Jahren gewesen sein. Dylan hatte gesagt, dass Heather als Zehnjährige etwas Schreckliches beobachtet hatte. Sie musste jetzt um die Zwanzig sein, das wäre also um diese Zeit gewesen. Dann fiel mir noch etwas ein: Gavin hatte gesagt, dass die beiden Familien seit zehn Jahren nicht mehr miteinander sprachen.

»Warum haben Sie gesagt, dass die McCluskys ein Fiasko sind?«, fragte ich Hekla. »Nur dass sie eine Familientragödie erlebt haben, macht sie noch nicht zu einem Fiasko.«

Sie lächelte leicht. »Das sagt mir meine Intuition, vor allem was die Mutter angeht. Wie sie mit ihren Kindern interagiert hat. Die Kontrolle, die sie ausgeübt hat. Ich kann es nicht genau erklären, ich weiß es einfach. Ich habe diese Fähigkeit. Meine Mutter hat immer gesagt, dass ich übersinnlich begabt bin.«

Ich versuchte, nicht zu lachen, und stellte mir Dylan vor, wie auch er versuchen würde, das Lachen zu unterdrücken.

Eine Frau kam zu Hekla und flüsterte ihr etwas ins Ohr.

Hekla nickte, dann lächelte sie mich an. »Ich muss gehen. Aber genießen Sie doch bitte die Ausstellung.« Sie war schon im Gehen, hielt jedoch inne, drehte sich noch einmal um und beugte sich noch einmal zu mir.

»In der wievielten Woche sind Sie?«, fragte sie.

Ich lachte. »Wie bitte?«

»In der wievielten Woche sind Sie schwanger?«

Ich sah sie schockiert an. »Ich bin nicht schwanger.«

»Wenn Sie das sagen«, lächelte sie.

»Ich denke, da spricht der Champagner«, sagte ich nervös und zeigte auf das Glas in ihrer Hand. »Ich bin auf keinen Fall schwanger.«

Doch als Lyngar und ich eine halbe Stunde später die Straße hinuntergingen und Lyngar mich mit der Geschichte der Beziehung zu seiner »Stalker-Ex«, wie er sie nannte, unterhielt, legte ich die Hand auf den Bauch und rechnete im Kopf nach. Wann hatte ich meine letzte Periode gehabt? Vor mehr als einem Monat, so viel war sicher.

Vielleicht sogar vor mehr als zwei Monaten. Ich hatte auch zugenommen, obwohl ich nicht viel gegessen hatte, denn seit dem Gespräch mit Dylan hatte ich keinen Appetit mehr.

Und da dämmerte es mir: Hekla hatte recht.

17

Amber

Audhild Loch
23. Dezember 2009

Auf der Weiterfahrt nach Schottland nimmt Amber die wunderschöne Landschaft in sich auf, die sich vor ihnen entfaltet. Der leichte Schnee auf Boden und Bäumen macht sie noch atemberaubender; die Wintersonne, die vom dauerhaft klaren Himmel scheint, bringt alles zum Funkeln. Amber ist erleichtert, dass es aufgehört hat zu schneien. So wird ihre Reise sehr viel reibungsloser verlaufen.

Sie sieht kurz zu Lumin hinüber, die beinahe am Fenster klebt, während sie in die ehrfurchtgebietende Landschaft hinausstarrt. Ist das die Welt, in der sie aufgewachsen ist? Amber kann sie sich durchaus hier vorstellen, vor allem vor dem winterlichen Hintergrund, wie sie mit roten Wangen, die sich von ihrer blassen Haut abheben, und ernstem Gesicht ihre Umgebung skizziert.

»Es ist so perfekt wie ein Gemälde«, sagt Lumin, doch in ihrem Ton schwingt Missbilligung mit. »Wer lebt eigentlich an so einem Ort?«

»Du vielleicht?«

Lumin lächelt und legt die Füße auf das Armaturenbrett.

»Füße runter«, sagt Amber.

»Okay, *Mum*«, antwortet Lumin.

Amber lächelt, um zu verbergen, wie sehr es sie schmerzt, das zu hören.

Sie sind jetzt seit vier Stunden unterwegs, und in dieser Zeit hat Lumin es geschafft, alle Einzelheiten über Ambers Kindheit aus ihr herauszukitzeln, als wollte sie sie nutzen, um ihre eigene Kindheit zusammenzupuzzeln. Amber hat es genossen, ihr zu erzählen, wie es war, von ihrer Mum und ihrer Tante großgezogen zu werden. Die Sommerferien hat sie im Souvenirladen verbracht und ihnen geholfen. Zuerst hat sie es geliebt. Sie hat sich wichtig gefühlt, wenn sie die Kunden bediente und Muscheln am Strand sammelte, der direkt vor der Tür lag, um damit den Laden zu dekorieren. Wenn es ruhig war, hat sie Eis gegessen und zugesehen, wie alle Welt am Laden vorbei an den Strand spaziert ist, um Sandburgen zu bauen. Der Sommer ist für sie wie ein nie endender Urlaub gewesen, vor allem da er eine Pause von der Schule bedeutete, wo sie immer gehänselt wurde. Und die Weihnachtsferien hatten etwas Magisches an sich, wenn sie in Decken gepackt und mit dicken Handschuhen die festlichen Aktivitäten am Strand beobachtete. Sie hat es auch geliebt, bei ihrer Tante zu sein. Viv brachte das Beste in Rita zum Vorschein, und oft haben sie sich kaputtgelacht. Eigentlich nicht anders als heute.

Doch als Teenager begann sie die Arbeit im Laden zu fürchten, vor allem wenn die Kinder, die sie von der Schule her hasste, vorbeischauten und sich über sie lustig machten.

Sie erinnert sich an einen besonders unangenehmen Zwischenfall mit einem der richtig gehässigen Mädchen, das auf ein paar Winterhandschuhe gezeigt und mit gespielt unschuldiger Stimme gesagt hatte: »Du solltest dir wirklich so ein Paar Handschuhe vom Weihnachtsmann bringen lassen, damit man deine Klauen nicht sieht, Amber.« Und ihre Freundinnen hinter ihr hatten gekichert.

Ihre Tante hatte es mitbekommen und nahm Amber auf die Seite. »Hier«, hatte sie gesagt und ihr eine Fünf-Pfund-Note in die Hand gedrückt. »Sieh dich in den Wohltätigkeitsläden mal nach einem Stuhl für mich um und bring ihn mit. Wir brauchen einen neuen Artikel auf Lager.«

Amber war in die Stadt gestapft, sauer, noch eine Besorgung machen zu müssen. Doch als sie sich in den Wohltätigkeitsläden umgesehen hatte, hatte sich ihr eine Welt der Möglichkeiten eröffnet. Es war wie damals in der Vorschule, als sie noch alle Finger hatte und Kunstwerke aus Plastikflaschen und Pappkarton gebaut hatte. Schließlich hatte sie einen kleinen Tisch gekauft und hatte, zurück im Laden, ihre Mum und ihre Tante gefragt, ob sie etwas damit machen dürfe. Die beiden hatten sich wissend angesehen. Im Rückblick war Amber klar, dass sie genau gewusst hatten, was sie taten – vor allem ihre Tante Viv, die immer so traurig schien, wenn sie Ambers Hand ansah. Am Ende der Woche hatte Amber einen wunderschönen, mit Muscheln besetzten Tisch geschaffen, die eine Glasplatte schützte, sodass man den Tisch normal benutzen konnte. Diese Arbeit wäre eigentlich schneller von der Hand gegangen, doch mit Ambers Beeinträchtigung dauerte sie eben länger. Trotzdem war die Befriedigung, die sie empfand, riesig gewesen – und danach gab es kein Zurück mehr.

Lumin gefällt diese Geschichte ganz besonders, und sie strahlt Amber an, als sie sie erzählt.

Ihr Gespräch verstummt, als sie nach Schottland kommen. Beide sehen schweigend aus dem Fenster, während sie Städte und ländliche Gegenden passieren; und je weiter sie nach Norden kommen, desto seltener werden die Städte.

»Bald sind wir da«, sagt Amber.

Lumin holt ihren Skizzenblock hervor und blättert durch die Bilder, die sie gezeichnet hat. Dann sieht sie aus dem Fenster. »Da«, sagt sie und zeigt auf eine Bergspitze. »Dieser Berg sieht genau so aus, nicht?«

Amber wirft einen Blick auf die Zeichnung. Es ist ein Bild von der Lodge, die Lumin so oft gezeichnet hat, mit einem Berg im Hintergrund. »Ja, ganz genau so.«

Lumins Gesicht leuchtet auf, und Amber spürt, wie sich Wärme in ihrem ganzen Körper ausbreitet.

»Lass uns dorthin fahren!«, sagt Lumin.

»Zuerst müssen wir was essen«, beharrt Amber. »Wir haben seit dem Frühstück nichts mehr gekriegt, und es ist schon fast zwei. Lass uns anhalten und erst etwas essen.«

Lumin nickt, als sie in ein Dorf kommen. Es ist winzig und liegt zwischen verschneiten Feldern, nur ein paar Häuser hier und da. Sie halten auf einem kleinen Parkplatz neben einer roten Telefonzelle und gehen in das Pub. Amber beobachtet, wie Lumin sich umsieht, das Gesicht zusammengekniffen vor Konzentration.

In dem Pub ist es ruhig, als sie hereinkommen. Eine

junge Frau steht hinter der Theke, und ein alter Mann mit roten Wangen sitzt hinter seinem Pint. Amber kennt solche Männer, sie belagern das Pub in Winterton Chine und trinken so viel, dass es sie wahrscheinlich eines Tages umbringen wird. Ihr Onkel ist genauso gewesen, wenn sie dem glaubt, was sie von ihrer Mum und ihrer Tante gehört hat. Deshalb hat Viv ihn schließlich auch verlassen.

Die Frau hinter der Theke lächelt. »Hallo.«

»Hallo«, sagt Amber und geht zu ihr. Lumin bleibt, wo sie ist, und sieht sich um. Der alte Mann blickt über die Schulter und betrachtet Lumins blaues Haar und das Piercing. Wenn sie in dieser Gegend gelebt hätte, würde man sich mit Sicherheit an sie erinnern. Amber wundert sich erneut, warum sich niemand gemeldet hat.

»Kann man bei Ihnen auch was essen?«, fragt sie.

»Natürlich, meine Liebe«, antwortet die Frau und reicht ihr die Speisekarte. »Bestellen Sie, was Sie möchten, und suchen Sie sich einen Platz. Wie Sie sehen, ist heute richtig viel los«, fügt sie kichernd hinzu.

»Es ist immer viel los«, lallt der alte Mann in sein Bier. »Das hält uns alle in Bewegung.«

»Großartig«, sagt Amber, ignoriert ihn und nimmt die Speisekarte. »Was möchtest du?«, fragt sie Lumin und steuert sie von dem Mann weg, der sie wieder anstarrt.

Lumin sieht über Ambers Schulter. »Etwas Herzhaftes.«

»Klingt gut. Pie und Fritten vielleicht? Es gibt hier eine Pie mit Käse und Zwiebeln. Ich nehme das Rindfleisch und ein Ale.«

Lumin signalisiert ihr ein Okay. »Perfekt.«

Amber gibt die Bestellung auf, dann holt sie das Bild heraus, das Lumin von der Lodge gezeichnet hat. »Kennen Sie vielleicht diesen Ort?«

»Tut mir leid, nein«, antwortet die, während sie sich das Bild ansieht. »Aber das da ist der Melbreck«, sagt sie und zeigt auf den Berg.

»Das habe ich mir gedacht.«

»Gibt es hier in der Nähe einen Wasserfall?«, fragt Lumin.

Die junge Frau nickt. »Ja, ungefähr zehn Minuten zu Fuß«, sagt sie und zeigt aus dem Fenster die Straße hoch. »Nehmen Sie einfach den Steinpfad, der an dem Bauernhof vorbeiführt, und dann immer an der Mauer entlang.«

Lumin drückt Ambers Arm. »Wir kommen der Sache näher.«

»Hey«, sagt die Frau zu dem alten Mann. »Kennst du das? Du lebst doch schon ein bisschen länger hier als ich.«

Der alte Mann guckt erst die Zeichnung an und dann Lumin. Amber sieht, dass eine Seite seines Gesichts herabhängt, als hätte er einen Schlaganfall gehabt. Er tut ihr leid. Mit Sicherheit hat er ein hartes Leben hinter sich.

Etwas regt sich in seinen Augen, als er das Bild ansieht, dann wird sein Gesicht hart. Er schüttelt den Kopf. »Nee.«

»Sind Sie sicher?«, fragt Lumin ihn, während sie ihn mit ihren blauen Augen genau betrachtet.

Er wendet sich wieder seinem Pint zu und starrt hinein. »Natürlich«, antwortet er unwirsch.

»Machen Sie sich nichts draus«, sagt die Frau. »Er ist immer so mürrisch.« Sie sieht ihn liebevoll an, dann nickt sie Richtung Fenster. »Machen Sie nach dem Essen doch einen Spaziergang zum Wasserfall und sehen Sie sich um.

Der Blick von dort oben ist erklecklich. Am besten machen Sie das bald, bevor es noch mehr schneit.«

»Erklecklich?«, fragt Lumin.

»*Erklecklich* heißt in dieser Gegend *schön*«, sagt der alte Mann.

»Oh, danke.«

Er studiert Lumins Gesicht, und Tränen steigen ihm in die Augen. Als sie wieder zu ihrem Tisch gehen, beugt sich Lumin zu Amber. »Der alte Mann erkennt die Lodge«, flüstert sie, während sie über die Schulter zu ihm hinsieht. »Vielleicht erkennt er mich auch. Wir sollten ihn befragen.«

Amber schüttelt den Kopf. »Befragen? Wer sind wir, Cagney und Lacey?«

»Wer?«

Amber lacht. »Egal. Hör zu, ich kenne solche Männer, die findest du auch bei uns im Pub. Ihr Gehirn ist so umnebelt vom Alkohol, dass man nichts Vernünftiges aus ihnen herausbekommt.« Sie beobachten, wie der alte Mann aufsteht und leicht schwankend in Richtung Toilette geht.

»Aber das ist ganz klar der gleiche Berg wie auf deinem Bild«, sagt Amber und dreht sich wieder zu Lumin um. »Und da der Wasserfall auch so nahe ist, sind wir hier definitiv richtig.«

»Aber seltsam ist es schon, dass die Frau die Lodge nicht erkannt hat. An eine so große Hütte muss man sich doch erinnern.«

»Der Loch ist einer der größeren in dieser Gegend. Es ist durchaus möglich, dass hier das eine oder andere Haus halb versteckt irgendwo auf privatem Land steht.«

»Vielleicht.« Doch Lumin sieht nicht überzeugt aus, und Amber ist es auch nicht.

Ihr Essen kommt, und die Portionen sind riesig.

»Wie lange lebt der alte Mann schon hier?«, fragt Lumin die Frau.

»Sein ganzes Leben lang, nehme ich an«, antwortet sie. »Meine Mum hat gesagt, dass er einmal viel Geld hatte. Doch vor ein paar Jahren hat er alles verloren. Wir sind erst vor Kurzem hergezogen und kennen nicht die ganze Geschichte. Ich glaube, er hat Kinder, er redet manchmal von ihnen, aber das macht ihn traurig. Es ist furchtbar, ihn weinen zu sehen. Egal«, sagt sie mit einem Seufzen. »Ich tue mein Bestes, um auf ihn aufzupassen, das tun wir hier alle. Aber manchmal habe ich das Gefühl, dass er unsere Hilfe gar nicht will, dass er glücklicher ist, wenn man ihn in Ruhe lässt. Also, lassen Sie es sich schmecken! Ich bringe Ihnen die Dessertkarte, wenn Sie fertig sind.«

Während des Essens ist Lumin ungewöhnlich still. Amber denkt darüber nach, wie schwierig das alles für sie sein muss, diese Achterbahnfahrt aus Hoffnung und Enttäuschung. Hat sie wirklich die richtige Entscheidung getroffen, sie hierherzubringen? Aber mit Sicherheit ist es besser als im Krankenhaus. Zumindest tun sie etwas, selbst wenn Amber sich damit in Schwierigkeiten bringt. Kommissar King hat eine weitere Nachricht hinterlassen, in der er ihr mitteilt, dass er sich mit ihrem Bild an die Presse wenden wird, wenn sie ihn nicht bald zurückruft. Trotzdem kann sie sich nicht dazu aufraffen. Sie sind ganz nahe daran, herauszufinden, woher Lumin kommt, das spürt Amber. Sie möchte warten, bis sie einen Durchbruch erzielt haben, um zu beweisen, dass sie recht hatte hierherzufahren. Erst dann will sie den Kommissar zurückrufen.

Nachdem sie jede zwei Stücke von einer unglaublichen Schokoladencremetorte gegessen haben, packen sie ihre Sachen zusammen. Der alte Mann sitzt inzwischen wieder an der Bar und beobachtet sie. Er stellt einen Fuß auf den Boden und sieht aus, als wollte er aufstehen und zu ihnen herüberkommen. Doch dann schüttelt er den Kopf, setzt sich wieder richtig hin und dreht ihnen den Rücken zu. Sie verabschieden sich, gehen die Straße hoch, wie die Frau es ihnen erklärt hat, und überqueren eine kleine Brücke.

Es ist eiskalt, und Amber ballt in ihren dick gefütterten Handschuhen die Fäuste. Die Gelenke ihrer kaputten Hand tun weh.

Sie kommen zu dem Bauernhaus und gehen den Steinpfad hoch. Vereiste Bäume neigen sich über ihre Köpfe und bieten ein wenig Schutz vor dem kalten Wind. Amber spürt, wie etwas auf ihrer Wange landet, und sieht hoch.

»Großartig, noch mehr Schnee«, sagt sie. Es schneit nur leicht, und die Flocken fallen in langsamen, sorglosen Kreisen auf sie hinunter. Doch Amber hat das unbestimmte Gefühl, dass der Schneefall stärker werden wird. Sie beschleunigt ihre Schritte, als sie den Berg hochgehen; Lumin denkt offensichtlich das Gleiche. Amber überlegt, stehen zu bleiben und Fotos zu machen. Es ist wunderschön hier, mit den Berggipfeln in der Ferne und den eisgesäumten Feldern um sie herum, während der Loch unter ihnen nur andeutungsweise zu sehen ist. Aber sie will nicht nachher hier im hohen Schnee stecken bleiben.

Der Weg verliert sich in vereisten Feldern, und Amber bleibt einen Moment stehen. »Sind wir noch richtig? Die Mauer ist hier zu Ende.«

Aber Lumin hört nicht zu. Sie starrt auf die Eiswand vor ihnen.

»Der Wasserfall«, sagt sie.

»Der Wasserfall? Das sieht nicht wie ein Wasserfall aus.« Dann dämmert es Amber: »Er ist gefroren.«

Lumin nickt. Sie hat ein breites Lächeln auf dem Gesicht, als sie über das Feld auf eine Holzbrücke zugeht, so schnell, dass Amber laufen muss, um mit ihr Schritt zu halten. Als sie näher an den gefrorenen Wasserfall kommen, ist sie vollkommen verblüfft. Einen solchen Wasserfall hat sie noch nie gesehen, geschweige denn einen, der in der Bewegung erstarrt ist. Das einstmals fließende Wasser hat sich in eine dichte silberweiße Wand verwandelt und die Wassertropfen in Schnee-Stalaktiten. Amber hat das Gefühl, dass jemand hier einen Film angehalten hat – das sonst üppig fließende Wasser steht vollkommen still. Der Loch ist ebenfalls zugefroren, die Stelle, wo das Wasser auf den See trifft und normalerweise aufspritzt, ist zu einer Eiswolke erstarrt. Es ist merkwürdig still, als wären die Tiere, die so an das kontinuierliche Rauschen gewöhnt sind, durch dessen Fehlen vor lauter Schock verstummt.

Amber stellen sich die Nackenhaare auf. Es ist wirklich beeindruckend. Lumin muss genauso empfinden, sie steht wie erstarrt auf der Stelle und sieht mit großen Augen auf die silberne Flut.

»Das ist unglaublich, was?«

Lumin nickt. »Ich … ich glaube, ich war schon einmal hier, als der Wasserfall zugefroren war.« Sie kneift die Augen zusammen und geht in die Hocke, während sie sich auf ihre Erinnerungen konzentriert. Dann blickt sie zu Amber hoch. »Ich glaube … ich glaube, ich habe beobachtet, wie jemand den gefrorenen Wasserfall hochgeklettert ist. Ist das überhaupt möglich?«

»Vielleicht mit einer Spitzhacke«, antwortet Amber.

Wieder schließt Lumin die Augen, legt eine Hand an die Schläfe und konzentriert sich ganz auf die Erinnerungen. »Da ist nicht nur ein Mann raufgeklettert, es waren zwei. Und beide hatten dunkle Haare.« Sie öffnet die Augen wieder. »Dunkle Haare, wie der Mann in meinem Albtraum.«

Amber geht zu ihr und legt ihr den Arm um die Schultern. »Konzentrier dich nicht zu sehr auf diesen Traum. Träume sind seltsam. Ich habe mal geträumt, dass ich Premierminister Gordon Brown geheiratet habe.«

Aber Lumin sieht nicht überzeugt aus. Und Amber kann nicht umhin, sich zu fragen, ob der Traum etwas Wahres beinhaltet, eine Erinnerung an etwas.

»Hör zu, warum fahren wir nicht einfach einmal um den Loch herum?«, sagt sie. »Versuchen wir doch, die Lodge zu finden, die du gezeichnet hast. Wenn es den Wasserfall gibt, muss es die Lodge auch geben.«

Als sie zurück zu ihrem Auto kommen, fällt der Schnee noch dichter. Schnell deckt er den Boden zu und verwandelt ihre Umgebung in eine Symphonie in Weiß. Lumin guckt frustriert und tritt mit den Doc Martens, die Amber ihr geliehen hat, nach dem Schnee. Amber kann ihre Frustration spüren. Je stärker es schneit, desto höher ist die Wahrscheinlichkeit, dass sich ihre Suche noch länger hinzieht. Aber zumindest sind sie jetzt am richtigen Loch.

»Das Hotel, das ich für uns gebucht habe, ist nicht weit von hier«, sagt Amber und öffnet Lumin die Autotür. »Wir fahren einmal um den Loch herum und dann zum Hotel, und da sitzen wir den starken Schneefall aus.«

Lumin nickt, ohne etwas zu sagen.

Der Wagen springt problemlos an, die Winterreifen quietschen auf dem frischen Schnee.

»Halt die Augen offen und schrei, wenn du etwas wiedererkennst«, sagt Amber, als sie losfahren.

Doch nach zwanzig Minuten Fahrt haben sie bis auf noch mehr Schnee und vereiste Bäume nichts gesehen.

»Hier gibt es keine Lodge«, sagt Lumin und ballt frustriert die Hände zu Fäusten. »Hier gibt es überhaupt nicht viel. Und es schneit immer stärker«, fügt sie hinzu, während sie zusieht, wie die Scheibenwischer mit dem Schnee zu kämpfen haben. »Wir sollten zurückfahren, bevor wir stecken bleiben.«

Amber möchte sagen, dass sie nicht aufgeben dürfen. Doch sie weiß, dass Lumin recht hat. Sie merkt, dass das Auto allmählich mit der frischen Schneedecke zu kämpfen hat, selbst mit den Winterreifen. »Vielleicht hast du recht«, antwortet sie.

Lumin seufzt und lässt sich tiefer in den Sitz sinken. Sie verschränkt die Arme, während sie aus dem Fenster starrt. Amber stellt sich vor, dass Katy sich in diesem Alter genauso verhalten hätte. Sie sehnt sich nach ihrer Tochter.

Katy hat den Schnee geliebt. Amber hat ihre Angst unterdrücken müssen, als sie Katy zum ersten Mal im Schnee gesehen hat, den sie mit ihren kleinen Beinen aufwirbelte.

Jasper hat Ambers Angst gespürt. Er ist zu ihr gekommen und hat ihre behandschuhte Hand in seine genommen. »Alles ist gut. Wir lassen sie nicht aus den Augen.«

Er war in solchen Dingen immer so gut gewesen. Er schien zu wissen, wann Amber Angst hatte oder sich Sorgen machte, wann sie Albträume hatte oder von Erinnerungen heimgesucht wurde: wie sie ihre Finger verloren hatte, der Anblick ihrer verbundenen Hand danach, das Entsetzen, ihre Finger vielleicht für immer verloren zu haben, das sich in ihrem kleinen Gehirn ausgebreitet hatte. Sie erinnert sich, wie ihre Tante in einer Ecke des Krankenzimmers geweint hat, die Hand vor den Mund geschlagen: »Oh mein Gott.« Es hatte Viv schwer getroffen, als würde sie sich selbst Vorwürfe machen, was lächerlich war. Andererseits hat Viv den Schmerz ihrer Schwester immer sehr stark mitempfunden.

Amber verscheucht die Erinnerung und sieht sich nach einer Stelle um, an der sie wenden kann. Die Straße ist schmal, und der Boden vereist langsam, sodass sie nicht in drei Zügen wenden will, für den Fall, dass ein weiteres Auto auftaucht. Je früher sie ins Hotel kommen, desto besser. Es wäre furchtbar, mit Lumin hier draußen liegen zu bleiben. Ihre Schuldgefühle würden riesig sein.

Als sie weiter die Straße entlangfährt, fällt ihr eine Abzweigung zu ihrer Rechten auf, ein Tor mit einem Schild: *Privatbesitz*. Amber biegt ab und versucht, durch den grellen Schnee hindurch etwas zu sehen.

»Warte! Stopp!«, ruft Lumin atemlos vor Aufregung.

Amber tritt auf die Bremse. »Was ist los?«

»Guck mal!« Lumin zeigt die Straße hinunter. Amber folgt ihrem Blick und sieht in der Ferne ein großes Haus, die Wände verkohlt, das Dach eingestürzt.

»Da ist es«, sagt Amber. »Das Haus, das du gezeichnet hast.«

»Oder das, was noch davon übrig ist«, erwidert Lumin.

18

Gwyneth

Druridge Bay
2. Oktober 1996

Eisbären sind die größten Raubtiere in den arktischen Meeres-
regionen. Trotzdem fallen ihre Jungen anderen Raubtieren wie
Polarfüchsen und Polarwölfen zum Opfer, vor allem wenn das
Muttertier auf der Jagd ist und die Jungen allein in der Höhle
zurücklässt.

Ich atmete tief durch und strich mein frisch getöntes Haar
glatt, während ich mich im Spiegel betrachtete. Es war
dumm, dass ich mir so viele Gedanken machte, wie ich
an Lumins erstem Schultag aussah. Sie war schließlich die
Hauptperson. Vorhin hatte ich ihr das erdbeerblonde Haar
mit viel Mühe zu einem Zopf geflochten. Doch als alleinerziehende Mutter – als einzige alleinerziehende Mutter
im Dorf, soweit ich wusste – spürte ich besonderen Druck,
genau richtig auszusehen, wenn ich sie an der Schule ab-
lieferte. Man hatte mich gewarnt, dass das Schultor ein
Minenfeld sein könnte, und ich wollte, dass Lumin in die
Gemeinschaft passte. Das bedeutete, auch *ich* musste in die
Gemeinschaft passen. Das Leben war einfacher so.

»Du siehst hübsch aus, Mummy.«

Ich drehte mich um und sah mein wunderschönes Mädchen in der Tür stehen. Sie hielt ihre Schultasche nervös an sich gedrückt. In mir stieg so viel Liebe auf, dass es fast wehtat, und ich umarmte meine Tochter.

»Jetzt ist es so weit«, flüsterte ich in ihr kleines Ohr. »Dein erster Schultag. Ich kann kaum glauben, wie schnell die Jahre vergangen sind. Es fühlt sich an, als hätte ich dich erst gestern zur Welt gebracht.«

So fühlte es sich tatsächlich an. Vor knapp fünf Jahren war meine Tochter auf die Welt gekommen. Ich hatte sie in einem Krankenhaus nahe meiner Londoner Wohnung zur Welt gebracht. Dort hatte ich mich während meiner Schwangerschaft verkrochen, Anrufe gemieden, alle Bücher gelesen, die noch von Reg dort standen, und versucht, mich an den Gedanken zu gewöhnen, dass ich bald Mutter sein würde. Ich hatte überlegt, es Dylan zu sagen. Doch wir waren mit großer Endgültigkeit auseinandergegangen, und ich konnte den Gedanken nicht ertragen, dass mein Kind von einem Elternteil zurückgewiesen werden könnte, wie ich von meinen Eltern zurückgewiesen worden war. Also standen Lumin und ich gegen den Rest der Welt, und ich gelobte mir, dass ich sie immer lieben und für sie da sein würde, egal was sie tat.

Aber manchmal sah ich Lumin an, ihre hohen Wangenknochen und wie sie die Gleichaltrigen im Dorf bereits überragte, dachte an ihren Vater und spürte Bedauern. Tief im Inneren wusste ich, dass es falsch war, Dylan sein Kind vorzuenthalten. Doch nachdem Lumin geboren war, wurde es mit jedem Monat und jedem Jahr, das verging, schwieriger, auch nur daran zu denken, ihn aufzu-spüren und es ihm zu sagen. Dann war da noch seine Fa-milie, vor allem seine furchterregende Mutter. Sie würden es mir nie verzeihen, dass ich ihnen ein Mitglied ihrer Fa-milie verschwiegen hatte. Ich war von meinem Standpunkt überzeugt: Nach allem, was vorgefallen war, nach der selt-samen Atmosphäre, nach den Andeutungen über die Ge-heimnisse der Familie, die ich zufällig mit angehört hatte, war es vielleicht besser, wenn Lumin nicht Teil dieser Fa-milie war.

Lumin schien es nichts auszumachen, dass sie keine wei-tere Familie hatte. Manchmal fragte sie mich nach ihrem Vater, und ich erzählte ihr, dass er weit weg lebte. Wir beide waren ein Team und von Anfang an eine enge Einheit. Wir brauchten niemanden, der uns möglicherweise ent-täuschte – oder der von uns enttäuscht sein könnte.

Ich hatte gewusst, dass ich nach der Geburt wieder ar-beiten musste. Während der gesamten Schwangerschaft hatte ich von dem Geld gelebt, das ich mit dem Island-Trip verdient hatte. Doch obwohl Reg die Wohnung abbe-zahlt hatte und sie jetzt mir gehörte, brauchte ich Geld für Essen und für alles, was ein Kind später benötigen würde. Also hatte ich ein paar Leute angerufen und schließlich hatte sich etwas ergeben: ein sicherer Teilzeit-Filmjob bei einer Firma, die Videos produzierte. Sie wurde von einem alten Kommilitonen von Julia, Steve, geleitet, und hatte ih-ren Geschäftssitz in Northumberland. Den Großteil ih-rer Motive filmte sie im Gebiet der Druridge Bay mit ih-ren atemberaubenden Naturschutzgebieten, die eine reiche Tierwelt beherbergten. Es hatte sich richtig angefühlt: weit genug weg von London, um mir das Gefühl zu geben, dass ich mit meiner Tochter neu anfing. Und nicht zu nah an den schottischen Highlands.

Ich war von Anfang an ehrlich gewesen und hatte Steve erzählt, dass ich ein Baby hatte. Seine Frau Tina, die inzwischen eine gute Freundin geworden war, arbeitete als Tagesmutter, und so hatte er viel Verständnis. Acht Wochen nach Lumins Geburt zogen wir in das Dorf, in dem Steve und Tina wohnten, einen idyllischen kleinen Ort mit Kopfsteinpflaster, nur eine kurze Autofahrt von der großartigen Druridge Bay-Küste entfernt. Lumin war an den drei Tagen, die ich arbeitete, bei Tina, und ich konnte mit der Tätigkeit, die ich liebte, unser Geld verdienen: seltene und wunderschöne Tiere filmen. Sicher, die Filme würden irgendwann in Schnipsel zerschnitten und verkauft, um von Marketingleuten für Werbezwecke genutzt zu werden. Es waren nicht die Tierdokus, die ich früher gemacht hatte, doch ich konnte nicht wählerisch sein. Ich hatte jetzt ein Kind.

Doch in der letzten Zeit war eine Ruhelosigkeit in mir, mein alter Plan, Tiere in verlassenen Gebäuden zu filmen, war wieder in mir gereift. Ich hoffte, wenn Lumin in der Schule war, würde ich Gelegenheit haben, meine Pläne an meinen beiden freien Tagen zu verfolgen.

»Gut«, sagte ich zu Lumin und sah auf die Uhr. »Wir sollten uns aufmachen.«

Ich sah einen Anflug von Nervosität in den Augen meiner Tochter und fühlte mit ihr. Sie war fest entschlossen, tapfer und erwachsen zu wirken, genau wie ich, als ich klein gewesen war. Doch manchmal kam die Verletzlichkeit durch. Ich drückte ihre Hand, und sie sah mit einem tapferen Lächeln zu mir hoch.

»Erinnerst du dich an deinen ersten Schultag, Mummy?«, fragte sie, als wir an der Haustür standen.

Ich zögerte einen Moment. Ich erinnerte mich an die Fotos, wie ich in der Tür unseres alten Cottages gestanden hatte, meine Mutter und mein Vater stolz hinter mir. Sie hatten das Foto jahrelang an der Wand hängen gehabt, umrandet von neueren, die in der Schule aufgenommen worden waren. Ob sie wohl immer noch dort hingen?

Natürlich nicht.

»Ich erinnere mich, dass ich sehr aufgeregt war«, sagte ich jetzt zu Lumin, als wir ins Freie traten. »Und auch ein bisschen nervös.«

»Hat deine Mummy dich zur Schule gebracht?«

Manchmal fragte sie mich nach meinen Eltern, nach ihren Großeltern, denn im Dorf sah sie andere Kinder mit ihren Großeltern. Ich hatte ihr erzählt, dass sie tot waren, so wie ich es allen erzählte. Es war mir schwergefallen, doch was hätte ich tun sollen? Ich wollte nicht, dass sie sich fragte, warum sie sie nicht sehen wollten. Natürlich wusste ich, dass weitere Fragen kommen konnten, wenn sie älter wurde. Doch damit würde ich mich auseinandersetzen, wenn es so weit war.

»Das weiß ich nicht mehr, Liebling«, sagte ich jetzt. »Oh, guck mal, da sind noch andere Schulkinder.« Ich zeigte auf zwei Kinder, die die Straße in Richtung Grundschule gingen.

»Sie haben die gleiche Schuluniform wie ich«, sagte

Lumin, und ihre Augen leuchteten, während sie die grünen Pullover und die grauen Röcke betrachtete.

»Natürlich, ihr geht ja auf dieselbe Schule.«

»Aber das sind große Mädchen.«

Ich lächelte auf Lumin hinunter. »Das bist du jetzt auch.«

Sie dachte kurz darüber nach, dann lächelte sie stolz. »Ich glaube, ja.«

Hand in Hand gingen wir den steilen Kopfsteinpflasterweg entlang. Wir waren aus der Wohnung, die ich zunächst gemietet hatte, ausgezogen und wohnten jetzt in einem kleinen Reihenhaus, nur zehn Minuten Fußweg von der Küste entfernt, wo ich meistens filmte. Es lag nur eine Straße von Steve und Tina entfernt. Ich wohnte jetzt seit fast fünf Jahren hier im Ort, fühlte mich aber immer noch ein bisschen wie eine Außenseiterin. Tina hatte mich gewarnt, dass das in Dörfern wie diesem so war; alle waren miteinander aufgewachsen. Dass jemand wie ich auftauchte, erschütterte das System ein wenig. Um meiner Tochter willen war ich jedoch von Anfang an fest entschlossen gewesen, mich zu integrieren. Ich war sowohl zu den Treffen gegangen, die Steve und Tina arrangierten, als auch zu den Eltern-Kind-Kursen im örtlichen Gemeindezentrum. Aber es war schwierig gewesen; es gab noch immer eine gewisse Distanz.

Wir kamen an zwei Müttern vorbei, die ich in einem der Mutter-Kind-Kurse kennengelernt hatte. Ihre kleinen Mädchen hielten sich an der Hand, offensichtlich trafen sie sich auch außerhalb der Kurse. Ich lächelte und winkte ihnen zu, und sie winkten zurück. Ich umklammerte Lumins Hand noch fester, voller Bedenken angesichts all der

Jahre mit Freundescliquen und Dramen, die vor ihr lagen. Bei dem Gedanken, dass Lumin Ablehnung erfahren könnte, zuckte ich zusammen. Dann schüttelte ich den Kopf. Alles würde gut gehen. Sie hatte meine Zähigkeit. Ich atmete tief durch, als wir zum Schultor kamen. Es war eine kleine Schule, in Lumins Klasse würden nur zwanzig Schüler sein. Ich hörte Lumin zitternd Luft holen und drückte noch einmal ihre Hand. Wir gingen durchs Tor in die Schule, wo die beiden Lehrerinnen, die wir bereits am »Kennenlerntag« getroffen hatten, mit einem fröhlichen Lächeln warteten.

»Zieht eure Mäntel aus«, sagten sie ernst zu den Kindern, »und sagt Mummy und Daddy Auf Wiedersehen.« Das Wort *Daddy* traf mich. Plötzlich sehnte ich mich nach Dylan, dass er die Sorge und die Aufregung an diesem besonderen Tag mit mir teilen würde.

Ich half Lumin aus dem Mantel. Im letzten Monat hatten wir das schwierige Zumachen des Reißverschlusses geübt, damit die Lehrer nicht mit dieser Aufgabe belastet würden. Während Lumin ihren Mantel an den dafür vorgesehenen Haken hängte, sah sie zu dem kleinen Bereich hin, in dem die Kinder sich langsam im Schneidersitz niederließen. Ein Junge hielt sich an seiner Mutter fest, hatte seine molligen Arme um ihre Taille geschlungen und weinte. Ich fühlte auch in meinen Augen Tränen stechen.

»Alles in Ordnung, Mummy«, sagte Lumin. »Es sind nur ein paar Stunden.« Lustig, dass sie *mich* tröstete.

Ich lächelte, hockte mich hin und drückte sie an mich. »Mein Gott, hab ich dich lieb.«

»Autsch.«

»Tut mir leid, Liebling«, sagte ich und strich ihr den fedrigen Pony aus den Augen. »Viel Spaß.«

Sie nickte resolut, dann gab sie mir einen Kuss auf die Wange. »Den werde ich bestimmt haben.«

Ich sah zu, wie sie ihren Platz unter den Kindern einnahm, still und ruhig dasaß. Sie alle sahen so jung aus, zu jung, um schon in der Schule zu sein. Plötzlich verspürte ich das Bedürfnis, zu ihr zu laufen und sie wieder mitzunehmen. Aber ich wusste, dass sie bereit für die Schule war.

Mein Baby war kein Baby mehr.

Ich versuchte, nicht zu viel an Lumin zu denken, als ich Richtung Küste fuhr, um zu filmen, denn sonst wäre ich sofort umgedreht und hätte sie aus dem Klassenraum gezerrt. Stattdessen konzentrierte ich mich auf die Arbeit, die vor mir lag. Ich wollte mich mit Steve treffen, um ein paar Krickenten zu filmen. Nach der Brutsaison in Island zogen sie Richtung Süden, und wir befanden uns an dem optimalen Ort, um sie auf ihrem Flug zu filmen.

Ich näherte mich dem Strand, der nass und golden glitzerte.

In diesem Gebiet waren früher einmal Kohlegruben gewesen. Doch dann war das Gelände wieder in seinen alten Zustand versetzt worden, und das Tierleben gedieh. Aber es gab noch immer Spuren der Kohlegruben, mit alten Schächten hier und da. Dorthin wollte ich an meinen beiden freien Tagen Ende der Woche, wenn Lumin in der Schule war: Ich wollte die Gelegenheit nutzen und das Leben der Tiere filmen, die vielleicht die Schächte zu ihrem Zuhause gemacht hatten.

Ich hielt auf dem Parkplatz neben Steves Geländewagen. Er wartete schon auf mich, einen Notizblock in der Hand. Manchmal begleitete er mich, wenn ich filmte, und machte sich Notizen. Er war in den Fünfzigern, hatte einen riesigen Bauch und dunkle Haare, die ihm bis zu den Schultern reichten. Er trug immer ein T-Shirt von irgendeiner Metal-Band, und ich erinnerte mich an das erste Mal, als ich ihm begegnet war: Seinem Aussehen nach hätte ich gedacht, er wäre Mitglied in irgendeinem Motorradclub. Aber er hatte nie auch nur auf einem Motorrad gesessen – seine Leidenschaft waren Videos. Dazu war er gekommen, als er jahrelang die Touren für diverse Rockgruppen gefilmt hatte. Nach der Hochzeit mit Tina waren sie von London an die Küste von Northumberland gezogen. Er hatte seine wilden Tage hinter sich gelassen, und die Familie war mit ihren drei Söhnen sesshaft geworden.

Ich arbeitete gerne mit ihm. Meistens schwieg er, doch wenn er etwas erzählte, war es in der Regel eine Geschichte aus seiner Zeit auf Tour mit den Bands.

»Sie sind schon da«, sagte er und zeigte auf eine Gruppe von Krickenten, die über den Himmel zogen. Sie sahen wie ganz normale Enten aus, nur ihre Farben schienen intensiver, das Smaragdgrün ihrer Flügel war vor dem schneeweißen Himmel wunderschön anzusehen. Oft kamen Leute hierher, um die Enten auf ihrem Zug zu beobachten, vor allem wenn sie sich zu Hunderten sammelten, wie das manchmal zu dieser Jahreszeit geschah. Das gab gutes Bildmaterial für jeden, der Videos von farbintensiven Enten brauchte. Einen Teil meiner Aufnahmen aus dem Vorjahr hatte ich sogar in einem Werbespot des Tourismusbüros Northumberland entdeckt. Natürlich rief das nicht den gleichen Stolz in mir hervor, den ich beim Anblick der BBC-Dokumentarfilme empfunden hatte, an denen ich mitgewirkt hatte. Aber es freute mich trotzdem, und wenn es bedeutete, dass ich damit Lumin ein sicheres Leben bieten konnte, war es das wert.

Wir ließen uns hinter einer Sanddüne nieder und bauten unsere Ausrüstung auf. Für Oktober war es ein kalter Tag, der Atem war als silberner Hauch vor unseren Mündern zu sehen.

»Wie ging es Lumin denn heute Morgen?«, fragte er, als ich zu filmen begann.

»Ich glaube, gut. Sie war glücklich und nicht besonders nervös.«

»Aber ich wette, du warst nervös?«

Ich lächelte. »Ja, schon die ganze letzte Woche.«

Er lachte. »Ich erinnere mich noch, als Riley in die Schule gekommen ist. Tina und ich waren nervliche Wracks. Sie hat richtig geweint, als sie nach Hause gekommen ist, und ich habe so getan, als würden mir vom Wind die Augen tränen. Ich musste schließlich mein Macho-Image aufrechterhalten.«

Ich lächelte. Tina und Steve passten gut zusammen. Ich dachte wieder einmal, wie es gewesen wäre, wenn ich Lumin zusammen mit Dylan in die Schule gebracht hätte. Mir drehte sich der Magen um. In der letzten Zeit bereute ich es immer mehr, dass ich ihm nichts von ihr erzählt hatte … und ihr von ihm.

Ein Mann tauchte am Strand auf und marschierte ins Bild. Er hatte einen Kamerarecorder dabei und stellte sich genau vor mich, während er die Enten filmte.

»Verdammte Vogelbeobachter«, rief Steve halblaut, sodass der Mann es eindeutig hören musste.

Er drehte sich um und schaute zu uns hin. »Das ist ein freies Land«, rief er und blieb stehen, wo er war. Ich nahm die Kamera hoch und versuchte, ein paar Aufnahmen ohne ihn zu schießen, während Steve zu ihm hin stürmte.

»Wir arbeiten hier«, hörte ich ihn sagen. »Das wird kein Urlaubsvideo. Das ist eine preisgekrönte Dokumentarfilmerin, die da filmt und deren Arbeit Sie gerade ruiniert haben«, fügte er hinzu und zeigte auf mich. »Der Strand ist wirklich groß«, sagte er und zeigte auf den weiten, vereisten Strand. »Suchen Sie sich doch bitte eine andere Stelle, wo Sie nicht in unserem Dreh stehen.«

»Eine preisgekrönte Dokumentarfilmerin?«, sagte der Mann und spähte zu mir herüber.

Steve warf sich in die Brust. »Sie hat mit der Legende Reginald Carlisle gearbeitet, sie war sein Wunderkind. Die beiden haben viel für die BBC gedreht.«

Die Augen des Mannes begannen zu leuchten. »Carlisle ist allerdings eine Legende! Er ist mein großes Vorbild. Darf ich Sie für meinen Blog interviewen?«, rief er zu mir herüber.

»Ähm, ich weiß nicht …«

»Klar!«, sagte Steve und kam mit dem Mann herüber. »Aber sehen Sie zu, dass Sie auch meine Firma erwähnen, die Peterson Productions«, sagte er und gab dem Mann eine Visitenkarte.

»Ich möchte lieber nicht interviewt werden«, sagte ich. Steve sah enttäuscht aus.

»Und was ist mit einem Foto?«, fragte der Mann.

Steve sah mich bettelnd an. »Na gut, aber nur ein Foto«, gab ich nach.

Der Mann lächelte und zog seine Kamera aus der Tasche. »Kommt der Dokumentarfilm später im Fernsehen?«

»Diese Aufnahmen hier sind nicht für einen Dokumentarfilm«, sagte ich. »Wir machen Archivaufnahmen für Steves Firma.«

»Aber Sie haben doch gesagt, sie wäre Dokumentarfilmerin?«, sagte der Mann zu Steve.

»Ich habe Dokumentarfilme gemacht, bevor ich meine Tochter bekommen habe und hierhergezogen bin«, erklärte ich.

»Ah, verstehe. Wenn Sie bitte Ihre Kamera so halten können wie eben und die Enten filmen, das wäre großartig.«

Widerwillig tat ich, worum er mich gebeten hatte, und sagte ihm meinen Namen, den er auf seinen Notizblock kritzelte. Dann bedankte er sich aufgeregt und lief weiter den Strand hinunter.

»Du hast nicht so ausgesehen, als ob dir die Sache gefallen hätte«, sagte Steve, als wir später zusammenpackten.

»Mir gefällt die Vorstellung nicht, dass ich überall im World Wide Web zu sehen bin.«

»Mach dir keine Gedanken, diese Weblogs schauen sich nicht viele Leute an. Ich wette, diese ganze Internet-Geschichte ist in ein paar Jahren gestorben, es ist einfach eine dieser dummen Modeerscheinungen.«

»Gut«, sagte ich und verstaute meine Kamera sorgfältig in der Tasche.

Am kommenden Tag öffnete der Himmel seine Schleusen, und in der ganzen Woche war ein Tag so düster wie der andere. Es regnete so stark, dass wir auf dem Schulweg komplett durchnässt wurden. »Wir brauchen einen richtigen Regenschirm, Mummy«, beklagte sich Lumin, als ich versuchte, ihr den einzigen Schirm, den wir hatten, über den Kopf zu halten. »Meine Socken werden nass«, jammerte sie.

»Ich weiß, Liebes, ich kaufe am Wochenende einen anständigen Schirm.«

In diesem Augenblick riss mir ein Windstoß den Schirm aus den Händen, klappte ihn um und fegte ihn die Straße hinunter.

»Scheiße.« Schnell zog ich Lumin die Kapuze über den Kopf und griff nach ihrer nassen Hand. »Los, je schneller wir reinkommen, desto trockener bleiben wir.«

»Der Regen läuft mir hinten in den Mantel, Mummy!«

Ich warf einen Blick auf ihren Mantel. Die Kapuze war mit Knöpfen befestigt, der Regen drang durch, und Lumins Pullover war schon ziemlich nass. Ich sah auf die Uhr. Wir hatten nur noch zwei Minuten Zeit. Wir könnten zwar nach Hause laufen und ihr einen trockenen Pulli holen, aber dann würden wir zu spät kommen. Das war in der ersten Schulwoche natürlich nicht unbedingt günstig.

»Kommen Sie, ich helfe Ihnen«, sagte eine Stimme, und plötzlich erschien ein großer Schirm über uns.

Dankbar drehte ich mich um – und erstarrte.

19

Gwyneth

Druridge Bay
5. Oktober 1996

Vor mir stand Mairi, die dunklen Augen auf Lumin gerichtet. Sie hockte sich vor sie hin und schaute ihr ins Gesicht. »Du bist aber eine Hübsche«, sagte sie mit ihrem unverkennbar schottischen Akzent.

Lumin sah fragend zu mir hoch.

»Was ... was tun Sie denn hier?«, stotterte ich.

»Am besten bringen Sie sie erst mal in die Schule«, sagte Mairi und sah mich an. »Nehmen Sie den Schirm. Ich warte hier auf Sie und erkläre Ihnen dann alles.«

Ich öffnete den Mund und schloss ihn wieder. Ich wusste weder was ich denken noch was ich sagen sollte.

»Gehen Sie!«, drängte Mairi. »Sonst kommen Sie zu spät, das sieht die Schule nicht gern.«

Ich blinzelte verwirrt, dann nickte ich, nahm Lumins Hand und rannte mit ihr zur Schule, wobei ich mich über die Schulter noch einmal nach Mairi umsah.

»Mein Gott«, flüsterte ich, und meine Augen füllten sich mit Tränen, als mir die Tragweite der Situation bewusst wurde.

»Alles klar, Mummy?«, fragte Lumin.

»Natürlich«, antwortete ich und riss mich zusammen. »Ich bin nur entsetzt, wie nass wir beide sind. Komm, umarm deine Mummy«, sagte ich und suchte Trost und Stärke bei meiner Tochter. Sie umarmte mich fest, dann rannte sie in ihre Klasse. Ich beobachtete sie einen Moment und zögerte das Unausweichliche hinaus. Dann holte ich tief Luft und ging wieder nach draußen.

Mairi stand im Regen, ihr langes braunes Haar inzwischen ganz nass, weil sie keinen Schirm mehr hatte, doch das schien sie nicht zu interessieren. Stattdessen sah sie mir mit entschlossenem Blick ins Gesicht.

Sie wusste, dass Lumin Dylans Tochter war.

»Sollen wir einen Tee trinken?«, fragte ich und schaute sie genauso entschlossen an, als ich ihr den Schirm zurückgab. Ich musste die Sache in die Hand nehmen.

Sie nickte. »Gute Idee.«

Schweigend gingen wir unter dem Schirm zu dem kleinen Café, in das ich manchmal mit Tina ging. Unterwegs versuchte ich, meine Gedanken zu ordnen. Ich konnte sie anlügen und ihr sagen, dass es kurz nach Dylan einen anderen Mann in meinem Leben gegeben hatte, doch ich wusste, dass sie mir nicht glauben würde. Sie hatte gesehen, was ich jeden Tag sah: Lumins Wangenknochen, ihre Lippen und ihre langen, schlanken Glieder.

Das Café war leer, als wir eintraten. Mairi schüttelte den Schirm aus und lehnte ihn gegen die Wand. Sie trug einen langen kohlschwarzen Wollmantel. Er sah teuer aus, doch mir fiel auf, dass in der Naht unter dem Arm ein Loch war und dass ihre Stiefel abgewetzt aussahen.

»Was möchten Sie?«, fragte ich und suchte in meinem Portemonnaie nach ein paar Münzen.

»Machen Sie sich keine Gedanken, ich übernehme das«, sagte Mairi. Sie legte mir die Hand auf den Arm und hielt ihn fest. Ich merkte, dass ich zitterte. »Sie setzen sich besser mal hin, bevor die Beine unter Ihnen nachgeben.«

Ich nickte, setzte mich ans Fenster und starrte in den Regen hinaus. Im Fenster gespiegelt sah ich Mairi an der Theke stehen, Wasser tropfte aus dem Ende ihres Zopfes.

»Tee oder Kaffee?«, rief sie über die Schulter.

»Kaffee.« Ich stützte den Kopf in die Hände, und langsam dämmerte mir, wie schrecklich das war, was ich Dylan *und* seiner Familie angetan hatte. Sie mussten mich hassen!

Mairi kam mit zwei Tassen und zwei Mandelcroissants zurück.

»Sie sehen aus, als könnten Sie etwas Zucker gebrauchen«, sagte sie und musterte mich. »Sie haben abgenommen.«

»Ich hatte viel zu tun.«

»Sieht ganz so aus.« Sie trank einen Schluck Kaffee, lehnte sich auf ihrem Stuhl zurück und sah mich an.

»Wie haben Sie mich gefunden?«, fragte ich.

»Ihr Foto war in einem von Heathers Lieblings-Webblogs.«

Ich schloss die Augen.

»Ein sehr schönes Foto übrigens«, fügte sie hinzu. »Heather war ganz aufgeregt, als sie es entdeckt hat … vor allem als sie gelesen hat, dass Sie mit Ihrer *Tochter* in Druridge Bay leben.«

Ich schüttelte den Kopf. Ich hätte vorsichtiger sein müssen.

»Ich habe ein paar Anrufe getätigt, mit einem netten Mann namens Steve gesprochen und ihm erklärt, dass ich eine alte Freundin bin«, fuhr Mairi fort. »Er war so nett, mir zu erzählen, dass Ihre Tochter gerade in die Schule gekommen ist. Sobald ich gehört habe, wie alt sie ist, habe ich gewusst, dass sie Dylans Tochter sein muss.«

Ich hatte Steve in den letzten Tagen nicht gesehen. Wahrscheinlich hatte er vorgehabt, mir von dem Anruf zu erzählen, wenn ich später vorbeischaute.

»Weiß Dylan Bescheid?«, fragte ich, während mein Mund trocken wurde.

Mairi schüttelte den Kopf. »Ich musste mich erst selbst vergewissern und das Kind sehen. Dylan ist etwas … angeschlagen in der letzten Zeit.« Ihre Augen blickten sorgenvoll in den Regen hinaus. »Ich konnte es ihm nicht erzählen, ohne mir absolut sicher zu sein.«

»Ich weiß nicht, was ich sagen soll.«

Sie nickte. »Gut. Sie leugnen also nicht, dass Dylan der Vater Ihrer Tochter ist.«

Ich schüttelte den Kopf. »Als ich gemerkt habe, dass ich schwanger bin, war Dylan schon fort.«

»Und Sie haben sich entschlossen, ihm nicht zu sagen, dass Sie von ihm schwanger sind.«

»Ich habe gedacht, ich tue das Richtige. Er …«

»Hat er Sie sitzen lassen?«

Ich biss die Zähne zusammen. »Ja. Und da er außerdem noch angedeutet hat, dass er keine Kinder wollte, hielt ich es für das Beste, einfach ohne ihn weiterzumachen. Ich konnte eine Zurückweisung nicht riskieren«, flüsterte ich.

»Eine Zurückweisung? Sie sind doch nicht so klug, wie ich gedacht hatte«, sagte Mairi und schüttelte den Kopf. »Er hat Sie eindeutig geliebt. Vielleicht tut er das immer noch.«

»Nein«, sagte ich. »Er hat mich verlassen. Genau genommen ist ›verlassen‹ das falsche Wort. Er konnte mich gar nicht verlassen. Für ihn war es nur eine kurze Affäre.« Ich hörte die Bitterkeit in meiner Stimme. Nach all den Jahren tat es immer noch weh: die Demütigung, der Kummer.

Mairi lachte. »Ich habe keine Ahnung, warum er Sie hat gehen lassen. Aber ich sage Ihnen: Mein Sohn hat Sie geliebt. Er ist vollkommen verändert aus Island zurückgekommen.«

Ich schüttelte den Kopf. »Das haben Sie falsch verstanden.« Ich wollte nicht, dass sie recht hatte. Denn was würde das für das Geheimnis bedeuten, das ich all die Jahre vor Dylan gehütet hatte – und vor Lumin!

»Ich kenne meinen Sohn, Gwyneth«, sagte Mairi mit harter Stimme. »Ich weiß es, wenn er ein gebrochenes Herz hat.«

»Das verstehe ich nicht! Er hat mir gesagt, dass er keine Beziehung will.«

»Er wird seine Gründe gehabt haben«, sagte sie und nickte vor sich hin. »Gute Gründe, wenn ich ihn richtig kenne. Aber dass er Sie nicht geliebt hat, dürfte keiner davon gewesen sein. Und jetzt zu meiner Enkelin. Fangen wir doch mal mit ihrem Namen an …«

Ich schluckte schwer, meine Kehle war trocken. »Lumin.«

»Oh«, sagte Mairi. Sie fuhr sich mit der Hand zur Brust, und ihre Augen füllten sich mit Tränen. »Ein wunderschöner Name. Und ein wunderschönes Mädchen.«

»Das stimmt.« Ich spürte, wie auch mir Tränen in die Augen stiegen. »Es tut mir so leid, Mairi.«

»Wir Mütter müssen das tun, was wir für das Beste halten. Und Sie haben damals eindeutig das für das Beste gehalten.« Sie drückte meine Hand. »Die Vergangenheit zählt nicht. Was wir als Nächstes tun, ist wichtig.«

»Dylan wird mich hassen.«

Sie schüttelte den Kopf. »Er wird sich selbst hassen, dass er Sie verlassen hat. Wie ich meinen Sohn kenne, wird er sich eher selbst Vorwürfe machen als Ihnen.« Sie dachte einen Moment nach. »Wir müssen das vorsichtig angehen«, sagte sie und biss sich auf die Lippe. »Wahrscheinlich ist es am besten, wenn er weder erfährt, dass ich es vor ihm herausgefunden habe, noch dass ich hier war. Wenn Sie es ihm erzählen, erwähnen Sie mich nicht. Er muss mir erzählen, dass er eine Tochter hat. Ich schätze, das ist wichtig für ihn.«

Ich holte tief Luft. Ich sollte es ihm also erzählen? Wahrscheinlich hatte ich keine Wahl. Wenn ich es nicht tat, würde seine Mutter es tun. Wie sollte ich es ihm erklären? Damals waren mir meine Gründe so plausibel erschienen. Ich hatte meine Tochter vor dem Gefühl der Zurückweisung schützen wollen, das ich selbst so lange gehabt hatte. Doch mit den Jahren hatte sich diese Entschuldigung abgenutzt, und jetzt sah ich sie als das, was sie war: der Ausweg eines Feiglings.

»Ich werde nicht lügen«, sagte ich. »Und das sollten Sie auch nicht. Ich werde ihm sagen, dass Sie mein Foto gesehen haben und hierhergekommen sind, um sich Sicherheit zu verschaffen.« Sie öffnete den Mund, um zu protestieren, doch ich beugte mich vor und sah ihr in die Augen. »Keine Lügen mehr.«

Sie holte tief Luft, dann nickte sie.

»Gut«, sagte ich. »Ich rufe ihn heute Abend an, wenn Sie mir seine Nummer geben.«

»Das können Sie nicht am Telefon machen!«, protestierte Mairi.

»Ich kann ihn aber auch nicht hierherzitieren. Ich kann nicht riskieren, dass er Lumin über den Weg läuft, bevor ich die Gelegenheit hatte, ihm alles zu erklären. Das schulde ich Vater und Tochter, allen beiden.«

»Mein Gott, Gwyneth, so etwas erzählt man nicht am Telefon. Kommen Sie mit dem Mädchen nach Schottland. Wir sehen zu, dass alles richtig abläuft.«

»Auf die McClusky-Art?«, fragte ich. »Nein, danke. Ich mache das auf meine Art. Ich kenne meine Tochter … und ich kenne auch Dylan, obwohl unsere gemeinsame Zeit nur so kurz gewesen ist. Egal wie er es erfährt – am Telefon, im persönlichen Gespräch oder per Brief –, es wird auf jeden Fall schwierig werden. Doch je früher es passiert, desto besser. Ich habe es schon zu lange aufgeschoben.« Wir sahen uns an. »Geben Sie mir seine Nummer?«

Sie schrieb seine Telefonnummer auf und reichte sie mir. »Er wird nicht begeistert sein, dass ich hierhergekommen bin. Aber ich wollte ihn nur vor einer möglichen Verletzung schützen.«

In dem Moment wurde mir klar, dass Mairi einfach nur das getan hatte, was ich die ganzen Jahre auch getan hatte: Sie hatte ihr Kind vor Verletzung und Zurückweisung schützen wollen. Aber ich hatte mich geirrt – und sie auch. Keine Lügen mehr.

»Sie müssen ihm mehr zutrauen«, sagte ich. »Er wird es gut aufnehmen.«

Sie schüttelte den Kopf. »Er findet jetzt schon, dass ich mich zu sehr einmische.«

»Vielleicht tun Sie das ja auch? Das könnte Ihre Chance sein, es einmal nicht zu tun.«

Ihr fiel die Kinnlade herunter. »Gut.« Sie stand auf und griff nach ihrem Schirm. »Ich würde Ihnen viel Glück wünschen – aber ich glaube, Sie können damit auch so gut umgehen.«

Mairi irrte sich. Ich konnte damit nicht gut umgehen. So fühlte es sich zumindest erst einmal an. Auf dem Heimweg hatte ich beschlossen, Dylan sofort anzurufen, doch als ich das Telefon in der Hand hielt, brachte ich es nicht fertig und legte schnell wieder auf. Mein Herz hämmerte und schlug mir bis zum Hals. Ich war mir nicht sicher, ob ich überhaupt ein Wort herausbekommen würde, doch es musste sein. Also griff ich erneut nach dem Telefon und wählte die Nummer, die Mairi mir gegeben hatte. Es klingelte mehrere Male. »Hallo?«

Ich erkannte seine Stimme sofort, schloss die Augen und stellte ihn mir am anderen Ende vor.

»Dylan, ich bin's, Gwyneth.«

Er sagte nichts, ich hörte nur seinen Atem.

»Dylan?«

»Entschuldige«, sagte er vorsichtig. »Ich habe deine Stimme so lange nicht mehr gehört. Wie geht's dir?«

»Gut. Ich rufe aus einem bestimmten Grund an. Es geht um etwas, das ich dir schon eine ganze Weile sagen wollte, aber …« Ich zögerte, es fiel mir schwer. »Die Gründe, aus denen ich es nicht getan habe, sind kompliziert. Aber du musst es wissen.«

»Ist alles in Ordnung? Bist *du* in Ordnung?«

Ich hörte die Besorgnis in seiner Stimme, schaute zur Decke hoch und blinzelte die Tränen weg. »Es gibt keinen einfachen Weg, dir das zu sagen, also sage ich es einfach geradeheraus: Du hast eine Tochter.«

»Was?« Der Schock in seiner Stimme war greifbar.

»Sie heißt Lumin und ist fast fünf. Ich bin in Island schwanger geworden.« Ich merkte, dass ich ihn mit Fakten bombardierte, aber es war die einzige Möglichkeit, das durchzustehen.

Vermutlich stand er auf, denn ich hörte, wie jemand sich bewegte, vielleicht ging er hin und her. »Mein Gott.«

»Es tut mir sehr leid, Dylan. Jetzt, wo ich dir das erzähle, fühlt es sich noch grausamer an. Wie konnte ich das nur vor dir geheim halten?« Meine Worte überschlugen sich. »Ich weiß, dass du sehr wütend auf mich sein musst, aber ich hab das nicht getan, um mich zu rächen. Ich konnte einfach den Gedanken nicht ertragen, dass …« Ich verstummte, bevor ich etwas Dummes sagte, das ihn noch mehr erschüttern würde. Ich wollte ihn nicht noch mehr verletzen, als ich das ohnehin schon getan hatte. »Sag doch bitte was, Dylan.«

»Erzähl mir von ihr.«

Erleichterung durchströmte mich. »Sie ist gerade in die Schule gekommen«, sagte ich. »Sie ist wunderschön und mutig und klug für ihr Alter. Ihre Lehrerin hat gesagt, dass sie super in Kunst ist. Sie hat deine hohen Wangenknochen und mein helles Haar. Sie bedeutet mir alles, und in diesem Moment hasse ich mich dafür, dass ich ihr den Vater genommen habe.«

»Wann kann ich sie kennenlernen? Wo lebst du, immer noch in London?«

Ich beugte mich vor und stützte den Kopf in die Hände. »In Northumberland, ein paar Stunden Autofahrt von dir entfernt. Ich möchte dich zuerst allein sprechen, dir alles erklären. Ich will nichts überstürzen, sie ist noch so jung …«

»Weiß sie von mir?« Er klang so sachlich. Warum beschimpfte er mich nicht? Wäre mir das lieber gewesen?

»Ich werde ihr heute Abend von dir erzählen.«

Er holte verblüfft Luft. »Gut. Ich komme morgen, wenn sie in der Schule ist. Ich kann jetzt losfahren, unterwegs in einem Hotel übernachten und dich morgen früh treffen.«

Ich blinzelte. Morgen. Das war schon so bald. Doch ich hatte kein Recht, Nein zu sagen. »Okay. Aber ich will Lumin nicht überrumpeln.«

»Ich bleibe so lange es sein muss. Wenn sie bereit ist – wenn du bereit bist –, können wir uns treffen. Wo genau wohnst du?«

Ich gab ihm meine Adresse und verabredete mich für den Vormittag mit ihm, wenn Lumin in der Schule war.

Dann ließ ich mich im Stuhl zurücksinken. Ich zitterte am ganzen Körper.

Diese Woche würde Lumin ihren Vater kennenlernen. Und ich würde Dylan zum ersten Mal seit fast sechs Jahren wiedersehen.

Am Nachmittag holte ich Lumin voller Bangen von der Schule ab, denn ich befürchtete, dass Mairi da sein könnte. Ich konnte ihre Gefühle nachvollziehen, aber es gefiel mir nicht, wie sie versuchte, mich herumzukommandieren. Alles musste nach ihrer Pfeife tanzen, wie meine Mum immer gesagt hatte. Aber Mairi war nicht da.

Während des Abendessens bemühte ich mich, keinen zerstreuten Eindruck zu machen und mich auf Lumin zu konzentrieren. Zum Glück war sie müde und still und wollte einfach nur fernsehen und etwas naschen. Gewöhnlich versuchte ich, beides während der Woche auf ein Minimum zu reduzieren. Doch ich ließ ihr ihren Willen. Wenn sie auch nur ansatzweise meine Stimmung spürte, war ein Streit über Schokolade und Kinderfernsehen das Letzte, was sie brauchte.

An diesem Abend las ich ihr ein Kapitel aus den *Chroniken von Narnia* vor. Sie hatte schon früh angefangen, Bücher mit Geschichten zu lieben, schaute sich aber auch immer noch gern die Illustrationen an. Wenn sie zeichnete, versuchte sie, sie zu kopieren.

»Mummy?«

Ich hielt mit Lesen inne. »Ja, Liebling?«

»Wo ist der Vater der Kinder?«

»Im Krieg, erinnerst du dich? Deshalb müssen sie ihr Haus verlassen.«

Sie dachte kurz darüber nach, dann neigte sie den Kopf. »Dann ist er also nicht tot wie meiner?«

»Dein Vater ist nicht tot.«

»Aber das hat ein Mädchen gesagt. Sie hat gesagt, dass er tot sein muss, wenn ich ihn noch nie gesehen habe. Sie hat gesagt, dass ich eine *Waise* bin.«

Ich zog sie an mich und versuchte, mein Gesicht vor ihr zu verbergen. »Du bist keine Waise! Eine Waise ist man, wenn beide Eltern tot sind.«

Sie sah zu mir hoch. »Ich wünschte, mein Daddy wäre hier.«

Es war, als wüsste sie, was los war. Sie wusste es natürlich nicht. Aber ich hatte schon immer das Gefühl gehabt, dass es eine ganz spezielle Verbindung zwischen uns gab, als könnte sie mir direkt in den Kopf schauen. Ich musste an Hekla denken; ihr würde das gefallen.

Ich holte tief Luft und strich Lumin den Pony aus den Augen. »Vielleicht wirst du ihn ja kennenlernen.«

Sie setzte sich aufrecht hin. »Was? Wo ist er?«

»Er wohnt in Schottland.«

»In Schottland? Das ist ewig weit weg.«

»So weit nun auch wieder nicht.«

»Lerne ich ihn bald kennen?«

Ich spürte Tränen in meinen Augen. »Das hoffe ich sehr, Liebling.«

20

Gwyneth

Druridge Bay
6. Oktober 1996

Am nächsten Morgen wachte ich bis aufs Äußerste angespannt auf. Ich hatte Dylan so lange nicht gesehen – und jetzt dauerte es nicht mehr lange, bis ich ihm gegenübertreten würde. Ich glaube, Lumin spürte meine Anspannung. Sie beobachtete mich mit gerunzelter Stirn, während ich ihr half, sich für die Schule fertig zu machen. Wann würde sie ihren Vater treffen? Sie schien mir bereit. Doch zuerst musste ich Dylan treffen und mit ihm reden.

Ich lieferte Lumin in der Schule ab und beteiligte mich halbherzig am Geplauder vor dem Schultor. Einige Mütter waren mir gegenüber sehr offen, sodass ich mich willkommen fühlte. Ich war ihnen dankbar, doch in diesem Moment konnte ich an nichts anderes als an Dylan denken und hatte keine Zeit für Smalltalk. Ich machte mich gleich auf den Weg zurück nach Hause. Er hatte gesagt, dass er gegen 9:30 Uhr kommen würde. Das gab mir noch Zeit, einen Kaffee zu trinken und mich zusammenzureißen.

Doch als ich näher kam, sah ich, dass er bereits da war. Er lehnte an der Backsteinmauer vor meinem Haus und blinzelte in die Herbstsonne. Sein Bart war kürzer, stoppeliger und betonte seine markanten Wangenknochen. Vor dem blauen Himmel war sein Haar kohlrabenschwarz. Er schien abgenommen zu haben. Zwar war er noch immer groß und muskulös, aber schlanker. Und er sah müde aus. Selbst aus ein paar Metern Entfernung konnte ich das schon sehen. Vielleicht hatte die Nachricht, dass er eine Tochter hatte, ihn die ganze Nacht über wachgehalten, genau wie auch ich wach gewesen war.

Ich ging weiter und hatte das Gefühl, ich müsste mich vor Nervosität auf der Stelle übergeben. Wir sahen einander eine Weile an. Es lag so viel Ungesagtes zwischen uns.

Ich sprach als Erste. »Es tut mir wirklich leid. Ich kann überhaupt nicht mehr verstehen, warum ich dir nichts von Lumin gesagt habe.« Ich sah ihn an und wartete auf eine Reaktion, doch er schaute mich einfach weiter an, die Hände tief in den Taschen seines dunklen Mantels vergraben, den Kragen hochgeklappt. »Ich glaube, es lag daran, dass du gesagt hast, du willst keine Kinder – und daran, wie wir auseinandergegangen sind«, fuhr ich fort. »Und da meine Eltern …« Ich schwafelte, das wusste ich, doch ich musste das bedrückende Schweigen füllen.

Er blickte jäh auf. »Ich habe nie ernsthaft gesagt, dass ich keine Kinder will. Das war nur so eine achtlose Bemerkung damals, als ich jünger war. Und damit, wie wir auseinandergegangen sind, habe ich gedacht, ich tue dir einen Gefallen.«

»Einen Gefallen?«

»Du hast davon gesprochen, deine Karriere aufzugeben.«

»Nein, das hab ich nicht! Ich wollte nur ein bisschen kürzertreten und weniger reisen.«

»Genau«, sagte er, während er mich aufgewühlt ansah. »Das Reisen ist deine Leidenschaft – und trotzdem wolltest du das alles für mich aufgeben.«

Ich lachte. »Wow. Wirke ich auf dich wirklich wie eine Frau, die ihre Karriere für einen Mann aufgibt?«

»Nein, es ist nur …« Er zögerte und sah auf die Straße, die ich gerade entlanggekommen war. »Das spielt jetzt keine Rolle mehr, oder? Alles, was zählt, ist Lumin. Geht sie hier in die Schule?«

Ich nickte, und sein Gesicht wurde weicher. Ich holte meinen Schlüssel heraus. »Komm rein«, sagte ich. »Ich denke, wir können beide einen Kaffee gebrauchen.«

Ich öffnete die Tür, und er trat ein. In dem kleinen Wohnzimmer wirkte er riesig. »Das Haus ist keine schottische Lodge, aber es passt gut zu mir«, sagte ich und hatte plötzlich das Gefühl, das kleine Haus verteidigen zu müssen, für das ich so hart gearbeitet hatte.

»Es ist großartig«, sagte er und betrachtete die weichen Überwürfe auf den Sofas und die Tierfotos an den Wänden. Er hielt inne, als er in einem der Regale seine Skulptur entdeckte, den Vogel, den er an jenem Weihnachtsfest für mich geschnitzt hatte. Dann sah er sich die gerahmten Fotos an, die mich und Lumin über die Jahre zeigten. Er schien den Atem anzuhalten, und seine Augen füllten sich mit Tränen. Er trat zu den Fotos und berührte Lumins Gesicht mit den Fingern.

»Sie sieht genauso aus wie du«, sagte er.

»Ich finde immer, sie sieht aus wie du.«

Er drehte sich zu mir um. »Dann eben wie wir beide. Mein Gott, Gwyneth, warum nur hast du mir nie von ihr erzählt?«

»Das hab ich doch schon gesagt«, erklärte ich unglücklich.

»Das reicht nicht als Entschuldigung.«

»Okay, gut. Ich hatte Angst, dass du sie zurückweisen würdest, wie meine Eltern mich zurückgewiesen haben.«

Er sah mich überrascht an. »Aber … deine Eltern sind doch tot. Ist irgendetwas zwischen euch passiert, bevor sie gestorben sind?«

Ich wandte mich ab. »Ich brauche einen Kaffee. Möchtest du auch einen?«

»Ja«, sagte er. Der Ärger in seiner Stimme war noch immer zu hören.

Ich ging in die kleine Küche, und er folgte mir. Die Atmosphäre war spannungsgeladen. Als ich den Kessel aufsetzte, ging Dylan zur Garderobe neben der Hintertür, betrachtete Lumins kleine Jacke und griff nach einem ihrer Gummistiefel. »Sie ist winzig.«

»Genau genommen ist sie ziemlich groß für ihr Alter. Noch etwas, das sie von dir hat.«

Er stellte den Stiefel behutsam wieder hin, dann setzte er sich an den Tisch und fuhr sich mit den Fingern durchs Haar. »Wir haben beide Schuld«, räumte er ein. »Ich hätte dir nicht das Gefühl geben dürfen, dass ich mein eigenes Kind ablehnen könnte. Und du hättest sie mir nicht vorenthalten dürfen. Du musst mir das mit deinen Eltern nicht erklären, wenn du nicht willst. Aber du sollst wissen, dass ich mein Kind nie zurückweisen würde. Niemals.«

Ich reichte ihm seinen Kaffee, setzte mich ihm gegenüber und trank den ersten Schluck Kaffee. »Das weiß ich, und ich schätze, dass ich das immer schon gewusst habe. Ich hätte es nicht als Entschuldigung nehmen dürfen. Wie oft ich daran gedacht habe, einfach zum Hörer zu greifen …« Ich schüttelte den Kopf.

»Daran können wir nichts mehr ändern.« Er beugte sich vor und sah mir in die Augen. »Alles, was ich jetzt will, ist, die verlorene Zeit nachholen. Ich will Lumin nicht durcheinanderbringen. Aber … aber ich möchte sie bald kennenlernen. Ich möchte eine Beziehung zu ihr aufbauen.«

»Ich wünsche mir auch, dass du das tust. Das weiß ich jetzt.«

Mir entwich ein Schluchzer. Wie hatte ich ihn nur von ihr fernhalten können? Hatten meine Eltern mich dermaßen versaut?

Dylan legte mir die Hand auf den Arm. »Was ist mit deinen Eltern passiert, Gwyneth? Was haben sie getan, dass du gedacht hast, es wäre besser, deine Tochter von ihrem Vater fernzuhalten, als das Risiko einzugehen, dass er sie zurückweisen könnte?«

Ich schüttelte den Kopf und wischte mir die Tränen ab. »Ich möchte jetzt nicht darüber reden. Hier geht es um Lumin, nicht um mich.«

»Du hast recht.« Er entspannte sich auf seinem Stuhl und streckte die langen Beine aus, während er seinen Kaffee trank. »Wann kann ich sie sehen?«

»Wie wäre es morgen? Ich sage es ihr heute nach der Schule. Du könntest morgen zum Abendessen zu uns kommen. Wir essen gewöhnlich gegen fünf.«

Er nickte, und seine dunklen Augen blickten aufgeregt. Aber er sah auch nervös aus, und er tat mir leid. Er stand auf.

»Du hast deinen Kaffee nicht ausgetrunken«, sagte ich und erhob mich ebenfalls.

»Ich kann im Hotel noch einen trinken.«

»Gut.« Es war dumm, aber ich war enttäuscht. Er war wegen Lumin hier, nicht meinetwegen – und wir hatten alles gesagt, was gesagt werden musste. Doch ich wünschte mir trotzdem, dass er noch blieb, dass wir uns von den vergangenen Jahren erzählten.

»Sie liebt übrigens Kunst«, sagte ich, als ich ihn hinausbrachte. »Wie du.«

Sein ganzes Gesicht leuchtete auf. »Das hast du schon am Telefon gesagt. Es ist großartig. Wir sehen uns also morgen?«

Ich nickte. »Bis morgen.«

Am nächsten Tag beobachtete ich Lumin, wie sie aus dem Fenster sah und auf ihren Vater wartete. Nur zu gerne hätte ich gewusst, was in ihrem kleinen Kopf vor sich ging. Sie hatte die Nachricht, dass Dylan uns besuchen würde, gelassen, positiv und mit einem kleinen Lächeln aufgenommen. Und jetzt, während mein Herz vor lauter Nervosität ganz unregelmäßig schlug und ich kaum ein Wort herausbekam, kam sie an den Tisch herüber und klappte ihren Malblock auf.

»Zeichnet er gern?«, fragte sie. Ich nickte und erzählte ihr, wie gern Dylan Figuren aus Holz schnitzte und Tiere zeichnete. »Hat er die Tiere in deinem Notizbuch gezeichnet?«, fragte Lumin, und ihre Blicke wanderten zu meinem Notizbuch.

Ich nickte wieder.

»Wenn er Holz liebt, wird er auch Bäume lieben«, sagte sie und beendete schwungvoll ihre Zeichnung von einem Baum.

Vorsichtig riss sie die Seite heraus und ging zurück zur Fensterbank, die Zeichnung fest in der Hand, um sie ihm zu schenken, wenn er kam.

Ich setzte mich neben sie und nahm ihre andere Hand. »Alles in Ordnung?«

»Glaubst du, ihm gefällt meine Zeichnung?«

Ich lächelte. »Ich weiß, dass sie ihm gefallen wird.«

Als ich das sagte, fuhr Dylan vor. Er sah durch das Autofenster zu uns herüber, zu meiner Tochter – zu *unserer* Tochter. Und ich konnte an seinem Gesichtsausdruck sehen, dass er sich die größte Mühe gab, seine Gefühle unter Kontrolle zu halten. Er stieg aus dem Auto, lächelte und winkte.

Lumin hob ebenfalls die Hand zu einem kleinen Winken und lächelte zögernd. »Ist er das?«

»Ja, das ist er.«

»Er ist sehr groß.«

Ich lachte. »Ja.«

Dylan holte ein großes Paket aus dem Kofferraum, klemmte es sich unter den Arm und kam den Weg herauf. Lumin rannte zur Tür, plötzlich ganz zuversichtlich und aufgeregt, und öffnete ihm.

»Ist das für mich?«, fragte sie und sah zu dem Paket hin.

Dylan holte tief Luft, während er sie ansah. Tränen schimmerten in seinen Augen. »Natürlich ist das für dich.«

Sein Gesichtsausdruck schien Lumin einzuschüchtern. Sie lehnte sich an mich, schlang ihren Arm um meine Taille und versteckte das Bild, das sie für ihn gezeichnet hatte, hinter ihrem Rücken.

»Komm rein«, sagte ich, öffnete die Tür ganz und ließ ihn eintreten. Ich kämpfte auch darum, meine Gefühle in den Griff zu kriegen. Lumin klammerte sich an mich und sah mit großen Augen zu Dylan hoch.

Er hockte sich vor sie hin. »Mein Gott, bist du hübsch«, sagte er, während er ihr über das weiche Haar strich und ihr Gesicht genau betrachtete. Er blickte zu mir hoch, und ich erwartete, Hass und Wut in seinen Augen zu sehen – doch da war nur Glück. Lumin lächelte ihn scheu an und drückte ihre Wange gegen meine Hüfte, während ihre Augen zu dem Paket wanderten, das er mitgebracht hatte. Ich wünschte, ich könnte genauso sein, mich einfach auf ein Geschenk konzentrieren statt auf die großen Gefühle, mit denen ich in diesem Moment zu kämpfen hatte.

»Möchtest du wissen, was drin ist?«, fragte Dylan.

Sie nickte. Ihr Bild hielt sie immer noch hinter ihrem Rücken versteckt, während sie ihm ins Wohnzimmer folgte. Er stellte das Paket vor sie hin, und Lumins Augen leuchteten, als sie das Bild auf der Außenseite sah.

»Eine Staffelei!«, sagte sie. »So eine haben sie in der Schule. Die liebe ich!«

»Puh!«, sagte Dylan. »Ich war mir nicht sicher, was dir gefallen würde.«

Lumin biss sich auf die Lippe, dann zog sie die Zeichnung hinter ihrem Rücken hervor und gab sie Dylan. »Das ist für dich.«

Er sah sie mit leuchtenden Augen an. »Hast du das gemalt?«

Lumin nickte. »Mummy hat gesagt, dass du Sachen aus Holz machst, da habe ich mir gedacht, dass du Bäume magst. Sie hat gesagt, dass du richtig gut bist.«

Dylans Blick suchte meinen, dann sah er wieder seine Tochter an. »Das ist wunderschön. Ich habe auch viel gezeichnet, als ich jung war.« Sein Blick wanderte zu meinem Notizbuch, in dem einige seiner Zeichnungen waren.

»Zeichnest du was für mich?«, fragte Lumin.

»Nur wenn du mir auch noch ein Bild malst.«

Lumin lächelte. »Wir können einen Malwettbewerb machen.«

»Das klingt großartig. Soll ich die Staffelei auspacken, und du malst gleich daran?«

»Ja, ja!«, rief Lumin, während sie auf und ab hüpfte und in die Hände klatschte. Dylan lachte. Ich konnte mich nicht erinnern, ihn je so lachen gehört zu haben, so froh.

»Ich kümmere mich mal um das Essen«, sagte ich und zog mich zurück. »Ich freu mich schon auf eure Bilder.«

Während ich Abendessen machte, beobachtete ich sie von der Küche aus und erlebte einen Aufruhr der Gefühle. Es war vor allem Schuld. Sie schienen sich so ähnlich, was das Ganze noch schlimmer machte. Als das Essen fertig war und ich den Tisch deckte, plauderten beide drauflos. Dylan fragte Lumin nach der Schule, dem Dorf, ihren Lieblingsfilmen und vieles mehr. Ich sah, dass er versuchte, die Puzzleteile der Jahre, die er verpasst hatte, zusammenzusetzen. Ich beobachtete sein attraktives, ernstes Gesicht und Lumins Lächeln und gelobte mir, es wiedergutzumachen, indem ich dafür sorgte, dass er von jetzt an eine Rolle im Leben seiner Tochter spielen würde.

Als es für Lumin Zeit war, ins Bett zu gehen, las er ihr an meiner Stelle eine Geschichte vor. Er sah total fertig aus, als er aus ihrem Zimmer wieder herunterkam. »Mein Gott, ist das surreal. Ich habe das Gefühl, ich hätte sofort gewusst, dass sie meine Tochter ist, wenn ich sie irgendwo gesehen hätte«, sagte er lebhaft. »Sie sieht aus wie ich, du hast recht. Und ihre Eigenarten – einige erinnern mich an Alfie. Sie hat definitiv etwas von den McCluskys.« Sein Gesicht verdunkelte sich. »Nicht dass das immer etwas Positives wäre. Hoffentlich hat sie nur die guten Eigenschaften mitbekommen.«

Ich dachte an das Gespräch, das ich vor all den Jahren zwischen ihm und Cole mitgehört hatte, an das dunkle Geheimnis, das alle hüteten.

»Ich habe mein Hotel für die ganze Woche gebucht«, unterbrach Dylan meine Gedanken. »Ich möchte gerne zu Besuch kommen. Vielleicht kann ich ja am kommenden Wochenende etwas mit ihr unternehmen?«

Ich zögerte einen Moment. Natürlich vertraute ich ihm, aber für mich war das ein Riesenschritt. Doch er war ihr Vater. »Sicher. Mal sehen, was sie davon hält.«

»Natürlich. Und danach …« Er seufzte. »Auf mich wartet ein großer Auftrag in Deutschland. Ich möchte Lumin auch weiterhin sehen. Aber da muss ich unbedingt hin. Die Firma braucht das Geld.« Da war er wieder, dieser düstere

Blick. »Ich weiß nicht, ob Mum erwähnt hat, dass Dad einen weiteren Schlaganfall hatte?«

»Nein. Das tut mir sehr leid.«

Er nickte traurig. »Das heißt, es ist noch mehr zu tun als früher. Bevor das mit Dad passiert ist, hätte ich den Deutschland-Auftrag leicht absagen können, aber so … das Letzte, was er braucht, ist, dass jetzt die Firma Konkurs macht, die er sein Leben lang aufgebaut hat. Ich fürchte, diese Belastung würde sein Herz nicht verkraften.«

»Das ist vollkommen in Ordnung, wirklich. Du kannst mit Lumin telefonieren oder ihr Briefe schreiben«, sagte ich.

Und das tat er auch. Jede Woche telefonierten Vater und Tochter miteinander und schickten einander Zeichnungen und Bilder mit der Post. Lumin stürmte jeden Nachmittag von der Schule nach Hause, um zu sehen, ob ein Brief von Dylan eingetroffen war, und wartete jeden Montag nach dem Abendessen geduldig auf seinen Anruf. Mit den Briefen kamen Schecks, Unterhalt für sie. Zwischen Dylan und mir war ansonsten nicht viel Kontakt. Ich verstand das, es war in Ordnung. Hier ging es nicht um uns, hier ging es um Vater und Tochter. Aber eines konnte ich nicht vergessen: Mairi hatte gesagt, dass er mich möglicherweise noch immer liebte. Hatte sie das nur gesagt, um an ihre Enkelin heranzukommen? Hatte sie Angst gehabt, dass ich den Kontakt unterbinden würde, wenn ich dachte, dass Dylan mich *nicht* liebte?

Irgendwann Anfang Dezember rief Dylan an. »Oh, hallo«, sagte ich. »Ich fürchte, Lumin ist in der Schule. Die Weihnachtsferien fangen erst in zwei Wochen an.«

»Ich weiß. Und ich rufe auch wegen Weihnachten an. Glaubst du, Lumin ist so weit, dass sie meine Familie kennenlernen könnte?«

Ich schwieg. Ich hatte gewusst, dass dieser Tag irgendwann kommen würde. Ich war überrascht gewesen, dass Mairi nicht in der Nähe geblieben war, nachdem sie uns hier aufgespürt hatte. Dylan war sehr zornig auf sie gewesen, dass sie es ihm nicht zuerst gesagt hatte. Ich hatte das Gefühl, dass sie sich auf Anweisung ihres Sohnes in Geduld übte und nicht einmischte.

»Sie können es kaum erwarten, Lumin kennenzulernen«, fuhr er fort. »Ich glaube, es wird ihr hier gefallen.«

»Okay. Aber wie soll das ablaufen? Wollen sie alle herkommen und uns besuchen?«

»Na ja, ich dachte, ihr beiden würdet vielleicht über Weihnachten nach Schottland kommen?«

Ich dachte an das letzte Weihnachten, das ich mit den McCluskys verbracht hatte. In vielerlei Beziehung war es idyllisch gewesen, in anderen nicht so sehr. Ich wickelte das Telefonkabel um meine Finger. »Ich weiß nicht.«

»Es wird ihr guttun«, sagte Dylan, »ihren Cousin und ihre Kusine kennenzulernen, ihre Großeltern, Onkel und Tanten.«

»Ihre Kusine?«

»Cole und Rhonda haben ein Mädchen bekommen.« Ich dachte daran, was Dylan zu Cole gesagt hatte, dass seine Ehe eine Vernunftehe wäre.

»Ich denke drüber nach«, sagte ich. »Ich will Lumin nicht überfordern.«

»Ich habe verstanden.« Doch ich hörte die Enttäuschung in seiner Stimme.

Als ich das Thema bei Lumin zur Sprache brachte, sprang sie begeistert vom Abendessen auf und strahlte glücklich. »Ja! Ich will meinen Cousin und meine Kusine kennenlernen!«

Damit war die Entscheidung gefallen. Ich würde nach Schottland fahren.

21

Gwyneth

Audhild Loch
22. Dezember 1996

Erinnerungen an das Weihnachtsfest, das ich vor sieben Jahren mit den McCluskys verbracht hatte, stürmten auf mich ein, als ich mit Lumin Richtung Lodge fuhr. Es waren viele gute Erinnerungen, doch als ich den zugefrorenen See erblickte, sah ich wieder Heather vor mir, wie sie sich auf dem Eis zusammengerollt hatte, während ihre Haut langsam blau geworden war. Dann war ich plötzlich wieder im Eis eingebrochen und im Loch unter Wasser und mühte mich panisch, auf das geborstene Eis hinaufzukommen, unmittelbar bevor Dylan mich gerettet hatte.

»Geht's dir gut, Mummy?«, fragte Lumin.

Ich blinzelte und sah in ihr besorgtes Gesicht. »Aber ja, ich denke nur an das letzte Mal, als ich hier war. Und wie geht es dir?«

Lumin tat das, was sie immer tat, wenn sie nervös war: Sie lutschte am Daumen und wickelte sich das Haar um den Finger, während sie aus dem Fenster schaute, ohne mir zu antworten. Das war mir Antwort genug, und der Knoten aus Angst, der sich bereits in meinem Magen bildete, wurde noch größer. Ich hatte beiläufig erwähnt, dass wir auch umdrehen und nach Hause fahren könnten, als ich gemerkt hatte, wie still sie geworden war, doch sie hatte heftig den Kopf geschüttelt. »Ich will Daddy sehen.« Ja, sie nannte ihn bereits Daddy. Mir gegenüber zumindest – ich hatte sie Dylan noch nie am Telefon Daddy nennen hören.

Als wir an dem Loch vorbeifuhren, starrte Lumin darauf hinaus. Es war nicht mit Schnee bedeckt wie damals, doch auf dem Gras am Ufer glitzerte Eis, und auf den Bergspitzen lag Schnee. Ein magischer Anblick für ein Kind.

Dylan erschien in dem Moment an der Tür, als wir vorfuhren. Er sah unerträglich attraktiv aus in seinem dicken grauen Pullover mit V-Ausschnitt und seiner schwarzen Cordhose. Sein Bart war in den drei Monaten, die wir uns nicht gesehen hatten, gewachsen, und auch sein Haar war länger.

Er kam zum Auto, half Lumin beim Aussteigen und schwenkte sie herum, während sie kicherte. »Es kommt mir vor, als wärst du einen Meter gewachsen, seit ich dich das letzte Mal gesehen habe«, sagte er, als er sie wieder absetzte.

»Dein dummer Bart auch«, neckte sie ihn zurück.

Er fuhr sich über den Bart und tat so, als wäre er verletzt. »Gut, für dich rasiere ich ihn ab.«

»Nein, ich mag ihn.«

Er lachte und nahm ihre Hand, dann lächelte er mir über ihren Kopf hinweg zu, als hätte er mich gerade erst entdeckt. »Hallo, Gwyneth.«

»Hallo.«

Wir zögerten beide, bevor wir uns verlegen auf die Wange küssten, während Lumin uns beobachtete.

»Danke, dass du uns eingeladen hast«, sagte ich und trat schnell einen Schritt zurück. Ich hasste es, wie gestelzt wir miteinander umgingen.

»Es ist mir ein Vergnügen.« Wir gingen in die Lodge, und ich war überrascht, wie ruhig es war.

»Die nächsten Stunden haben wir für uns«, sagte Dylan. »Sie lassen uns etwas Zeit.«

Das war gut. Ich wollte nicht, dass alles zu plötzlich auf Lumin einstürmte.

»Braucht ihr zwei etwas Zeit für euch?«, fragte ich, als mir plötzlich klar wurde, dass er auch mich gemeint haben könnte.

Dylan schüttelte den Kopf, während er Lumin half, ihren roten Mantel auszuziehen. »Später vielleicht. Ich habe euch Mittagessen gemacht. Man bemerke das *Ich*«, sagte er, wobei er die Brust vorstreckte. »Ich habe es ganz allein gemacht.«

Ich zog eine Braue hoch. »Ich bin beeindruckt.«

»Dann kommt.« Er führte uns ins Wohnzimmer, wo ein Tablett mit Sandwiches, Chips und Kuchen auf dem großen Couchtisch stand.

Ich sah mich um. Es fühlte sich surreal an, wieder hier zu sein. Es war noch fast genauso wie damals, obwohl das Holz ein bisschen abgenutzter aussah und das Sofa an den Rändern ausgefranster war.

»Ich habe verschiedene Kuchen gemacht«, sagte Dylan. »Mit Schokolade und Vanille und Möhrenkuchen … ich war mir nicht sicher, was du magst, Lumin«, fügte er mit leicht zitternder Stimme hinzu.

»Schokolade!«, rief Lumin, rannte los und bediente sich. Sie sah zu mir hoch. »Darf ich?«

»Natürlich, Liebling«, sagte ich. Es war seltsam, wie leicht Kinder sich anpassten, irgendwo hereinspazierten, als wären sie schon Hunderte Male dort gewesen. Vielleicht war sie das in ihrem kleinen Kopf auch gewesen. Der Gedanke, dass sie sich ein Leben mit einem Vater vorgestellt hatte, den sie damals noch gar nicht kannte, machte mich traurig.

»Hast du wirklich selbst gebacken?«, fragte ich Dylan, während ich mich aufs Sofa setzte und meinen Pullover glatt strich.

»Ja, und die Sandwiches hab ich auch gemacht.«

»Schmeckt toll«, sagte Lumin zwischen zwei Bissen.

Dylan und ich sahen uns an und lachten.

Während der nächsten Stunden aßen wir zu Mittag, und ich beobachtete, wie Dylan und Lumin sich näherkamen und zusammen spielten. Ihre Beziehung schien ganz natürlich; ich fühlte mich fast ausgeschlossen. Aber es machte mich glücklich, Lumin so entspannt zu sehen – und Dylan auch.

Schließlich waren draußen auf dem Kies Autos zu hören. Lumin blickte nervös aus dem Fenster. Als die Tür aufging und Stimmen näher kamen, setzte sie sich neben mich und umklammerte meine Hand. Dylan beobachtete sie besorgt. Ich lächelte ihn an, und er lächelte zurück und hielt meinen Blick fest.

Mairi trat als Erste ein, zog sich die Handschuhe aus und

trat auf ihre Enkelin zu. »Seht euch nur diese McClusky-Wangenknochen an!«, erklärte sie. »Komm her«, winkte sie Lumin zu sich herüber, die sich nur noch näher an mich drückte.

»Lass ihr ein bisschen Zeit, Mum«, sagte Dylan.

»Schon ganz der wachsame Vater«, antwortete Mairi mit stolzem Gesicht. »Komm her«, sagte sie noch einmal zu Lumin, sanfter diesmal.

Lumin sah zu mir hoch, und einen Moment lang hätte ich ihr am liebsten gesagt, dass sie bei mir bleiben sollte. Doch welches Recht hatte ich dazu, wo ich Mairi ihre Enkelin so lange vorenthalten hatte?

»Geh nur«, sagte ich und schob sie sanft zu Mairi hin.

Sie ging zu ihr, und Mairi legte Lumin die Hände auf die Schultern. »Meine Enkelin«, sagte sie mit Tränen in den Augen. »Jetzt wird es dir an nichts mehr fehlen. Du bist jetzt eine McClusky, hörst du?«

»Ihr hat es auch vorher an nichts gefehlt«, sagte ich.

Mairi sah mich an. »Ich weiß!« Sie umarmte Lumin schnell, als Cole hereinkam, mit roten Wangen und einem Baby von acht oder neun Monaten auf dem Arm. Cole fing meinen Blick ein, und einen Moment zog ein Schatten über sein Gesicht. Doch dann riss er sich zusammen und lächelte, setzte das Baby auf dem Boden ab und ging zu Lumin. »Mein Gott, dir sieht man aber an, dass du eine McClusky bist. Ich bin dein Onkel Cole«, sagte er und umarmte sie herzlich. »Und das ist deine Kusine Lilly«, erklärte er und zeigte auf das Baby, das jetzt zu Lumin krabbelte und seine molligen Händchen auf Lumins Schuhe legte.

Lumin setzte sich auf den Boden und starrte das Baby an. »Ich hatte noch nie eine Kusine«, meinte sie.

»Okay, und jetzt hast du eine Kusine und einen Cousin«, sagte Cole. »Alfie, komm und sag Lumin guten Tag.«

Alfie kam mit einem Spielflugzeug hereingestürmt und rannte damit im Zimmer herum, während Rhonda von der Tür aus zusah und den Kopf schüttelte. Er musste jetzt ungefähr elf sein und war unglaublich gewachsen.

»Guck mal, was dein Daddy mir geschenkt hat«, sagte er, während er sich zu seiner Schwester auf den Boden warf und Lumin sein Flugzeug zeigte.

Lumin lächelte zaghaft und strich über einen der Flügel.

»Willst du mal damit spielen?«, fragte Alfie.

Sie zuckte die Schultern, das war ihre Art, wie sie versuchte, erwachsen zu wirken. »Klar.«

Ich sah zu, wie die beiden aufsprangen und zum Fenster liefen, während Lilly hinter ihnen herkrabbelte und vor sich hin brabbelte. Ich muss zugeben, mir ging das Herz auf. Ich hatte oft darüber nachgedacht, dass Lumin keine Cousins und Kusinen haben würde; und auch keine Geschwister, da ich mir nicht vorstellen konnte, noch mehr Kinder zu bekommen. Ich hatte mir Sorgen gemacht, dass sie sich einsam fühlen könnte. Vielleicht hatte ich mich auch gefragt, ob sie die McCluskys wohl irgendwann einmal kennenlernen würde, doch bis vor Kurzem war das unrealistisch gewesen. Es war schön, sie nun mit ihrem Cousin und ihrer Kusine zu sehen, und es freute mich, dass sie die Vielfalt einer großen Familie nicht entbehren musste.

»Hallo, du«, sagte Rhonda und küsste mich auf die Wangen. Sie sah erschöpft aus, was völlig verständlich war, wo sie jetzt zwei Kinder hatte. Ich sah ihr in die Augen und unterdrückte die Fragen, die ich seit dem Tag hatte, an dem ich in Island das Gespräch zwischen Dylan und Cole mit angehört hatte. Jetzt war nicht der richtige Zeitpunkt dafür.

Ich warf einen Blick auf Lumin, während ich an das dunkle Geheimnis dachte, von dem die beiden Brüder gesprochen hatten. Ich hoffte, es war kein Fehler gewesen, Lumin hierherzubringen.

»Wo ist Dad?«, fragte Dylan.

Dylan und Cole sahen sich an.

»Nur auf der Toilette«, sagte Mairi. »Hat Lumin dein Kuchen geschmeckt?«

»Sie hat von allem etwas probiert«, sagte er und zeigte auf die Kuchenplatte.

»Und die mit Schokolade hat sie komplett verputzt«, fügte ich hinzu.

Alle lachten, und ich lachte mit. Aber es fühlte sich seltsam an. Ich hatte Lumin vor ihnen geheim gehalten. Vielleicht war es ihnen egal. Vielleicht waren sie so nett und freundlich, dass sie mir das leicht vergaben.

Ein Schlurfen war zu hören, dann kam Oscar herein, und ich musste mich zusammenreißen, nicht erschrocken zu schauen. Er war nur noch ein Schatten seines früheren Selbst, er war abgemagert und humpelte am Stock herein. Eine Seite seines Gesichts hing leicht nach unten.

»Dann sehen wir uns das Mädchen doch mal an«, sagte er undeutlich, schlurfte an mir vorbei, drückte mir kurz den Arm und lächelte, dann ging er zum Weihnachtsbaum.

Lumin und Alfie hörten auf zu spielen und sahen zu Oscar hoch.

»Das ist unser Großvater«, sagte Alfie. »Sein Herz ist krank.«

»Alfie!«, rief Rhonda.

»Schon in Ordnung, schon in Ordnung«, sagte Oscar. Er setzte sich in einen Sessel und bedeutete Lumin, zu ihm zu kommen. Wieder sah sie mich an und holte meine Erlaubnis ein. Ich nickte, und sie ging zu Oscar. Er nahm ihre Hand und lächelte, während er ihr Gesicht betrachtete. »Wunderschön«, sagte er. »Du hast das Beste von deinem Vater und das Beste von deiner Mutter mitbekommen. Und hoffentlich nichts von den nicht so guten Seiten, was?«, fügte er hinzu.

Lumin drehte sich um und schaute mich unsicher an.

»Sehr gut«, sagte Oscar und nickte. »Du bist jetzt eine von uns.«

Ich fühlte mich nicht wohl dabei, dass jeder erklärte, meine Tochter sei jetzt eine von ihnen. Sie gehörte zu mir. Zu mir und Dylan. Ich ging zu ihr und legte ihr beschützend einen Arm um die Schulter. »Schön, Sie wiederzusehen, Oscar.«

»Danke gleichfalls, Gwyneth. Es wäre besser gewesen, Sie früher zu sehen.«

»Dad«, sagte Cole leise und warnend.

»Schon gut«, sagte ich, erfreut, dass das Unaussprechliche ausgesprochen worden war. »Oscar hat recht. Ich hätte früher kommen sollen. Aber es ist wunderbar, jetzt hier zu sein, nicht wahr, Lumin?«

Lumin nickte, ihre Blicke suchten nach ihrem Vater.

Dylan lächelte sie ermutigend an, und sie lächelte zurück. Ich bemerkte, dass Mairi mich mit ernstem Gesicht beobachtete.

»Hallo, hallo, hallo«, rief eine Stimme.

Wir drehten uns um, als Glenn und Alison hereinkamen. Glenn sah großartig aus wie eh und je, nur sein dunkles Haar war länger.

Alison sah auch diesmal aus, als käme sie direkt aus dem Urlaub, ihr Gesicht war gebräunt. »Und wo ist sie?«, fragte sie, während ihre Blicke den Raum absuchten, bis sie bei Lumin landeten.

Glenn lächelte. Er küsste mich kurz auf die Wange und ging mit Alison zu Lumin. »Okay, was ist dein liebstes Disney-Lied?«

Lumin sah leicht überrumpelt aus, doch sie brachte ein Lächeln zustande. »*Ein Mensch zu sein.*«

»*Die kleine Meerjungfrau* – wunderbar«, sagte Glenn.

Er räusperte sich. Dylan schüttelte den Kopf, und er und Cole verdrehten die Augen. »Oh je, jetzt geht's los.«

Dann sang Glenn mit toller Stimme *Ein Mensch zu sein*. Lumins Augen wurden ganz groß, als er ihre Hand nahm und sie, immer noch singend, herumschwang. Sie kicherte, und Lilly robbte zu ihnen herüber und griff nach den Beinen ihres Onkels.

Diese Familie war bestechend, der eine so faszinierend wie der andere. Ich spürte, wie ich im Vergleich mit ihnen bedeutungslos wurde. Würde Lumin jetzt lieber die ganze Zeit bei ihnen sein wollen?

Dylan kam zu mir und stellte sich neben mich, als würde er meine Sorge spüren. »Die McCluskys«, murmelte er.

»Sie heißen neue Mitglieder nicht nur mit offenen Armen willkommen, sie ziehen sie in ihren Kreis, auch wenn sie sich noch so sehr wehren.« Wir lächelten einander an und schauten uns einen Moment in die Augen, dann ging Dylan zu seiner Tochter hinüber, und Rhonda gesellte sich zu mir.

»Ich kann mir vorstellen, wie seltsam das für dich sein muss«, sagte sie, als wir zusahen, wie Dylan Lumin herumschwang.

»Ein bisschen schon. Aber ich schätze, ich habe es mir selbst zuzuschreiben.«

»Weil du deine Tochter all die Jahre vor ihm verheimlicht hast?«, fragte sie.

Ich seufzte. »Jetzt fühle ich mich zwar schrecklich damit, aber damals schien es die richtige Entscheidung zu sein.«

»Ich kann das verstehen, ehrlich. Dylan hat mir erzählt, was passiert ist, wie er dich fast ohne Erklärung verlassen hat. Seitdem macht er sich Vorwürfe, dass er die Liebe seines Lebens aufgegeben hat, weißt du. Kein Wunder, dass du dir Sorgen gemacht hast, er könnte deine Tochter zurückweisen. Aber sieh sie dir an. Deine Sorgen waren unbegründet.« Sie drückte meine Hand, dann ging sie zu Cole.

Ich beobachtete, wie Dylan mit Lumin spielte. Erst hatte seine Mutter mir gesagt, dass er mich liebte, und jetzt Rhonda. Aber ich konnte kein Anzeichen dafür erkennen. Außerdem war es nicht das, worauf ich aus war … oder? Ich hatte seit Langem akzeptiert, dass dieser Zug abgefahren war.

In den nächsten Stunden tranken wir Tee und unterhielten uns, während die Kinder spielten. Es fühlte sich sehr zivilisiert an, wie sie mich nach dem Dorf ausfragten, in dem wir lebten, und wie Lumin in der Schule zurechtkam. Es ähnelte dem ersten Weihnachten, das ich bei ihnen verbracht hatte, und ich tat mein Bestes, ihre Fragen zu beantworten und zu lächeln, doch ich spürte, wie sich Dylans Blicke in mich hineinbrannten, während Rhondas Worte in meinem Kopf widerhallten.

Die Liebe seines Lebens.

Plötzlich fing ich Coles Blick auf. Obwohl er auf dem Boden saß und mit seiner Tochter spielte, beobachtete er mich. Als ich ihn ansah, schaute er schnell weg.

Ich stand auf, ich brauchte frische Luft. Lumin machte einen glücklichen Eindruck, sie spielte mit Alfie, Glenn und Rhonda Hippo Flipp, und alle johlten laut.

»Ich gehe nur mal schnell zur Toilette«, sagte ich zu Rhonda. »Kannst du ein Auge auf Lumin haben?«

Sie lächelte. »Ihr geht es gut. Sie ist bei ihrer Familie.«

Ich lächelte zurück, ging in den Flur und lehnte mich gegen die Wand. Ich atmete tief durch. Das alles war mir fast zu viel. Aber Lumin ging es gut, mehr als gut, sie war glücklich. Und das zählte schließlich, oder? Das Jetzt und nicht die Vergangenheit und alles, was ich bereute?

»Gwyneth.« Ich blickte auf und sah Dylan leise die Tür des Wohnzimmers schließen, um den Krach auszublenden. »Alles in Ordnung?«

Ich holte tief Luft und versuchte mich zu fangen. »Sicher, ich brauchte nur einen Moment für mich.«

»Ich weiß, wie schwierig das für dich sein muss.«

»Für dich auch«, erwiderte ich. »Sogar noch mehr.«

Er sah zu Boden. »Ja.«

»Wenn du deine ganze aufgestaute Wut auf mich rauslassen willst, wäre das jetzt der richtige Zeitpunkt«, sagte ich und wünschte mir fast, dass er das tun würde. Es wäre eine Chance, mit der Sache abzuschließen und die Schuldgefühle hinter mir zu lassen.

Er sah mich an, und sein Blick brannte sich in meinen. »Sollen wir einen Spaziergang machen? Lumin geht es gut da drinnen. Ich schätze, sie hat nicht einmal gemerkt, dass wir rausgegangen sind.«

»Ich muss ihr sagen, wo ich bin.«

»Das habe ich ihr schon gesagt.«

Ich blinzelte. »Oh. Na gut.« Es fühlte sich seltsam an, meine Tochter in andere Hände zu geben.

Ich zog Mantel und Stiefel an und Dylan und ich traten hinaus. Ich begrüßte die Kälte auf meinem Gesicht. Im Haus war es mir stickig vorgekommen, zu heiß und zu laut. Ich glaube, Dylan empfand das genauso, denn er atmete tief die frische Luft ein und schloss die Augen.

»Sollen wir zum Berg gehen?«, fragte er.

Ich zögerte. Das letzte Mal, als wir dorthin gegangen waren, hatten wir uns in seiner Scheune geliebt. »Okay«, antwortete ich schließlich.

»Lumin scheint Spaß zu haben«, sagte Dylan, als wir um das Haus herumgingen.

Ich nickte. »Sie scheint sehr glücklich zu sein. Sie betet dich an«, fügte ich hinzu und blickte zu ihm hoch.

»Sie ist wunderbar.« Dann zog ein Schatten über sein Gesicht. »Es ist schrecklich, an die Jahre zu denken, die ich mit ihr verpasst habe.«

Ich ballte die Fäuste. »Es tut mir wirklich leid. Ich habe

so oft daran gedacht, Kontakt zu dir aufzunehmen. Aber ich war immer zu feige.«

»Ich auch. Einmal hätte ich mich beinahe bei dir gemeldet, doch dann hatte mein Vater den Schlaganfall.«

Schweigend gingen wir auf die verschneiten Bäume zu und stiegen bergauf, während es stärker zu schneien begann. Ich konnte die Spannung und die Hitze zwischen uns spüren, der komplette Gegensatz zu unserer eiskalten Umgebung. Ich blieb stehen und griff nach seinem Arm, damit auch er stehen blieb. Ich brauchte Antworten.

»Warum hast du damals Schluss gemacht, Dylan?«, fragte ich geradeheraus. »Ich weiß, dass du mir erklärt hast, warum. Aber für mich klingt das einfach nicht nach der Wahrheit.«

Er holte tief Luft. »Cole hat mir erzählt, dass du meinetwegen einen Job in Finnland ablehnen wolltest. Er hat gesagt, du meinst, dass ich mit dir Schluss mache, wenn du nach Finnland gehst.«

Ich dachte an das lange Gespräch zurück, das Cole und ich geführt hatten. »Ja, ich habe ihm gesagt, dass ich daran denke, diesen Auftrag nicht anzunehmen. Aber dass ich Sorgen hätte, du würdest deswegen Schluss machen, das habe ich nicht gesagt. Ich denke, ich habe ziemlich klargemacht, dass es dabei mehr um das ging, was *ich* wollte, und nicht darum, was *du* wolltest.«

Dylan kniff die dunklen Augen zusammen. »Dann hat Cole mich also angelogen?«

»Ich weiß es nicht. Vielleicht hat er mich auch einfach falsch verstanden?«

Dylan sah zurück zum Haus.

»Verstehe ich das richtig?«, sagte ich. »Du bist gegangen, weil du gedacht hast, dass es für mich das Beste wäre? Nicht weil du keine Beziehung mit mir wolltest? Nicht weil du mich nicht …« Ich verstummte.

»Liebst?«, sagte er.

Ich schluckte. »Tust du das?«

Er trat einen Schritt auf mich zu. »Liebst du mich denn?«

In diesem Moment knackte ein Ast. Wir drehten uns um und sahen, dass ein Mann nur ein paar Meter entfernt stand und uns beobachtete. Er war ungepflegt und nicht ganz sicher auf den Beinen.

Dylan trat von mir weg, er schien sich unwohl zu fühlen. »Gavin«, sagte er zu dem Mann. »Was machst du hier?«

Gavin? Aus der Nähe sah er anders aus als das letzte Mal, als ich ihn vor sieben Jahren gesehen und er mich zum Bahnhof gebracht hatte. Er war aufgedunsen, die Haut war gerötet und fleckig und die Augen blutunterlaufen.

Er lachte bitter. »Was ich hier mache? Wie kannst du das fragen! Wo wieder mal Weihnachten vor der Tür steht, das achtzehnte ohne sie! Kannst du überhaupt *nachvollziehen*, wie sich das anfühlt?«

Dylan wurde kreidebleich. Ich sah zwischen den beiden hin und her. Von wem sprachen sie?

Dylans Blicke wanderten zu etwas, das Gavin in der Hand hielt. Ich folgte seinem Blick und sah, dass es ein Meißel war. In der anderen Hand hielt er ein Stück Holz und hob es hoch. Es war das Schild, in das Dylan die Buchstaben *D E C* geschnitzt hatte.

»Rechtlich betrachtet gehört das mir, richtig? Genau wie dieses Land«, fauchte Gavin. »Also nehme ich es mir.«

»Natürlich, Gavin, nimm es«, antwortete Dylan versöhnlich, als spräche er mit einem Kind.

Gavin stolperte, als er die Arme ausbreitete und sich umsah. »Mir gehört *das alles hier.* Mir, und nicht den McCluskys.«

»Das ist noch nicht bewiesen.«

Plötzlich kam Gavin auf Dylan und mich zugestürmt. Schnell trat Dylan vor mich, um mich zu schützen. Aber das war nicht nötig: Gavin lief einfach an uns vorbei. »Nicht mehr lange«, rief er über die Schulter.

»Ist alles okay?«, fragte ich.

»Es geht nur um einen dummen Streit um das Land, der sich schon lange hinzieht«, antwortete Dylan. »Lass uns lieber wieder zurückgehen.«

Ich wusste, dass er mir nicht alles erzählte, doch ich musste ihm glauben. Ich seufzte und folgte ihm. Gavin bog ab und strebte auf die andere Seite des Lochs zu, zu seinem Bauernhaus. Als Dylan und ich weitergingen, konnte ich in der Wintersonne das Bauernhaus deutlich über den See hinweg sehen. Ich beobachtete, wie Gavins Frau Rosa herauskam. Gavin stolperte auf sie zu und fiel hin. Er schien zu weinen, während er zu ihr hochblickte.

Rosa beugte sich langsam zu ihm hinunter, legte ihm die Arme um die Schultern und zog ihn hoch. Dann standen die beiden da und starrten auf den gefrorenen Loch hinaus.

22

Amber

Audhild Loch
21. Dezember 2009

Der Loch ist zugefroren, der Schnee bleibt darauf liegen. Amber nimmt alles in sich auf: den atemberaubenden Berg, die schneebedeckten Bäume auf der anderen Seite, die abgebrannte Lodge. Ohne Zweifel war sie einmal genauso schön wie ihre Umgebung, doch jetzt ist sie schwarz und baufällig.

Was ist hier passiert?

Lumin scheint sich das Gleiche zu fragen, während sie mit zusammengepressten Lippen das Haus betrachtet.

Sie gehen näher heran. Das Erdgeschoss des Gebäudes ist eindeutig unbewohnbar, die Fenster mit Brettern zugenagelt, feucht von Moos, hier und da zeugen weitere Spuren von dem Brand. Doch es wirkt immer noch besser intakt als die erste Etage, die offenbar am meisten in Mitleidenschaft gezogen ist. Das Dach ist auf einer Seite eingestürzt, und Schnee hat sich an den verkohlten, gezackten Rändern gesammelt, während das faulende schwarze Holz mit Eis überzogen ist und an den Panzer eines Käfers erinnert.

In ihrer Blütezeit muss die Lodge beeindruckend ausgesehen und einmal ein Vermögen gekostet haben, doch nach dem Moos und dem Unkrautbewuchs zu urteilen, ist es lange her, seit sie abgebrannt ist und sich selbst überlassen wurde.

Lumin bleibt stehen, holt ihre Zeichnung aus der Tasche und vergleicht sie mit der Lodge. Amber sieht ihr über die Schulter. Sie sind definitiv richtig. Die beiden Bergspitzen dahinter passen genau, und der See davor krümmt sich in einem Bogen zur Lodge hin, genau wie auf Lumins Zeichnung.

Lumin hat Tränen in den Augen. »Hier sind wir richtig, oder? Das ist die Lodge. Und ich erinnere mich an diesen Baum«, sagt sie und zeigt auf einen Vogelbeerbaum neben dem Haus. Dann läuft sie mit leuchtenden Augen zu einer Holzbank. »Ich erinnere mich! Hier hab ich einen Schneemann gebaut. Ich war *so* glücklich!« Doch als sie sich wieder zu dem Gebäude umdreht, verschwindet das Lächeln aus ihrem Gesicht. »Was ist hier bloß passiert?«

Amber ist Lumin gefolgt, legt ihr die Hand auf die Schulter und drückt sie.

»Ich möchte da rein«, sagt Lumin.

»Ich weiß nicht, ob das geht. Es sieht ziemlich baufällig aus.«

»*Ich muss da rein.*« Sie marschiert auf das Haus zu. Amber sieht zu, wie Lumin entschlossen die Hand zur Faust ballt, als sie auf die Lodge zugeht. Sie stolpert immer wieder im Schnee, lässt sich aber nicht beirren, sondern geht einfach weiter, als wäre nichts geschehen, wobei der lächerlich lange Regenbogenschal, den Amber ihr geliehen hat, hinter ihr herflattert. Sie hat den gleichen Mumm, den Amber als Kind gehabt hat. Die Entschlossenheit, die Amber in den Schnee hinausgetrieben hat, als man es ihr verboten hatte. Amber kämpft mit sich. Soll sie zulassen, dass Lumin sich in Gefahr bringt, wenn sie das halb abgebrannte Gebäude betritt? Aber welche Geheimnisse werden ihr entgehen, wenn sie es nicht tut?

»Sei vorsichtig«, ruft sie schließlich und folgt ihr. Die Haustür ist verschlossen. »Lass uns mal hinten gucken«, sagt Amber.

Als sie um das Gebäude herumgehen, sehen sie einen riesigen Garten, hochgestellte Stühle, von Schnee bedeckt, eine riesige Terrasse mit Bergblick. Wem immer dieses Haus gehört hat, hat es geliebt, nach den kleinen Details zu urteilen wie dem dekorativen Topf mit einem inzwischen verdorrten Apfelbaum. Doch nun ist alles verwildert und verfallen, die Pflanzen sind wild gewachsen oder abgestorben, die Gartenmöbel sind morsch oder kaputt.

Wie lange ist das wohl schon so?

Amber denkt an Lumins Erinnerung: an den bärtigen Mann, der nach ihr ruft, an die weinenden Frauen. Vielleicht ist das alles passiert, als die Lodge abgebrannt ist?

»Die Hintertür ist auch verschlossen«, sagt Lumin frustriert und checkt jetzt die Fenstertüren der Rückseite.

Amber fällt ein schmales, vom Boden bis zur Decke reichendes Fenster an der Seite des Gebäudes auf, das kaputt ist, aber nicht mit Brettern zugenagelt wie die anderen. Sie geht hin, tut, als würde sie stolpern und rammt das restliche Glas mit der Schulter. Es zerbricht, und Lumin sieht überrascht herüber. »Ups, ich bin dagegen gefallen«, sagt Amber.

Lumins Lippen verziehen sich zu einem Lächeln. »Du ungeschickter Tölpel.«

»Ja, so bin ich nun mal.« Amber entfernt die letzten Splitter und freut sich, dass sie so dicke Handschuhe anhat. Sie hilft Lumin, als Erste einzutreten, dann folgt sie ihr. Sie stehen in einem Flur, dunkel und eiskalt. Obwohl der große Brand viele Jahre zurückliegen muss, riecht es noch immer nach Rauch. Ein langes Regal mit Büchern steht an der Wand, einige sind zu Boden gefallen, die Rücken sind kaputt. Lumin geht in die Hocke, um sich ein Buch näher anzusehen: *Peter Hase.* »Da klingelt was bei mir«, sagt sie.

Sie steckt das Buch ein, dann geht sie weiter den Flur entlang, und Amber folgt ihr. Am Ende des Flurs ist ein kleiner Hauswirtschaftsraum mit diversen Geräten. An der Seite steht sogar noch ein Wäschekorb mit Kleidung, auf manchen ist Vogelkot.

Das Erdgeschoss scheint tatsächlich nicht ganz so viel abbekommen zu haben. Die Bewohner müssen hier unten gewesen sein, das Feuer bemerkt und die Feuerwehr gerufen haben. Doch heute ist das Haus vollkommen verlassen, es ist weder neu aufgebaut noch abgerissen worden.

»Als wären alle davongestürzt«, murmelt Lumin. »Sie haben nicht mal die Wäsche mitgenommen.«

Amber zieht ihre Handschuhe aus und streicht über ein Regal, wobei sie eine dicke Staubschicht entfernt. »Wie es aussieht, ist das alles schon eine ganze Weile verlassen.«

Sie kommen in eine riesige Küche, wo dichte Vorhänge

vor die Fenster gezogen sind. Lumin zieht sie auf, und durch die Spalten zwischen den Brettern fällt etwas Licht. Sie sehen eine große Kücheninsel, beladen mit verdorbenem Essen. Amber hält sich die Hand vor Nase und Mund und versucht, den Gestank auszublenden.

»Das Feuer muss an Weihnachten ausgebrochen sein«, sagt Lumin, die sich ebenfalls die Hand vors Gesicht hält, während sie auf ein paar Zutaten für ein Weihnachtsdessert zeigt.

»Eindeutig«, sagt Amber und greift nach einer Flasche mit gewürztem Glühwein. »Wie schrecklich, ausgerechnet an Weihnachten.«

»Weihnachten«, flüstert Lumin vor sich hin. Dann marschiert sie zielstrebig aus der Küche. »Ich habe mich gerade an etwas erinnert, und wenn es stimmt, stand im Wohnzimmer ein riesiger Weihnachtsbaum.«

»Warte!«, ruft Amber und läuft ihr hinterher.

Als sie um die Ecke biegt, tritt sie in Schnee. Lumin ist stehen geblieben und starrt mit offenem Mund nach oben. Amber folgt ihrem Blick und sieht ein großes Loch im Dach, durch das man den Himmel sehen kann. Schneeflocken fallen herab und landen auf ihren Wangen und Wimpern. Amber sieht sich um. Der gesamte Dielenboden und die Treppe sind mit Schnee bedeckt. Ein paar Regale fallen ihr ins Auge: auf einem steht die Holzskulptur eines Vogels, die verschneiten Flügel im Flug ausgebreitet.

Lumin folgt Ambers Blick, dann geht sie zum Regal und greift nach der Skulptur. »Sie ist wunderschön.«

Am Boden der Skulptur entdeckt Amber einen Aufkleber mit einem kleinen Baum und drei Worten: *Dylan McClusky Designs.*

»Hast du dein Notizbuch da?«, fragt sie Lumin.

Lumin gibt es ihr. Amber blättert darin und studiert die Zeichnungen. »Das ist genau der gleiche Stil.«

»Das stimmt.« Lumin betrachtet den Namen auf dem Aufkleber und fährt mit dem Finger darüber. »Dylan. Irgendwas ist mit diesem Namen …« Sie schließt einen Moment die Augen, dann ballt sie frustriert die Hände. »Ich weiß es nicht. Ich weiß es einfach nicht!«

»Du hast gesagt, dass es hier im Wohnzimmer einen Weihnachtsbaum gab?«, fragt Amber.

Lumin nickt und zeigt auf zwei Doppeltüren zu ihrer Linken. »Ich glaube, da ist es. Ich erinnere mich an einen Weihnachtsbaum in einem Fenster, in einem riesigen Fenster.«

Sie öffnen die Tür, und Lumin tritt ein. Traurigkeit gleitet über ihr Gesicht, als sie sich in dem Raum umschaut. Amber folgt ihrem Blick und sieht die Reste eines großen Weihnachtsbaums mitten im Wohnzimmer liegen. Seine braunen Äste liegen über zwei große Sofas gebreitet. Auf dem Boden liegen die Weihnachtskugeln vom Baum, einige sind zerbrochen.

Lumin hockt sich hin, um sich einen großen silbernen Glasstern anzusehen, der zerbrochen zu ihren Füßen liegt. »Was ist hier nur passiert?«, fragt sie und sieht zur eingestürzten Decke hoch, während sich Schnee auf ihre Wimpern setzt.

Amber legt ihr die Hand auf die Schulter. »Komm, wir versuchen herauszufinden, wem das Haus gehört hat.« Sie geht zu einem Schreibtisch hinten im Zimmer und öffnet ihn vorsichtig. In eine der Schubladen ist ein Stapel Briefe gestopft. Sie zieht sie heraus und geht sie durch.

»McClusky«, sagt sie und zeigt sie Lumin. »Mr. und Mrs. Oscar McClusky. Vielleicht bist du eine McClusky.«

»Lumin McClusky«, flüstert Lumin.

»So wie es aussieht, haben die McCluskys eine Firma betrieben, die McClusky Lodges.«

Amber sieht sich weitere Papiere an, während Lumin durch den Raum geht, Dinge in die Hand nimmt und wieder zurückstellt. Unter dem Couchtisch liegen Zeitschriften und Bücher, von Kinderzeitschriften bis hin zu politischen Biografien. Sie hat das Gefühl, im Haus einer Familie zu sein, die sich zu Weihnachten getroffen hatte. Reste von festlichem Geschenkpapier liegen auf dem Boden, und in einem schönen Halter aus Metall stecken diverse Weihnachtskarten, die an »Oscar, Mairi und die Familie« adressiert sind.

Ein ganz normaler Weihnachtstag, an dem das Mittagessen zubereitet wird und Geschenke ausgepackt werden. Und dann bricht ein Feuer aus. Viele Jahre später taucht eins der Kinder, die vielleicht an diesem Tag da waren, an einem vereisten Strand am anderen Ende des Landes auf und hat das Gedächtnis verloren.

Amber seufzt und sieht auf die Papiere. »Ich glaube, die Firma McClusky Lodges hat auf der ganzen Welt Häuser wie dieses gebaut«, murmelt sie nach einer Weile. »Dylan McClusky, derjenige, der diese Skulptur gemacht hat, war für den Bau verantwortlich, ein Mann mit Namen Cole McClusky war Finanzchef, und Oscar McClusky gehörte die Firma. So wie es aussieht, sind Dylan und Cole Brüder und Oscar ist ihr Vater.«

Lumin kommt herüber. »Ein Familienunternehmen also. Wird irgendwo eine Lumin erwähnt?«

»Nein.«

Lumin seufzt und sieht sich weiter um. Beim Anblick einer schönen Porzellanpuppe leuchten ihre Augen. Sie nimmt sie hoch und drückt sie an sich. »Vielleicht hat sie mir früher mal gehört«, sagt sie, als sie an dem schmutzigen rosa Kleid herumfingert. Ihre Augen füllen sich mit Tränen, und Amber legt ihr tröstend die Hand auf die schmale Schulter. »Warum zum Teufel kann ich mich trotzdem nicht erinnern?«

Amber nimmt Lumin in die Arme. »Wir werden die Leute finden, die früher hier gewohnt haben. Wir haben ihre Namen und dieses Haus. Hör zu«, sagt Amber und wischt Lumin die Tränen ab, »diese Lodge läuft uns schließlich nicht davon. Lass uns zu unserem Hotel fahren, bevor wir im Schnee stecken bleiben, und im Internet recherchieren. Wir können nach der Familie McClusky suchen und ein bisschen herumtelefonieren. Ich wette, in ein paar Tagen bist du wieder bei deiner Familie.«

Lumin holt tief Luft. »Das hoffe ich.«

Als Lumin zu dem großen Fenster hinübergeht, verspürt Amber eine gewisse Traurigkeit. Wird Lumin sie vergessen, sobald sie wieder mit ihrer Familie vereint ist? Wird Amber eines Tages nur noch eine entfernte Erinnerung aus der Vergangenheit sein, so wie die Erinnerungsfetzen, die sie hier zu sammeln versucht? Sie werden beide in ihr altes Leben zurückkehren. Was bedeutet das für Amber? Einsamkeit, der Kampf um das Geschäft. Ihr wird das Herz schwer.

»Da drüben ist noch ein Haus«, sagt Lumin und unterbricht ihre Gedanken. »Sieh mal.«

Amber tritt neben sie. In der Ferne sieht sie ein graues Bauernhaus, Lichter funkeln in den Fenstern. »Sieht ganz so aus, als hätten die McCluskys Nachbarn gehabt. Statten wir ihnen doch einen Besuch ab! Vielleicht finden wir bei ihnen Antworten auf ein paar Fragen.«

»Zum Beispiel, wie es zu dem Brand gekommen ist«, fügt Lumin hinzu und sieht wieder zu dem verkohlten Dach hinauf. Ein Schatten zieht über ihr Gesicht.

23

Gwyneth

Audhild Loch
22. Dezember 1996

Wölfe bevölkerten einst die schottischen Highlands, wurden jedoch vertrieben, indem man sie jagte und verfolgte und die Wälder in Brand setzte, in denen sie lebten.

Das Abendessen mit den McCluskys fühlte sich an jenem Abend anders an als das letzte Mal. Ich fragte mich, ob es daran lag, dass Lumin jetzt hier war und dass ich sie fünf Jahre lang von ihnen ferngehalten hatte. Doch als ich die Familie beobachtete, fiel mir auf, dass die Anspannung nichts mit mir zu tun hatte. Es lag an ihnen selbst. Nach einem aufregenden Tag schienen alle erschöpft, und es wurde weniger gelächelt. Dylan und Cole sprachen kaum miteinander; Mairi schien dauernd die Stirn zu runzeln, und der Rest der Familie wirkte seltsam bedrückt, vor allem Heather, die nach einem langen Mittagsschlaf nun auch aufgetaucht war.

Mir fielen auch andere kleine Dinge auf: Das Dienstmädchen, das sie gehabt hatten, war nicht mehr da. Essen und Trinken waren weniger üppig als letztes Mal. Alles wirkte etwas weniger ausgefeilt. Lumin bekam davon nichts mit, sie plauderte mit ihrem neu gefundenen Cousin, während Dylan sie lächelnd beobachtete.

Anschließend saßen wir alle im großen Wohnzimmer, während die Kinder spielten. Es dauerte nicht lange, bis Lumin zu gähnen begann.

»Ich denke, es ist Zeit für dich, ins Bett zu gehen«, sagte ich und erhob mich. »Das war ein langer Tag heute.«

»Kann Daddy mir etwas vorlesen, Mummy?«, fragte sie. Ich zögerte. »Sicher.«

Dylans Gesicht leuchtete auf, und Mairi lächelte. »Wie wäre es, wenn ich dir ein Bad einlasse, Liebling?«, fragte sie Lumin. »Ich mache dich bettfertig, und dann kann Daddy kommen und dir etwas vorlesen.«

Lumin nickte schüchtern und ging mit Dylan und Mairi nach oben.

»Hier«, sagte Rhonda und brachte mir ein Glas Wein, nachdem sie verschwunden waren. »Du siehst aus, als könntest du das brauchen.«

Dankbar trank ich einen Schluck. »Es fühlt sich so seltsam an, Lumin nicht selbst ins Bett zu bringen.«

»Ich bin mir sicher, du gewöhnst dich daran. Wie läuft es denn so?«

»Gut. Lumin scheint es hier zu gefallen. Und sie und Dylan …« Ich lächelte und schüttelte den Kopf. »Sie sind wie Topf und Deckel.«

»Und was ist mit dir und Dylan?«, fragte Rhonda, trank einen Schluck Wein und neigte den Kopf zur Seite, um mein Gesicht genau zu betrachten. »Seid ihr wieder wie Topf und Deckel in einer Holzhütte in den Bergen?«

Ich fühlte, wie ich rot wurde. »Nein, so ist es diesmal nicht.«

»Egal was aus euch beiden wird, es ist großartig, dass du hier bist. Ich sehe bereits die Veränderung an ihm, als wäre ihm ein Gewicht von den Schultern genommen, seit er wieder zu deinem Leben gehört.«

»Zu *Lumins* Leben. Hier geht es nicht um Dylan und mich.«

Ihr Blick durchbohrte mich. »Ach nein?«

Ich lehnte mich in meinem Stuhl zurück und nippte an meinem Wein. »Vielleicht ein ganz klein bisschen. Ich hatte mich an den Gedanken gewöhnt, ihn nie wieder zu sehen, und plötzlich feiere ich Weihnachten im Haus seiner Familie, genau wie das erste Mal.«

»Vielleicht soll es so sein. Ich kann die Anziehungskraft zwischen euch förmlich spüren, wenn ihr zusammen seid. Jeder kann das. Das ist Schicksal.«

Ich lachte. »Glaubst du wirklich an so was?«

»Sicher, warum nicht? Ich schäme mich nicht dafür, eine romantische alte Närrin zu sein. Cole ist der Mann meines Lebens, ich hab es vom ersten Moment an gewusst.«

Ich dachte daran, was Dylan gesagt hatte: dass Cole sie nur geheiratet hatte, damit sie das Geheimnis nicht ausplauderte – was immer dieses Geheimnis war.

Wir schwiegen und sahen auf die Berge hinaus. »Dylan und ich haben vorhin einen Spaziergang in Richtung Berge gemacht«, sagte ich. »Und wir sind zufällig Gavin begegnet, dem Typen, der in dem Bauernhaus wohnt.«

Rhonda holte tief Luft und nickte. »Verstehe.«

»Es war seltsam. Er war betrunken und hat dauernd davon geredet, dass das Land ihm gehört. Und …«, ich hielt inne. »Er hat ein Mädchen erwähnt. Und dass das jetzt das achtzehnte Weihnachten ohne sie ist.«

Rhonda sah schnell zu ihrem Mann hinüber und dann wieder weg. »Darüber weiß ich nichts. Ich weiß aber, dass Oscar und Mairi mit Gavin und Rosa Howard in einen Rechtsstreit um das Land verwickelt sind.« Sie senkte die Stimme und beugte sich zu mir hin. »Ist dir aufgefallen, dass das Hausmädchen nicht mehr da ist und der Gärtner auch nicht?«

»Ja, ist mir aufgefallen.«

»Mairi und Oscar stecken ihr ganzes Geld hinein. Der Prozess zieht sich schon über Jahre hin.« Sie warf einen Blick zu Oscar hinüber. »Ich glaube, das ist auch der Grund für seinen Schlaganfall. Er hatte ihn nur wenige Wochen nach Beginn des Prozesses.«

»Aber was für einen Anspruch haben die Howards denn auf das Land?«

Rhonda seufzte. »Ich kenne die Einzelheiten nicht. Aber ich habe zufällig mitbekommen, dass das Land einmal dem Howard-Clan gehört hat. Mairis Großmutter soll Gavins Großvater um das Land betrogen haben, als der auf dem Sterbebett lag.«

»Glaubst du, die Howards gewinnen den Prozess?«, fragte ich.

»Wer weiß? Aber wenn«, sagte Rhonda und sah zu dem riesigen Weihnachtsbaum hin, »wird es kein Weihnachten in der Lodge mehr geben. Was, um ehrlich zu sein, gar nicht so schlecht wäre. Ich fände es schön, Weihnachten einmal bei uns zu Hause zu feiern. Und ganz unter uns gesagt«, fügte sie hinzu und beugte sich näher zu mir hin, »macht Gavin Howard mir Angst. Am Abend, bevor du gekommen bist, ist er hier aufgetaucht und hat herumgebrüllt und uns alle aufgeweckt. Es gibt sehr viel böses Blut zwischen den beiden Familien. Und der Mann ist völlig unberechenbar, seit er angefangen hat, noch mehr zu trinken.« Sie schüttelte den Kopf. »Weiß Gott, wozu er fähig ist.«

Ich zitterte und schlang die Arme um mich. Wo hatte ich Lumin hier nur hingebracht?

Doch am nächsten Tag schwand meine Besorgnis. Dylan war fest entschlossen, seiner Tochter eine unvergessliche Zeit zu bereiten, und animierte den Rest der Familie dazu, das ebenfalls zu tun. Ich fragte mich, ob er seine Eltern damit auch vom Prozess ablenken wollte. In mancherlei Beziehung funktionierte es jedenfalls. Es war schön zu sehen, wie sehr Oscar sich freute und wie seine Augen leuchteten, als er Lumin einen Lebkuchenmann kaufte, während sie im nahen Dorf über den Weihnachtsmarkt gingen. Oder wie Mairi stolz lächelte, als sie Lumin half, den silbernen Stern an der Spitze des riesigen Weihnachtsbaums zu befestigen, der so hoch war, dass sie eine Leiter brauchten. Lumin war auch sehr beeindruckt von einem gefrorenen Wasserfall in der Nähe, vor allem, als Dylan und Cole auch noch beschlossen, in einem brüderlichen Wettstreit an ihm hochzuklettern.

Trotz ihrer Sorgen waren die McCluskys genau das, was eine Familie ausmachte. Ja, es gab Spannungen zwischen den Brüdern, doch andererseits schienen sich alle wirklich zu lieben, und um Oscar kümmerten sie sich besonders liebevoll. Ich genoss es zu beobachten, wie Lumin das alles in sich aufsog, und stellte mir künftige Weihnachtsfeste hier vor.

Doch dann kam mir der Gedanke, dass Lumin ohne mich hier sein würde, sollte sie hierhin zurückkommen, wovon ich überzeugt war. Es war schließlich nicht üblich, dass die Ex mitkam, und ich war nun einmal Dylans Ex. Ich erwischte ihn zwar dabei, wie er mich manchmal beobachtete, doch sein Gesichtsausdruck war unergründlich. Nachdem Gavin unser Gespräch neulich auf dem Berg unterbrochen hatte, hatten wir nicht mehr über uns gesprochen. Trotzdem sehnte ich mich nach Dylan. Er war immer noch der Mann, in den ich mich verliebt hatte: attraktiv und stark, aber auch charmant und gütig. Es war schwer, meine Gefühle abzuschalten.

Außerdem kam hinzu, dass Mairi und Rhonda davon überzeugt waren, dass er mich immer noch liebte. Doch je mehr Zeit verging, desto mehr begann ich das zu bezweifeln. Sie *wollten*, dass er mich liebte. Dann wäre alles perfekt gelöst, vor allem für Mairi, der die Vorstellung, dass Dylan sesshaft wurde, eindeutig gefiel. Doch im Leben löste sich schließlich nicht immer alles in Wohlgefallen auf, oder?

An Heiligabend schlüpften wir alle in unsere schicksten Kleider, um im Wohnzimmer Champagner zu trinken. Ich hatte Lumin ein bezauberndes weißes Kleid mit einem Muster aus Schneeflocken gekauft, ich selbst trug ein blassgrünes Seidenkleid. Als wir hinunterkamen, wartete Dylan in einer dunklen Hose und einem cremefarbenen

Pullover auf uns. Seine Gesichtszüge wurden weich, als er Lumin sah. Dann drehte er sich zu mir um und sah mich auf eine Weise an, die ich nicht deuten konnte.

»Zum Wohl«, sagte Mairi und hob ihr Glas, als wir das Wohnzimmer betraten. »Auf unser ganz besonderes Mädchen, auf unsere entzückende Lumin.«

Lumin drückte sich schüchtern an Dylans Arm, und er streichelte ihr übers Haar, während er auf seine Tochter hinunterlächelte.

»Und auf Gwyneth«, fügte Mairi hinzu, »dass sie sie in unser Leben zurückgebracht hat.«

Ich lächelte verlegen. Hatte sie vergessen, dass ich auch diejenige war, die sie von ihnen ferngehalten hatte? Aber es war nett von ihr, es positiv zu sehen.

»Auf Lumin und Gwyneth«, sagte Oscar.

Ich hob mein Glas zusammen mit den anderen und trank einen Schluck Champagner, während ich Dylan ansah. Doch dann wurden wir in das McClusky-Ritual einbezogen, die Äste des Vogelbeerbaums zu verbrennen, und während die Familie plauderte und in den Feierlichkeiten aufging und ich mich darauf konzentrierte, Lumin bettfertig zu machen, hatten wir kaum Gelegenheit zu reden. Als ich wieder hinunterkam, war Dylan bereits mit Glenn draußen, um das Feuer zu hüten. Ich steckte den Kopf in die eisige Luft hinaus, und die beiden Männer blickten auf.

»Ich glaube, ich gehe auch ins Bett«, sagte ich und hoffte ein wenig, dass Dylan auf eine heiße Schokolade oder sonst etwas hereinkommen würde.

Aber er nickte nur. »Ja, es war ein aufregender Tag. Wir

sehen uns morgen. Ich schätze, Lumin wird ganz schön aufgeregt sein.«

»Oh ja, allerdings. Gute Nacht.«

»Gute Nacht!«, riefen die Brüder. Dann schloss ich die Tür und ging nach oben, während das Feuer aus den Zweigen des Vogelbeerbaums hinter mir flackerte.

In dieser Nacht schlief ich gut, was mich überraschte. Ich hatte gedacht, mein Kopf würde keine Ruhe finden. Doch dann wachte ich davon auf, dass Lumin schrie. Ihr Zimmer lag direkt neben meinem, und ich flitzte im gleichen Moment zu ihr herüber wie Dylan. Wir hielten inne, als wir einander auf dem von Mondlicht beschienenen Treppenabsatz gegenüberstanden.

»Geh du«, sagte er.

»Wir gehen beide.«

Als wir in Lumins Zimmer traten, sahen wir sie mit weit aufgerissenen Augen im Bett sitzen. »Ich habe geträumt, ich war im See«, schluchzte sie. »Unter dem Eis!«

Dylan sah entsetzt aus. »Nein«, sagte er schnell und strich ihr über den Kopf. »Das wird nicht passieren.«

»Versprichst du mir das?«, sagte sie, während sie zu ihm hochsah.

Ich trat zu ihnen. »Es war nur ein Albtraum, ein dummer Albtraum«, sagte ich, nahm sie in den Arm und hielt sie fest, bis sie wieder eingeschlafen war.

Dylan beobachtete uns mit ernstem Gesicht.

»Warum träumt sie so etwas?«, flüsterte ich ihm zu.

»Vielleicht hat sie gehört, wie wir darüber gesprochen haben, dass du damals im Eis eingebrochen bist?«

»Vielleicht.« Ich gab ihr einen sanften Kuss und stand auf. »Sie schläft.«

Widerwillig erhob sich Dylan, er sah besorgt aus. Wir verließen ihr Zimmer, und ich schloss leise die Tür. Dylan ging zum großen Fenster auf dem Treppenabsatz und sah hinaus auf den Loch.

»Was ist wirklich da draußen passiert?«, flüsterte ich in der Dunkelheit.

Im Fenster gespiegelt sah ich, wie er die Augen schloss. Dann ging er zu seinem Zimmer. Einen Moment dachte ich, dass er einfach verschwinden würde, ohne etwas zu sagen, doch er streckte mir die Hand hin. »Komm mit.«

Ich zögerte.

»Von meinem Zimmer aus hast du den besten Blick auf den Loch«, sagte er.

»Okay.« Ich schlang die Arme um mich, denn ich spürte die kalte Nachtluft durch den dünnen Stoff meines Nachthemds. Dann folgte ich ihm in sein Zimmer zu dem großen Fenster, das auf den Loch hinausging. In der Dunkelheit nahm ich ein paar Konturen wahr: Holzskulpturen, Bücher, Zeichnungen, die Lumin ihm geschickt hatte.

Ich stand neben Dylan, und wir schauten auf den See hinaus. Die Nacht war still, und im Moment fiel kein Schnee. Die Äste des Vogelbeerbaums bewegten sich, das Weihnachtsfeuer brannte noch, Heather und Cole kümmerten sich jetzt darum. Cole sah mit ernstem Gesicht auf den Loch hinaus.

»Ich hatte eine Freundin«, sagte Dylan. »Sie hieß Eleanor.« Er lächelte vor sich hin. »Sie war ein richtiger Wildfang. Genau wie ich hat sie gerne Sachen aus Holz gemacht. Sie hat mir und Cole geholfen, die Scheune oben in den Bergen zu bauen.«

»Das *E* in dem Schild?«, fragte ich. Dylan nickte. Ich dachte daran, wie wir Gavin begegnet waren. »Sie war die Tochter von Gavin und Rosa, oder?« Er nickte wieder. »Was ist mit ihr passiert?«

»Sie ist im Eis eingebrochen. Und nicht rausgekommen …« Er kniff die Augen zusammen. »Sie ist ertrunken. Deshalb geht es Heather so schlecht. Sie hat alles mit angesehen, als sie noch klein war.«

Ich stellte mir vor, Lumin müsste in ihrem zarten Alter mit ansehen, wie ein Mädchen ertrinkt. Kein Wunder, dass Heather an Weihnachten, als ich ihnen allen zum ersten Mal begegnet war, so einen verletzlichen Eindruck gemacht hatte! Jetzt ergab es einen Sinn, dass sie hinunter auf den See gegangen war. Die ganze Sache musste sie noch immer ungeheuer beschäftigen.

Und Dylan auch.

»Das tut mir sehr leid«, flüsterte ich und legte ihm die Hand auf den Arm.

»Es war am ersten Weihnachtstag. Eleanor war auf dem Nachhauseweg von unserer Party hier. Es war das einzige Mal, dass das Weihnachtsfeuer mit den Vogelbeerzweigen ausgegangen ist … von dem Jahr, in dem wir uns kennengelernt haben, abgesehen.« Sein Blick huschte zu meinem und dann wieder weg. »Sie wusste, dass sie nicht über den vereisten Loch gehen sollte. Man weiß nie, ob das Eis dick genug ist. Doch sie wollte unbedingt weg.«

»Weg? Warum denn?«

Ärgerlich wischte er sich eine Träne von der Wange. »Es spielt keine Rolle. Das ist eine alte Geschichte.«

»Dylan, komm, du musst das loswerden. Ich habe doch gesehen, dass Gavin dich irgendwie für ihren Tod verantwortlich macht. Tut er das, weil sie vor ihrem Tod hier war … oder ist da noch mehr?«

Er hielt meinen Blick lange fest und kämpfte eindeutig mit sich, ob er es mir erzählen sollte oder nicht. »Wenn ich es dir erzähle, erzählst du mir dann auch, was dir passiert ist? Ich weiß, da ist etwas in deiner Vergangenheit, Gwyneth.«

Ich trat einen Schritt von ihm weg. »Das hat nichts hiermit zu tun.« Er legte mir die Hände auf die Schultern, seine dunklen Augen bettelten mich an. »Doch, das hat es! Ich will, dass wir beide offen zueinander sind. Was soll das sonst mit uns?«

»Mit uns? Es gibt kein *uns,* Dylan. Du hast mich verlassen.«

»Und du hast mir unsere Tochter vorenthalten!«

»Genau. Wir sind eine Katastrophe.«

»Ja«, sagte er, während er die Hände von meinen Schultern nahm, und seine Augen funkelten vor Wut. »Eine verdammte Katastrophe.«

»Was soll's.« Ich wollte gehen, doch er griff nach meinem Arm.

»Geh nicht, Gwyneth.«

Ich sah auf seine Hand hinunter, dann in sein Gesicht, auf dem sich die Gefühle so deutlich widerspiegelten.

»Okay, wenn du die Wahrheit hören willst«, sagte ich. Er sah mich erwartungsvoll an. In dem Moment hatte ich vor, es ihm zu sagen, ich wollte es wirklich. Doch als es drauf ankam, konnte ich es nicht. Deshalb sagte ich ihm eine andere Wahrheit: »Ich liebe dich.«

Er blinzelte, sein Gesichtsausdruck war undurchdringlich.

»Ich bitte dich um nichts«, fügte ich schnell hinzu. »Ich erwarte nicht, dass du mich auch liebst. Ich muss dir nur wenigstens in einem Punkt die Wahrheit sagen. Ich weiß, dass du mich wahrscheinlich nicht liebst, und ich bin glücklich, wenn du durch Lumin zu meinem Leben gehörst. Es war mir nur wichtig, dass du weißt …«

Er zog mich an sich und drückte seine Lippen auf meine. Ich spürte, wie sich mein Körper entspannte, als er mir den Arm um die Taille schlang, um mich noch näher an sich zu ziehen, während seine Finger in meinen Nacken wanderten.

»Oh Gott, ich liebe dich auch, Gwyneth.« Er lachte an meinen Lippen. »Du meine Güte, wir sind wirklich eine Katastrophe, was?«

»Die beste Katastrophe überhaupt«, antwortete ich. Unsere Küsse wurden intensiver, und wir stolperten zu seinem Bett. Als wir uns liebten, fühlte es sich an, als hätte sich nichts zwischen uns geändert. Als wären nicht Jahre vergangen, seit wir uns getrennt hatten. Die Geheimnisse, die wir uns vor wenigen Augenblicken noch hatten anvertrauen wollen, waren vergessen.

Danach lagen wir eng umschlungen da und lächelten uns an, während draußen neuer Schnee vom dunklen Himmel fiel und unser Kind im Nebenzimmer schlief.

Unser Kind.

Der Gedanke fühlte sich wunderbar an.

Ich sah Dylan an. Er hatte einen Arm hinter dem Kopf und den anderen um meine Schulter geschlungen, während er zur Decke hochsah. Wir hatten einander also endlich gesagt, dass wir uns liebten. Doch was bedeutete das für unsere Zukunft? Wollte ich überhaupt eine gemeinsame Zukunft?

Ja, natürlich. Ich hatte mich an die kleine Familie gewöhnt, die aus Lumin und mir bestand, doch die Vorstellung, dass Dylan auch dazugehören würde, erfüllte mich mit Freude.

Er merkte, dass ich ihn beobachtete. »Und …?«

»Was … und?«, fragte ich.

Er lachte. »Okay, ich zuerst. Ich liebe dich. Ich liebe unser Kind. Sie ist wunderbar.« Er guckte zu der Wand, die sein Zimmer von Lumins trennte. »Klar macht es mich irgendwie fertig, wie viel ich verpasst habe.« Ich seufzte, und er küsste mich schnell. »Vorbei ist vorbei. Hier geht es um die Zukunft, und ich will, dass wir eine gemeinsame Zukunft haben: Du, ich und Lumin.« Seine Augen füllten sich mit Tränen. »Dass wir eine Familie sind.«

Ich fühlte, wie mir ebenfalls Tränen in die Augen stiegen. »Das will ich auch.«

»Dann wäre das schon mal geklärt.«

Wir lachten beide. »Und was jetzt?«, fragte ich.

Sein Gesicht wurde ernst. »Ich habe nachgedacht. Um Lumin nicht durcheinanderzubringen, könnte ich umziehen, um euch näher zu sein. Und falls es nicht zu früh dafür ist«, sagte er, während er tief Luft holte, »könnten wir uns auch zusammen etwas suchen. Ich will nichts überstürzen«, fügte er schnell hinzu. »Vor allem wegen Lumin. Ich will mich nicht in ihr Leben hineindrängen, in *dein* Leben. Du hast in den vergangenen Jahren fantastische Arbeit geleistet, wie du sie aufgezogen hast. Und ich will nicht für Unruhe sorgen.«

»Das ist okay. Unsere Tochter ist zäher, als du denkst. Aber du hast recht, sie hat dort im Dorf Wurzeln geschlagen. Da gibt es tatsächlich ein altes Haus, an dem ich immer wieder vorbeifahre und das mit einer Prise McClusky-Magie ein wunderschönes Zuhause werden könnte …«

Sein Gesicht leuchtete auf. »An genau so etwas hatte ich gedacht. Oder an Island. Erinnerst du dich an das Land, das Asher gehört? Ich habe mir immer vorgestellt, dass wir dort einmal leben könnten. Ich meine, nicht gleich, aber vielleicht irgendwann in der Zukunft.«

Ich lächelte. »Island. Der Gedanke gefällt mir. Aber was ist mit deiner Familie? Sie brauchen dich doch hier in der Firma, oder?«

Er sah zur Zimmertür, die auf den Treppenabsatz hinausführte, von dem die restlichen Zimmer der Familie abgingen. »Vielleicht ist es an der Zeit, die Nabelschnur zu durchtrennen.«

Ich sah ihn ungläubig an.

»Warum nicht?«, fragte er lebhaft. »Sie haben Cole. Ich kann ihnen aus der Ferne aushelfen, wenn es nötig ist. Da draußen gibt es massenhaft Bauleiter, die einen Job suchen.«

»Und was ist mit …«, ich hielt inne.

»Womit?«

»Rhonda hat etwas von einem Prozess um das Land erwähnt?«

Dylan schloss die Augen, legte den Kopf in die Kissen und stöhnte. »Ein weiterer Grund, um zu gehen. Ich will damit nichts zu tun haben.«

Ich legte ihm die Hand auf die Brust. Draußen flog eine Schar Enten vorbei, ihre Schreie erfüllten die Nacht.

»Was passiert, wenn deine Eltern das Land an die Howards verlieren?«, fragte ich. »Heißt das, dass sie auch dieses Haus verlieren?«

Er dachte einen Moment darüber nach. »Wäre das so schlecht? Es wäre ein Neuanfang. Genau genommen habe ich mir oft vorgestellt, dass dieses Haus bis auf die Grundmauern abbrennt.«

Ich setzte mich auf und sah ihn entsetzt an. »Wie kannst du das sagen!«

»Ich meine das nicht wirklich ernst«, sagte er schnell. »Ich meine nur, diese Lodge fühlt sich für mich wie ein Anker an, der mich an dieses Land bindet, an meine Familie. Ich habe das Gefühl, kein eigenes Leben zu haben. Vielleicht ändert sich das ohne dieses Haus.«

Ich betrachtete sein Gesicht. Ich hatte mich nach einer Familie wie dieser gesehnt, damals, als ich bei meiner Tante im Hotel gelebt hatte. Ich hatte mich viele Jahre nach einer Familie gesehnt. Wenn ich andere Leute sah, hatte ich immer gedacht, wie glücklich sie sein mussten, ihre Familie um sich zu haben.

Aber vielleicht war ich ja die Glückliche, niemanden zu haben, der mich fesselte?

»Tu, was immer du tun willst, Dylan«, sagte ich. »Ich will

einfach nur, dass du glücklich bist. Und ich will, dass wir zusammen sind.«

»Wir werden zusammen sein«, sagte er und streichelte meine Wange. »Von jetzt an werden wir immer zusammen sein: Du, ich und Lumin.«

24

Gwyneth

Audhild Loch
25. Dezember 1996

Als ich am Ersten Weihnachtstag mit Lumin nach unten ging, war es, als würde ich in der Zeit zurückschreiten. Der Geruch von Glühwein wehte mir entgegen. Aus dem Wohnzimmer hörte ich Geplauder und Gelächter, und die Flammen der Kerzen flackerten in den Fenstern und hießen Gäste willkommen, genau wie sie mich willkommen geheißen hatten, als es mich vor sieben Jahren hierherverschlagen hatte.

Wir traten ins Wohnzimmer, in dem überall Geschenkpapier herumlag; Alfie hatte bereits begonnen, seine Geschenke auszupacken.

»Guck mal, Lumin, der Weihnachtsmann war da!«, erklärte er und zog seine Kusine zum Weihnachtsbaum, unter dem eine Menge Geschenke lagen. Lumin schleppte bereits die Porzellanpuppe, ein Geschenk von Dylan, mit sich herum. Sie hatte unbedingt eine altmodische Puppe haben wollen, und Dylan hatte die perfekte Puppe mit goldblonden Haaren und einem rosa Rüschenkleid gefunden. Sobald Lumin das Geschenk an diesem Morgen öffnete und ich ihren Blick sah, war mir klar, dass diese Puppe ihr neuer Liebling werden würde; genau wie der Lebkuchenmann, den Oscar ihr geschenkt hatte. Sie trug ihn um den Hals mit sich herum und knabberte immer wieder daran.

Wir hatten einen ganz besonderen Morgen zu dritt verbracht. Lumin war um fünf Uhr in mein Zimmer gestürmt gekommen. Weil ich wusste, dass sie früh aufwachen würde, war ich nach der Nacht mit Dylan dorthin zurückgekehrt. Während wir zusammen unsere Geschenke auspackten, hatte es geklopft, und Dylan war im Schlafanzug mit einem Stapel Geschenke hereingekommen. Wir hatten ein paar Stunden nur für uns gewollt, als kleine Familie.

»Wie es aussieht, haben es meine Eltern ein bisschen übertrieben.« Ich drehte mich um und sah Dylan mit einem schelmischen Lächeln hinter mir stehen.

»Sind die Geschenke alle von ihnen?«

»Nein, vom *Weihnachtsmann*«, flüsterte er.

»Ups, entschuldige«, sagte ich. »Na schön, da war der Weihnachtsmann sehr großzügig und sehr nett.«

Sein Gesicht verdunkelte sich. »Ehrlich gesagt hätten sie das nicht tun sollen. Sie haben gar nicht so viel Geld.«

»Vielleicht haben sie es gerade deshalb getan, weil es ihre letzte Chance ist, verschwenderisch zu sein?«

»Vielleicht.« Er küsste mich auf die Wange, und seine Lippen verweilten auf meiner Haut. Aus dem Augenwinkel sah ich, wie Rhonda Mairi anstupste. Mairi sah zu uns herüber, und ihr Gesicht verzog sich zu einem strahlenden Lächeln.

»In der ganzen Aufregung, als Lumin heute Morgen ihre Geschenke ausgepackt hat, hatte ich keine Zeit, dir das zu geben«, sagte Dylan leise zu mir. »Hier.« Er reichte mir eine kleine Schachtel, und ich dachte daran, wie er mir damals das geschnitzte Alpenschneehuhn geschenkt hatte. Ich öffnete die Schachtel, während Lumin die Geschenke von ihren Großeltern auspackte, und lächelte, als ich die geschnitzte Robbe darin sah. Nicht irgendeine Robbe – sondern die Herzogin, die majestätisch auf einem Felsen saß.

Ich sah zu ihm hoch. »Danke. Sie ist wunderschön. Und das hier ist für dich.«

Ich gab ihm das Geschenk, nach dem ich so lange gesucht hatte: einen Stempel mit den Worten *Handmade by Dylan McClusky,* speziell für Holz geeignet. Ich hatte die Aufkleber gesehen, die er benutzte, und mir gedacht, dass er bestimmt gerne etwas anderes hätte. Also hatte ich jemanden beauftragt, einen ganz persönlichen Stempel für ihn anzufertigen. Als Dylan ihn sah, leuchtete sein Gesicht auf. »Für mein Geschäft?«

Ich lächelte. »Für dein Geschäft.«

Er drückte das Metall des Stempels in das beigefügte Stempelkissen, dann ging er in die Diele, griff nach einer seiner Holzskulpturen und stempelte den Boden. Anschließend kam er zurück ins Wohnzimmer und nahm mich in die Arme, während wir zusahen, wie Lumin sich in dem neuen Kleid drehte, das Heather ihr geschenkt hatte und das sie gleich über ihr anderes Kleid zog.

»Sie hat wirklich Spaß«, sagte ich.

»Ich werde dafür sorgen, dass sie noch mehr Spaß hat,

wenn wir erst zusammenleben«, antwortete Dylan. »Ich habe sogar schon angefangen, ein absolut irres Spielzimmer für sie zu entwerfen.«

Mairi und Oscar kamen zu uns herüber, Oscar humpelte mühsam. »Ihr beiden gebt zusammen ein großartiges Bild ab«, sagte Oscar.

Mairi schenkte mir eines ihrer seltenen Lächeln. »Das stimmt. Und sieht Lumin in dem Kleid nicht schon wie ein richtiges junges Mädchen aus?«

Wir sahen zu ihr hinüber. Lumin schaute gerade mit einem Lächeln am Weihnachtsbaum hoch. »Ja, das ist wahr«, sagte ich. »Vielen Dank noch einmal für eure Gastfreundschaft.«

»Das kannst du öfter haben«, antwortete Mairi. »Und jetzt, finde ich, ist es Zeit für euer Weihnachtsgeschenk.« Sie überreichte mir einen Umschlag. »Das ist für euch beide.«

Dylan lächelte, als er darauf blickte. »Was ist das, Mum?«

»Du wirst schon sehen«, sagte Oscar.

Dylan öffnete den Umschlag und zog einen Brief heraus. Dann blickte er auf. »Ihr schenkt uns euer erstes Haus?«

Mir blieb der Mund offen stehen.

Mairi sah mich voll Begeisterung an. »Ich weiß, es ist ein bisschen anmaßend von uns, aber wir waren uns ganz sicher, dass ihr Weihnachten wieder zueinanderfinden würdet. Und wir möchten sicherstellen, dass ihr als Familie den bestmöglichen Anfang habt. Oscar und ich wollen euch unser altes Haus schenken, ein ganz besonders reizendes Haus, nur ein paar Meilen von hier entfernt, im Dorf in der Nähe des Wasserfalls. Es ist das perfekte Zuhause für eine Familie, und wir sind in der Nähe und können bei der Kinderbetreuung helfen.«

Dylan seufzte. »Mum, Dad, das ist sehr großzügig von euch. Aber wäre es nicht besser, ihr wartet erst einmal ab und seht, wie es mit dem Prozess läuft? Wenn wir das Land hier verlieren, braucht ihr selbst ein Haus.«

Mairi verkrampfte sich, während Oscar sich noch stärker auf seinen Stock stützte und traurig zu Boden blickte.

»Wir werden dieses Land nicht verlieren«, sagte sie heftig. »Es ist mein Geburtsrecht.«

»Okay«, sagte Dylan und hob die Hände, um sie zu besänftigen. »Wir können das trotzdem nicht annehmen. Es tut mir leid«, sagte er und gab ihr den Umschlag zurück.

»Warum in aller Welt nicht?«, fragte seine Mutter.

»Ich werde näher zu Lumin und Gwyneth ziehen.«

Mairi wurde blass, doch mir fiel auf, dass sich auf Oscars Gesicht ein kleines Lächeln ausbreitete. Er wusste, dass sein Sohn etwas Unabhängigkeit brauchte. »Das kannst du nicht machen!«, rief Mairi. »Das ist doch Stunden entfernt. Wie willst du denn jeden Tag zur Arbeit kommen?«

»Ich kann hin und wieder aushelfen«, sagte Dylan. »Aber ich glaube, es ist an der Zeit, dass ich wieder zu meinem eigenen Geschäft zurückkehre.«

»Das kannst du nicht machen!«, wiederholte Mairi. »Du arbeitest in der Firma deiner Familie. Und was ist mit deinem Vater?«

»Mairi«, sagte Oscar und legte ihr die Hand auf den Arm, »es ist in Ordnung, wirklich.«

»Was ist denn hier los?«, fragte Cole und kam zu uns herüber.

Mairi drehte sich zu ihm um. »Dylan steigt aus der Firma aus!«

»Oh Gott«, sagte Cole und verdrehte die Augen. »Nicht das schon wieder. Na gut, lassen wir ihn ein bisschen Pause machen«, fügte er hinzu. »In ein paar Monaten ist er wieder da.«

»Nein, Cole. Diesmal ist es endgültig.« Dylan nahm mich an der Hand. »Mum, Dad, es ist unglaublich großzügig von euch, dass ihr uns das Haus angeboten habt, aber ich ziehe nach Northumberland zu Gwyneth. Ihr wisst, dass ich schon immer meinen holzverarbeitenden Betrieb wiederaufleben lassen wollte. Ich glaube, das ist jetzt der richtige Zeitpunkt dafür.« Er lächelte, und mein Herz jubelte, weil er so glücklich aussah. Trotzdem taten mir Mairi und Cole leid, die so entsetzt aussahen bei dem Gedanken daran, dass ihr Chefbauleiter die Firma verließ.

Cole lachte bitter. »Holzverarbeitender Betrieb?« Er zeigte auf die Robbe in meiner Hand. »Du machst ein paar Tiere und Skulpturen und glaubst, du würdest damit den großen Erfolg haben? Das ist so gut wie nichts, Dylan. Das reicht nicht, um deine neue Familie zu unterhalten, verdammt.«

»Da hat Cole recht«, nickte Mairi.

»Hört ihr euch eigentlich selbst zu?«, sagte ich zu Dylans Verteidigung. »Seht ihr nicht, wie talentiert Dylan ist? Wollt ihr nicht, dass er damit Erfolg hat, dass er seinem Herzen folgt?«

»Die Familie ist das Herz.« Mairi ballte die Hand zur Faust und schlug sich auf die Brust. »Das Herz ist die Familie. Wir brauchen dich hier, Dylan.«

»So ist es, Bruderherz«, sagte Cole.

»Braucht ihr mich wirklich?«, fragte Dylan. »Wenn ich so untalentiert bin, wie ihr offenbar meint, warum bin ich dann so verdammt unersetzlich?«

»Was ist los?«, fragte Glenn gelangweilt, als er zu uns herüberkam. Heather blieb am Feuer sitzen und kaute an ihren Fingernägeln herum, während sie uns beobachtete. Ich fühlte mich versucht, zu ihr zu gehen, doch Dylans Hand hielt meine fest umklammert. Zum Glück saßen Lumin und Alfie auf der Treppe in der Diele und hatten Kopfhörer auf, während sie etwas auf seinem neuen CD-Player hörten.

»Dylan will das Familienunternehmen verlassen«, sagte Cole. »Er will einen holzverarbeitenden Betrieb aufmachen«, fügte er spöttisch hinzu. »Hinter alldem steckst du, nicht wahr, Gwyneth? Ich habe immer gewusst, dass du ihn uns entfremden wirst. Deshalb habe ich auch …« Er hielt inne.

Dylan trat einen drohenden Schritt auf seinen Bruder zu und starrte ihn an. »Deshalb hast du was, Cole? Sprich zu Ende, ja?«

Doch Cole schwieg, während seine Frau das Gesicht verzog und sich abwandte.

»Gut, dann mache ich das für dich«, sagte Dylan. »Deshalb hast du die Gründe total schief dargestellt, aus denen Gwyneth den Job in Finnland ablehnen wollte. Du hast gewollt, dass ich sie verlasse. Vielleicht hast du sogar damals die Nachricht mit ihrer Nummer verschwinden lassen, die sie hier für mich hingelegt hatte?«, fügte er hinzu und trat noch einen Schritt auf seinen Bruder zu.

»Du wolltest nicht, dass dein Chefbauleiter der Firma den Rücken kehrt, die es dir ermöglicht, deine teuren Anzüge zu kaufen«, sagte er und zeigte auf Coles grauen Anzug.

»Ist das wahr?«, fragte Oscar seinen Sohn.

»Und wenn es so wäre?«, drehte Cole sich zu seinem Vater um. »Wir brauchen Dylan. Und Gwyneth hat ihm wieder die Flausen von seinem kleinen Geschäft in den Kopf gesetzt, sie hat ihm den Kopf verdreht, ihn von uns entfremdet und von unserem Familienunternehmen.«

»Dylan kann seine eigenen Entscheidungen treffen«, sagte ich und verschränkte die Arme. »Hör auf, mich als die böse Freundin hinzustellen, die ihn gegen die Familie aufhetzt.«

»Hab ich denn so unrecht damit?«, konterte Cole und sah mich wütend an. »Du scherst dich doch keinen Dreck um die Familie, Gwyneth. Nicht einmal um deine eigene, du erwähnst sie ja kaum.«

Dylan versetzte seinem Bruder einen Stoß, und Cole schubste ihn zurück. »Ihr seid doch beide gleich«, fauchte Cole uns an. »Familie bedeutet euch nichts. Wenn du gehst, Dylan, wie sollen wir uns verdammt noch mal einen anderen Bauleiter wie dich leisten können? Wir werden die Firma verlieren, und das bedeutet, dass wir dieses Haus verlieren.«

»Gib nicht mir die Schuld daran!«, rief Dylan, das Gesicht gefährlich nah vor dem seines Bruders.

»Hört auf damit!«, rief Oscar. »Es gibt kein verdammtes Haus mehr – und auch kein Geld.«

Alle verstummten.

»Wie meinst du das?«, fragte Mairi.

Oscar seufzte. »Ich wollte eigentlich bis nach Weihnachten warten.«

»Wovon redest du?«, schrie Mairi ihn an.

Oscar sah erst jedes seiner Kinder an, dann seine Frau. »Ich habe es kurz vor Weihnachten erfahren. Die Howards haben den Prozess gewonnen. Das Land gehört ihnen.« Seine Schultern sackten in sich zusammen. »Wir haben alles verloren.«

25

Gwyneth

Audhild Loch
25. Dezember 1996

Mairi schlug die Hand vor den Mund und unterdrückte ein Schluchzen. Sie tat mir entsetzlich leid. Sie liebte dieses Land, es war wie ein Teil der Familie für sie – und jetzt sollte sie es verlieren.

»Der Anwalt hat angerufen, als ihr am Wasserfall wart«, sagte Oscar, er sprach jetzt leiser. »Er wollte mir die Neuigkeiten mitteilen. Ich habe die Howards angerufen und sie gebeten, erst nach Weihnachten etwas zu unternehmen. Sie waren großzügig und haben zugestimmt.« Mit Tränen in den Augen sah er seine Kinder an. »Ich wollte, dass unser letztes Weihnachtsfest hier fröhlich ist.«

»Fröhlich?«, sagte Mairi mit zitternder Stimme. »Wie kann es fröhlich sein, wenn wir wissen, dass wir unser Haus an diese diebischen Mistkerle verlieren?«

»Mum, sie haben einen berechtigten Anspruch«, sagte Dylan sanft. »Den haben sie immer gehabt.«

»Vielleicht ist es ja auch gut so«, sagte Heather und stand mit traurigem Blick von ihrem Platz auf. »Ein Neuanfang. Ihr könnt doch an so vielen Orten wohnen. Nur nicht hier«, fügte sie hinzu, während sich ihr Gesicht verfinsterte, als sie über den Loch blickte. »Hier gibt es zu viele schreckliche Erinnerungen. Ist es nicht an der Zeit, sie loszulassen?«

Rhonda drückte ihr Gesicht gegen die weiche Haut ihres Babys und schloss die Augen.

»Heather hat recht, Mum«, sagte Glenn. »Es birgt die Chance auf einen Neuanfang.«

Mairi sah ihre Kinder an, zuletzt Cole. »Willst du einen Neuanfang, Cole?«

Er hielt ihren Blick einen Moment fest, dann ließ er die Schultern sinken. Jeglicher Kampfgeist hatte ihn verlassen. »Ich bin erschöpft, Mum.« Dylan sah seinen Bruder schockiert an.

»Erschöpft?« Mairi wich zurück und schüttelte den Kopf, während sie sich umsah. »Das hier ist das Haus unserer Familie. Es ist unser Land. Und ihr wollt das alles einfach so aufgeben?«

»Wir hätten es schon vor achtzehn Jahren aufgeben sollen, als wir die Gelegenheit dazu hatten«, sagte Dylan. »Vielleicht würde Eleanor dann noch leben.«

Mairi starrte ihn fassungslos an. Ich sah von einem zum anderen. Was hatte denn Eleanors Tod mit dem Streit um das Land zu tun?

»Dylan hat recht«, sagte Cole, und seine Stimme brach. »Ich hätte versuchen sollen, sie zu retten. Wir *alle* hätten es versuchen sollen.«

Ich sah zwischen den McCluskys hin und her und versuchte, die Puzzleteile zusammenzusetzen.

Heather begann zu weinen, Glenn ging auf und ab und

fuhr sich mit den Fingern durchs Haar. Cole ließ sich auf einen Stuhl fallen, während Rhonda unverwandt auf den Loch hinaussah. Oscar schloss die Augen.

Nur Mairi stand entschlossen mit geballten Fäusten da. »Und dann?«, zischte sie. »Wir hätten unser Land verloren, unsere Firma. Wir hätten achtzehn Jahre Wohlstand versäumt. Keine Privatschule für euch beide«, sagte sie an Heather und Glenn gewandt. »Auch nicht für Alfie«, fügte sie hinzu. »Keine schicken Autos und Kleider, keine teuren Weihnachtsfeste.«

»Das sind doch alles nur materielle Dinge, Mum«, sagte Dylan. »Darauf kommt es nicht an.«

»Darauf kommt es nicht an?«, erwiderte Mairi und schüttelte den Kopf. »Gut.« Sie marschierte los, und alle schwiegen, während sie zusahen, wie sie zu den brennenden Kerzen im Fenster ging. »Dann braucht auch kein Licht die Gäste willkommen zu heißen. Keine Weihnachtskerzen mehr«, sagte sie, während sie die Kerzen ausblies und an uns vorbei ins nächste Zimmer ging und auch dort die Kerzen ausblies. »Ihr könnt jetzt alle nach Hause fahren und eure Eltern in der Dunkelheit zurücklassen. Ihr seid hier nicht mehr willkommen. Keiner ist mehr willkommen.«

»Oh, Mum, jetzt komm schon«, sagte Glenn.

»Sei nicht albern, Mum«, schaltete Alison sich ein.

Alle sprachen gleichzeitig.

»Was ist mit Eleanor passiert?«, flüsterte ich. »Was ist mit Eleanor passiert?«, wiederholte ich, lauter diesmal. Alle verstummten und sahen mich an. »Ich weiß, dass sie auf dem Loch gestorben ist. Aber warum ist sie weggelaufen?«

»Sie hatte Angst«, sagte Dylan, während Cole die Augen zusammenkniff.

»Dylan«, sagte seine Mutter leise und warnend.

»Mein Gott, Mum, ich bin der Lügen müde, du nicht?« Er wandte sich wieder an mich. »Eleanor hat sich ein bisschen als Detektivin versucht. Sie hat den Beweis gefunden, dass das Land ihrer Familie gehört. Eine Krankenschwester, die bei dem Tod ihres Urgroßvaters anwesend war, hatte bezeugt, dass unsere Urgroßmutter ihn gezwungen hat, das Land den McCluskys zu überschreiben.«

Heather schüttelte den Kopf und hielt sich die Ohren zu. »Ich kann mir das nicht anhören.«

Dylan nahm meine Hand und sah mir in die Augen. »Eleanor hat uns damit konfrontiert. Sie wollte aus dem Mund meiner Mutter die Wahrheit hören, bevor sie es ihren Eltern sagt. Wir wussten, dass man uns das Land wegnehmen würde, wenn sie den Beweis offenlegte. Cole hat versucht, ihn ihr abzunehmen.«

Cole blickte auf, seine Augen waren voller Tränen. Er schüttelte den Kopf, aber nur halbherzig, als wollte auch er, dass die Wahrheit endlich ans Licht kam.

»Sie ist weggelaufen, und Cole ist ihr hinterher«, fuhr Dylan fort. »Dann ist sie auf den zugefrorenen See gelaufen.«

»Und sie ist eingebrochen«, sagte Cole, die blauen Augen auf den Loch gerichtet, während ihm Tränen über die Wangen liefen. »Ich erinnere mich noch heute an das Geräusch, als das Eis gebrochen ist.«

»Warum habt ihr sie nicht gerettet?«, fragte ich.

»Einen blöden Augenblick lang wollte ich ihr eine Lektion erteilen«, antwortete Cole, das Gesicht schmerzhaft verzogen, »ich wollte, dass sie in Panik gerät. Nur eine Minute lang. Dann ... dann wollte ich sie herausholen. Aber es ging alles so schnell. Viel zu schnell.« Er stützte den Kopf in die Hände und stöhnte. »Als ich endlich bei ihr war, war es schon zu spät.«

»Und als ich ankam, auch«, sagte Dylan.

Ich drehte mich zu ihm um. »Du warst dabei?«

»Ich habe es vom Fenster aus gesehen und bin sofort die Treppe hinuntergerannt.«

»Und dann hat Mum dich festgehalten«, schluchzte Heather. »Ich hab das alles gesehen. Ich war noch klein, aber ich hab alles gesehen.« Sie drehte sich zu ihrer Mutter um. »Du hast Dylan angeschrien, er dürfte nicht versuchen, sie zu retten, wenn er seine Familie liebt. Du hast ihn zurückgehalten, Mum!«

Mairi schüttelte den Kopf und schlang die Arme um sich. Alle schwiegen, und ich sah sie an und ließ das Geheimnis, das sie so lange gehütet hatten, in mein Bewusstsein dringen. Sie hatten Eleanor nicht getötet – aber sie waren trotzdem für ihren Tod verantwortlich.

»Daddy!« Ein Schrei durchbrach das Schweigen. Wir drehten uns alle in Richtung Diele um und sahen Alfie, der voller Angst nach oben zeigte. Ich schnappte nach Luft. Die bodenlangen Vorhänge im Treppenhaus standen in Flammen, und das Feuer kroch mit rasanter Geschwindigkeit an ihnen hoch.

Alle wurden aktiv.

»Die Feuerlöscher sind in der Küche!«, schrie Dylan

Cole zu, während das Feuer schon das Treppengeländer erreichte. »Glenn, bring alle raus!«

Glenn packte mich am Arm, doch ich riss mich los. »Wo ist Lumin?«, schrie ich.

Dylan erstarrte. »Vor ein paar Minuten war sie doch noch da!«

»Sie ist nach oben zur Toilette gegangen«, sagte Alfie mit tränenerstickter Stimme.

Wir sahen zum Treppenhaus hin, das bereits zum Teil in Flammen stand.

Ich wollte trotzdem die Treppe hinaufrennen, doch Dylan hielt mich zurück und sah mir in die Augen. »Ich hole sie.«

»Nein, nein, das muss ich tun«, schrie ich.

»Ich werde Lumin holen«, sagte er ruhig. »Geh mit den anderen raus. Vertrau mir.«

Ich sah ihm in die Augen. Ich vertraute ihm. Hatte er mir nicht gerade das Geheimnis verraten, das er all die vielen Jahre mit sich herumgeschleppt hatte?

Ich lief hinaus, drehte mich noch einmal um und sah Dylan die Treppe hinaufrennen. Entsetzen packte mich, als ich mitbekam, wie die Flammen sich auf dem Treppenabsatz ausbreiteten. Dort im oberen Stock war meine Tochter … und jetzt auch Dylan.

26

Amber

Audhild Loch
23. Dezember 2009

Lumin und Amber machen sich durch den Schnee auf den Weg zu dem Bauernhaus. Lumin hat vorgeschlagen, über den zugefrorenen Loch zu gehen, da das kürzer sein würde, doch irgendetwas hat Amber zurückgehalten. Sie sind bereits genug Risiken eingegangen; sie will sie nicht weiter in Gefahr bringen. Außerdem besteht keine Eile. Also nehmen sie den längeren Weg um den Loch herum; der Schnee fällt jetzt heftiger. Als Lumin zum Himmel hochblickt, sieht sie plötzlich sehr jung aus, fast wie ein Kind.

»Die Schneeflocken haben richtige Formen«, sagt sie verwundert mit einem Blick auf einige Kristalle, die auf ihren behandschuhten Fingern landen.

»Hmmm, ja. Das soll es bei Schneeflocken geben.«

Sie kneift die Augen zusammen und sieht Amber gespielt wütend an. »Sehr witzig.«

Sie nähern sich dem Bauernhaus. Das Licht, das von ihm ausgeht, ist warm und einladend. Ein wunderschöner weihnachtlicher Kranz hängt an der Tür, und davor steht sogar ein beleuchtetes Rentier. Ein krasser Gegensatz zu der verkohlten schwarzen Lodge hinter ihnen, die sich gegen die jetzt weiße, leuchtende Landschaft abhebt.

Als Amber noch das Bauernhaus betrachtet, landet plötzlich etwas Nasses und Kaltes in ihrem Nacken. Sie dreht sich um und sieht, wie Lumin sich auf die Lippe beißt, ein schelmisches Lachen im Gesicht, während sie schon einen weiteren Schneeball formt.

»Hast du das wirklich gerade getan?«, fragt Amber und schüttelt den Kopf.

»Ja«, antwortet Lumin und stemmt die Hand in die Hüfte. »Das hast du nun davon, dass du so ironisch bist.«

Amber sammelt schnell etwas Schnee zusammen und formt ihn mit ihrer gesunden Hand zu einem Ball. »Du weißt wirklich nicht, worauf du dich da einlässt. Ich bin eine sehr erfahrene einhändige Schneeballwurfmaschine.«

Lumin quietscht und rennt davon, Amber läuft hinterher und wirft ihr einen Schneeball an den Kopf. Lumin sieht sie überrascht an. »Du bist echt gut. Das war richtig mit Power.«

»Ich hab dich gewarnt.«

Während der nächsten fünf Minuten liefern sie sich die beste Schneeballschlacht überhaupt. Lumin kreischt vor Vergnügen, während Amber sie jagt. Und Amber empfindet ein Gefühl von Freiheit und Freude, das sie lange Zeit nicht mehr gespürt hat, ihr Herz schwingt sich in die Höhe wie die weißen Vögel, die über dem See hinter ihnen aufsteigen.

Als Lumin einen weiteren Schneeball werfen will, hält sie plötzlich inne. Amber dreht sich um und folgt ihrem Blick. Sie sieht eine Frau auf sie zukommen, die in einen dicken Schaffellmantel gehüllt ist.

»Gott sei Dank«, sagt die Frau erleichtert, ein Lächeln auf dem Gesicht. »Ich habe Schreie gehört und gefürchtet, dass jemand zu Schaden gekommen ist.«

»Wir haben nur eine Schneeballschlacht veranstaltet«, sagt Amber und kommt sich wie ein unartiges Schulmädchen vor. »Es tut mir leid, wenn wir ein bisschen laut waren.«

Die Frau lacht. »Das ist doch vollkommen okay. Es ist schön, wenn Menschen sich freuen. Woher kommen Sie?«

»Wir waren gerade bei der Lodge«, erklärt Amber und zeigt auf die Reste des Hauses auf der anderen Seite des Lochs. »Sind sie aus dem Bauernhaus gekommen?«

Die Frau nickt.

»Dann waren wir auf dem Weg zu Ihnen«, sagt Lumin, deren Gesicht jetzt, nachdem der Spaß vorbei ist, sehr ernst ist. »Ich glaube, meine Familie hat in der Lodge gewohnt.«

Die Frau blinzelt überrascht. »Die McCluskys?«

»Ja«, antwortet Lumin. »Und wir haben ein paar Fragen.«

»Es ist eine lange Geschichte«, sagt Amber.

»Okay, dann kommen Sie besser herein und erklären mir alles«, sagt die Frau. »Ich bin übrigens Rosa. Kommen Sie, ich mache Ihnen beiden eine heiße Schokolade.«

Sie folgen Rosa zu ihrem Haus. Drinnen ist es schön und warm, die Diele ist hell und mit hübschem Weihnachtsschmuck dekoriert.

»Es sieht sehr schön weihnachtlich aus«, sagt Amber, als sie vorsichtig Mantel und Stiefel auszieht.

»Danke«, antwortet Rosa lächelnd. »Kommen Sie durch.«

Sie folgen ihr in eine Wohnküche. Im Vergleich zu der Lodge erscheint das Haus klein. Doch in Wirklichkeit hat es eine vernünftige Größe, verschiedene Türen führen in ein Wohnzimmer, ein Arbeitszimmer, ein Zimmer, das wie ein Hobbyraum aussieht, und in ein großes Esszimmer. Als Amber am Wohnzimmer vorbeikommt, fällt ihr über dem prasselnden Kaminfeuer ein Bild von einem Mädchen mit seidigem schwarzem Haar wie Rosas auf. Ihre Augen scheinen Amber und Lumin zu folgen, und Amber schaudert.

»Setzen Sie sich doch«, sagt Rosa und zeigt auf ein bequem aussehendes Sofa am Ende der Küche. Lumin wirkt angespannt, sie trommelt mit den Fingern auf den Tisch, und ihr Bein zuckt auf und ab. Während Rosa heiße Schokolade macht, erklären Amber und Lumin, warum sie hier sind. Sie erzählen die Geschichte ohne Pause, wenn die eine aufhört, fährt die andere fort. Während sie reden, schweigt Rosa und konzentriert sich darauf, die Schokolade im Topf umzurühren und Sahne aus dem Kühlschrank zu holen. Gelegentlich sieht sie mit gerunzelter Stirn zu Lumin hinüber und betrachtet ihr Gesicht.

Als sie ihr schließlich alles erklärt haben, bringt ihnen Rosa die heiße Schokolade und ein paar Lebkuchen und setzt sich zu Amber und Lumin. Ihre Blicke verweilen auf Lumin. »Ja, du siehst deinen Eltern sehr ähnlich«, sagt sie schließlich. »Du hast Gwyneths Teint und Dylans Wangenknochen.«

»Gwyneth«, flüstert Lumin. »Dylan.«

»Dylan McClusky?«, fragt Amber. Sie erinnert sich an die Geschäftsbriefe, die sie in der Lodge gesehen hat.

Rosa nickt. »Der Name lässt keine Zweifel offen. Gwyneth und Dylan hatten eine Tochter, die Lumin hieß.«

Lumin schluchzt auf und schlägt die Hand vor den Mund. »Endlich!«, ruft sie.

Amber legt dem Mädchen bestärkend die Hand auf die Schulter. Ihre Freude für Lumin wird von der plötzlichen Sorge überschattet, was sie Kommissar King bei dem unvermeidlichen Anruf sagen soll. Natürlich freut sie sich, dass Lumin jetzt weiß, wer ihre Familie ist, doch was bedeutet das für sie beide? Wird sie Lumin wiedersehen?

Nein, das ist egoistisch. Das hier ist gut für Lumin.

Sie sieht Rosa an und zwingt sich zu einem Lächeln. »Und wo sind Lumins Eltern jetzt?«, fragt sie.

»Ich glaube, deine Mutter ist mit dir nach Island gezogen«, sagt Rosa zu Lumin.

»Das würde erklären, warum dich niemand in der britischen Presse erkannt hat!«, sagt Amber. »Lebt Lumins Mutter immer noch dort?«

Rosa zuckt mit den Schultern. »Ich weiß es nicht. Wir haben uns aus den Augen verloren.«

»Und was ist mit meinem Dad?«, fragt Lumin. »Ist er auch in Island?«

Rosa sieht sie traurig an. »Es tut mir sehr leid, Lumin. Dein Vater ist beim Brand in der Lodge ums Leben gekommen.«

27

Gwyneth

Island
12. September 2009

Obwohl Eisbären nicht in Island heimisch sind, treiben sie hin und wieder auf Eisschollen an. Durch die Strapazen der Reise sind sie dem Verhungern nahe. Doch ohne den Schutz ihrer Familie und weil der Mensch sie als Bedrohung betrachtet, werden viele von ihnen erschossen.

»Dein Essen!«, rief ich Lumin nach. »Vergiss deinen Proviant fürs Mittagessen nicht.«

Lumin seufzte, kehrte um und griff nach dem Lunchpaket, das ich ihr für die Zugfahrt eingepackt hatte. Ich hielt es fest. »Zuerst eine Umarmung.«

Sie verdrehte die Augen. »Mum! Ich komm zu spät. Und wir haben uns schon zig Mal umarmt!«

»Nur noch ein Mal.«

Sie seufzte, ließ sich von mir in den Arm nehmen und schlang mir die schlanken Arme um die Schultern. Ich spürte, wie ihre Wange sich an meiner zu einem heimlichen Lächeln spannte. Sie mochte meine Umarmungen sehr, selbst wenn sie versuchte, es abzustreiten.

»Hast du auch alles?«, fragte ich und bemühte mich, meine Nervosität zu verbergen. Es war lächerlich. Sie war diejenige, die als frischgebackene Studentin an die Uni ging, nicht ich.

»Ja, hab ich«, sagte sie. »Und wenn nicht, kannst du mir immer noch was nachschicken. Oder ich nehme es mit, wenn ich in ein paar Wochen wiederkomme.«

Ich nickte. »Stimmt. Hast du auch all deine Unterlagen? Und deine Bücher?«

»Mum, alles ist gut.«

»Ich hab dich lieb«, sagte ich leise und strich ihr das blonde Haar aus den Augen, die so sehr an Dylans erinnerten. Nicht von der Farbe her, sondern von der Form, leicht schräg stehend, oval, hypnotisch.

Ach, wenn Dylan doch hier wäre, um das mitzuerleben! Er wäre so stolz, dass unsere Tochter zum Studium an die Universität in Reykjavik ging. Und sie fing nicht nur ein Studium an, sie studierte auch auf Isländisch, obwohl das nicht ihre Muttersprache war. Wir lebten jetzt seit acht Jahren hier, sie sprach Isländisch also fließend, aber trotzdem, die meisten Menschen würde das abschrecken.

Aber nicht unser Mädchen, dachte ich, und ich wusste, dass das ihren Vater mit Stolz erfüllt hätte.

Mir traten die Tränen in die Augen, als ich mich an das letzte Mal erinnerte, dass ich Dylan gesehen hatte. Er hatte sein Leben für seine Tochter gegeben. Er war ohne zu zögern ins Feuer gerannt und hatte sie gerettet, genau wie er mich vor Jahren aus dem eisigen See gerettet hatte. Ich hatte von draußen zusehen müssen, und das Herz hatte mir bis zum Hals geschlagen, bis ich endlich Dylan sah, wie er mit Lumin auf dem brennenden Treppenabsatz auftauchte, um sie nach unten in Sicherheit zu bringen.

Doch dann war das Treppenhaus eingestürzt. Dylan hatte gewusst, wie schlimm es stand. Er hatte Cole etwas zugebrüllt und Lumin zu ihm hinuntergeworfen. Cole hatte sie Gott sei Dank auffangen können – doch für Dylan war es zu spät gewesen. Er hatte keine andere Wahl gehabt, als zurückzutaumeln, zurück in die Flammen. Doch da war dieser Blick in seinen Augen gewesen: Erleichterung, dass er seine Tochter gerettet hatte. Und vielleicht auch Erleichterung, sich nicht mehr an den Tod seiner Freundin erinnern zu müssen.

Ich hatte mich noch nie so innerlich zerrissen gefühlt. Natürlich hatte ich mich sofort um Lumin gekümmert, doch Mairis Schreie nach ihrem Sohn, das Keuchen von Glenn und Cole, die versuchten, sich durch die Flammen zu kämpfen, um zu ihrem Bruder zu kommen … einen Moment hatte ich auch in das brennende Haus rennen wollen.

Aber meine Tochter brauchte mich.

Als das Geräusch von Sirenen die Luft durchschnitt und Lumin vorsichtig in den Krankenwagen getragen wurde, beobachtete ich, wie die Feuerwehrmänner das Feuer unter Kontrolle brachten. Überrascht sah ich, wie wenig das Erdgeschoss beschädigt worden war. Ich sagte mir immer wieder, dass Dylan gefallen war, sich nur ein paar Knochen gebrochen hatte. Wir waren gerade erst eine Familie geworden, und ich konnte den Gedanken nicht ertragen, dass er nicht überlebt haben könnte.

Ich wiederholte mir das immer wieder, während ich mit

im Krankenwagen saß und zur Klinik fuhr. Lumins kleine Hand lag in meiner, der Anblick der Sauerstoffmaske auf ihrem Gesicht war grauenhaft. Dylan musste es einfach gut gehen. Nur so konnte ich mich auf meine Tochter konzentrieren. Doch tief im Inneren wusste ich, die Möglichkeit, dass er nicht überlebt hatte, war sehr groß. Ich war nur noch nicht bereit, mir das einzugestehen.

Als für Lumin Entwarnung gegeben wurde, verließ ich ihre Kabine, um nach den anderen zu sehen. Als Ersten sah ich Cole, den Kopf in die Hände gestützt. Er blickte auf, als ich zu ihm kam, und der Blick in seinen Augen verriet mir, dass Dylan tot war.

»Ich bin schuld«, sagte er. »Ich bin schuld, dass er tot ist. Ich bin schuld, dass Eleanor tot ist.«

Ich erinnerte mich nicht mehr, was ich gesagt oder getan habe. Ich wusste nur, dass meine ganze Welt zusammengebrochen war.

Ich habe die McCluskys nie wiedergesehen. Mairi hatte mit einem herzlichen Brief versucht, Kontakt zu mir aufzunehmen, und angefragt, ob sie ihre Enkelin sehen dürfe – das Einzige, was ihr von ihrem Sohn geblieben war. Ich hatte ihr geantwortet, dass ich Zeit brauchte. Im darauffolgenden Jahr war sie an Krebs gestorben. Cole hatte mir davon berichtet. Er schickte Lumin über die Jahre hinweg Pakete mit Geschenken und Karten von der Familie. Bereute ich es, dass ich nicht mit Lumin zu Mairi gefahren war? Vielleicht hätte ich es getan, wenn ich gewusst hätte, dass sie sterben würde. Doch ich hatte gezögert. An jenem Tag hatte ich erfahren, dass Mairi gefühllos zugesehen hatte, wie ein Mädchen starb, nur um auf diese Weise ihr Land zu retten. Wollte ich tatsächlich, dass Lumin ein Teil dieser Familie wurde?

Stattdessen hatte ich mein Leben weitergelebt. Ich hatte ein Kind, das mit dem Trauma fertig werden musste, den Tod seines Vaters mit angesehen zu haben. Ein Kind, das an Albträumen von diesem schrecklichen Tag litt … und Albträume von einem Mädchen, das in einem See ertrunken war, denn sie hatte uns über die Geschichte streiten hören. Albträume von Feuer und Eis. Ich hatte ihrem Leben wieder Stabilität und Normalität geben müssen. Also waren wir nach Northumberland und in das Leben zurückgekehrt, das wir zuvor geführt hatten. Einige Jahre später kam unerwartet ein Anruf von Hekla aus Island.

»Ich weiß, dass Sie eigentlich Tiere filmen«, hatte sie gesagt, »aber was halten Sie von einem Auftrag, bei dem es darum geht, Menschen zu filmen?« Sie brauchte jemanden, der die Arbeit ihrer Stiftung »Kunst ohne Grenzen« dokumentierte. Es war ideal, sechs Wochen Island während der Sommerferien. Ein kostenloser Urlaub für Lumin und die Gelegenheit, in eine fremde Kultur einzutauchen. Wir waren begeistert gewesen, und zugleich hatte ich in dieser Zeit einen weiteren Auftrag in Island akquirieren können: Ich filmte einen Eisbär, der auf einer Eisscholle angetrieben war. Anschließend hatte ich meine Pläne wieder aufgenommen, Tiere in verlassenen Gebäuden zu filmen, und eine große britische Produktionsfirma hatte sich für die Idee begeistern können.

Eines Tages besuchten wir die Scheune, in der Dylan in seiner Zeit in Island gelebt hatte.

»Ich möchte hierbleiben«, hatte Lumin gesagt. »Hier kann ich Daddy spüren.« Und damit war die Entscheidung gefallen. Uns verband schließlich nicht mehr viel mit Großbritannien. Es war an der Zeit, sich aufeinander und darauf zu konzentrieren, was wir tun konnten, um wieder glücklich zu sein. Island war die Antwort. Mit Ashers und Heklas Hilfe verwandelten wir die Scheune in ein Zuhause, genau wie Dylan sich das erträumt hatte. Seine Holzskulpturen standen auf den Fensterbänken.

Lumin hatte recht gehabt, auch ich konnte ihn hier spüren.

»Du kommst doch ohne mich zurecht, oder?«, fragte Lumin, und Sorge machte sich auf ihrem schönen Gesicht breit. »Ich meine, ich weiß, dass du Asher und Hekla hast. Aber es wird dir hier nicht zu einsam, oder?«

Ich lachte. »Mach dir um deine alte Mum keine Sorgen! Du bist doch auch hier dauernd mit deinen Freunden unterwegs. Ich bin durchaus daran gewöhnt, die meiste Zeit alleine zu sein. Und das ist in Ordnung«, fügte ich hinzu, als ich sah, wie ihr Gesicht lang wurde. »Ich werde nicht einsam sein. Allein ja, aber nicht einsam.«

Hatte ich das nicht schon einmal zu ihrem Vater gesagt? In Wirklichkeit würde ich sehr wohl einsam sein. Das Familienleben, von dem ich geträumt hatte, war mit Dylan gestorben. Natürlich hatte ich mit Lumin auch ein Familienleben, doch ich sehnte mich nach mehr, nach einer ganzen Familie, die meine Tochter liebte … und auch mich. Das hatte ich so lange entbehrt.

Lumin drückte mir die Hand. »Du musst nicht allein sein, Mum. Du könntest versuchen, zu deinen Eltern

Kontakt aufzunehmen.« Sie zögerte. »Zu meinen Groß-eltern.«

Ich schüttelte den Kopf. »Das verstehst du nicht.«

»Dann versuch es mir zu erklären. Ich bin kein Kind mehr, ich bin inzwischen erwachsen. Ich werde schon damit klarkommen, was du mir über sie verheimlicht hast.«

»Das ist eine alte Geschichte«, sagte ich schnell. »Ich möchte im Hier und Jetzt leben.«

»Aber wie willst du im Hier und Jetzt leben, wenn du die Vergangenheit noch nicht bewältigt hast?« Sie stellte ihre Tasche auf den Boden, verschränkte die Arme und sah mich eigensinnig an. »Ich gehe nicht, bevor du es mir nicht erzählt hast.«

»Aber dein Zug geht in einer halben Stunde!«

»Dann haben wir noch zehn Minuten Zeit«, sagte sie und stemmte die Hände in die Hüfte. »Also?«

Ich holte tief Luft. Dann erzählte ich ihr alles.

28

Amber

Audhild Loch
23. Dezember 2009

Lumin schlägt die Hand vor den Mund. »Nein! Er darf nicht tot sein!«

Amber legt Lumin tröstend die Hand auf den Arm. Tränen laufen ihr übers Gesicht, als sie an die abgebrannte Lodge denkt, die Lumins Vater das Leben gekostet hat.

»Dein Vater ist gestorben, als er dich gerettet hat«, sagt Rosa, während sie sich vorbeugt und Lumins Hand tätschelt. »Er ist ein Held!«

»Aber er ist nicht hier. Er ist tot. Wie konnte ich mich an so etwas Wichtiges nicht *erinnern*?« Lumin springt auf und rennt aus dem Zimmer.

Amber springt auf und will ihr folgen, doch Rosa greift nach ihrem Handgelenk. »Nicht. Sie braucht einfach etwas Zeit.«

Amber setzt sich wieder und stützt den Kopf in die Hände. Sie versucht, die Informationen zu verdauen. »Wann ist das alles passiert?«

»Vor dreizehn Jahren«, sagt Rosa. »Lumin war vier, vielleicht fünf. Wir haben die Flammen von unserem Haus

aus gesehen. Wir haben gerade gefeiert, denn wir hatten seit Jahren die ersten guten Nachrichten bekommen: Wir hatten den Prozess um das Land gewonnen, auf dem die Lodge stand. Und dann ist sie abgebrannt.«

»Wie ist das Feuer ausgebrochen?«

»Eine brennende Kerze ist umgefallen. Mairi, Dylans Mutter, war eine Pedantin, was Traditionen anging. An jedem Weihnachtsfest hat sie Kerzen in die Fenster gestellt, um Reisenden zu signalisieren, dass Gäste willkommen sind. So haben Gwyneth und ich uns kennengelernt, sie war solch ein Gast. Ihr Auto ist auf dem Rückweg von einem Dreh liegen geblieben. Sie macht Tierfilme, wissen Sie.«

»Ah«, sagt Amber. »Das erklärt das Notizbuch, das wir bei Lumin gefunden haben. Haben denn Lumin und ihre Eltern damals in der Lodge gelebt, bevor sie mit ihrer Mutter nach Island gegangen ist?«

»Nein«, sagt Rosa. »Das war das Tragische daran. Dylan hatte gerade erst erfahren, dass er eine Tochter hat, und sie haben ihr erstes Weihnachtsfest zusammen verbracht. Offenbar wollten Gwyneth und Dylan zusammenziehen, doch dann hat sich die Tragödie ereignet.«

»Mein Gott, wie traurig.«

»Ja, was für eine Verschwendung.« Rosa späht ins Wohnzimmer zu dem Bild von dem jungen Mädchen. »Ich weiß zu viel über verschwendete Leben.«

Amber folgt ihrem Blick. »Darf ich fragen, wer sie ist?«

»Meine Tochter, Eleanor. Sie war einmal eng mit den McClusky-Jungs befreundet, hat mit ihnen in den Bergen gespielt und mit Holz gearbeitet. Ich bin mir sicher, dass sie einmal für die McCluskys gearbeitet hätte, wäre sie nicht gestorben.«

»Das tut mir sehr leid. Was ist denn passiert?«

»Der Loch. Sie ist im Eis eingebrochen und ertrunken.«

Amber hält erschrocken die Hand vor den Mund. »Oh Gott. Ich weiß nicht, was ich sagen soll.«

»Dafür gibt es keine Worte.« Rosa sieht auf den Loch hinaus. »Ich erinnere mich an das erste Mal, als Eleanor die McClusky-Jungs getroffen hat. Sie war so begeistert, dass sie Spielkameraden gefunden hatte. Wenn ich mir vorstelle, dass Mairi und ich ihnen zugesehen haben, wie sie als Kinder zusammen spielten.« Sie lächelt vor sich hin, Tränen treten ihr in die Augen. »Wir haben sogar Witze gemacht, dass sie vielleicht eines Tages heiraten, Eleanor und Dylan … oder Eleanor und Cole, sein Bruder.« Ihr Gesichtsausdruck verändert sich, ihre Augen verdunkeln sich. »Cole hat mich kurz nach dem Tod seines Bruders besucht und mir alles gestanden.«

»Gestanden?«, fragt Amber verwirrt.

Rosa sieht wieder zu Amber hin. »Eleanor hatte einen Beweis gefunden, dass uns das Land gehört, auf dem die Lodge der McCluskys steht. An dem Tag, an dem sie gestorben ist, hat sie die ganze Familie McClusky damit konfrontiert. Cole hat mir erzählt, dass sie von Mairis Reaktion vollkommen verängstigt war, und so ist sie quer über den Loch gerannt. Dabei ist sie eingebrochen.« Sie schüttelt den Kopf. »Cole war da, direkt am Ufer. Und er hat nichts unternommen.«

Amber fällt der Unterkiefer herunter. »Er hat ihr nicht geholfen?«

Rosa schüttelt den Kopf. Tränen laufen ihr über die Wangen, während sie noch einmal durchlebt, was passiert ist. »Er hat gesagt, dass er meiner Tochter eine Lektion erteilen wollte. Er hat beteuert, dass er ihr helfen wollte.« Ihre Stimme bricht. »Aber da war es schon zu spät.«

Amber beugt sich vor und tätschelt die Hand der Frau. »Waren Sie bei der Polizei?«

Rosa wischt sich die Tränen ab. »Natürlich nicht. Diese Familie hat genug durchgemacht.«

Amber lehnt sich auf dem Sofa zurück, sie ist plötzlich erschöpft.

»Entschuldigung«, sagt Rosa. »Es ist lange her, dass ich mit jemandem darüber gesprochen habe.«

»Bitte entschuldigen Sie sich nicht. Lumin zu sehen, muss die ganzen Erinnerungen zurückbringen, nicht wahr?« Rosa nickt. »Sie haben erwähnt, dass Sie Lumins Mutter aus den Augen verloren haben. Trifft das auch auf den Rest der Familie zu?«, fragt Amber.

»Ich glaube, Cole lebt inzwischen in London, neue Frau, neuer Job in der City. Heather arbeitet als Avantgarde-Filmemacherin in Paris. Glenn schreibt jetzt Bücher für Erwachsene, und Alison veranstaltet Workshops für geschiedene Frauen. Ich erfahre das alles von Oscar, wenn ich ihn unten im Pub treffe.«

Amber denkt an den alten Mann, den sie im Pub haben sitzen sehen. Natürlich hatten sie da noch keinen Zusammenhang hergestellt. »Ich glaube, wir haben ihn heute Mittag im Pub gesehen.«

Rosa seufzt traurig. »Er säuft sich zu Tode, genau wie mein Mann.«

»Es tut mir leid, das zu hören.«

»Die Trauer war zu viel für ihn. Ich habe meinen Mann am Loch gefunden«, sagt Rosa, während ihr Blick am Ufer des Sees entlangwandert. Eine wunderschöne Holzarbeit, die ein Mädchen darstellt, ist dort aufgestellt. »Dylan hatte sie nach Eleanors Tod für uns gemacht, aber wir haben sie auf den Dachboden geworfen. Doch nachdem mein Mann gestorben war, habe ich sie wieder ausgegraben. Ein Denkmal für sie alle.« Rosa lächelt, als sie auf Ambers Tasse blickt. »Sie haben Ihre heiße Schokolade kaum angerührt.«

Amber greift nach der Tasse und atmet den süßen Geruch ein. Sie trinkt einen Schluck, und die Schokolade beruhigt sie sehr.

»Lumin hat Glück, dass sie Sie hat und dass Sie ihr helfen«, sagt Rosa. »Dass Sie den ganzen Weg hierhergefahren sind, um ihre Familie zu finden. Sie müssen ganz schön erschöpft sein.«

»Ja, das bin ich«, gibt Amber zu.

Rosa blickt auf den Schnee hinaus. »Bei dem Schnee sollten Sie nicht mehr fahren. Warum bleiben Sie beide nicht einfach heute Nacht hier?«

»Ich muss die Polizisten anrufen, die für Lumins Fall zuständig sind. Die müssen dann entscheiden, was wir tun.«

»Den Schnee können die nicht kontrollieren ... und den Telefonempfang auch nicht«, fügt Rosa hinzu. »Die Leitungen sind tot.«

Amber sieht auf ihr Handy und stellt fest, dass sie keinen Empfang hat. »Die Handys scheinen auch nicht zu funktionieren.« Sie ist erleichtert, weil sie jetzt eine Entschuldigung hat, sich nicht Kommissar Kings Missbilligung auszusetzen.

»Dann ist es doch schon entschieden. Sie müssen bleiben.«

»Sind Sie sicher?«, fragt Amber Rosa. »Wir wollen Ihnen keine Mühe machen.«

»Sie machen mir keine Mühe. Genau genommen freue ich mich über die Gesellschaft.«

»Leben Sie jetzt allein hier?«, fragt Amber.

»Nein«, antwortet Rosa lächelnd. »Ich lebe hier mit Daren, meinem Verlobten. Es ist typisch für ihn, ausgerechnet am schneereichsten Wochenende des ganzen Jahres unterwegs zu sein. Zweifellos sitzt er auch gerade fest.«

»Hoffentlich nicht über Weihnachten … Es ist gut, dass Sie die Vergangenheit hinter sich gelassen haben.«

»Ehrlich gesagt mag ich diese Redewendung nicht besonders: die Vergangenheit hinter sich lassen«, sagt Rosa. »Sie legt nahe, dass ich das Leben hinter mir gelassen habe, in das meine Tochter gehört hat. Das habe ich nicht, sie ist immer noch hier. Ich habe nur meine Umgebung so gestaltet, dass sie den Raum berücksichtigt, den Eleanor hinterlassen hat.«

»Ich verstehe«, sagt Amber und nickt traurig.

»Haben Sie auch jemanden verloren?«

»Mein kleines Mädchen. Sie war fast fünf.«

Rosa legt ihre Hand auf Ambers. »Das tut mir entsetzlich leid.«

Amber lächelt schwach. »Es ist in Ordnung, es ist schon zehn Jahre her.«

»Aber die Zeit heilt nicht wirklich alle Wunden, oder? Der Schmerz kommt immer noch mal in Wellen.«

Amber nickt und presst die Lippen aufeinander, um die aufsteigenden Tränen zurückzuhalten. »Sie hatte Meningitis. Es ging alles so schnell«, sagt sie. »In der einen Minute haben wir sie ins Krankenhaus gebracht und in der nächsten …« Ihre Stimme verliert sich, als die Erinnerungen auf sie einstürmen. »Ich habe sie so sehr geliebt. Ich vermisse sie so.«

Amber ist überrascht, als sie zu weinen beginnt. Endlich kann sie weinen. Rosa nimmt sie in den Arm, und Amber weint in den Armen dieser Fremden. Nach einer Weile beginnt auch Rosa zu weinen, zwei Mütter, die um ihre verlorenen Kinder trauern.

Dann steht plötzlich Lumin auf der Türschwelle.

»Amber? Was ist denn passiert?«, fragt sie erschrocken, setzt sich auf Ambers andere Seite und umarmt sie fest.

Amber wischt sich die Tränen ab und lacht. »Das ist so dumm. Wir sind deinetwegen hierhergekommen, und jetzt sitze ich hier und weine um mich.«

»Ist es wegen Katy?«, fragt Lumin sanft.

Amber nickt.

»Ich mache uns was zu essen«, sagt Rosa und steht auf.

»Du musst sie so vermissen«, sagt Lumin. Sie betrachtet Ambers Gesicht, während Rosa sich in der Küche zu schaffen macht.

»Ja, jede Sekunde an jedem Tag.«

Lumin schweigt einen Moment. »Ich habe gehört, was Rosa gesagt hat«, flüstert sie schließlich. »Es ist alles so schrecklich.«

»Ich weiß. Und es tut mir so leid. Ich hatte keine Ahnung, dass du durch mich mit einer solchen Tragödie konfrontiert werden würdest.«

»Das ist doch nicht deine Schuld!« Sie sieht zu dem Bild von Eleanor im Wohnzimmer hinüber. »Ich habe auch gehört, was Rosa gesagt hat, darüber, was es bedeutet, die Vergangenheit nicht wirklich hinter sich zu lassen, sondern die Umgebung anders zu gestalten, sodass sie den zurückgelassenen Raum berücksichtigt. Glaubst du, dass du das auch getan hast?«

Amber wischt sich die Tränen ab. »Ich glaube schon. Ich habe meine eigene Wohnung und den Souvenirladen.« Doch als sie ihr von der Mascara verschmiertes Gesicht in der Fensterscheibe sieht, ist sie nicht mehr so überzeugt, dass sie das auch getan hat.

Beim Essen ist die Stimmung schon fröhlicher. Es schneit immer stärker, sodass sie zustimmen, bei Rosa zu bleiben. Amber trinkt sogar ein Glas Wein.

Als sie an diesem Abend im Bett liegt und auf den fallenden Schnee vor dem dunklen Himmel hinausblickt, wandern ihre Gedanken zu Jasper. Und plötzlich stürmt alles auf sie ein, allem voran das Bedauern. Wie hat sie ihn einfach verlassen können? Wie hat sie so einfach aufgeben können? Was, wenn sie ihn verloren hätte, wie Lumins Mutter ihren geliebten Mann verloren hat? Hätte sie das Gefühl, genug getan zu haben, ihn in ihrem Leben zu halten?

Als sie am nächsten Morgen aufwacht, checkt sie als Erstes ihr Handy. Es gibt Empfang, sie hat zwei Balken. Und diverse SMS von ihrer Mum und auf der Mailbox eine weitere Nachricht von Kommissar King. Doch sie ruft zuerst Jasper an. Als er sich nicht meldet, versucht sie es im Krankenhaus, wo sie erfährt, dass er Urlaub hat. Natürlich, sie hat ganz vergessen, dass er seine Eltern im Peak District besuchen wollte. Der Empfang dort war schon immer schlecht.

Sie atmet tief durch und macht den Anruf, vor dem ihr graust: Kommissar King. Zum Glück meldet sich nur die Mailbox. Sie erzählt ihm von ihrem Durchbruch und verspricht, heute mit Lumin zurückzufahren, falls die Straßen befahrbar sind. Dann ruft sie ihre Mutter an und beantwortet geduldig all ihre Fragen; ihr ist klar, wie besorgt sie gewesen sein muss.

Nachdem sie sich fertig gemacht hat, geht sie nach unten und sieht, dass Rosa ein köstliches Frühstück für sie zubereitet hat. Lumin sitzt still da und sieht auf den heftig fallenden Schnee hinaus. Über Nacht hat es noch mehr geschneit.

»Im Radio haben sie gesagt, dass Autofahrer die ganze Nacht auf der Straße festgesessen haben«, sagt Rosa, als Amber hereinkommt. »Gut, dass ihr nicht gefahren seid. Zumindest funktioniert das Telefon wieder.«

Als Rosa das sagt, klingelt Ambers Handy. *Jasper.* Schnell meldet sie sich.

»Hallo?«, krächzt Jasper.

»Geht's dir gut?«, fragt Amber schnell. »Du klingst schrecklich. Bist du bei deinen Eltern?«

Sie hört ein raues Lachen. »Wenn du mein zugefrorenes Auto als meine Eltern ansiehst. Ich hab die ganze Nacht im Schnee festgesessen.«

Ambers Mund geht auf. »Oh, mein Gott, bist du auch okay? Wo bist du denn?«

Er hustet wieder. »In der Nähe des Lochs.«

»Es gibt keine Lochs im Peak District.«

»In der Nähe des Audhild Loch! Du hattest mir doch kurz geschrieben, wo ihr seid.«

Amber sieht auf den Loch hinaus, der zugefroren und dicht mit Schnee bedeckt ist. »Was zum Teufel machst du hier?«

»Ich hab versucht, dich zu finden!«

Amber schüttelt den Kopf. Sie hätte nicht geglaubt, dass er den ganzen Weg rauf nach Schottland fahren würde, um zu ihr zu kommen.

Sie geht in der Küche auf und ab, während Rosa und Lumin besorgt zusehen. »Und wie geht es dir nun? Du klingst echt schlimm.«

»Arme und Beine sind noch dran«, scherzt er.

Typisch für ihn, denkt Amber. »Wo bist du genau?«

»Direkt hinter irgendeinem Dorf. Laut meinem Navi bin ich bloß ein paar Minuten vom Loch entfernt, aber eine Schneewehe von der Größe der Chinesischen Mauer blockiert die Straße.« Seine Stimme klingt etwas undeutlich.

»Ist alles in Ordnung?«, schaltet sich Rosa ein.

»Warte mal, ich spreche kurz mit Rosa, bei ihr sind wir gerade. Sie kennt die Gegend.« Amber hält den Hörer zu. »Mein …«, sie zögert. Was ist Jasper? Ein Freund?

»Mein Freund Jasper sitzt in der Nähe fest. Er sagt, dass eine riesige Schneewehe die Straße blockiert.«

»Oh, das muss die Hauptstraße sein, die hierherführt«,

sagt Rosa alarmiert. »Ich habe im Radio von der großen Schneewehe gehört.«

»Er ist echt so weit gefahren, nur um zu dir zu kommen?«, fragt Lumin mit leuchtenden Augen.

Amber beißt sich auf die Lippe. Das ist wirklich beeindruckend.

»Nicht gerade die beste Zeit für einen Ausflug in die Highlands«, meint Rosa.

»Ich weiß«, antwortet Amber und schüttelt den Kopf. »Das ist typisch Jasper, eine so impulsive Entscheidung zu treffen. Wie weit ist es von hier bis zu der Schneewehe?«

»Fünf bis zehn Minuten Fahrt«, meint Rosa.

»Kann man auch laufen?«, fragt Amber.

Rosa schneidet eine Grimasse. »Ja, aber bei dem Wetter dauert das Ewigkeiten.«

Amber nimmt die Hand von dem Hörer. »Ach, Jasper, warum bist du bloß gekommen? Ich hab dir doch gesagt, das sollst du nicht.«

»Wenn du das erste Mal, als ich gefragt habe, Ja gesagt hättest«, sagt er mit einem Ansatz von einem Lächeln in der Stimme, »hätte ich den schlimmsten Schnee gar nicht abbekommen.«

»Hast du eine Decke?«, fragt sie.

»Nein, nur meinen Mantel und den Haufen Klamotten aus der Reisetasche.«

»Das klingt, als würdest du frieren.«

»Das w...w...werd ich nicht abstreiten.« Jetzt klappert er mit den Zähnen. »Ich f...f...riere echt. Das Auto hat heut Nacht den Geist aufgegeben, sodass die Heizung nicht mehr funktioniert. Ich habe v...v...versucht zu laufen, um zu sehen, ob ich irgendwo ein w...w...warmes Plätzchen finde, aber bei dem Sturm bin ich dann wieder zurück.« Er holt zitternd Luft. »Hör zu, ich will ehrlich sein. Ich fühle mich nicht gut. Ich werd allmählich verwirrt und ...« Er hält inne und schluckt. »Ich hab schon angef...f...fangen, mir ins Gesicht zu schlagen, um wach zu bleiben.«

Amber bekommt einen Riesenschreck. Als man sie als Kind im Schnee gefunden hat, war sie ganz schläfrig und hat davon geredet, in einer Pfütze schwimmen zu gehen. Verwirrung und Schläfrigkeit ... starkes Zittern ... das sind alles Symptome einer Unterkühlung. Natürlich weiß Jasper das als Arzt, aber er sagt es nicht so direkt, um Amber nicht zu beunruhigen. Trotzdem hört sie die Sorge in seiner Stimme.

»Ich komm dich holen«, sagt Amber, das Telefon zwischen Kinn und Schulter geklemmt, während sie ihren Mantel vom Haken nimmt. Lumin reißt alarmiert die Augen auf, und Rosa schüttelt den Kopf.

»N...n...nein, das ist zu gefährlich«, protestiert Jasper.

»Mein Gott, Jasper, es ist nur ein bisschen Schnee!«

Dann schweigen sie beide. Sie wissen, wie gefährlich *nur ein bisschen Schnee* sein kann. Aber hier geht es um Jasper. Sie kann es nicht riskieren, ihn zu verlieren.

»Kannst du etwas sehen? Irgendeinen Orientierungspunkt, sodass ich weiß, wo ich hinmuss?«, fragt sie, während sie ihre Stiefel anzieht.

»Du kannst nicht gehen, Amber, sieh mal raus«, flüstert Lumin.

»B...B...Briefkasten«, sagt Jasper.

»Er sagt, dass er bei einem Briefkasten ist«, gibt Amber an Rosa weiter und ignoriert Lumin.

Rosas Gesicht hellt sich auf. »Dann weiß ich, wo er ist, näher, als ich gedacht hab.« Sie sieht auf den verschneiten See hinaus. »Trotzdem sind es gut dreißig Minuten zu Fuß um den Loch herum, schätze ich.«

»Und wenn ich *über* den Loch gehe, wie lange dauert das?«

Rosa schüttelt heftig den Kopf. »Auf keinen Fall.«

»Aber ich muss. Du würdest für deine Tochter doch auch über den zugefrorenen See gehen, nicht?«

»Für meine Tochter schon«, stimmt Rosa zu. »Mein Gott, ja, wenn ich an diesem verdammten Tag nur aus dem Fenster gesehen hätte! Aber was bedeutet dir dieser Mann? Du hast gesagt, er ist ein Freund.«

»Sie liebt ihn«, sagt Lumin einfach.

Und als Lumin das sagt, wird Amber klar, wie sehr sie Jasper liebt und ihn immer geliebt hat. Katys Tod hat die Gefühle für ihn in den Hintergrund gedrängt, sie klein-gemacht. Daher hat sie geglaubt, sie könnte alles hinter sich lassen, doch nun wird ihr klar, wie dumm sie gewesen ist. Jasper ist in Gefahr, und sie wird nicht zulassen, dass sie ihn verliert. Sie wird um ihn kämpfen.

»Ja, ich liebe ihn«, gibt sie zu. »Also werde ich zu ihm gehen. Jasper«, sagt sie in den Hörer, »ich komm dich holen. Halt durch.«

Sie beendet das Gespräch, bevor er protestieren kann.

»Ich komm mit«, sagt Lumin und greift nach ihrem Mantel.

»Auf keinen Fall«, erwidert Amber. »Ich hab doch nicht

alles riskiert, um dich hierherzubringen, nur damit du da draußen erfrierst!«

»Und was ist, wenn *du* erfrierst?«, sagt Lumin weinerlich. »An Unterkühlung kann man sterben, das weißt du doch.«

»Ich werde nicht sterben. Das bin ich damals, als ich fünf war, nicht, und das werde ich verdammt noch mal auch jetzt nicht. Das hier«, sagt sie und hält ihre kaputte Hand hoch, »das ist der Beweis, dass man solche Bedingungen überleben kann.«

Amber umarmt Rosa. »Danke, danke für alles.« Dann umarmt sie Lumin ganz fest, geht zur Tür und wappnet sich für den Sturm.

»Warte!« Rosa füllt schnell etwas Tee in eine Thermosflasche und gibt Zucker und Milch hinein. Dann greift sie nach ihrem Erste-Hilfe-Koffer und holt eine Wärmefolie heraus. Sie nimmt Ambers Hände und sieht ihr in die Augen. »Sei vorsichtig. Das Eis wird dick aussehen, aber es ist verräterisch. Hör genau hin. Wenn du ein Knarzen hörst, dann lauf.«

Amber nickt und tritt nach draußen. Die eisige Luft und der Schnee peitschen ihr auf die Wangen. Sie zieht ihren Schal eng um sich und die Wollmütze tief ins Gesicht, während sie den Loch begutachtet.

Dann geht sie los.

29

Amber

Audhild Loch
22. Dezember 2009

Während Amber auf den See zugeht, stellt sie sich vor, wie Rosas Tochter das Gleiche getan hat. Eleanor hat damals aus einem Impuls heraus beschlossen, über den See zu laufen, genau wie Amber als Kind impulsiv den Entschluss gefasst hat, nach draußen in den Schnee zu gehen, obwohl sie das nicht durfte. Ein Moment, der den Lauf eines Lebens verändert. Doch sie hat überlebt – Eleanor nicht.

Amber holt tief und entschlossen Luft, dann setzt sie den Fuß auf den See. Sie wartet kurz und lauscht, ob sie ein Knarzen hört. Das Eis fühlt sich ziemlich stabil an, und der Schnee darauf ist sehr tief. Sie macht einen weiteren Schritt, dann noch einen. Mit zunehmendem Vertrauen geht sie immer schneller.

Doch als sie die Mitte des Lochs erreicht, hört sie etwas – ein Knarzen. Sie schaut hinunter und sieht, wie der Schnee sich teilt.

Wenn du ein Knarzen hörst, dann lauf.

Sie beginnt zu rennen und hat das Gefühl, dass sie nicht nur vor dem brechenden Eis wegläuft, sondern auch vor ihrer zerbrochenen Vergangenheit. Sie hat so viele Verluste erfahren! Doch jetzt hat sie die Möglichkeit, Jasper zurückzubekommen, oder? Dieser Gedanke treibt sie vorwärts; ihr keuchender Atem steigt als Nebel auf, während sie nach Luft ringt. Und dann ist sie plötzlich auf der anderen Seite und in Sicherheit. Sie erahnt die Straße, nach der sie Ausschau hält, und ihre müden Beine durchpflügen den Schnee, um dorthin zu kommen. Inzwischen ist sie völlig außer Atem. In der Ferne liegt die riesige Schneewehe wie eine gewaltige weiße Wand.

Sie erreicht Jaspers Auto, wischt den Schnee von der Windschutzscheibe und späht hinein. Jasper hat sich auf dem Rücksitz zusammengekauert, die Augen geschlossen, das Gesicht leichenblass. Amber zieht an dem Türgriff und ist ungeheuer erleichtert, dass die Tür sofort aufgeht. Sie mag sich übermenschlich fühlen in ihrer Entschlossenheit, Jasper zu helfen, doch es geht nicht so weit, dass sie Türen aus den Angeln heben könnte.

Er macht die Augen auf, als Amber neben ihm auf den Sitz plumpst, rappelt sich hoch und reibt sich die Augen. »Bist du echt?«

»Natürlich bin ich echt«, sagt sie lachend. Sie faltet die silberne Wärmedecke auseinander, die Rosa ihr gegeben hat, wickelt sie um Jasper und reicht ihm die Flasche mit dem heißen Tee. »Und eine sehr echte Version von mir wird dich hier herausholen. Trink das, damit dir warm wird.«

Er trinkt einen Schluck Tee und schließt verzückt die Augen. »Ich habe die ganze Nacht von Tee geträumt. Ich habe auch von dir geträumt.« Er öffnet die Augen wieder und sieht Amber an. »Zwischendurch habe ich geträumt und hab dich auf dieses Auto zukommen sehen. Ich wusste, dass ich träume, und habe einfach weitergeschlafen. Doch dann habe ich dich gehört und …« Er hält inne. »Ich hab dich für Katy gehalten. Ich dachte, ich hätte aufgegeben zu kämpfen und sie wäre gekommen, um mich zu begrüßen.«

»Sag doch so was nicht.«

»Ich habe ans Sterben gedacht«, sagt er. »Ich habe gedacht, dass es vielleicht erträglich wäre, wenn ich wüsste, dass ich Katy wiedersehe.«

Amber blickt zu Boden. Ihr tut das Herz weh. Sie erträgt den Gedanken nicht, auch Jasper zu verlieren. Und trotzdem hat sie die letzten zehn Jahre ohne ihn verbracht.

»Doch als es so weit war«, fährt Jasper fort, »als ich dachte, ich würde jetzt sterben und Katy würde kommen, um mich abzuholen, da wollte ich nicht sterben. Nicht bevor ich dich noch einmal gesehen habe.« Er streckt die Hand aus und schiebt ihr eine Locke hinters Ohr. »Ich habe nie aufgehört, dich zu lieben.«

»Du halluzinierst.«

Er schüttelt den Kopf. »Mein Gott, Amber! Hör auf damit.«

»Womit?«

»So zu tun, als wärst du gefühllos. Ich weiß, das bist du nicht, ich weiß, dass du nur so tust, als ob. Und das muss verdammt schwer sein. Zehn Jahre so zu tun, als wäre ich dir egal.«

Sie schiebt das Kinn vor. »Durch einen verdammten Schneesturm zu laufen, um zu dir zu kommen, heißt also, dass du mir egal bist?«

»Es ist nur ein bisschen Schnee«, wiederholt er, was sie vorhin gesagt hat. »Tu nicht so, als hättest du gerade den Mount Everest bezwungen.«

Er lächelt, und Amber muss mitlachen. »Ach, Jasper. Es tut mir leid. Ich weiß, dass ich eine Närrin gewesen bin.«

»Ja, das bist du. Aber irgendwie liebe ich dich trotzdem.«

Amber blinzelt, unsicher, was sie sagen soll. Aber sie weiß, was sie jetzt tun will. Sie beugt sich zu ihm und drückt ihre Lippen auf seine. Zunächst rührt er sich nicht, als hätte er einen Schock. Doch dann schlingen sich seine vertrauten Arme um sie, und er erwidert den Kuss. Seine Lippen schmecken nach süßem Tee. Sie stellt sich vor, wie sie wohl aussehen, zwei Menschen, die sich in einem eingeschneiten Auto küssen. Sie lächelt an seinen Lippen.

»Was ist so lustig?«, murmelt er und sieht zu ihr hinunter.

»Ich habe nur gerade gedacht, was jemand, der hier vorbeikommt, wohl denkt.« Ihre Augen füllen sich mit Tränen. »Ich frage mich, was Katy denken würde.«

»Sie wäre begeistert. Sie wäre begeistert, dich so lächeln zu sehen«, sagt er und fährt ihr mit seinen kalten Fingern über die Lippen. Sie küssen sich weiter, und die Zeit verfliegt. Dann klopft jemand ans Fenster. Sie blicken auf und sehen Lumin und Rosa zu ihnen hineinschauen. Amber lässt das Fenster herunter.

»Okay, das ist jetzt ein bisschen peinlich«, sagt Lumin mit hochgezogenen Brauen.

Amber wird rot. »Was macht ihr denn hier?«

»Wir konnten es doch nicht riskieren, dich ganz allein gehen zu lassen!«, antwortet Rosa. Ihr Atem kommt wie

Nebel aus ihrem Mund. »Ich habe mir gedacht, wir probieren mal, wie weit wir mit meinem Auto kommen«, fügt sie hinzu. »Ein bisschen riskant war es schon.«

»Du hast deinen Arsch für mich riskiert«, fügt Lumin hinzu. »Also riskier ich meinen auch für dich.«

Sie lächeln sich an. Dann verschwindet das Lächeln von Lumins Gesicht, als sie über den Loch hinweg zum halb abgebrannten Haus ihrer Familie blickt.

»Wir finden deine Mutter«, sagt Amber und drückt ihr die Hand.

»Dann fahren wir jetzt weiter nach Island, ja?«, meint Lumin ironisch.

»Ich glaube nicht, dass ich damit durchkomme, noch mal mit dir abzuhauen«, antwortet Amber. »Ich fürchte, wir müssen zurück nach Winterton Chine und alles von dort aus arrangieren.«

Lumin nickt. »Dorthin zurück, wo ich mein Gedächtnis verloren habe.«

30

Amber

Amber sieht aufs Meer hinaus. Es fühlt sich seltsam an, wieder in ihrer Wohnung zu sein. Sie hat das Gefühl, als wäre sie Wochen weg gewesen und nicht Tage. Sie sind am Vortag noch zurückgefahren, nachdem der Schneesturm sich gelegt hatte; diesmal war Jasper gefahren. Er hatte sich gut erholt. Sie hatten sich bei Rosa in Ambers Zimmer verkrochen und etwas von der verlorenen Zeit nachgeholt.

Als sie am späten Abend wieder in Winterton Chine eingetroffen waren, hatte Lumin Amber gebeten, nicht mehr bei der Polizei oder im Krankenhaus anzurufen, um zu sagen, dass sie zurück waren. Sie hatte nur noch schlafen wollen. Also hatte Amber das Sofa ausgeklappt und Lumin ihr Bett überlassen.

Doch gleich am nächsten Morgen hatte sie Kommissar King angerufen und ihm alles, was sie herausgefunden hatten, noch einmal persönlich erzählt. Er war wütend auf Amber gewesen und hatte ihr sogar mit einer Haftstrafe gedroht. Doch sie wusste, dass das nur leere Drohungen waren, eher der Form halber.

Jetzt warten sie auf seinen Besuch. Lumin sieht aus dem Fenster und kaut auf ihrer Lippe herum, bis es klingelt. Kommissar King und Kommissarin Matthews sind da.

»Tee, Kaffee?«, versucht Amber fröhlich zu klingen.

»Kaffee, bitte«, sagt Kommissar King. »Ich denke, den können wir brauchen.«

Amber beschäftigt sich mit Kaffeekochen, während die beiden Lumin fragen, wie es ihr geht.

»Na schön«, sagt Kommissar King, als sie ihren Kaffee haben. »Dann erzählen Sie noch mal alles ausführlich.«

Während Amber und Lumin den beiden Kommissaren berichten, was sie herausgefunden haben, macht er sich Notizen. Sein verschlossenes Gesicht gibt nicht viel preis.

»Wie es aussieht, waren Sie fleißig«, bemerkt er, als sie fertig sind, und schaut Amber mit zusammengekniffenen Augen an.

»Wir haben ihre Mutter gefunden«, erinnert ihn Amber.

Er seufzt. »Sieht ganz so aus. Aber wenn Sie hier gewesen wären, hätten wir Ihnen schon gestern sagen können, wer sie ist.«

Amber und Lumin sehen sich verständnislos an.

Kommissarin Matthews wendet sich an Lumin. »Wir haben gestern deine Sachen in der Wohnung eines Mannes gefunden, der für eine Reihe von Raubüberfällen hier in der Gegend verantwortlich ist. Nachdem wir ihn festgenommen hatten, hat er zugegeben, dass er dich bestohlen hat, und zwar am Vorabend des Tages, als du ohne Erinnerungen am Strand aufgetaucht bist.«

Lumin schlägt erschrocken die Hand vor den Mund.

»Wie schrecklich«, sagt Amber und versucht Lumin zu beruhigen.

»Wir haben deinen Pass gefunden und außerdem Flug- und Bahntickets.« Kommissarin Matthews zeigt auf eine große Reisetasche mit blauen Sternen. »Erkennst du die?«

Lumin schüttelt den Kopf.

»Du bist wahrscheinlich am Nachmittag des Tages, an dem du ausgeraubt worden bist, in Winterton Chine angekommen«, sagt Kommissar King. »Der Mann hat ausgesagt, dass er dir zufällig auf der Straße am Waldrand begegnet ist. Du hast dich gewehrt, es gab einen kurzen Kampf, und du bist hingefallen.«

»So hab ich mir also die Verletzung zugezogen«, sagt Lumin und greift sich an den Kopf. »Ich bin gefallen und habe mir dabei so sehr den Kopf gestoßen, dass ich ohnmächtig geworden bin?«

Kommissar King nickt.

»Zumindest weißt du jetzt, was passiert ist«, sagt Amber.

Kommissarin Matthews lächelt teilnahmsvoll. »Durch den Inhalt der Tasche konnten wir feststellen, dass du in Island gemeldet bist. Wir sind gerade dabei, Kontakt zu deiner Mutter aufzunehmen.«

»Hatten Sie schon Erfolg?«, fragt Amber.

»Noch nicht«, antwortet Kommissar King. »Wir haben eine Telefonnummer, aber sie geht nicht ran.«

Er gibt Lumin die Tasche, und sie wirft einen Blick hinein. Zwischen den Kleidungsstücken liegen Bücher und Notizen.

»Und was soll ich jetzt machen?«, fragt Lumin.

»Wir tun, was wir können, um deine Familie zu finden«,

sagt Kommissarin Matthews. »Es ist nur eine Frage von Tagen. Das Gute ist: Es hat sich nun herausgestellt, dass du achtzehn und britische Staatsbürgerin bist, also kannst du tun und lassen, was du willst. Selbstverständlich würde es helfen, wenn du mit den Sitzungen im Krankenhaus weitermachst, um dein Gedächtnis wiederzuerlangen. Sie möchten, dass du heute Nachmittag vorbeikommst. Und ich schätze, du wirst schon bald mit deiner Mutter vereint sein.«

Lumin sieht Amber zaghaft an. »Gilt dein Angebot noch, dass ich bei dir wohnen kann?«

»Ja, natürlich«, antwortet Amber.

Kommissar Kings Handy klingelt. Er wirft einen Blick darauf, dann entschuldigt er sich, geht in die Küche und redet leise.

Kommissarin Matthews beugt sich zu Amber hin. »Sie haben Glück«, sagt sie. »Es hätte böse für Sie ausgehen können, wenn sich herausgestellt hätte, dass Lumin unter achtzehn ist.«

»Aber das ist sie nicht, richtig?«, sagt Amber. »Und ich musste einfach versuchen, ihr zu helfen.«

»So, ich habe interessante Neuigkeiten«, sagt Kommissar King, als er zurück ins Zimmer kommt. Er sieht zu Lumin hinunter. »Einem Kollegen ist es gerade gelungen, die Arbeitgeberin deiner Mutter in Island ausfindig zu machen, eine Frau namens Hekla Jonsdottir. Sie hat gestern Abend eine E-Mail von deiner Mutter bekommen, und darin schreibt sie, dass sie auf dem Weg hierher ist, nach Winterton Chine«, sagt er lächelnd.

31

Gwyneth

Winterton Chine
24. Dezember 2009

Wacholderdrosseln sind große bunte Drosseln, die für ihre cha-
rakteristische Fortbewegungsart bekannt sind – sie machen
zielgerichtete Hopser vorwärts. In den kalten Monaten sam-
meln sie sich in Winterton Chine. Die überwinternden Vögel
sammeln sich gerne in großen Scharen, und sollte sich einer ver-
irren, findet er irgendwann zurück.

Ich stieg aus dem Zug und atmete gierig die Seeluft ein. Ich
war nicht mehr in Winterton Chine gewesen, seit meine
Eltern mich vor fast dreißig Jahren von hier fortgebracht
hatten. War das wirklich schon so lange her?

Lumin war sehr still gewesen, als ich ihr an jenem Tag,
kurz bevor sie zur Universität aufgebrochen war, alles erzählt hatte. Es gab einiges zu verdauen. Doch dann hatte
sie mich umarmt. »Ich kann nicht fassen, dass du das so
lange mit dir herumgeschleppt hast.«

»Jetzt verstehst du, warum ich nicht nach Winterton
Chine zurückkann«, hatte ich gesagt und mir die Tränen
aus den Augen gewischt.

»Das ist lächerlich! Es sind fast dreißig Jahre vergangen, Mum. Du *musst* hinfahren.«

»Nein. Ich bin froh, dass ich es dir erzählt habe. Aber ich fahre nicht dorthin zurück.«

»Wir könnten zusammen hinfahren! Um Weihnachten habe ich frei, wir könnten …«

»Ich habe Nein gesagt, Lumin!«, hatte ich heftig erwidert.

Lumin blieb der Mund offen stehen.

»Hör zu«, hatte ich etwas leiser gesagt und ihre Tasche genommen. »Die zehn Minuten sind um. Wenn du deinen Zug verpasst, kannst du erst morgen wieder fahren.«

»Vielleicht wäre das gar nicht so schlecht«, hatte sie mit besorgtem Blick erwidert. »Ich bleibe und wir reden.«

»Das ist keine gute Idee. Du musst dich einrichten, neue Leute treffen, mit den anderen was trinken gehen. Geh jetzt«, hatte ich gesagt und sie den Weg hinuntergeschoben.

Widerwillig hatte sie mir ihre Tasche abgenommen und sich in Bewegung gesetzt. Doch dann war sie stehen geblieben und hatte sich zu mir umgedreht. »Du wirst es immer bereuen, wenn du es nicht einmal versuchst. Dad hat die Sache mit dem ertrunkenen Mädchen sein Leben lang bereut. Ich glaube, du brauchst einen Abschluss, Mum, das glaub ich wirklich.«

Aber ich hatte nur gelacht, sie umarmt und ihr gesagt, dass ich sie lieb hatte. »Du solltest Psychologin werden.« Dann hatte ich zugesehen, wie sie gegangen war. Der Pferdeschwanz schwang über ihren Rücken, und das Büchlein mit meinen Notizen und den Zeichnungen ihres Dads steckte in der Vordertasche ihres Gepäcks, eine kleine Verbindung zu uns.

Am folgenden Wochenende hatte sie mich angerufen und mir erzählt, dass sie für Dezember einen Flug nach Großbritannien buchen würde und ich sie nicht davon abhalten könnte. Ich hatte ihr gesagt, dass ich nicht fliegen würde – so einfach sei das. Trotzdem hatte ich in den nächsten Wochen irgendwie immer noch damit gerechnet, dass ein Flugticket in der Post sein könnte, aber das war nicht der Fall, und schon bald war Lumin so in ihrem neuen Leben an der Uni versunken, dass sie nichts mehr von einem Flug erwähnte. Sie plante sogar, um Weihnachten noch ein paar Tage länger an der Uni zu bleiben.

Aber ich hatte ihre Worte im Ohr und musste immer wieder daran denken. In der Scheune war es still, seit Lumin an der Uni war, und meine Gedanken wanderten zurück zu meiner Kindheit. Ich war immer so beschäftigt gewesen, mit Drehs überall auf der Welt oder mit Lumin, dass ich eigentlich nie innegehalten hatte, um einmal richtig über meine Vergangenheit nachzudenken. In den vergangenen Monaten hatte ich viele Male daran gedacht, einen Flug nach Großbritannien zu buchen. Einfach nach Winterton Chine zu fahren, meine Eltern aufzuspüren und um Verzeihung zu bitten, dass ich einfach so verschwunden war. Aber ich wollte auch sehen, ob ich ihnen verzeihen konnte. Selbst Mutter zu sein, hatte mir gezeigt, wie schwierig es war, seinem Kind den Rücken zuzukehren, egal was dieses Kind getan hatte. Wie hatten sie mich einfach so verlassen können?

Doch ich hatte immer wieder gekniffen.

Bis vor einer Woche. Ich wusste, dass Lumin über Weihnachten nach Hause kommen wollte. Also hatte ich beschlossen, dass ich fahren würde. Ich musste das alleine tun.

Und jetzt war ich hier, in der Stadt meiner Kindheit.

Ich holte tief Luft, als ich in der Ferne den Strand sah. Er hatte sich nicht sehr verändert, er war immer noch wunderschön. Jetzt im Winter bildete das Eis ein Mosaik auf dem Sand. Die kalten Wellen rollten heran und wieder zurück, die Wintersonne strahlte vom Himmel. Vier Frauen saßen vor den Strandhütten und lachten über etwas.

So oft war ich früher an diesem Strand entlanggegangen! Nach der Sache damals war ich auch hierher an den Strand geflohen.

Tränen traten mir in die Augen. Wie anders hätte sich alles entwickelt, wenn ich hätte bleiben können! Doch dann hätte ich Dylan nicht kennengelernt und Lumin nicht zur Welt gebracht.

»Guck mal, Dylan, ich bin hier«, flüsterte ich in den Wind. »Ich sehe meiner Wahrheit ins Gesicht, so wie du deiner.«

32

Amber

Winterton Chine
24. Dezember 2009

Amber und Lumin gehen zum Souvenirladen, wo Rita und Viv ›frauhaft die Stellung halten‹, wie Viv es ausgedrückt hat. Lumin ist vorhin zum Durchchecken im Krankenhaus gewesen, und ihr Arzt war zuversichtlich, dass sie mit der Zeit ihr Gedächtnis zurückerlangen würde.

Jetzt gilt es abzuwarten, bis ihre Mutter auftaucht. Amber ist sich nicht sicher, wie die beiden einander finden sollen. Aber Winterton Chine ist eine kleine Stadt. Und wenn sie sich tatsächlich verpassen sollten, ist das eben so, und sie sehen sich wieder, sobald Lumin nach Island zurückkehrt.

»Na, jetzt siehst du nicht mehr so schrecklich aus«, sagt Ambers Mum, als sie näher kommen. »Viel besser als das zitternde Mädchen, das wir damals am Strand getroffen haben.«

Lumin lacht. »Ich fühle mich auch besser als dieses Mädchen.« Sie sieht zu dem Laden hin. »Den Laden hab ich mir gar nicht richtig angesehen, als ich das letzte Mal hier war.« Sie tritt ein und lässt die Finger über verschiedene Gegenstände gleiten. Sie hockt sich hin, um einen mit Muscheln besetzten Rahmen zu betrachten, den Amber restauriert hat.

»Deine Arbeiten sind unglaublich, Amber. Du musst unbedingt mehr daraus machen.«

»Stell sie auf Etsy!«, sagen Viv und Rita wie aus einem Mund.

»Okay, vielleicht wäre Etsy wirklich was«, sagt Amber widerwillig.

»Sie hat gesagt: *Vielleicht*«, sagt Rita zu Viv. »Das ist mehr, als wir bei ihr bewirken konnten, nicht? Wie hast du das gemacht, Lumin?«

»Sie hat Angst vor mir«, meint Lumin sachlich. »Ich habe einen gemeinen linken Haken.«

»Den hat sie wirklich«, sagt Amber.

Die älteren Frauen sehen die beiden schockiert an.

»Zumindest wenn es darum geht, Schneebälle zu werfen«, fügt Amber hinzu.

»Eure Blicke waren vielleicht was!«, sagt Lumin. Sie und Amber krümmen sich vor Lachen und lehnen sich aneinander, während Rita den Kopf schüttelt.

Aber Viv lacht nicht mit. Sie steht auf, und die Decke rutscht ihr von den Knien, während sie eine Frau anstarrt. Diese Frau steht weiter hinten auf der Promenade und schaut zu ihnen hinüber.

Dann kommt sie auf sie zu. Sie ist groß und schlank und trägt einen Rucksack auf dem Rücken.

Viv schluchzt auf und schlägt die Hand vor den Mund.

Die Frau bleibt in einiger Entfernung vor Viv stehen. »Mum?«, sagt sie.

Amber sieht fassungslos zwischen den beiden hin und her. »Das versteh ich nicht.«

Dann sieht die Frau Lumin, und ihr Gesicht leuchtet auf. »Liebling, was um alles in der Welt machst du denn hier?«

»Mum!«, ruft Lumin und rennt auf die Frau zu.

In dem Moment wird Amber klar, wer sie ist: Gwyneth, Lumins Mutter.

»Gwen?«, sagt Viv mit zitternder Stimme. »Bist du das wirklich?«

»Gwendolyn?«, sagt Rita mit offenem Mund. »Mit Sicherheit nicht!«

»Gwendolyn?«, fragt Lumin verwirrt.

»Ich habe meinen Namen leicht verändert«, erklärt Gwyneth. »Reg hat ihn immer wieder falsch gesagt und mich Gwyneth genannt. Und dabei ist es dann geblieben.«

»Was zum Teufel ist hier los?«, fragt Amber. Sie ist so verwirrt, dass sie das Gefühl hat, ihr platzt gleich der Kopf.

Lumin und Gwyneth lassen einander los. Gwyneths Blicke wandern zu Ambers kaputter Hand, und sie hält erschrocken die Hand vor den Mund. »Die kleine Amber«, flüstert sie.

»Mum, was ist hier los?«, fragt Amber ihre Mutter.

»Gwen ist deine Kusine, Liebes«, flüstert Rita mit einer unerträglichen Traurigkeit im Blick.

»Meine Kusine? Ich habe keine Kusine!«

Lumin sieht schockiert zwischen allen hin und her.

Mit Tränen in den Augen streicht Viv zögernd über Gwyneths Wange. »Du bist so schön.«

Gwyneth tritt einen Schritt zurück und schüttelt den Kopf. »Nicht.«

»Ist das deine Tochter, Viv?«, fragt Amber. Ihre Tante nickt, und Amber runzelt die Stirn. »Aber … aber du hast doch gar keine Kinder.«

»Sie ist gegangen, als du fünf warst«, sagt Rita. »Du hast sie angebetet. Wahrscheinlich warst du zu jung, um dich richtig zu erinnern.«

Amber durchforstet ihr Gedächtnis. Da ist irgendetwas, ganz tief drinnen …

Gwyneth ballt die Hände zu Fäusten und lockert sie wieder. »*Gegangen.* Bin ich gegangen? Oder wurde ich verstoßen?«

»Es sollte eigentlich nur für diesen einen Sommer sein«, sagt Viv und sieht sie flehend an.

»Deine Mutter war am Boden zerstört«, fährt Rita an ihrer Stelle fort. »Aber du warst so außer Kontrolle, nachdem …« Sie sieht Amber an und verstummt. »Und dann bist du einfach wie vom Erdboden verschwunden.«

»Hast du je versucht, mich zu finden?«, fragt Gwyneth mit zitternder Stimme.

»Natürlich hab ich das!«, ruft Viv.

»Das hat sie, Liebes«, nickt Rita heftig. »Sie war wochenlang in London und hat überall Suchanzeigen aufgehängt.«

»Aber sie hat sich eindeutig nicht genug angestrengt«, sagt Gwyneth. »Ich weiß ja, das, was ich getan habe, war furchtbar, aber ich war immerhin deine Tochter.«

»Du *bist* meine Tochter«, flüstert Viv.

»Warum hast du denn deine eigene Tochter weggeschickt?«, fragt Amber ihre Tante. »Was hat sie so Furchtbares getan?«

Vivs Blicke wandern zu Ambers Hand. »Es war nur ein Augenblick des Wahnsinns. Aber sie hat sich die Schuld daran gegeben, sich damit total verrückt gemacht.«

Lumin schüttelt den Kopf. »Ich ... ich versteh das alles nicht.«

»Ich hab es dir erzählt, erinnerst du dich?«, fragt Gwyneth leise. »Bevor du zur Uni gefahren bist.«

»Ihr was erzählt? Wovon redet ihr?«, fragt Amber mit zitternder Stimme.

»Ihr habt es Amber nicht erzählt?«, fragt Gwyneth Viv und Rita.

»Mir was erzählt?«, brüllt Amber jetzt los. Sie ist langsam unerträglich frustriert.

Gwyneth schaut sie an. »Es tut mir so leid, Amber. Ich habe nie die Gelegenheit gehabt, dir zu sagen, wie leid es mir tut. Es ist meine Schuld, dass du deine Finger verloren hast.«

33

Gwyneth

Winterton Chine
24. Dezember 2009

Ich merkte, wie die Erinnerungen auf mich einstürmten, als ich meine kleine Kusine Amber ansah. Sie war natürlich nicht mehr klein, sondern groß, wunderschön und stark, eine typische Caulfield-Frau. Trotzdem erinnerte ich mich an sie als das pausbäckige Kind, auf das ich aufgepasst hatte, mit dem ich in unserem Haus herumgerannt war und Chaos angerichtet hatte. An ihre dauernden Bitten: »Spielen, Gwenny, spielen!« Und an die große Liebe, die ich für sie empfand, obwohl mich die andauernden Bitten, auf sie aufzupassen, allmählich frustrierten. Meine Tante Rita hatte mit dem Souvenirladen viel zu tun und war alleinerziehend. Und meine Eltern waren fest entschlossen, mir beizubringen, dass man für sein Geld arbeiten musste. Deshalb musste ich oft an drei bis vier Abenden die Woche babysitten. Wenn andere Kinder in meinem Alter die schönen Sommerabende am Strand oder in der Einkaufspassage genossen, saß ich zu Hause und passte auf meine kleine Kusine auf.

Und Amber war kein einfaches Kind, das sagten alle. Wie ein Welpe, lustig und süß, aber auch gnadenlos. Trotzdem musste man sie einfach gern haben. Aber ich war ein Teenager und sehnte mich verzweifelt nach einem eigenen Leben.

Am ersten Tag der Weihnachtsferien in diesem schicksalhaften Jahr verkündeten meine Eltern, sie würden am kommenden Tag in die Stadt fahren, um Weihnachtsgeschenke zu kaufen.

»Kann ich dich ruhigen Gewissens allein zu Hause lassen, jetzt, wo du vierzehn bist?«, hatte meine Mum gefragt.

»Ja, Mum«, hatte ich geantwortet, die Augen verdreht und versucht, einen gleichgültigen Eindruck zu machen, obwohl mein Herz vor Aufregung klopfte. Ich hatte in der Einkaufspassage einen Jungen namens Finn kennengelernt. Er war gerade erst nach Chine gezogen, und alle sprachen davon, wie süß er war. Ich war ganz überdreht gewesen vor Glück, als er zu mir herübergekommen war und ein Gespräch angeknüpft hatte. Jedes Mal wenn ich in die Einkaufspassage gekommen war, war er schnurstracks auf mich zugekommen. Wir hatten uns besser kennengelernt und uns am letzten Schultag hinter den Läden geküsst. Jetzt, wo ich wusste, dass meine Eltern den ganzen Nachmittag nicht da sein würden, konnte ich ihn zu mir einladen.

Doch als ich am nächsten Tag aufwachte und aus dem Fenster sah, waren Straßen und Wege dick verschneit. Ich hatte schreckliche Angst, dass meine Eltern ihren Einkaufstrip absagen könnten. Doch die Hauptstraßen schienen frei zu sein, und als sie verkündeten, dass sie trotzdem fahren wollten, war ich begeistert. Während ich ihnen nachwinkte, spürte ich das Kribbeln im Bauch und rannte nach oben, um mich fertig zu machen.

Als es klingelte, geriet ich in Panik. War Finn etwa schon da? Ich rannte nach unten, fuhr mir mit den Fingern durch die Haare und riss die Tür auf. Doch statt Finn stand meine Tante Rita mit Amber vor der Tür. »Entschuldige, dass ich nicht vorher Bescheid gesagt habe, Liebes, aber du musst auf Amber aufpassen. Eine ganze Busladung Touristen ist in Chine liegen geblieben, sodass es dumm wäre, den Souvenirladen nicht aufzumachen.«

»Aber … aber ich muss Hausaufgaben machen!«, jammerte ich.

»Das ist in Ordnung«, sagte Rita und schob Amber ins Haus. »Amber kann fernsehen, nicht wahr, Liebes?« Meine Tante drückte ihr kaltes Gesicht an meins und küsste mich auf die Wange. »Du bist ein Geschenk des Himmels, weißt du das? Warte, bis du das Weihnachtsgeschenk siehst, das ich für dich habe. Lass sie nicht zu lange raus in den Schnee. In den Nachrichten haben sie gesagt, dass die Temperaturen heute Nachmittag einbrechen.« Dann rannte sie den Weg hinunter.

»Das ist nicht fair!«, schrie ich Amber an, als ich die Tür zuknallte und mit dem Fuß aufstampfte. »Du machst alles kaputt!« Dann sah ich in Ambers kleines Gesicht hinunter. Sie sah traurig aus, lutschte am Daumen, und ihre großen blauen Augen glänzten vor Tränen. Ich seufzte, hockte mich vor sie hin und legte ihr die Hände auf die Schultern. »Hör nicht auf die dumme Gwenny. Später, wenn du ein bisschen ferngesehen hast, können wir einen Schneemann bauen.«

Ambers Augen leuchteten. »Ja!«

Während sie sich vor dem Fernseher niederließ, ging ich

hin und her und überlegte, was ich tun sollte. Ich hatte keine Ahnung, wo Finn wohnte, und seine Telefonnummer wusste ich auch nicht. Wir hatten einfach vereinbart, dass er um zwei zu mir kommen würde.

Ich sah Amber an, die glücklich irgendein Kinderprogramm guckte. Vielleicht würde sie am Nachmittag einen Mittagsschlaf machen, wenn sie sich den ganzen Vormittag im Schnee austoben konnte? Manchmal tat sie das. Einmal als ich auf sie aufgepasst hatte, hatte sie ganze vier Stunden geschlafen. Das war herrlich gewesen!

»Gut«, sagte ich und klatschte in die Hände. »Mal sehen, was wir brauchen. Auf jeden Fall eine Möhre für den Schneemann!«

»Für die Schneefrau!«, sagte Amber und hüpfte aufgeregt herum.

»Ja, für die Schneefrau!«, antwortete ich lachend.

Wir spielten den ganzen Vormittag im Schnee, und ich genoss es sogar. Manchmal fühlte es sich gut an, sich wie ein Kind zu fühlen und nicht wie der Teenager, zu dem ich langsam heranwuchs. Ich vermute, Amber brachte in mir die Unschuld und den Spieltrieb zum Vorschein, ohne Angst und ohne Hormone. Als wir erschöpft wieder hineingingen, legten wir uns zusammen aufs Sofa, und ich erinnerte mich, dass ich ihr leise etwas vorgesungen habe, während ich ihr über das weiche rote Haar strich. Obwohl sie meine Pläne total durcheinanderbrachte, hatte ich meine Kusine nie mehr geliebt als in diesem Moment. Vor allem als ich sah, wie ihre Lider schwer wurden und ihr kleiner Mund sich zu einem Gähnen verzog. Mein Plan war aufgegangen!

Als ich sicher war, dass Amber schlief, trug ich sie vorsichtig nach oben und legte sie auf mein Bett. Ich wartete einen Moment und fürchtete, sie könnte aufwachen, aber das tat sie nicht. Stattdessen seufzte sie zufrieden, rollte sich unter der Bettdecke zusammen und schob sich den Daumen in den Mund.

Ich sah auf die Uhr. Nur noch zehn Minuten, bis Finn kam. Ich spähte hinaus. Es schneite inzwischen stärker, der Himmel war so grau, dass es fast dunkel war. Und wenn er es vor lauter Schnee nicht bis hierherschaffte? Ich drückte mir die Daumen und hoffte sehr, er würde kommen. Ich überprüfte mein Haar im Spiegel, trug etwas Rouge auf und zog mir ein tief ausgeschnittenes Oberteil an, das ich vor meiner Mum unter dem Bett versteckt hatte. Anschließend rannte ich hinunter, wo ich mir die Nägel abbiss und auf und ab ging, bis ich ein Klopfen an der Tür hörte.

Ich sah zur Treppe. Noch immer war von Amber nichts zu hören. Also ging ich zur Tür und öffnete. Draußen im Schnee stand Finn. Er sah verflixt attraktiv aus mit seinem dunklen Haar und den blauen Augen. »Und ... willst du mich nicht reinlassen?«, fragte er mit einem schiefen Lächeln. »Es ist eiskalt hier draußen.«

»Entschuldige«, sagte ich und öffnete die Tür ganz. »Komm rein.«

Er trat ein und zog Jacke und Stiefel aus.

»Willst du was trinken?«, fragte ich und versuchte, lässig zu klingen. »Ich kann heiße Schokolade machen.«

»Hast du nichts Stärkeres?«, fragte er.

Ich sah zu dem Zimmer hoch, in dem meine Kusine schlief. Ein Drink würde ja wohl nicht schaden, oder?

Bisher hatte ich nur ein einziges Mal Sekt probiert, doch es war an der Zeit, dass ich erwachsen wurde.

»Ich könnte Bailey's in die heiße Schokolade tun«, schlug ich vor. Das hatte ich bei meiner Mum und meiner Tante gesehen.

Er lächelte. »Klingt gut.«

Die nächste Stunde verquatschten wir. Dann wurde aus dem Reden ein Rumknutschen und aus einem Shot Bailey's wurden zwei, drei, vier. Als ich auf dem Sofa lag und Finn seine Hand auf meinem Oberteil hatte, fühlte ich mich so beschwipst, dass ich nicht mehr klar denken konnte. Doch obwohl ein paar kleine Alarmglocken zu schellen begannen, gefiel es mir. Es gefiel mir, mit einem süßen Jungen bei mir zu Hause zu sein, ohne mit Amber herumrennen oder den gestressten Befehlen meiner Eltern gehorchen zu müssen. Es gefiel mir, dass sich jemand für mich interessierte, wirklich interessierte. Es gefiel mir, für ein paar Stunden einfach nur ich selbst zu sein, die fast fünfzehnjährige Gwendolyn, die mit ihrem Freund zusammen war.

Denn er war doch jetzt mein Freund, oder? Schließlich lag seine Hand auf meiner Brust.

»Wer ist das?«, fragte eine kleine verschlafene Stimme.

Finn schoss hoch und sah entsetzt zur Tür.

»Wer ist das?«, fragte er seinerseits, während er das kleine Mädchen anstarrte, das von der Tür aus zu uns herüberblinzelte.

»Amber! Wieso bist du denn schon auf?«, sagte ich, zog mein Oberteil herunter und ging zu meiner kleinen Kusine. »Komm, wir bringen dich wieder ins Bett.«

»Ich will nicht schlafen. Ich will raus in den Schnee!«

»Sei nicht dumm, komm jetzt«, sagte ich und versuchte, sie zur Treppe zu ziehen. Doch sie weigerte sich, riss sich los und schüttelte den Kopf.

»Die Schneefrau. Ich will nach unserer Schneefrau sehen.«

»Ich wusste nicht, dass du nicht allein bist«, sagte Finn und rückte seine Klamotten zurecht.

»Normalerweise schläft sie den ganzen Nachmittag«, sagte ich.

»Okay. Ich glaube, ich geh dann mal …«

Er griff nach seiner Jacke, doch ich packte ihn am Arm. »Nein, warte«, sagte ich. Ich wünschte mir verzweifelt, dass er blieb. Wir hatten noch ein paar Stunden Zeit, bis meine Eltern und meine Tante zurückkommen würden. Ich hockte mich vor Amber und griff nach ihren kleinen Händen. »Wenn du hoch in mein Zimmer gehst und da spielst, verspreche ich dir, dass du nachher alle Süßigkeiten im Schrank essen darfst.«

Amber dachte darüber nach, dann schüttelte sie den Kopf. »Ich will wieder raus und die Schneefrau sehen.«

Frustriert schloss ich die Augen. »Du kannst nicht raus, es ist eiskalt.«

»So schlimm ist es draußen gar nicht«, sagte Finn.

Ich drehte mich zu ihm um. »Vorhin hast du noch gesagt, es wäre eiskalt.«

»Ja, sicher, aber guck mal, was ich anhatte«, sagte er und zeigte auf seine dünne Jacke.

»Bitte, bitte«, bettelte Amber. »Ich kann auch alleine gehen, ich bin jetzt schon groß.«

Finn lachte. »Sie ist süß.«

Ich sah in den Garten hinaus. Der Schnee lag sehr hoch. Aber was konnte Amber schon passieren? Der Garten war schließlich eingezäunt und das kleine Tor verschlossen.

»Gut«, sagte ich. »Aber du musst dich super warm anziehen, ja?«

Ein paar Minuten später beobachtete ich nervös, wie Amber in den Schnee hinausmarschierte. Tat ich das Richtige? War sie nicht noch ein bisschen zu klein, um allein im Schnee zu spielen?

»So«, sagte Finn, griff nach meiner Hand und führte mich zur Treppe, »wo waren wir stehen geblieben?«

Ich hatte nicht geplant, an diesem Tag meine Unschuld zu verlieren. Doch die Mischung aus Alkohol und Finns Attraktivität in seinem halb aufgeknöpften Hemd und, ja, auch das Ansehen, das es mir einbringen würde, meine Unschuld an den süßesten Jungen der Stadt verloren zu haben … bevor es mir richtig bewusst war, zogen wir einander die Kleider vom Leib, und er riss ein Paket Kondome auf, die er mitgebracht hatte. Ich erinnere mich, dass ich irgendwo in meinem umnebelten Verstand dachte, wie anmaßend es war, Kondome mitzubringen. Doch ich wollte es genauso sehr wie er, und als es passierte, war es nicht so schmerzhaft, wie meine Freundin gesagt hatte. Es fühlte sich sogar schön an.

Als die Flasche Bailey's leer und wir total erschöpft waren, schlief ich in seinen Armen ein.

Erst als Sirenen und das blaue Pulsieren von Licht das Zimmer erfüllten, wachten wir beide verwirrt auf.

»Scheiße«, sagte ich. »Wie spät ist es?«

Finn sah auf seine Uhr. »Fast sieben. Verdammt, verdammt, verdammt.«

Panik durchfuhr mich. »Amber! Wo ist Amber?«

Ich zog hastig Jeans und Pullover an, rannte durchs Haus und rief Amber. Keine Antwort. Und in diesem Augenblick sah ich sie durchs Fenster, auf einer Trage, umgeben von Sanitätern, während meine Eltern den Weg heraufgerannt kamen und mich voller Enttäuschung und Wut ansahen, als sie den halb angezogenen Jungen hinter mir entdeckten.

Ich schluchzte. Was hatte ich meiner kleinen Kusine nur angetan!

34

Amber

Winterton Chine
24. Dezember 2009

»Du siehst also, es war alles meine Schuld«, sagt Gwyneth zu Amber, nachdem sie fertig erzählt hat. »Ich bin eingeschlafen, und du bist nicht mehr hereingekommen, nachdem die Tür zugefallen war. Irgendwie bist du aus dem Garten rausgekommen und hast dich im Schneesturm verirrt.«

»Du warst selbst noch fast ein Kind«, sagt Viv zu ihrer Tochter, während Amber die Kusine anstarrt, von der sie nicht gewusst hat, dass es sie gibt, und schockiert blinzelt.

»Ich hätte dich an diesem Tag nicht auch noch auf Amber aufpassen lassen dürfen«, sagt Rita. »Du brauchtest schließlich auch mal Zeit für dich.«

»Warum hast du mir das alles nie erzählt?«, fragt Amber ihre Mutter.

»Wir wollten nicht, dass es jemand erfährt«, antwortet Rita. »Gwen sollte doch keinen Ärger mit der Polizei bekommen.«

»Und da habt ihr mich also lieber weggeschickt«, sagt Gwyneth. Lumin steht neben ihrer Mutter und drückt ihr die Hand.

»Nicht deswegen«, sagt Viv und schaut Gwyneth bittend an. »Nur deswegen hätte ich dich niemals weggeschickt. Aber du warst danach so wild, bist dauernd auf Partys gegangen, hast dich betrunken … und Schlimmeres«, fügt sie hinzu. Ihre Blicke wandern kurz zu Lumin und dann wieder zurück zu Gwyneth. »Ich denke, die Schuldgefühle haben dich zerfressen, und du hast auf die einzige Weise reagiert, die ein Teenager kennt: mit Rebellion.«

»Wir haben uns große Sorgen um dich gemacht«, sagt Rita. »Dann hat dein Dad gemeint, es könnte eine gute Idee sein, wenn du eine Zeit lang im Hotel seiner Schwester in London arbeitest, von der Clique wegkommst, mit der du herumgehangen hast.«

»Wo ist Dad?«, fragt Gwyneth.

»Wir sind nicht mehr zusammen, er wohnt jetzt in Worthing«, erklärt Viv. »Aber wir können ihn jederzeit anrufen, ich bin mir sicher, er wird sich freuen, von dir zu hören. Aber verstehst du jetzt, Gwen? Es sollte nur für sechs Wochen sein. Aber dann warst du verschwunden!« Sie schluchzt auf. »Kannst du mir vergeben?«

Gwyneth starrt ihre Mutter an. Amber sieht den Kampf, der in ihrer Kusine tobt.

»Mum«, sagt Lumin, »sag was.«

»Ich brauche Zeit«, sagt Gwyneth. »Ich muss das alles erst mal verarbeiten.«

»Wem sagst du das«, murmelt Amber.

Gwyneth sieht sie an. »Ich hoffe, du kannst mir vergeben.«

Schmerz spiegelt sich auf Ambers Gesicht, als sie ihre kaputte Hand reibt.

»Sie hat das nicht gewollt«, sagt Lumin. »Und ist euch eigentlich klar, dass das bedeutet, dass wir alle miteinander verwandt sind?«

»Du bist meine Enkelin«, sagt Viv und schüttelt schockiert den Kopf.

»Warum bist du eigentlich hier, Lumin?«, fragt Gwyneth und dreht sich zu ihrer Tochter um.

Lumin schaut auf die eisigen Kieselsteine hinunter. »Ich weiß es nicht. Ich kann mich nicht erinnern.«

Viv erklärt Gwyneth, was Lumin zugestoßen ist, und Gwyneth reißt die Augen auf. »Mein Gott, das ist ja schrecklich. Du musst hierhergekommen sein, um meine Familie zu suchen. *Deine* Familie. Du hast gedacht, ich würde nie wieder hierherkommen ...«

»... also hab ich die Sache selbst in die Hand genommen«, beendet Lumin den Satz.

»Das klingt ganz nach dir«, sagt Gwyneth. »Deine Familie selbst ausfindig zu machen und uns zu Weihnachten zusammenzubringen – du eigensinnige, unglaubliche Tochter!«

»Für dich wäre es aber auch typisch«, sagt Viv zu Gwyneth. »Du hast gesagt, dass du nicht herkommen würdest, aber du bist trotzdem gekommen, Liebling! Und meine Enkelin auch«, fügt sie mit Tränen in den Augen hinzu, während sie Lumin betrachtet. »Meine *Enkelin*«, wiederholt sie noch einmal.

»Meine Großnichte!«, fügt Rita hinzu. Die beiden älteren Frauen schließen Lumin impulsiv in den Arm, und Viv greift nach Gwyneths Hand und zieht sie an sich.

Zuerst zögert Gwyneth, doch dann schließt sie sich ihnen an und lacht mit ihrer Tochter. Sie streckt die Hand nach Amber aus, nach ihrer Kusine. Amber will ihre Hand ergreifen, doch dann sieht sie auf die stummeligen Reste ihrer Finger der linken Hand. Sie denkt an Katy und daran, dass sie vielleicht noch am Leben sein könnte, wenn sie nicht diesen Termin wegen einer Prothese gehabt hätte. All das geht zurück auf den Tag, an dem Gwyneth sie allein gelassen hat. Es war die Schuld ihrer Kusine! Und trotzdem sind sie alle hier, umarmen einander und scheinen das vergessen zu haben.

Amber dreht sich auf dem Absatz um und geht.

Ein paar Stunden später sitzt sie in der Dunkelheit ihrer spartanischen Wohnung. Das Telefon hat schon lange aufgehört zu klingeln, auch die Türklingel hat seit mindestens einer Stunde nicht mehr durch die Wohnung gehallt. Alle haben schließlich akzeptiert, dass sie allein sein muss. Sie starrt ihre kaputte Hand an. Wie anders ihr Leben ausgesehen hätte, wäre ihre Kusine nicht so egoistisch gewesen!

Sie sah ihr Leben, wie es hätte sein können, vor sich. Sie hätte eine berühmte Restauratorin werden können, mit Kunden überall auf der Welt. Sie hätte Winterton Chine verlassen und vielleicht in einer aufregenden Stadt wie Paris oder sogar in den USA leben können. Oder in Island, wie Gwyneth mit ihren perfekten Händen. Und Katy könnte vielleicht noch am Leben sein. Andererseits hätte sie Jasper nicht kennengelernt. Ihr erstes Gespräch hatte sich ausschließlich um ihre Hand gedreht.

Amber gesteht sich sogar noch dunklere Gedanken zu. Vielleicht wäre das gar nicht so schlecht gewesen. Sie

hätte Katy nicht bekommen. Es hätte keine Trauer gegeben und kein gähnendes Loch in ihr. Vielleicht hätte sie
dann ein anderes Kind bekommen. Eins, das heute noch
leben würde.

Aber wie kann sie nur so etwas denken! Amber schaut in
den Spiegel und sieht die Mascarastreifen auf ihren Wangen. Die furchtbare Traurigkeit in ihren Augen. Und ihre
deformierte, nutzlose Hand.

Ihr Handy klingelt wieder, diesmal ist es Jasper. Sie war
so voller Hoffnung, als sie zusammen zurückgefahren sind,
sie hatte die Hand auf seinem Bein liegen. Doch die Ankunft der Frau, die den Lauf ihres Lebens verändert hat,
hat sie wieder zum Ausgangspunkt zurückgeworfen, sosehr
sie sich auch dagegen gewehrt hat.

Sie greift nach dem Handy und wirft es in den Spiegel. Ihr Spiegelbild zersplittert wie brechendes Eis, und die
Glasscherben fliegen durchs ganze Zimmer. Ihre Tasche
fällt um, und der Inhalt liegt zwischen den Scherben, darunter auch das Notizbuch, das sie für Lumin aufbewahrt
hat. Die ganze Zeit hat sie die Notizen ihrer Kusine gelesen, ist mit der Tochter ihrer Kusine quer durchs Land
gefahren, mit ihrem eigen Fleisch und Blut.

Amber zieht das Notizbuch vorsichtig aus den Scherben. Sie blättert darin herum und ist überrascht, hinten
neue Zeichnungen zu sehen, kleine Skizzen, die Lumin
auf ihrer Reise nach Schottland gemacht hat: die Gipfel
des Lake District, das schöne Bauernhaus, der gefrorene
Wasserfall und ein Gesicht.

Ambers Gesicht.

Lumin hat sie gezeichnet, ohne dass sie davon wusste!

Amber starrt auf die Skizze von sich, wie sie stolz dasteht, mit trotzigem Blick und hochgerecktem Kinn, die kaputte Hand in der Luft wie eine Faust. Vor ihr ist eine Karte von Schottland ausgebreitet.

So sieht sie mich also?, fragt sich Amber. *Als starke, trotzige Frau, die auf der Suche nach der Wahrheit das Land durchquert?* Amber blättert weiter. Wieder sieht sie sich selbst, doch diesmal zusammengekauert auf einer Fensterbank, das Kinn auf den Knien, während ihre fingerlose Hand schlaff und nutzlos an ihrer Seite herunterhängt. Auf den Boden geschleudert liegt das Notizbuch mit dem trotzigen Porträt von ihr. Aber das Bild ist noch nicht fertig.

Amber blättert zwischen den beiden Seiten hin und her.

»Trotzig oder machtlos«, flüstert sie. »Welche davon bin ich?«

Sie sieht auf ihre verstümmelte Hand hinunter. War es wirklich nur Gwyneths Schuld?

Sie sieht ihr Spiegelbild in den paar restlichen Splittern des Spiegels. Unfertig. Ein Auge, eine Seite der Nase und des Kinns. Es erinnert sie daran, wie sie zum ersten Mal ein Ultraschallbild von Katy gesehen hat. Sie hatte eine Schmierblutung gehabt, und sie und Jasper hatten in der achten Woche einen frühen Ultraschall machen lassen. Es war kaum etwas darauf zu sehen gewesen, unfertig. Doch Katys Herz hatte stark und gesund geschlagen. Amber erinnert sich an ihre Euphorie, dass das Leben in ihr sich behauptet hatte. Jasper hatte ihre Hand gestreichelt. »Unser Kind ist auf jeden Fall ein Kämpfer«, hatte er gesagt.

Und das war sie weiß Gott gewesen. Bis zum Ende hatte Katy gekämpft … genau wie Amber, als sie vor all den

Jahren mit der schlimmen Unterkühlung ins Krankenhaus gekommen war. Die Ärzte hatten sie »unser Wunderkind« genannt. Sie hatte überlebt – Katy nicht.

Doch was hatte sie aus dem Leben gemacht, das ihr geschenkt worden war? Aus dem Leben, das zu leben Katy nie die Chance bekommen hatte? Sie hatte es vergeudet, sich selbst leidgetan, war hart und bitter geworden. Und diese Bitterkeit hatte dazu geführt, dass sie dem einzigen Mann, den sie je geliebt hatte, den Rücken zugekehrt hatte.

Diese Bitterkeit hatte auch dazu geführt, dass sie aufgehört hatte, sich selbst zu lieben.

Ist sie gerade im Begriff, diese neue Chance zu verschwenden? Eine Kusine … und ihre Nichte, Lumin.

Sie steht auf und wischt sich die Tränen aus dem Gesicht. »Nicht noch mal«, flüstert sie. »Nie wieder.«

Dann greift sie nach Mantel und Tasche, reißt die Haustür auf und rennt zum Strand. Dort warten vier Frauen auf sie – ihre Familie. Jasper ist auch da. Sie läuft zu ihnen, das Eis knackt unter ihren Füßen. Die Trauer der Vergangenheit schmilzt, und für Amber öffnet sich eine neue Zukunft.

Anmerkung der Autorin

Hallo,

ich weiß noch, wie mir die Idee für dieses Buch gekommen ist. Ich hatte mich eine Zeit lang zum Schreiben nach Devon zurückgezogen, wie ich das jedes Jahr tue, saß auf der Fensterbank und sah auf eine wunderschöne herbstliche Landschaft hinaus. Ich dachte mir, dass es nicht mehr lange dauern würde, bis Berge und Bäume mit Eis überzogen sein würden.

Ich erinnere mich, wie ich auf die Küste hinausgeschaut und mir vorgestellt habe, wie die Strände von Devon im Winter aussehen. Und in dem Moment kam mir die Idee: ein Strand voll Eis. Ein Mädchen, das barfuß an ihm entlanggeht. Eine wunderschöne, weihnachtlich geschmückte Lodge am Rand eines zugefrorenen Sees, voller Geheimnisse und Lügen. Mein erstes richtiges Winterbuch! Ich habe sofort eine Mail an meine Agentin geschickt, und ihr gefiel die Idee … und ich hoffe sehr, dass Ihnen das Resultat – dieses Buch – auch gefällt.

Falls es so ist, schreiben Sie doch bitte eine Rezension. Daran orientieren sich andere Leser, wenn sie sich überlegen, ob sie dieses Buch kaufen sollen. Und wenn es eine nette Rezension ist, freue ich mich sehr darüber.

Ich würde mich freuen, Sie in meiner Facebook-Gruppe zu begrüßen, *The Reading Snug,* falls Sie noch nicht dazugehören. Dort haben Sie die Möglichkeit, mein nächstes Buch vorab zu lesen, Sie nehmen an Verlosungen teil und bekommen Einblicke in meinen Arbeitsprozess – und Tipps von anderen Lesern zu guten neuen Büchern. Sie finden meine Facebook-Gruppe unter www.facebook.com/groups/thereadingsnug

Und wie immer – nehmen Sie gern Kontakt zu mir auf, ich freue mich, von Ihnen zu hören! Wenn Sie meine Website www.tracy-buchanan.com besuchen, erfahren Sie, wie genau Sie mich erreichen können. Sie können auch meinen Newsletter abonnieren und bekommen als Dankeschön einen Gratis-Download meines Debütromans.

Alles Gute,
Tracy

Danksagung

Ein großes winterliches Dankeschön an meine Agentin Caroline, die Millionen E-Mails von mir über sich ergehen lässt, in denen ich sie mit meinen verrückten Ideen bombardiere, und die ruhig und versiert genug ist, um die besten Ideen herauszusieben. Ein weiterer Dank an meine reizende Herausgeberin Katie Loughnane für ihre enthusiastischen und goldrichtigen Änderungen und Ratschläge. Und an das gesamte Team von Avon, einschließlich der brillanten Lektoren und Korrekturleser sowie dem Werbeoberboss Sabah Khan und der Social Media-Guru Elke Desanghere.

Wie immer geht natürlich ein Dank an meinen Mann für seine standhafte Unterstützung, an meine Tochter – die mich gefragt hat, ob in diesem Buch auch Feen vorkommen, als ich ihr gesagt habe, dass es ein bisschen weihnachtlich ist –, an meine wunderbaren Freunde und meine wundervolle Familie einschließlich meiner Mum. Wie man an der Widmung erkennen kann, spielen Tanten nicht nur in diesem Roman eine große Rolle, sondern auch in meinem Leben, deshalb ein herzlicher öffentlicher Dank an sie für ihre Unterstützung. Ich bin stolz, selbst Tante von acht wundervollen Kindern zu sein, einschließlich der reizenden Lumin – und jetzt ist auch klar, wie ich auf diesen wundervollen Namen gekommen bin.

Und ich danke Ihnen, meinen Lesern und Leserinnen! Was würde ich nur ohne Sie tun? Besonders dankbar bin ich für die wundervolle Gruppe in meinem *Reading Snug*. Ich bedanke mich auch bei meinen Autorenkollegen für ihre Unterstützung, vor allem bei denen, die meine Romane lesen und sich die Zeit nehmen, Zitate zu liefern.

Liebe Leserinnen und Leser,

ihr liebt Bücher und verbringt eure Freizeit am liebsten zwischen den Seiten? Wir auch! Wir zeigen euch unsere liebsten Neuerscheinungen, führen euch hinter die Verlagskulissen und geben euch ganz besondere Einblicke bei unseren AutorInnen zu Hause. Lasst euch inspirieren, wir freuen uns auf euch.

Euer

Blanvalet Verlag

blanvalet.de

@blanvalet.verlag

/blanvalet